KB022870

화석을 사냥하는 여자들

화석을
사냥하는
여자들

트레이시 슈발리에
장편소설

이나경 옮김

Remarkable Creatures

하빌리스

일러두기

◦ 이 책은 국립국어원 표준국어대사전의 표기법을 따랐다.

◦ 옮긴이 주는 각주와 방주로 처리하였다.

◦ 이 책에는 원서에 수록되지 않은 삽화가 포함되어 있다. 이는 작품 내에서 주요하게 등장
하는 화석들이며, 작가와 저작권사의 허가를 받아 한국어판에 특별히 수록한 것이다.

내 아들, 제이컵에게

차례

해변의 다른 평범한 돌멩이와는 달라

나는 평생 번개에 맞았다. 물론 진짜 번개도 맞아 봤다. 단 한 번뿐이었지만. 아기나 다름없던 때라 기억나지 않아야 한다. 하지만 또렷이 기억난다. 말과 기수가 재주를 부리고 있던 들판에 폭풍이 불기 시작했고 어떤 여자—엄마는 아니다—가 나를 안아 나무 밑으로 데려갔다. 그 여자가 나를 꼭 안고 있을 때, 하얀 하늘에 검은 나뭇잎 무늬가 생겼다.

그리고 소리가 들렸다. 주위에서 온통 나무가 쓰러지는 것 같은 소리가. 햇살처럼 눈부시게 번쩍이는 환한 빛이 비쳤고 온몸에 찌르르한 느낌이 흘렀다. 뜨거운 석탄을 만진 것처럼 살이 타는 냄새가 풍겼고 몸 어딘가가 전과 달라진 듯했지만 아프지는 않았다. 양말이 되어 뒤집히는 느낌이었다.

사람들이 날 잡아당기고 이름을 불러 대기 시작했지만 아무것도 알아들을 수 없었다. 어딘가로 실려 갔고 주위가 따뜻해진 느낌이 들었지만 담요를 덮어서 그런 것은 아니었다. 축축한 느낌. 물이었다. 물은 익숙했다. 우리 집은 바다 근처였고, 창문에서는 바다가 보였으니까. 그러다 눈을 뜨니 눈을 감은 적 없는 듯한 느낌이 든다.

나를 안았던 여자와 그 옆의 두 여자아이는 번개에 맞아 죽었지만 나는 살아남았다. 폭풍우가 치던 바로 그 전날까지 나는 조용하고 병약한 아이였는데 그 후로 활달하고 똘똘하게 자랐다고 한다. 번개가 내 몸으로 내리친 그때를 떠올리면 여전히 오한이 드는 것처럼 오싹하다. 그리고 그 느낌은 내 삶 속 강렬한 순간이라 할 만한 장면에서 몇 번이고 나를 다시 찾아왔다. 조 오빠가 발견한 악어 두개골을 처음 보고 내가 그 몸체를 찾아낼 때. 바닷가에서 다른 괴물들을 발견한 때. 버치 대령을 만난 바로 그때에. 번개에 맞은 느낌이 드는 순간, 왜 그런지 생각하게 된다. 까닭을 알 수 없는 때도 있지만 번개가 내게 전하는 것을 받아들인다. 그 번개는 나니까. 아기 때 맞은 번개가 내 몸에 들어와 떠나지 않았으니까.

화석을 발견할 때마다 그 번개가 남긴 메아리를 느낀다. 살짝 찌릿하며 "그래, 메리 애닝. 넌 이 바닷가 모든 돌멩이와는 다른 존재야"라는 속삭임이 들린다. 그래서 나는 사냥꾼이 됐다. 번개가 전하는 느낌을, 그 다름을, 날마다 느끼기 위해서.

숙녀답지 못한,
지저분하고 이해할 수 없는 일

메리 애닝은 눈부터 눈에 띈다. 우리가 처음 만났을 때, 즉 그녀가 소녀이던 시절에도 그건 분명했다. 동그란 갈색의 눈. 반짝이는 그 눈은 항상 뭔가를 찾는 화석 사냥꾼다운 면을 가졌다. 흥미로운 것이라곤 없는 길거리나 실내에서도 마찬가지다. 그래서 메리는 가만히 있을 때도 기운이 넘쳐 보인다. 동생들은 말한다. 나 역시 사람을 잠자코 응시하지 않고 늘 주위를 흘깃거린다고. 내가 메리에게 한 말은 칭찬이지만, 동생들의 말은 그렇지 않다.

　오랫동안 관찰한 바에 따르면, 사람들은 저마다 얼굴이나 몸의 특정 부분이 먼저 눈에 띄는 경향이 있다. 가령, 존 오빠는 눈썹부터 눈에 띈다. 숱 많은 오빠의 눈썹은 일견 두드러질 뿐 아니라 얼굴에서 가장 많이 움직이며, 이마에 주름살이 패이고 사라질 때 생각의 흐름을 드러내기도 한다. 존 오빠는 필폿 집안 다섯 자녀 중 둘째이자 외아들이라 부모님이 돌아가신 후 네 자매를 책임져야 했다. 그런 상황이 닥치면 누구라도 눈썹을 치켜뜨겠지만, 존 오빠는 어릴 때부터 진지했다.

막내 동생 마거릿은 손부터 눈에 띈다. 작은 손이지만 손가락은 비율에 맞게 길고 우아하며 그 애는 우리 중 피아노를 제일 잘 친다. 마거릿은 춤을 출 때 곧잘 손을 흔들고, 실내가 추워도 머리 위로 팔을 올리고 잔다.

프랜시스는 필폿 자매 중 유일하게 결혼했는데, 가슴부터 눈에 띈다(그것이 결혼한 까닭이지 싶다). 우리 필폿 자매는 미모로 유명할 정도는 아니다. 앙상한 몸매에 개성 강하고 뚜렷한 이목구비, 게다가 집안 재산은 딸 하나 정도만 편안히 결혼시킬 수준이었으므로 프랜시스가 그 자리를 따내 레드 라이언 스퀘어의 집을 떠나 에식스 상인의 부인이 됐다.

나는 언제나 메리 애닝처럼 눈이 먼저 눈에 띄는 사람을 높이 평가했다. 그런 사람들은 세상과 그 이치를 잘 파악하는 것 같았다. 그래서 나는 루이스 언니와 가장 사이좋게 지낸다. 언니는 필폿 가족 모두와 같은 잿빛 눈동자를 가졌고 말수는 적지만, 그 눈으로 가만히 보면 신경이 쓰인다.

나도 늘 눈이 먼저 눈에 띄는 사람이 되고 싶었으나 성품이 바뀌지 않는 것처럼 먼저 눈에 띄는 곳도 바뀌지 않는다. 그래서 나는 사람들로 하여금 비호감을 자아내는 각진 턱에서 벗어나지 못한다. 내가 모으는 화석이 돌에 박혀 꼼짝 못하듯이, 그렇게 알고 살았다.

메리 애닝을 만난 건 메리가 평생 산 라임 레지스에서였다. 내가 살게 될 줄은 꿈에도 몰랐던 곳. 라임이란 곳이 세련된 해변 휴양지라고 듣긴 했지만 가 본 적은 없었다. 우리는 보통 여름이면 브라이턴이나 헤이스팅스 같은 서식스의 소도시를 찾았다. 생전에 어머니는 바닷가에서 신선한 공기를 마시고 해수욕을 하라고 말씀하셨다. 해수욕을 하고 그 물을 마시면 좋다는 논문의 주장을 받아들이셨기 때문이다. 나는 바닷물을 마시지는 않았지만 가끔 수영은 했다. 바다에 가면 집처럼 편안했다. 정말 집이 될 줄은 몰랐지만.

부모님이 돌아가시고 2년이 지난 어느 날, 존 오빠는 저녁 식사 자리에서 돌아가신 아버지의 변호사 친구 딸과 약혼했다고 발표했다. 우리는 오빠에게 키스하며 축하했고 마거릿은 피아노로 축하 왈츠를 연주했다. 하지만 그날 밤 잠자리에서 나는 울었다. 언니와 동생도 마찬가지였을 것이다. 우리의 런던 생활은 끝났으니까. 오빠가 결혼하면 우리 모두 레드 라이언 스퀘어에서 살 돈도, 공간도 부족했다. 새로운 필폿 부인은 당연히 자기 집의 여주인이 되어 그 공간을 자신의 아이들로 채우고 싶어 할 터였다. 시누이 셋은 부담이었다. 특히 결혼할 가망이 없는 시누이라면. 루이스 언니와 나는 미혼으로 살 운명임을 예감했다. 돈이 없으니 외모와 성품으로 남편감을 매료시켜야 하건만, 우리 둘의 외모와 성품은 도움이 되기에는 지나치게 '규격 외'였다. 루이스 언니는 눈 때문에 얼굴이 환히 돋보였지만 키가 매우—대부분의 남자들이 감당할 수 없을 만큼—컸고 손발도 컸다. 게다가 루이스 언니는 말수가 없어 상대로 하여금 '지금 트집 잡히고 있는 것 아닌가.' 하고 안절부절못하게 만들었다. 물론 실제로도 트집을 잡고 있었을 것이다. 나는 작고 앙상하고 평범했으며 애교없이 진지한 대화를 하려고 들어서 남자들을 쫓아내곤 했다.

우리는 풀을 다 뜯어 먹은 들판의 양처럼 다른 곳으로 거처를 옮겨야 했다. 존 오빠가 양치기 역할을 맡았다.

이튿날 아침 존 오빠는 친구에게서 빌려 왔는지 식탁에 책을 올려 놓으며 말했다. "이번 여름휴가로는 브라이턴의 친척 집 대신 다른 곳에 가 보는 게 좋을 거 같아. 남해안을 따라가는 짧은 관광이랄까. 프랑스와의 전쟁 때문에 대륙 여행길이 막히니 해안 휴양지가 많이 생겨나고 있어. 브라이턴보다 좋은 곳이 있을지도 모르지. 이스트본이라든가, 워딩이라든가. 혹은 좀 더 멀리 리밍턴이나 도싯 해안, 웨이머스나 라임 레지스 같은 곳." 오빠는 머릿속에 적어 둔 목록에 체크하며 읽듯이 그곳들을 하나씩 읊었다. 변호사의 정돈된 머릿속은 그렇게 돌아갔다. 분명 우리를 보내고 싶은 곳을 정해 뒀으면서도 부드럽게 몰아갈 속셈이었다. "어디가 좋은지 한번 봐." 오빠는 책을 두드렸다. 다른 말은 없었지만 우리는 이 여정의 목적이 휴양지가 아닌 새집을 찾는 것임을 알고 있었다. 런던 극빈자로 사는 대신, 그곳에서 전보다 조금은 더 빠듯하게 살게 되리란 것을.

존 오빠가 방으로 돌아가자 나는 책을 집어 들었다. 표지에는 "1804년 온천 및 해안 휴양지 총 정리 안내서"라고 쓰여 있었다. 나는 루이스 언니와 마거릿이 듣도록 소리 내어 읽었다. 뒤적여 보니 영국의 소도시가 알파벳순으로 정리되어 있었다. 세련된 바스가 당연히 가장 길게, 장장 마흔아홉 쪽에 걸쳐 소개되었다. 큰 지도와 주위 야산으로 둘러싸인 편평하고 우아한 도시 전경 그림도 끼워져 있었다. 우리가 사랑하는 브라이턴은 스물세 쪽 분량의 빛나는 보고서로 소개되고 있었다. 오빠가 언급한 곳 중에서는 달랑 두 쪽의 무심하고 진부한 소개 글이 전부인—어촌 마을을 미화한 것에 지나지 않은—도시도 있었다. 오빠는 해당 페이지의 가장자리에 점을 찍어 두었다. 나름대로 조사도 해 놓은 것이었다.

"브라이턴이 어디가 어때서?" 마거릿이 따졌다.

나는 라임 레지스 설명을 읽다가 눈살을 찌푸렸다. "여기 답이 있네." 나는 마거릿에게 책을 건넸다. "오빠가 표시한 곳을 봐."

"라임은 주로 중류층 사람들이 찾는 곳이다." 마거릿이 소리 내어 읽었다. "건강 회복뿐 아니라 소진된 수입을 보전하기 위한 목적으로 찾기도 한다." 마거릿이 책을 무릎에 내려놓으며 물었다. "필폿 자매가 살기에 브라이턴은 생활비가 너무 많이 드는구나, 그렇지?"

"넌 여기서 오빠랑 새언니랑 함께 살아도 돼." 내가 너그럽게 제안했다. "한 명은 받아 줄 수 있을 거야. 모두 바닷가로 쫓겨 갈 필요는 없겠지."

"말도 안 돼, 엘리자베스 언니. 우린 헤어질 수 없어." 동생의 충성 선언에 나는 마거릿을 꼭 끌어안았다.

그해 여름 우리는 존 오빠가 제안한 대로 해안을 여행했다. 고모와 고모부, 장래 새언니와 사부인이 동행했으며 오빠도 시간이 날 때마다 함께했다. 동행들은 "참 아름다운 정원이네! 여기서 일 년 내내 살면서 언제든지 저길 산책할 수 있는 사람들이 부럽다"라거나 "이 곳 순회도서관(자동차에 책을 싣고 도서관이 없는 지방을 정기적으로 순회하면서 책을 빌려 주는 소규모의 임시 도서관-옮긴이)에 책이 많아서 런던에 사는 기분이겠네요"라거나 "여기 공기는 참 포근하고 신선하지 않아? 매일 이 공기를 마시고 싶군"이라고 말했다. 타인이 우리의 미래를 그렇게 쉽게 판단하다니 짜증이 났다. 특히나 우리 집을 물려받을 새언니는 워딩이나 헤이스팅스에 살 생각이 전혀 없으니 말이다. 새언니 말이 너무 거슬린 나머지 루이스 언니는 급기야 외출에 빠지기 시작했고, 나 또한 점점 가시 돋친 말을 했다. 마거릿만 새로운 곳을 신기해하면서 즐겼다. 비록 리밍턴의 진흙이나 이스트본의 촌스러운 극장을 보고 웃은 것이 전부이긴 하지만. 마거릿은 웨이머스를 가장 좋아했다. 조지 왕이 그곳을 좋아한 덕분에 다른 소도시보다 찾는 이가 많았다. 런던과 바스에서 하루에도 서너 번의 마차가 찾아오고 세련된 차림의 사람들이 끊임없이 유입됐다.

나는 여행 내내 언짢았다. 이사할 곳으로 바라보면 여행지로서 느끼던 매력이 사라지기도 한다. 휴양지는 런던보다 살기 불편한 곳이 되어 버렸다. 전에는 좋아 보이던 브라이턴과 헤이스팅스도 활기나 고상함이 부족하게 느껴졌다.

라임 레지스에 도착한 무렵에는 루이스 언니와 마거릿, 나만 남았다. 존 오빠는 직장으로 돌아가는 길에 약혼녀와 그녀의 어머니를 데려갔고, 고모부는 통풍이 재발해 고모와 함께 절뚝이며 브라이턴에 돌아갔다. 우리는 웨이머스에서 만난 더럼 가족에게 라임을 안내받았다. 그들은 우리와 마차로 동행한 뒤 그곳의 번화가인 브로드 스트리트에 있는 하숙집에 투숙하도록 도와줬다.

그해 여름에 찾아간 모든 곳 중에서 라임이 가장 매력적이었다. 9월, 어디나 아름다운 계절이었다. 부드러운 금빛 태양이 비추면 아무리 우중충한 휴양지도 포근하게 느껴졌다. 좋은 날씨가 축복해 줬으며 우리는 가족의 기대에서 자유로워졌다. 마침내 우리가 살 곳에 대해 독립적인 의견을 가질 수 있었다.

라임 레지스는 땅을 정리해 도시로 발전시킨 곳이라기보다는 지형에 순응한 도시다. 시내로 접어드는 언덕이 너무 가팔라 마차는 거기까지 가지 못한다. 승객은 차머스의 퀸스 암즈나 어플라임의 교차로에 내려 수레를 타고 가야 한다. 좁은 도로는 해안으로 내려가다가 바닷가에서 급격히 길이 꺾이면서 다시 언덕으로 올라간다. 작은 라임강이 바다로 쏟아져 들어가는 저지대가 도시의 중심 광장을 형성한다. 가장 큰 여관인 쓰리 컵스가 그곳에 있고, 그 건너편에는 세관과 회관이 위치한다. 회관은 소박하지만 유리 샹들리에 셋과 해안이 내다보이는 근사한 창문이 있다. 도시 중심부에서 해안과 강을 따라 주택이 흩어져 있으며 상점과 정육점이 브로드 스트리트에 위치한다. 바스나 첼트넘, 브라이턴처럼 계획된 도시가 아니라 산과 바다에서 탈출하려다 실패한 듯 이쪽저쪽으로 구불구불 펼쳐지는 도시다.

그뿐만이 아니다. 라임은 나란히 있는 두 마을이 작은 모래사장으로 연결된 형태다. 모래사장에는 해수욕 장치*가 줄지어 기다리고 있다. 그 해변 서쪽에 위치한 라임은 바다를 피하지 않고 끌어안는 형태다. 바다 쪽으로는 해안을 에워싸고 있는 긴 회색 석벽 코브가 버티고 있는데, 사방에서 찾아오는 낚싯배와 무역선에 조용한 항구가 되어 준다. 코브의 높이는 3~4피트, 폭은 사람 셋이 팔장을 끼고 걸어 다닐 수 있는 정도다. 관광객들은 그렇게 팔짱을 끼고 걷는다. 그러면 훌륭한 경치와 초록, 회색, 갈색으로 펼쳐지는 산, 절벽 너머 극적인 해안선이 다 보이기 때문이다.

바스와 브라이턴은 주위 환경에도 불구하고 아름답다. 매끈한 석조로 이루어진 고른 건물이 보기 좋은 작품이 된다. 그런 반면, 라임은 주위 환경 때문에 아름답다. 무성의하게 지어진 주택들에도 불구하고 그곳은 곧바로 내 마음을 사로잡았다.

언니와 동생도 저마다 다른 이유로 라임을 좋아했다. 마거릿에게 라임은 소박했다. 라임의 무도회에서라면 여주인공이 될 수 있었다. 열여덟의 마거릿은 생기와 활력이 넘쳤고 필폿 자매 중 가장 예뻤다. 그 애는 예쁘장한 검은 곱슬머리와 긴 팔을 가졌고 그 긴 팔을 높이 들기를 좋아해 우아한 선으로 사람들을 감탄시켰다. 그 애 얼굴이 조금 길고 입술이 아주 살짝 얇고 목의 근육이 어느 정도 도드라져 보인다 해도, 열여덟 살일 때는 상관없었다. 그런 건 나중에 중요해진

---

* 18세기부터 20세기 초까지 사용된 탈의실 같은 장치. 안에서 수영복으로 갈아입기도 하고, 바다에 끌고 들어가 해수욕하는 사람이 해안에서 보이지 않도록 가려 주는 기능도 했다.

다. 적어도 마거릿은 나처럼 턱이 도끼 같지도, 루이스 언니처럼 키가 너무 크지도 않았다. 그해 여름 라임에는 마거릿과 경쟁할 상대가 몇 없었고, 브라이턴이나 웨이머스처럼 경쟁자가 많은 곳에서보다 그 애는 신사들에게서 많은 관심을 받았다. 마거릿은 무도회가 열릴 때마다 나갔고, 남는 시간은 회관에서 열리는 카드 게임 모임이나 차 모임으로 채웠으며, 새로 사귄 친구들과 코브를 산책하며 만족했다.

루이스 언니는 무도회와 모임에는 관심이 없었지만, 일찌감치 그곳 서쪽 절벽 근처에서 놀라운 식물상을 자랑하는 야생 생물 서식지를 발견했다. 무너진 바위가 만들어 낸 담쟁이와 이끼가 뒤덮은 외딴 오솔길. 언니의 식물에 대한 관심과 은둔 기질을 모두 만족시키는 곳이었다.

어느 날 아침, 나는 코브의 서쪽 몬머스해변을 따라 걷다가 라임에서 할 일을 발견했다. 우리는 웨이머스에 사는 더럼 가족과 만나 해변을 따라 튀어나온 특이한 바위를 찾으러 갔다. '뱀의 묘지'라고 불리는 그 바위는 썰물 때만 드러났다. 그곳은 우리 생각보다 멀었고 자갈 해변은 얇은 구두를 신고 걷기 힘들었다. 나는 돌에 걸려 넘어지지 않으려고 바닥만 보고 걸어야 했다. 그렇게 두 개의 돌 사이에 발을 디디다가 줄무늬가 있는 특이한 자갈이 눈에 띄었다. 나는 홀린 듯 허리를 숙여 그것을 집어 들었다. 앞으로 수천 번 반복하게 될 행동이었다. 나선형으로 말린 등줄기에는 일정한 간격으로 솟은 부분이 있었고, 꼬리 끝을 중앙에 두고 똬리를 튼 뱀 같은 모양이었다. 규칙적인 무늬가 예뻐서 뭔지는 몰라도 간직하기로 했다. 보통 자갈은 아니라고 생각한 게 다였다.

그것을 루이스와 마거릿에게, 그다음에는 더럼 가족에게 보여 줬다. "아, 뱀돌이군요." 더럼 씨가 말했다.

논리적으로 살아 있는 뱀이 아니라는 것을 알면서도 나는 돌을 떨어뜨릴 뻔했다. 아무렴 보통 돌일 리는 없었다. 그리고 문득 깨달았다. "그럼 화석이군요?" 더럼 가족이 화석이란 말을 아는지 몰라 망설이며 물었다. 나는 화석에 관한 책도 읽었고 영국 박물관에 전시된 것도 봤지만 바닷가에서 그렇게 쉽게 찾을 수 있는지는 몰랐다.

"그럴 겁니다." 더럼 씨가 말했다. "여기선 쉽게 찾을 수 있죠. 팔기도 해요. '신기한 것'이라고 부르죠."

"머리는 어디 있어요?" 마거릿이 물었다. "꼭 잘라 낸 것 같네요."

"떨어져 나간 거겠죠." 더럼 양이 말했다. "필폿 씨, 뱀돌을 어디서 찾았나요?"

나는 한 자리를 가리켰고 모두 함께 살폈지만 뱀 머리는 찾지 못했다. 곧 다른 사람들은 흥미를 잃고 계속 걸어갔다. 나는 조금 더 찾다가 사람들을 따라가면서 손을 펴서 훗날 암모나이트라고 부르게 되는 첫 표본을 들여다봤다. 뭔지는 몰라도 한 생물의 몸을 쥐고 있자니 기분이 이상하면서도 기뻤다. 단단한 형태를 꼭 쥐고 있으니 지팡이나 계단 난간을 잡은 것처럼 의지가 됐다.

몬머스해변 끄트머리, 해안선이 보이지 않게 되는 일곱 바위 절벽 끝에서 우리는 '뱀의 묘지'를 발견했다. 매끈한 석회암에 나선형 무늬가 새겨져 있었다. 회색 석회암을 배경으로 내가 들고 있는 것과 같은 돌멩이 수백 개가 흰 선을 그리고 있었다. 접시처럼 크다는 점만 달랐다. 참 기이하고 음산한 광경이라 우리는 모두 말없이 바라보기만 했다.

"저건 보아 구렁이가 아닐까?" 마거릿이 말했다. "정말 크다!"

"하지만 보아 구렁이는 영국에 살지 않잖아요." 더럼 양이 말했다. "여기 어떻게 왔을까요?"

"옛날에, 몇백 년 전에는 여기 살았을지도 모르지." 더럼 부인이 의견을 내놓았다.

"이를테면 천 년 전이나, 5천 년 전에는 살았을지 모르지." 더럼 씨가 말했다. "그만큼 오래된 것일 수도 있어. 그 후에 보아 구렁이가 다른 곳으로 이동했을 수도 있고."

내겐 그것이 뱀으로도, 우리가 아는 그 어떤 동물로도 보이지 않았다. 오래전 죽은 게 분명했고, 형체는 없이 바위에 그린 그림 같았지만, 그것들을 밟지 않으려고 주의하며 살금살금 걸었다. 살아 있는 생물이었다고 상상하기 어려웠다. 늘 바위에 있었던, 영원한 존재처럼 느껴졌다.

여기 살면 이걸 보고 싶을 때마다 와서 볼 수 있겠구나 싶었다. 해변에서는 작은 뱀돌과 다른 화석을 찾을 수 있었다. 의미 있는 일이었다. 내겐 그거면 충분했다.

오빠는 우리 선택을 반겼다. 라임은 경제적일 뿐 아니라, 윌리엄 피트William Pitt(영국 제16대, 18대 총리-옮긴이)가 어린 시절 건강을 회복하려고 지낸 곳이기도 했다. 오빠는 누이들을 유배하는 곳이 영국 총리도 살던 곳이라는 점에서 위안을 받았다. 우리는 이듬해 봄 라임으로 이사했고 존 오빠는 상점과 해변 위쪽, 시내 브로드 스트리트에서 산으로 이어지는 실버 스트리트 맨 끝에 작은 집을 구해 줬다. 곧이어 오빠와 새언니는 레드 라이언 스퀘어의 우리 집을 팔고 새언니 친정에서 받은 돈을 보태 영국 박물관 바로 옆 몬터규 스트리트의 신축 주택을 샀다. 과거를 잘라 버릴 생각은 없었는데, 어쩌다 보니 그렇게 됐다. 라임에선 생각할 것이 현재와 미래뿐이었다.

맨 처음, 몰리 코티지는 충격이었다. 그곳은 우리가 살던 런던 집과 달라도 너무 달랐다. 방이 작고 천장은 낮았으며 바닥은 울퉁불퉁했다. 돌로 짓고 슬레이트 지붕을 얹은 그곳 1층에는 응접실, 식당, 주방이 있고 2층에는 2개의 침실과 하녀 베시가 지낼 다락방이 있었다. 루이스 언니와 내가 한방을 쓰고 마거릿에게는 다른 방을 줬다. 우리가 늦게까지—언니는 식물학, 나는 자연사—책을 읽고 있으면 마거릿이 불평했기 때문이다. 그 집에는 어머니의 피아노나 소파, 마호가니 식탁을 둘 공간이 없었다. 그것들은 런던에 두고 와야 했고, 그 대신 근처 액스민스터에서 작고 평범한 가구를, 엑서터에서 조그만 피아노를 사야 했다. 줄어든 공간과 가구는 우리 처지를 그대로 보여 줬다. 서너 명의 하인을 두고 손님이 많이 드나드는 부유한 집 안에서 요리와 청소를 다 맡는 하인 하나를 데리고 교제할 사람이 몇 없는 형편 빠듯한 소도시 가구로 전락한 처지를.

그렇지만 우리는 곧 새집에 적응했다. 사실, 좀 지나니 예전 런던

집이 너무 크게 느껴졌다. 높은 천장과 큰 창문 때문에 런던 집은 난방이 어려웠다. 대단치 못한 사람에게 그 집은 허세였다. 몰리 코티지는 여성의 집, 여성의 성품과 기대에 맞는 크기였다. 물론 그곳에는 남자가 살지 않으니 그렇게 생각한 것도 있다. 우리와 사회적 지위가 비슷한 남자가 살기에는 아무래도 불편했을 것이다. 실제로 존 오빠는 찾아올 때마다 불편해했다. 늘 대들보에 머리를 부딪히거나 울퉁불퉁한 문틈에 발이 걸리곤 했으며 낮은 창문 밖을 내다보느라 고개를 숙여야 했으니까. 가파른 계단에서 휘청거리기도 일쑤였다. 부엌 난로만 블룸즈버리의 벽난로보다 컸다.

우리는 라임의 작은 사교계에도 익숙해졌다. 라임은 외딴곳이었다. 그래서인지 라임 사람들은 그 시대의 사회규범을 따르면서도 특이하고 예측하기 어려운 편에 속했다. 속이 좁으면서도 동시에 포용력이 있는 사람들이랄까. 영국국교회 교인이 아닌 사람들이 많은 건 당연하다. 물론 가장 큰 교회, 성미가엘 성당은 국교회 성당이지만 전통 교리에 의문을 제기하는 감리교, 침례교, 퀘이커교, 조합교의 교회도 함께 있다.

라임에서 새 친구를 몇 명 사귀긴 했지만 각각의 사람보다는 그곳이 지니는 완고한 느낌에 나는 더 끌렸다. 메리 애닝을 알게 되기 전까지는 그랬다. 그곳 사람들에게 우리 필폿 가족은 몇 년 간 런던 사람으로 취급받았고 의심도 받고 관용도 누렸다. 우리는 부유하지 않았다. 연 150파운드(CPI 인플레이션 계산기에 따르면, 현재의 가치로 22,000파운드 정도가 된다 - 옮긴이)의 생활비로 여자 셋이서 큰 사치를 누릴 수는 없었다. 그래도 라임에서는 넉넉한 편에 속했고, 런던 출신의 교육받은 변호사 가정이라는 배경 덕분에 어느 정도 대우도 받았다. 우리 셋이 모두 남편이 없다는 사실을 우습게 여길 사람들이 많았을 테지만, 등 뒤에서라면 모를까 면전에서 비웃는 사람은 없었다.

몰리 코티지는 수수한 집이었지만, 라임만과 해안선을 따라 이어지는 동쪽 언덕은 굉장한 전망이 되어 주었다. 그 사이사이로 최고봉인 골든 캡이 보였고, 맑은 날이면 악어처럼 길고 납작한 머리만 드러낸 채 바다에 잠긴 포틀랜드섬까지 보였다. 나는 종종 일찍 일어나 찻잔을 들고 창가에 앉아서 그 이름처럼 해가 뜨면 금빛으로 물드는 골든 캡을 바라봤다. 그 경치를 보면 바쁘고 활기찬 런던을 떠나 남서부 해안의 멀고 초라한 시골로 오면서 느낀 아픔이 덜해졌다. 햇빛이 언덕을 물들일 때면 그곳의 고립 생활을 받아들이고 심지어 즐길 수도 있을 것 같았다. 그러나 구름이 끼고 강풍이 불거나 하늘이 잿빛인 때는, 단지 그것뿐임에도 절망감을 느꼈다.

이곳에 자리를 잡고 얼마 지나지 않아 화석을 취미로 삼으리라는 확신이 들었다. 나는 결혼할 전망이 없는 스물다섯의 아가씨였으니 소일거리가 필요했다. 아가씨로만 살기에는 삶은 너무 지루하니까.

언니와 동생은 이미 자리를 잡았다. 루이스 언니는 실버 스트리트 정원에 쪼그리고 앉아 수국을 뽑았다. 수국을 저속하다고 여겼기 때문이다. 마거릿은 라임 회관에서 카드 게임과 무도회에 푹 빠졌다. 그 애는 가능하면 언니와 내게 함께 가 달라고 했지만 곧 더 어린 동행을 구했다. 나이 많은 미혼 언니들이 뒤에 서서 장갑 낀 손으로 입을 가리고 건조한 논평을 하는 것만큼 구혼자를 쫓아내는 행동은 없으니까. 갓 열아홉이 된 마거릿은 회관에서 인기를 누릴 거라는 희망을 품었다. 그곳의 춤과 그곳 사람들의 옷차림이 촌스럽다고 불평하면서도.

나는 라임과 차머스 사이 바닷가에서 금빛 암모나이트를 처음 발견한 뒤, 뜻밖의 보물을 찾는 순간 느끼는 전율에 굴복하고 말았다. 당시에는 화석에 관심 갖는 여자를 찾기 어려웠지만 나는 바닷가에 점점 더 자주 나가기 시작했다. 그것은 숙녀답지 못한, 지저분하고 이해할 수 없는 일로 간주됐다. 나는 개의치 않았다. 어차피 여성스러운 모습으로 좋은 인상을 남기고 싶은 상대도 없었다.

화석은 분명 특이한 즐거움을 준다. 생물의 잔해이다 보니 누구나 화석에 매료되는 건 아니다. 곰곰이 생각해 보면, 오래전 죽은 사체를 손에 쥐고 있는 게 이상하게 느껴질 때도 있다. 게다가 지금 세상의 생물도 아니고, 상상하기도 어려운 먼 과거의 생물이다. 그래서 나는 화석에 끌리면서도 비늘과 지느러미가 뚜렷한 화석 물고기 수집을 더 좋아한다. 매주 금요일에 먹는 생선을 닮아서 현재의 일부처럼 느껴지기 때문이다.

메리 애닝과 그 가족을 처음 접하게 된 건 화석 때문이었다. 표본을 몇 개 모으지도 못 했으면서 제대로 정리할 캐비닛이 필요하다는 생각이 들었다. 나는 필폿 자매 중 정리를 맡는 편이었다. 루이스 언니의 꽃을 화병에 꽂고, 마거릿이 런던에서 가져온 찻잔으로 상을 차리는 게 바로 나였다. 이 같은 정리벽이 나를 코크모일 스퀘어에 있는 리처드 애닝의 작업실로 이끌었다. 스퀘어라니, 좋은 집 응접실 정도밖에 안 되는 작은 공간에 붙이기에는 너무 거창한 말이 아닌가 싶기도 하지만. 부유층이 다니는 그곳 큰 광장 모퉁이 너머의 코크모일 스퀘어는 상인들이 살면서 일하는 허름한 집 몇 채가 모여 있었다. 그 광장의 한쪽 구석에는 차꼬(죄수를 가두어 둘 때 쓰던 형구—옮긴이)가 앞에 놓인 작은 감옥이 있었다.

리처드 애닝이 훌륭한 캐비닛 제작자라는 추천을 받기도 했지만, 나는 어찌 되었든 머지않아 그곳을 찾아갔을 것이다. 그곳에서 어린 메리 애닝이 관리하는 화석과 내가 모은 화석을 비교하기 위해서 말이다. 메리는 키가 크고 호리호리한 체격에 인형 놀이보다는 집안일에 익숙한 아이답게 튼튼한 팔다리를 가졌다. 그 애의 좀 평범한, 납작한 얼굴에서는 자갈 같은 갈색의 부리부리한 눈만 흥미로웠다. 그 애는 표본 바구니를 뒤지며 암모나이트 조각을 주워 게임하듯 다른 그릇에 던져 넣고 있었다. 아주 어린 나이에도 메리는 나선형 몸통 주위의 선을 비교해 다양한 종류의 암모나이트를 구별할 수 있었다. 메리는 일하다가 고개를 들었고 활달하고 호기심 가득한 표정을 지으며 내게 물었다. "이걸 사고 싶으세요, 부인? 여기 좋은 게 있어요. 자, 예쁜 바다나리*가 단돈 1크라운이에요." 메리는 아름다운 바다나리를 들어 올렸다. 긴 엽상체가 정말 백합 잎처럼 펼쳐져 있었다.

---

* 바다 백합이라고도 불리며 성게, 불가사리, 해삼류처럼 극피동물에 속한다. 학명인 'Crinoidea'는 그리스어로 백합꽃을 뜻하는 'krinon'과 형태를 뜻하는 'eidos'에서 따왔다.

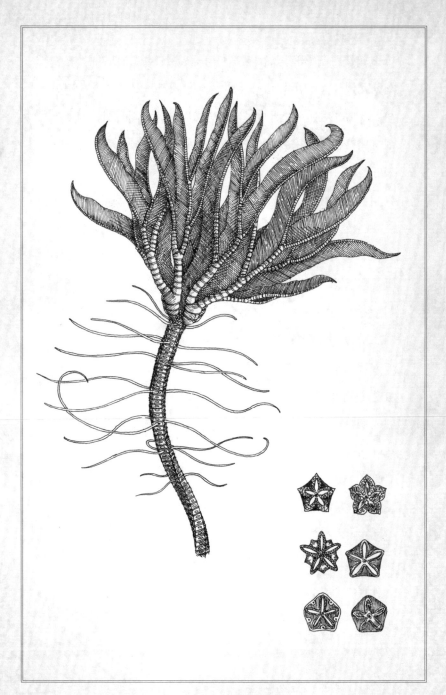

pentacrinites / sea lilies

나는 백합을 좋아하지 않는다. 백합의 들척지근한 향기보다는 더 상쾌한 향기를 좋아한다. 베시는 내가 쓰는 시트는 몰리 코티지 정원의 로즈메리 덤불 위에서 말리는 반면, 언니와 동생의 시트는 라벤더 위에서 말린다. "마음에 드세요, 부인—아가씨?" 메리는 끈덕지게 물었다.

나는 흠칫했다. 내가 결혼을 안 한 게 그렇게 티가 났나? 물론 그랬다. 우선 내 곁에는 나를 애지중지 돌보는 남편이 없었으니까. 하지만 그것 말고도 다른 점이 있었다. 결혼한 여자들 특유의 분위기, 장래를 걱정할 필요가 없어 의기양양한 분위기가 내게서는 느껴지지 않을 터였다. 결혼한 여자들은 틀 안의 젤리처럼 자리를 잡는 반면, 미혼 여성들은 형태도 없고 아무것도 예측할 수 없다.

나는 바구니를 두드렸다. "내게도 화석은 있어. 네 아버지를 뵈러 왔단다. 계시니?" 메리는 열린 문으로 내려가는 계단 쪽을 향해 고갯짓을 했다. 나는 나무와 돌로 가득한, 어둡고 지저분한 방으로 들어섰다. 바닥은 톱밥과 돌가루로 뒤덮여 있었다. 광택제 냄새가 너무 강해서 뒷걸음질 칠 뻔했지만 그럴 수 없었다. 리처드 애닝이 나를 노려보면서 다트마냥 뾰족하고 날카로운 코끝으로 나를 그 자리에 꽂아 버렸기 때문이다. 나는 코가 먼저 눈에 띄는 사람들을 좋아하지 않는다. 그들은 모든 것을 자기 얼굴 한가운데로 끌어당긴다. 이는 흡사 덫에 걸린 느낌과도 같다.

그는 중키에 검고 탐스러운 머리카락, 강한 턱선, 유연한 몸을 가졌다. 진청색 눈은 늘 감추는 것이 있어 보였다. 냉혹하고 놀리기 좋아하는 성격에 이따금 거칠게 굴 때면 그의 잘생긴 외모가 짜증 나곤 했다. 그는 그 외모를 딸에게는 물려주지 않았다. 그랬다면 더 유용했을 텐데.

리처드는 광택제를 묻힌 브러시를 든 채로 유리문을 단 작은 캐비닛에 걸터앉아 있었다. 내가 원하는 것을 설명하는데도 그는 브러시를 내려놓지도, 내 표본에 눈길을 주지도 않았다. 첫인상부터 아주 안 좋았다.

"1기니요." 그가 대뜸 그렇게 말했다.

표본 캐비닛값으로는 터무니없었다. 런던 여자에게 사기를 칠 수 있을 줄 알았나? 내가 부자라고 생각한 모양이다. 나는 잠시 그의 잘생긴 얼굴을 노려보며 존 오빠가 다음번에 찾아와 나 대신 그를 상대해 주기를 기다릴까 생각했다. 하지만 그러려면 몇 달이 걸릴 것이고 또 오빠에게 모든 걸 의지할 수도 없었다. 지금부터는 혼자서도 상인들에게 사기당하지 않고 라임에서 살아 나갈 수 있어야 했다.

작업장을 둘러보니 리처드에게는 분명 일거리가 필요했다. 그 점을 이용해야 했다. "그렇게 과한 액수를 부르다니 아쉽네요." 나는 천에 화석을 싸 바구니에 도로 넣으며 말했다. "보관함마다 제작자 이름을 잘 보이게 적어 수집품을 보는 사람들에게 알릴 생각이었는데, 다른 곳에 가 봐야겠네요. 좀 더 합리적인 곳에."

"그걸 다른 데 보여 주려고?" 리처드가 내 바구니를 향해 턱짓했다. 믿을 수 없다는 그의 태도에 나는 마음을 정하고 말았다. 액스민스터나 엑서터에 가는 한이 있더라도 다른 사람을 찾지, 이자에게 일거리를 주진 않기로. 절대 좋아할 수 없는 사람이었다.

"안녕히 계세요." 나는 인사하고 돌아서서 계단을 오르려 했다. 그러나 메리가 입구에 버티고 서서 내 앞을 가로막았다. "어떤 진기한 걸 갖고 있어요?" 메리가 내 바구니를 보며 물었다.

"네게 흥미로울 만한 건 없어." 나는 중얼거리며 그 애를 밀치고 광장으로 나갔다. 리처드의 말투에 상처를 입은 것이 분했다. 캐비닛 제작자의 의견에 내가 왜 신경을 써야 하나? 사실 나는 화석 초보자치고는 모은 것이 괜찮은 편이라고 생각하고 있었다. 암모나이트의 일부 조각뿐 아니라 온전한 것도 발견했고, 끝이 부서지지 않은 뾰족하고 기다란 벨렘나이트belemnite*도 찾았다. 화가 나서 애닝의 탁자를 지나치며 보니 그들의 화석은 내 것보다 훨씬 더 다양하고 아름다웠다. 부서진 곳 없이 온전하고 반들반들하며 종류도 양도 많았다. 화석인지 몰랐던 표본도 탁자에 전시되어 있었다. 다양한 이매패류(두 개의 겉껍데기를 가진 연체동물. 조개나 굴 등이 포함된다-옮긴이), 무늬가 새겨진 하트 모양의 돌, 다섯 개의 긴 팔이 달린 생물들.

메리는 내 무례한 말을 못 들은 척 따라 나왔다. "혹시 청추골** 있어요?"

---

* 중생대에 번성한 해생 화석동물. 시석, 전석이라고도 불리며 얇고 긴 총알 모양 혹은 오징어와 비슷하게 생겼다. 몸 전체가 화석으로 남기보다 주로 머리 쪽만 화석으로 발견되는 경우가 많다.
** 원문에서 메리는 '척추골vertebra'을 계속해서 'verteberry'라고 잘못 부르지만, 한국어판에서는 독자의 이해를 돕기 위해 '척추뼈' 혹은 '척추골'로 바르게 번역했다.

나는 메리와 탁자, 형편없는 작업장 전체에 등을 돌린 채 걸음을 멈췄다. "청추골이 뭐지?"

탁자 옆에서 돌이 달그락거리며 부딪히는 소리가 들렸다. "악어 등에서 나온 거요." 메리가 말했다. "이빨이라는 사람도 있는데, 아빠와 전 아니라고 생각해요. 볼래요?"

나는 돌아서서 메리가 내미는 돌을 봤다. 크기는 2펜스 동전 정도만 했고, 모서리를 깎아 낸 듯한 두껍고 동그란 모양이었다. 한쪽 표면은 오목하고 반대편 중앙 부분은 부드러울 때 누가 손끝으로 누른 듯 옴폭 들어가 있었다. 영국 박물관에서 본 도마뱀 뼈대가 떠올랐다.

"척추골." 나는 그 돌을 쥐어 보면서 고쳐 줬다. "척추골 말이구나. 하지만 영국에는 악어가 없는걸."

메리가 어깨를 으쓱였다. "본 적이 없을 뿐이죠. 다른 곳으로 떠난 걸 수도 있잖아요. 스코틀랜드라든가."

나는 절로 웃음이 나왔다.

척추골을 돌려주러 다가가자 메리가 아버지가 있던 곳을 살피며 속삭였다. "가져요."

"고마워. 이름이 뭐니?"

"메리요."

"친절하구나, 메리 애닝. 소중히 간직할게."

나는 그것을 정말 소중히 간직했다. 내 캐비닛에 넣은 첫 화석이었다.

이제 와서 메리와 처음 만난 날을 생각하니 우습다. 그때는 메리가 친자매 이외에 가장 마음 쓰는 상대가 될 거라고는 짐작도 못 했다. 스물다섯의 중산층 아가씨가 어린 노동자 소녀와 친구가 될 거라고 상상하기는 어려우니까. 그러나 그 애에겐 나를 끌어들이는 구석이 있었다. 물론 화석이라는 공통의 관심사가 있기는 했지만 그것이 전부는 아니었다. 어린 소녀 시절에도 메리는 눈이 먼저 눈에 띄는 아이였고 나도 그렇게 되고 싶었다.

메리는 우리 집을 알아내 며칠 뒤 찾아왔다. 라임 레지스에서는 사람 찾기가 어렵지 않다. 거리가 서너 개뿐이었으니까. 루이스 언니와 주방에서 코디얼cordial(과즙 등에 물을 타서 마시는 음료-옮긴이)을 만들려고 엘더플라워를 다듬고 있는데 메리가 뒷문 앞에 나타났다. 마거릿은 식탁 주위에서 춤 연습을 하며 그 꽃으로 샴페인을 만들어 달라고 졸랐다. 도와주지도 않으며 하는 말이라 귀담아듣지도 않았다. 마거릿이 하도 뛰어다니며 조잘거리는 통에 메리가 문틀에 기대고 있는 것을 알아차리지도 못 했다. 설탕을 사서 주방에 들어오던 베시가 메리를 먼저 봤다.

"저게 누구지? 아가, 거기서 나가렴!" 베시가 동그란 뺨을 부풀리며 외쳤다.

베시는 런던에서 우리와 함께 내려왔고 바뀐 환경을 곧장 불평했다. 시내에서 몰리 코티지로 가려면 반드시 올라야 하는 가파른 오르막, 기침을 하게 만드는 차가운 바닷바람, 시장에서 만난 주민들의 알아듣기 힘든 억양, 발진을 일으키는 라임만의 게들. 블룸즈버리에서의 베시는 조용하고 듬직했는데, 라임에 오니 빰을 부풀리고 고집을 부렸다. 베시가 안 보는 데서 우리 필폿 자매는 그녀의 불평불만을 비웃었지만, 베시가 그만두겠다고 으름장을 놓지 않아도 솔직히 내가 먼저 해고해 버리고 싶은 때도 있었다.

메리는 문틀에서 꼼짝도 하지 않았다. 베시의 신경질을 무시했다. "뭘 만들어요?"

"엘더플라워 코디얼." 내가 대답했다.

"엘더플라워 샴페인." 마거릿이 손을 흔들며 정정했다.

"그게 뭐예요?" 메리가 가녀린 꽃을 보며 실내에 가득한 향기를 킁킁거렸다.

"6월이 되니 이곳 여기저기에 엘더플라워가 지천이던데." 마거릿이 말했다. "그걸로 뭘 만들어야지. 시골 사람들은 그러지 않아?"

동생의 잘난 체하는 말에 나는 움찔했다. 하지만 메리는 기분이 상하지 않은 모양이었다. 대신 그 애는 왈츠를 추면서 고개를 양쪽 어깨에 번갈아 파묻고 흥얼거리면서 손을 꼬아 대는 마거릿을 눈으로 좇았다.

제발. 나는 생각했다. 저 애가 우리 중에서 가장 어리석은 사람에게 반하지 않기를. "무슨 일이지, 메리?" 그럴 생각은 아니었는데 나도 모르게 딱딱하게 말이 나갔다.

메리 애닝은 나를 보면서도 계속 마거릿을 흘깃거렸다. "아빠가 1파운드에 캐비닛을 만들어 드린대요."

"이제 와서?" 리처드 애닝에게 맡겨야만 한다면 캐비닛 제작 계획을 포기한 참이었다. "생각해 보겠다고 전하려무나."

"누가 찾아왔지, 엘리자베스?" 루이스 언니가 엘더플라워를 다듬으며 물었다.

"메리 애닝이야. 캐비닛 만드는 분 딸."

그 이름을 듣자 베시가 식혀 둔 과일 케이크를 뒤집다가 식탁에서 돌아섰다. 그러고는 메리를 보고 입을 딱 벌렸다. "네가 그 번개 맞은 아이니?"

메리는 눈을 내리깔고 고개를 끄덕였다.

모두의 시선이 메리에게 꽂혔다. 마거릿도 춤추던 걸 멈추고 쳐다봤다. 번개 맞은 아이 이야기는 나도 들은 적이 있었다. 몇 년이 지나도 사람들 입에 오르내렸으니까. 소도시가 좋아하는 기적 이야기였다. 익사한 줄 알았던 아이가 고래처럼 물을 뿜고 살아난 이야기. 절벽에서 떨어졌지만 멀쩡히 돌아온 사람 이야기. 마차에 치였지만 뺨에 긁힌 상처 하나만 남고 일어난 남자아이 이야기. 이런 일상 속의 기적은 지역사회를 하나로 묶어 주고 감탄할 전설이 되어 준다. 메리를 처음 만났을 때는 번개 맞은 아이일 수도 있다는 생각을 못 했다.

"번개 맞았을 때의 일이 기억나니?" 마거릿이 물었다.

메리는 어깨를 으쓱했고, 갑작스러운 관심에 불편한 기색을 보였다.

루이스 언니는 그런 관심을 좋아하지 않아 화제를 바꿔 보려고 애썼다. "내 이름도 메리야. 할머니들 이름을 따서 내 이름을 지었거든. 하지만 메리 할머니보다는 루이스 할머니를 더 좋아했어." 언니가 잠시 말을 멈췄다. "이거 좀 도와줄래?"

"뭘 할까요?" 메리가 식탁으로 다가왔다.

"우선 손을 씻으렴." 내가 지시했다. "언니, 쟤 손톱 좀 봐!" 메리의 손톱에는 회색 진흙이 껴 있었고, 뭉툭한 손가락은 석회 때문에 쪼글쪼글했다. 곧 내 손도 그렇게 됐다.

베시는 여전히 메리를 빤히 보고 있었다. "베시, 우리가 여기서 일하는 동안 응접실을 치워도 돼." 나는 부러 그렇게 말했다.

베시는 끙 소리를 내며 대걸레를 들었다. "번개 맞은 아이를 내 부엌에 들이고 싶지 않은데."

내가 혀를 찼다. "네가 무시하는 이곳 사람들처럼 미신을 믿고 있구나."

베시는 다시 뺨을 부풀리더니 문 고정 장치를 걸레로 쳤다. 그 순간, 나와 루이스 언니의 눈이 마주쳤고 우리는 미소를 지었다. 마거릿이 다시 흥얼거리며 왈츠를 추면서 식탁 주위를 돌기 시작했다.

"마거릿, 제발 부탁이니 춤은 다른 데 가서 추렴!" 내가 외쳤다. "가서 베시의 걸레랑 춰."

마거릿이 웃으며 나가 버리자 어린 손님은 실망했다. 루이스 언니와 메리는 꽃에서 줄기를 떼어 내고 꽃가루를 흘리지 않고 냄비에 털어 넣고 있었다. 방법을 배운 메리는 곧잘 하게 됐고 마거릿이 연두색 터번을 쓰고 다시 나타난 때만 일손을 멈췄다. "깃털을 하나 달까, 두 개 달까?" 마거릿이 이마에 두른 끈에 타조 깃털을 하나, 그리고 하나 더 갖다 대며 물었다.

메리의 눈이 휘둥그레졌다. 그때까지 라임에는 터번이 없었다. 지금 와서 생각하니 마거릿이 라임 여자들에게 그 유행을 전했지 싶다. 몇 년 뒤 브로드 스트리트 여기저기에서 터번이 흔히 보였다. 터번이 엠파이어 라인 드레스(가슴 바로 밑에서 허리선이 절개되는 하이웨이스트 라인의 드레스. 나폴레옹의 아내 조세핀이 즐겨 입어 유명해졌다―옮긴이)에 다른 모자처럼 잘 어울리는지 모르겠고, 그 모습에 손으로 입을 가리고 웃는 사람도 있었지만, 어차피 유행은 즐거움을 주는 것 아닌가?

"엘더플라워 다듬는 거 도와줘서 고마워." 꽃을 뜨거운 물과 설탕, 레몬에 담근 뒤 루이스 언니가 말했다. "완성되면 한 병 줄게."

메리 애닝은 고개를 끄덕이더니 내게 물었다. "모은 거 좀 봐도 될까요, 아가씨? 지난번에 안 보여 주셨잖아요."

내가 찾은 것을 공개하기가 민망해서 망설였다. 메리는 어린아이치고 놀랍도록 침착했다. 벼락에 맞은 경험 탓이라고 여기기 쉽지만, 그보다도 외려 그토록 어린 나이부터 일을 한 결과라고 생각한다. 하지만 내키지 않는 속내를 드러낼 수 없어 메리를 데리고 식당으로 갔다. 대부분의 사람들은 식당에 발을 들일 때면 골든 캡의 근사한 전망을 칭찬했지만 메리는 창밖에는 눈길도 주지 않았다. 곧장 찬장으로 직행했다. 베시가 진저리를 치는데도 내가 화석을 진열해 두는 곳으로. "저건 뭐죠?" 메리가 찬장에 붙은 종이쪽지를 가리켰다.

"표시해 둔 거야. 화석을 찾은 날과 장소, 바위의 어느 층에서 찾았는지, 무슨 화석인지 추측해서 적어 뒀어. 영국 박물관에서도 그렇게 하니까."

"거기 가 봤어요?" 메리가 찬장을 집중해서 들여다보며 말했다.

"그럼. 그 근처에서 자랐거든. 화석 찾은 곳을 적어 두지 않니?"

메리가 어깨를 으쓱였다. "글을 몰라요."

"학교 안 다닐 거야?"

메리가 다시 어깨를 으쓱였다. "주일학교는 가겠죠. 거기서 글을 가르쳐 줘요."

"성미가엘 성당에서?"

"아뇨. 우린 국교회 신자가 아니에요. 조합 교회에 다녀요. 교회는 쿰 스트리트에 있어요." 메리는 내가 특별히 자랑스러워하는 암모나이트를 집어 들었다. 잘리거나 금 간 곳 없는 온전한 것이었고, 나선형의 섬세하고 고른 능선이 있었다. "이 암모나이트는 잘 닦아 내면 1실링은 받아요." 메리가 말했다.

"아, 팔진 않을 거야. 수집용이지."

메리가 묘한 표정을 지었다. 애닝 부녀는 화석을 소장하려고 모으는 게 아니란 사실을 그때 알았다. 그들에게 좋은 표본은 좋은 값을 의미했다.

메리는 암모나이트를 내려놓고 그 애 손가락과 길이는 비슷하지만 두껍고 희미한 나선형 무늬가 있는 갈색 돌을 들었다. "그거 이상하지." 내가 말했다. "뭔지 모르겠어. 그냥 돌일 수도 있는데, 좀 달라 보이거든. 그래서 집어 왔어."

"위석胃石이에요."

"위석?" 내가 이맛살을 찡그렸다. "그게 뭐지?"

"염소 위장에서 나오는 털 뭉치 같은 거요. 아빠가 알려 줬어요."

메리는 그것을 내려놓더니 그리파이아라고 하는 이매패의 껍질을 들었다. 그곳 사람들이 '악마의 발톱'이라고 부르는 것이었다. "이 그리피 아직 안 닦은 거죠?"

"진흙은 털어 냈어."

"그럼 칼끝으로 긁어냈어요?"

나는 이맛살을 찌푸렸다. "무슨 칼?"

"아, 펜나이프도 될 거예요. 면도날이 더 낫지만. 안쪽을 긁어내서 진흙 같은 걸 빼내면 모양이 좋아져요. 어떻게 하는지 알려 줄게요."

나는 콧방귀를 뀌었다. 이 아이가 내게 뭘 가르쳐 준다니 우스웠다. 하지만 입으로는 이렇게 말하고 있었다. "좋아, 메리 애닝. 내일 칼을 가져와서 알려 주렴. 화석 하나 닦는 데 1페니 줄게."

돈을 준다니 메리의 얼굴이 밝아졌다. "감사합니다, 필폿 씨."

"이제 가 보렴. 나가는 길에 베시에게 케이크 한 쪽 달라고 해."

메리가 가고 난 뒤 루이스 언니가 말했다. "쟤 번개 맞은 일을 기억해. 눈빛을 보니 알겠어."

"어떻게? 아기나 다름없는 때였는데!"

"번개에 맞은 경험은 잊기 어렵지."

이튿날 리처드 애닝이 15실링에 표본 캐비닛을 만들어 준다고 연락해 왔다. 그건 내가 갖게 되는 여러 개의 캐비닛 중 첫 번째 것이었지만, 그는 그런 류의 캐비닛을 죽기 전에 네 개밖에 만들어 주지 못했다. 이후 나는 그것보다 품질과 마감 상태가 좋아 서랍이 매끄럽게 잘 여닫히고 건조한 날이 지난 뒤 풀을 다시 붙이지 않아도 되는 캐비닛도 갖게 됐다. 그러나 결국 나는 그의 부족한 점을 받아들였다. 그가 캐비닛보다는 딸에게 화석을 가르치는 데 더 정성인 것을 알게 되었기 때문이다.

곧 메리는 우리 삶에 들어와 화석을 닦아 주기도 하고, 자기 아버지와 찾은 화석 물고기를 팔기도 했다. 화석 사냥을 나갈 때 메리와 함께 해변에 가기도 했다. 말은 하지 않았지만, 메리와 있으면 나는 마음이 편했다. 밀물에 발이 묶이는 게 늘 염려됐기 때문이다. 메리는 조수에 타고난 감각을 갖고 있었으므로 그런 두려움이 없었다. 나는 결국 조수 때를 아는 법을 배우지 못했다. 그런 감각을 가지려면 창문으로 바다에 뛰어들 수 있을 만큼 바다 가까운 데서 자라야 하는 모양이다. 바닷가에 나가기 전 나는 연감에서 조수 표를 참고하는데, 메리는 늘 밀물인지 썰물인지, 조수 간만의 차가 큰지 적은지, 해변이 얼마나 드러날지 알고 있었다. 나 혼자서는 썰물 때 해변을 따라 걷기만 했다. 그러면 서너 시간은 안전했으니까. 그렇다 해도 화석을 찾다 보면 시간 가는 걸 잊기 마련이었고, 돌아보면 바닷물이 바짝 다가와 있어 놀라곤 했다. 메리와 함께 가면 메리가 바다의 움직임을 머릿속으로 자연스레 계산했다.

다른 이유에서도 나는 메리와 함께하는 것을 좋아했다. 메리는 내게 다양한 것을 가르쳐 줬다. 바다가 비슷한 크기의 돌을 해안을 따라 줄지어 분류해 준다는 것, 그 줄마다 찾을 수 있는 화석의 종류가 각기 다르다는 것, 절벽 면에 수직으로 금이 가면 사태沙汰가 일어날 수 있다는 것들을. 또 밀물에 발이 묶일 때를 대비해 절벽으로 올라가는 작은 길 따위를 알려 주기도 했다.

메리의 동행은 편리하기도 했다. 어떤 면에서 라임은 런던보다 자유로운 곳이었다. 가령, 런던에서처럼 언니나 동생, 베시와 동행할 필요 없이 혼자 시내를 돌아다닐 수 있었다. 그러나 해변은 달랐다. 라임의 바닷가는 보통 게가 잡혔는지 확인하러 나오는 어부 몇 말고는 사람이 없었다. 혹은 밀매업자가 아닌가 싶은 쓰레기 줍는 사람들, 차머스와 라임 사이에서 썰물 때 산책하는 여행객뿐이었다. 독립적인 라임의 기준으로 봐도 여성이 혼자 다닐 곳이 아니었다. 훗날 나이가 들고 지인도 많아지고, 남의 이목에 신경을 덜 쓰게 된 뒤에는 혼자 해변에 나갔다. 하지만 처음에는 동행이 있는 편이 좋았다. 마거릿이나 루이스 언니에게 함께 가자고 해서 화석을 찾기도 했다. 마거릿은 손이 더러워지는 것을 싫어했지만 황철광 덩어리를 찾고는 즐거워했다. 그 애는 반짝이는 가짜 금을 좋아했으니까. 루이스 언니는 자기가 좋아하는 식물은 살아 있지만 돌은 무생물이라고 투덜거리면서도 절벽을 오르며 확대경으로 해변의 식물 잎을 관찰하기도 했다.

우리는 라임과 차머스 사이의, 길이가 1마일 정도 되는 해변에서 많은 시간을 보냈다. 동쪽 절벽 끝에서 메리의 집을 지나는 해변은 왼쪽으로 가파르게 구부러져 해변에서는 시내가 보이지 않는다. 해안 가장자리는 처치 절벽 옆의 몇백 야드에 해당한다. 그곳은 블루라이어스라는, 청회색 색조의 줄무늬 석회석과 셰일로 이루어진 층이다. 그러고 나면 해변은 오른쪽으로 완만히 구부러지다가 차머스 쪽으로 쭉 곧게 펼쳐진다. 해변에서 그 곡선을 지나 쭉 올라가면 블랙 벤에 닿는다. 큰 사태로 절벽에서 해안까지 비스듬히 이암이 쌓인 층이다. 처치 절벽과 블랙 벤 모두 화석을 많이 품고 있다가 세월과 함께 그 아래 해안으로 화석을 내놓았다. 거기서 메리는 가장 좋은 표본을 여럿 발견했다. 우리가 극적인 사건들을 겪은 곳도 바로 거기였다.

라임에서 두 번째 여름을 맞이했을 때, 마거릿은 새 생활에 잘 적응하고 있었다. 그 애는 어렸고 바다 공기 덕분에 피부에는 생기가 돌았으며 새로 온 사람이라 사교계에서 관심의 대상이 됐다. 마거릿은 휘스트 카드 게임이나 해수욕을 함께하는 친구들이 생겼고, 코브를 따라 함께 산책을 즐기는 가족들도 생겼다. 사교 시즌 중에는 화요일마다 회관에서 무도회가 열렸고 발놀림이 가벼운 마거릿은 가장 많이 선택받는 상대가 되어 열정적으로 춤을 췄다. 루이스 언니와 내가 동행하기도 했지만, 마거릿은 곧 더 재미있는 친구를 찾았다. 라임에 여름을 보내러 온 런던이나 브리스틀, 엑서터 출신의 가족들, 몇몇 라임 주민들이었다. 언니와 나는 매번 동생을 따라가지 않아도 되어 다행이라 여겼다. 몇 년 전 내 턱을 흉보는 소리를 우연히 듣게 된 후, 그런 모임이 불편해져 앉아서 구경만 하거나 집에서 독서하는 시간이 늘었다. 세 자매의 1년 생활비가 150파운드이다 보니 책을 많이 사들일 돈이 없었고, 라임의 순회도서관에는 주로 소설뿐이라 나는 크리스마스나 생일에 선물을 받는다면 모두 자연사 관련 책으로 달라고 말해 뒀다. 책을 사기 위해 새 숄은 사지 않고 지냈다. 런던 친구들이 책을 빌려주기도 했다.

언니와 동생은 런던 생활이 그립다고 불평하지 않았다. 마거릿에게는 소박한 곳에서 집중적인 관심을 받는 것이 런던 사교계에서 수천 명과 경쟁하는 것보다 잘 맞았다. 루이스 언니 역시 조용한 분위기가 맞는 성품이라 잘 지내는 듯했다. 언니는 라임만이 보이고 구석에는 백 년 된 거대한 튤립나무가 자라는 몰리 코티지의 정원을 사랑했다. 이곳의 정원은 레드 라이언 스퀘어 집의 것보다 훨씬 더 컸다. 거기서는 물론 정원사가 따로 있었지만, 여기서는 루이스 언니가 정원 가꾸기 대부분을 직접 담당하며 행복해했다. 바닷바람 때문에 런던의 보슬비를 맞으며 잘 자라던 식물보다 튼튼한 식물이 필요했다. 헤베, 돌나물, 두송, 샐비어, 아르메리아, 에린기움 같은 식물들이. 무엇보다 언니는 블룸즈버리에서 본 것보다 더 아름다운 장미 화단을 가졌다.

셋 중 런던을 가장 그리워하는 건 나였다. 다양한 견해를 나누는 시간이 그리웠다. 런던에서 우리는 변호사 가족들 모임에 속했고 사교 행사는 즐거울 뿐 아니라 지적인 자극이 됐다. 나는 존 오빠와 그 친구들이 만찬을 가지며 나폴레옹의 행보나 피트 총리의 재선 여부, 노예 거래 문제를 토론하는 동안 함께 앉아 있었다. 이따금 대화에 참여하기도 했다.

그러나 라임에서는 그런 대화가 없었다. 화석에 관심을 쏟았지만, 그것에 대해 토론할 상대가 없었다. 허튼James Hutton이나 퀴비에Georges Cuvier, 베르너Abraham Gottlob Werner나 라마르크Jean-Baptiste Lamarck* 등 자연과학자의 글을 읽을 때면 이들의 급진적인 사고를 어떻게 생각하는지 친구들에게 물어볼 수 없어 답답했다. 라임의 중산층은 굉장한 자연현상 속에서 살지만 거기에 큰 호기심을 보이지 않았다. 대신 그들은 날씨와 조수, 조업과 작황, 손님들과 사교 시즌에 대해서만 이야기했다. 비록 라임의 작은 어선 제조 산업에 미치는 영향 때문이라 해도, 그들도 나폴레옹이나 프랑스와의 전쟁을 염려하리라는 생각이 들 것이다. 하지만 라임의 가정에서는 낡아 가는 방파제를 수리해야 한다거나, 얼마 전 문을 연 목욕탕이 너무 잘되니 비슷한 곳을 여는 사람들이 있을 거라든가, 방앗간에서 밀가루를 잘 가는지에 대해서만 이야기했다. 회관이나 교회, 다과회에서 만나는 여름 방문객과 좀 더 진지한 주제로 토론할 수 있겠지만, 그들은 그런 이야기에서 벗어나려고 여행을 하다 보니 지역 소식이나 한담을 더 반겼다.

찾아내는 화석의 정체를 도저히 알 수 없어 질문이 쌓이자 몹시 답답해졌다. 가령, 라임에서 발견되는 화석 중 가장 눈에 잘 띄는 암

---

* 제임스 허튼(1726~1797)은 영국의 지질학자로 근대 지질학 창시에 기여한 인물이며, 조르주 퀴비에(1769~1832)는 프랑스의 박물학자, 동물학자, 고생물학 및 비교 해부학의 선구자이다. 아브라함 베르너(1750~1817)는 독일의 지질학자 및 광물학자이며, 모든 암석은 태초의 해양에서 퇴적되어 형성되었다는 수성론Neptunism을 주장하였다. 마지막으로 라마르크(1744~1829)는 프랑스의 동물학자 및 진화론자이다. 다윈에 앞서 진화론을 주장한 바 있으며 이를 최초로 체계화된 학문으로 정리했다.

모나이트를 보자. 여러모로 말은 많지만 그 정체를 정확히 아는 사람은 없다. 대부분의 사람들을 그것을 보고 뱀이라 믿어 버리지만, 나는 그럴 수 없었다. 어째서 암모나이트는 동그랗게 몸을 말고 있는가? 뱀이 그런다는 이야기는 들어 본 적 없었다. 그리고 대체 암모나이트의 머리는 어디에 있는가? 암모나이트를 찾을 때마다 자세히 살펴보지만 머리의 흔적은 찾을 수 없었다. 해변에서 암모나이트 화석을 그렇게 많이 찾았지만 살아 있는 암모나이트를 볼 수 없는 것도 참 희한했다.

하지만 다른 사람들은 아무렇지 않은 듯했다. 누군가가 응접실에서 차를 마시다가 이렇게 말해 주기를 바랐다. "그거 아세요, 필폿 씨? 암모나이트를 보면 달팽이가 떠오른답니다. 처음 보는 달팽이의 종류가 아닐까요?" 하지만 사람들은 차머스에서 오는 길이 진흙탕이라는 등의 이야기를 했다. 혹은 다음 무도회에서 무엇을 입을지 이야기했다. 그도 아니라면 브리드포트에 가서 순회 서커스를 보자고 했다. 사람들이 화석 이야기를 하는 건 내가 가진 관심에 의문을 제기할 때뿐이었다. "돌 같은 걸 어떻게 그렇게 좋아할 수 있죠?" 마거릿이 회관에서 데려온 새 친구가 그렇게 물은 적도 있었다.

"이건 보통 돌이 아니에요." 나는 설명하고 싶었다. "오래전 살던 생물의 시체가 돌이 된 거죠. 사람에게 발견되면, 수천 년 만에 처음 누군가의 눈에 띈 거예요."

"무서워라!" 그녀는 이렇게 외치고 마거릿의 연주에 집중했다. 손님들은 루이스 언니가 너무 조용하고 내가 너무 유별나다고 판단한 뒤, 마거릿에게 관심을 돌렸다. 마거릿은 언제나 재미있는 상대가 되어 주었으니까.

나와 같은 열정과 호기심을 지닌 건 메리 애닝뿐이었지만, 그런 대화를 하기에는 너무 어렸다. 그때는 그 애가 어서 자라 내가 바라는 우정을 나눌 수 있기를 기다렸다. 그리고 그 소망은 이뤄졌다.

처음에는 콜웨이 매너의 주인이자 라임 레지스 의원인 헨리 호스트 헨리와 화석 이야기를 나눌 수 있을 것 같았다. 그는 라임 외곽의 가로수 길 끝, 몰리 코티지에서 1마일 정도 떨어진 대저택에 살았다. 헨리 경은 대가족을 거느렸다. 부인과 여러 명의 자녀 외에도 내륙으로부터 몇 마일 떨어진 차드에도 그의 다른 가족이 살고 있었다. 콜위 마너는 늘 사람들로 북적였다. 우리도 이따금 초대를 받았다. 만찬에도, 크리스마스 무도회에도 갔고, 사냥 행사에서 헨리 경이 말을 타고 출발하기 전에 포트와인과 위스키를 건네기도 했다.

그 일가는 라임에서 귀족에 가장 가까운 가문이었지만 헨리 경은 여전히 부츠에는 진흙을 묻히고 손톱 밑에는 때가 낀 채 다녔다. 그도 화석을 수집했고, 내가 화석에 관심이 많다는 것을 알고는 만찬때 나를 옆에 앉히기도 했다. 처음엔 들떴지만, 몇 분이 지나자 그가 화석을 수집 대상으로만 여길 뿐, 그 이상도 이하도 아니라는 사실을 알게 되었다. 단지 그것을 모으면 세상사에 밝고 지적인 사람으로 보인다는 것 말고는 화석에 대해 아는 게 없었다. 그에게 암모나이트가 무엇이라 생각하는지 물어봤다. 헨리 경은 껄껄 웃으며 와인을 벌컥벌컥 들이켰다. "아무도 알려 주지 않던가요, 필폿 양? 그건 지렁이잖소!" 헨리 경이 잔을 식탁에 세게 내려놓았다. 하인에게 채우라는 신호였다.

나는 그의 대답을 곰곰이 생각해 봤다. "그럼, 어째서 항상 몸을 말고 있을까요? 살아 있는 지렁이가 그런 모습을 하는 건 못 봤거든요. 뱀도 마찬가지고. 뱀이라는 사람들도 있으니까요."

헨리 경은 의자 밑에서 발을 굴렀다. "똑바로 누워 손을 가슴에 교차시킨 사람을 많이 보지 못했지요, 필폿 양? 하지만 장례를 치를 때는 그렇게 하지요. 지렁이도 죽고 나면 그렇게 몸을 말아 주는 거요."

나는 터지려는 실소를 꾹 참았다. 우리가 장례 준비를 하듯이 지렁이들이 죽은 지렁이 주위에 모여 몸뚱이를 밀어서 마는 광경이 떠올랐기 때문이다. 분명 터무니없는 생각이지만 헨리 경은 의문을 품지 않았다. 나는 더이상 캐묻지 않았다. 식탁 저쪽에서 마거릿이 나를 향해 고개를 저었고 내 맞은편에 앉은 남자가 우리가 주고받는 말에 눈썹을 치켜떴기 때문이다.

이제 나는 암모나이트가 요즘의 앵무조개와 비슷하며 몸을 보호하는 껍질과 오징어 같은 촉수를 가진 바다 생물임을 알고 있다. 그날 밤 헨리 경이 지렁이라고 당당히 말할 때 사실대로 알려 주지 못해 아쉽다. 하지만 그때 내겐 그럴 지식도 자신감도 없었다.

그 후로도 헨리 경은 자기 수집품을 보여 주면서도 암모나이트의 종류도 구별 못 하는 등 더욱 무지를 드러냈다. 하나는 균일한 직선이 나선형을 지나가고 있고, 또 하나는 각 선의 옹이 두 개가 나선형을 장식하고 있다고 지적하니, 내 손을 두드렸다. "참 똑똑한 아가씨로군요." 그는 그렇게 말하며 동시에 고개를 저어 자신의 말이 순수한 칭찬이 아님을 분명히 했다. 그 순간 나는 그가 화석 이야기를 나눌 상대가 아님을 직감했다. 나는 화석 연구에 필요한 인내심과 눈썰미가 있었지만, 그는 훨씬 대략적인 것만 봤고 그 사실을 지적당하는 것을 싫어했다.

제임스 풋은 헨리 집안의 친구였으니 우리와 콜웨이 매너에서 마주친 적이 있었을 것이다. 서부 도싯 사람 절반이 초대받은 크리스마스 무도회에는 분명 모두 갔으니까. 하지만 루이스 언니와 나는 회관에서 열린 여름 무도회가 끝난 뒤 아침 식사 중에 그 사람의 이름을 처음 들었다.

"아무것도 못 먹겠어." 마거릿이 식탁에 앉자마자 대뜸 말하더니 훈제 생선 접시를 마다했다. "마음이 진정되질 않아!"

루이스 언니는 어이없다는 표정을 짓고 나는 찻잔을 입에 댄 채 웃었다. 마거릿은 무도회가 끝나면 종종 그렇게 말했고, 우리는 우스워하면서도 말리지는 않았다. 구경하는 재미가 있었으니까.

"이번엔 이름이 뭐라고?" 내가 물었다.

"제임스 풋."

"정말? 그 사람 발만 있으면 되니?"

마거릿은 나를 향해 찡그리더니 토스트 한 쪽을 들었다. "그 사람은 신사야." 마거릿은 토스트를 조각냈고, 베시가 나중에 그 빵 조각을 마당의 새들에게 던져 줬다. "헨리 경 친구인데, 비민스터 근처에 농장을 갖고 있대. 그리고 춤도 잘 춰. 벌써 나한테 화요일에 같이 춤을 추자고 했어!"

나는 마거릿이 토스트를 만지작거리는 모습을 지켜봤다. 전에도 비슷한 말을 종종 들었지만 그때는 뭔가 달랐다. 마거릿의 마음이 확실하고 자신 있게 보였다. 마거릿은 뭔가 더 말하고 싶지만 참는 사람마냥 고개를 숙이고 새로운 감정에 귀 기울이는 것 같았다. 손은 여전히 가만두지 않았지만 움직임이 좀 더 조심스러웠다.

남편감을 찾을 준비가 된 모양이었다. 나는 테이블보를 봤다. 돌아가신 어머니가 모서리에 수를 놓은, 빵부스러기가 흩어진 연노랑 테이블보였다. 나는 신께서 프랜시스를 도와주셨듯이 마거릿에게도 은혜를 베풀어 주시기를 짧게 기도했다. 루이스 언니를 쳐다보니, 언니의 눈에도 내 마음처럼 슬픔과 희망이 함께 서려 있었다. 그러나 내 눈에서는 희망보다는 슬픔이 더 강했을 것이다. 신께 응답 없는 기도를 많이 올린지라, 이따금 내 기도를 듣는 분이 있긴 한가 싶기도 했다.

마거릿은 제임스 풋과 계속 춤을 췄고 우리는 아침 식사, 만찬, 간식과 저녁, 산책, 독서 시간에 그의 이야기를 계속 들었다. 결국 마거릿을 따라 루이스 언니와 함께 그를 직접 보러 회관에 갔다.

제임스 풋은 예상보다 호감 가는 외모였다. 도싯에는 런던만큼 잘생긴 남자가 없었으므로 기대치가 많이 낮아진 탓도 있었다. 늘씬하고 큰 키에 갓 손질한 곱슬머리, 희고 가녀린 손까지 모든 면에서 단정하고 우아한 남자였다. 눈동자 색과 맞춘 아름다운 진갈색 모닝코트(남성이 낮 동안 입는 서양식 예복. 프록코트 대용으로 입는다─옮긴이)를 입고 있었다. 마거릿이 입은 연두색 드레스와 나란히 있을 때 잘 어울렸다. 그래서 마거릿은 나를 졸라 그 드레스 허리에 새로 진녹색 리본을 달게 하고, 같은 색 깃털을 단 새 터번도 장만한 것이다. 사실, 제임스 풋이 라임에 등장한 이후로 마거릿은 옷차림에 한층 더 유난을 떨면서 새 장갑과 리본을 사고 구두 흠집을 없애고 새언니에게 런던에서 옷감을 보내 달라고 편지를 썼다. 루이스 언니와 나는 옷에 별로 신경을 쓰지 않았고, 대개는 어두운 색조의 옷을 골랐다. 언니는 진청색과 녹색, 나는 담자색과 회색을 주로 입었지만 마거릿은 파스텔 색조와 꽃무늬를 고르게 했다. 그리고 새 드레스 한 벌만 살 돈이 남으면 마거릿의 옷을 샀다. 그 애가 연두색 드레스를 입고 머리에 깃털을 꽂은 채 제임스 풋과 춤추는 모습이 예뻐서 기뻤다. 나는 앉아서 그들을 지켜보며 만족했다.

그러나 루이스 언니는 그렇지 않았다. 회관에서는 아무 말도 하지 않았지만, 밤이 되어 잠자리를 준비할 때—마거릿은 여전히 춤을 추고 있었고, 이제 그 애 귀갓길은 친구들에게 맡겼다—언니가 말했다. "외모에 신경을 무척 많이 쓰는 남자더라."

나는 이리저리 뻗친 머리에 취침용 모자를 눌러 쓰고 침대에 누웠다. "마거릿도 그렇잖아."

독서하기에는 너무 늦은 시각이었지만 나는 촛불을 끄지 않고 그대로 두었다. 불꽃에서 올라가는 바람 탓에 천장에서 흔들리는 거미줄을 보고 있었다.

"외모가 아니라 성향을 반영하는 옷차림이었어." 언니가 말했다.

"뭐든지 제대로 갖추길 바라는 사람이야."

"우리도 제대로 갖춘 집안이야." 내가 대꾸했다.

언니가 촛불을 불어 껐다.

사실 언니가 무슨 말을 하려는지 알았다. 제임스 풋을 소개받는 순간 느꼈다. 그는 점잖고 솔직하며 전통적인 사람이었다. 나는 적절히 행동하려고 노력했다. 오직 마거릿을 위해서. 우리가 대화하는 동안 그는 내 보라색 드레스의 살짝 헤진 목선에 자꾸 눈길을 뒀고, 그가 머릿속으로 평가하는 게 느껴졌다. 우선 보관해 뒀다가 나중에 생각해 볼 정보로 여기는 것 같았다. "엘리자베스 필폿은 드레스에 신경 쓰지 않더라." 그가 자기 동생에게 이렇게 말하는 모습이 눈에 선했다.

제임스 풋이 몰리 코티지로 찾아왔을 때 나는 적절히 행동하려고 노력했다. 오직 마거릿을 위해서. 제임스 풋은 붙임성 있게 굴었다. 그는 언니에게 정원을 구경시켜 달라고 했고 수국이 하나도 없는 걸 보고 자기 집 수국을 잘라 보내 주겠다고 했다. 언니는 수국을 혐오한다고 말하지 않았다. 제임스 풋은 내 화석을 보고 싶어 했고, 헨리 호스트 헨리보다는 화석을 잘 알았다. 그는 내게 해안 동쪽에 있는 브리드포트 근처의 아이프에 가 보라고 하면서 근처 자신의 농장을 찾아도 좋다고 덧붙였다. 나는 그에게 화석에 관한 질문을 하지 않고 그가 대화를 주도하도록 했지만 충분히 즐거웠다.

그가 돌아간 뒤 마거릿이 하도 들떠 있기에 해수욕을 시키러 갔다. 찬물 충격으로 정신 차리기를 바라면서. 루이스 언니와 나는 해변에 서 있었고 마거릿은 헤엄을 쳤다. 수레 위에 작은 옷장을 세운 해수욕 장치를 바다로 멀리 끌어다 놓았고, 마거릿을 그 장치 사이에 두어 벗은 몸을 가리게 했다. 한두 번 정도 마거릿의 팔 한쪽이나 발로 걷어차 생기는 물보라가 살짝 보였다.

딱히 자갈 속에서 화석을 발견하길 기대하지는 않았지만 그럼에도 눈으로는 바다을 훑었다. "그 사람 방문이 성공적이었던 것 같아." 나는 아무런 감흥 없는 목소리로 말했다.

"쟤랑 결혼하진 않을 거야." 루이스 언니가 말했다.

"왜? 마거릿이 뭐가 부족해서. 웬만한 사람들보다는 훨씬 낫지."

"마거릿은 지참금이 거의 없잖아. 그 사람에겐 상관없을지 몰라도, 돈 없는 처가는 가족의 인품이 중요해져."

"하지만 우린 오늘 잘 해냈잖아? 그가 좋아할 만한 주제로 이야기하고 호감 가도록 굴면서 똑똑한 척지지 않았는데. 그리고 그 사람은 우리에게 관심을 가졌어. 언니랑 정원에서 오래 있었잖아!"

"우린 그 사람 비위를 맞추지 않았잖아."

"당연하지. 다행히 그건 마거릿이 맡고 있잖아." 나는 반박하면서도 언니가 무슨 말을 하는지 알고 있었다. 언니들은 여동생 구혼자와 경쾌한 대화를 나누며 친밀한 태도로 가족 관계를 환기시켜야 한다. 제임스 풋을 상대로 아무리 연기를 열심히 해도 나는 자연스럽게 환영하는 가족처럼 굴지 못하고 어색하고 뻣뻣하게 행동했다. 그런 대화를 반복하는 건 나뿐만 아니라 제임스 풋으로서도 두려울 일이었다. 오후 시간 내내 신사를 즐겁게 하려고 신경 쓰는 건 여간 피곤한 일이 아니었다. 라임에서 1년 조금 넘게 지내다 보니 나는 남성 친지가 없는 독신녀로서 그곳에서 누리는 자유를 감사히 여기게 됐다. 25년간 런던에 살았으면서도 라임이 더 정상적으로 보였다.

물론 마거릿의 감정은 달랐다. 그 애가 해초처럼 양손을 흐느적거리며 누운 모습이 잠시 보였다. 붉어지는 오후 하늘을 올려다보며 제임스 풋을 생각하고 있었을 것이다. 마음이 아팠다.

마거릿을 위해서 행동거지를 바꾸고 제임스 풋과 부담을 느끼지 않고 시간을 보내는 데 익숙해질 수도 있었을 것이다. 그러나 몇 주 뒤 바닷가에서 그와 우연히 만난 날, 무해한 언니가 되려는 이전의 노력이 전부 수포로 돌아가고 말았다.

리처드 애닝은 딸에게 직접 제작한 특수 망치를 줬다. 나무로 만든 끝을 쇠로 덮은 망치였다. 메리는 그걸 이용해 뿌리혹이라고 부르는 마름모 모양의 돌을 갈라 암모나이트 결정이나 물고기 화석을 꺼내는 법을 열심히 알려 주었다. 나는 망치를 써 본 적이 없다고 말하지 않았지만, 아마 그 애도 내가 맨 처음 그것을 힘없이 휘두르는 모습을 보고는 깨달았을 것이다. 메리는 아무 말 없이 내 손놀림이 나아질 때까지 자세를 교정해 주기만 했다. 놀라울 만큼 인내심 강한 어린 선생이었다.

맑은 9월의 하루였지만 쌀쌀한 바람이 불었다. 여름이 가고 가을이 왔음이 느껴졌다. 나는 무릎을 꿇고서 뿌리혹을 납작한 바위에 놓고 끄트머리를 탁탁 두드리려 했다. 메리는 허리를 숙이고 방법을 알려 주고 있었다. "그렇죠, 선생님. 너무 세게 치면 안 돼요. 그러면 엉

뚱한 곳이 갈라져요. 자, 끝의 그 부분을 자르면 흔들리지 않게 고정시킬 수 있을 거예요. 앗! 괜찮으세요?"

망치가 미끄러지며 내 검지 끝을 두드렸다. 나는 아파서 검지를 입에 넣고 빨았다.

그 순간 뒤에서 돌이 부스럭거리는 소리가 들렸고, 나는 입에 손가락을 넣은 채로 뒤를 돌아보는 실수를 저지르고 말았다. 제임스 풋이 몇 발자국 뒤에서 점잖음의 가면으로 불쾌감을 감춘 특유의 표정을 짓고 나를 내려다보고 있었다. 입에서 손가락을 빼니 뿍 소리가 났다. 부끄러워 얼굴이 붉어졌다.

제임스 풋은 한 손을 내밀어 나를 일으켜 세웠다. 내가 일어나자 메리는 거리를 두는 예의를 갖추되 내 안내자이자 동행 역할을 해야 한다는 것을 본능적으로 알고서 뒤로 물러섰다.

"암모나이트가 있나 보려고 돌을 쪼개고 있었어요." 내가 설명했다.

그러나 제임스 풋은 뿌리혹에 시선을 주지 않았다. 대신 내 장갑을 빤히 보고 있었다. 추위와 말라 가는 진흙에서 손을 보호하기 위해 나는 자주 장갑을 착용했다. 날씨가 어떻든지 숙녀가 외출할 때는 장갑을 끼는 것이 마땅하기도 했다. 처음 화석 사냥을 나오던 때, 블루 라이어스 진흙과 바닷물로 장갑 서너 켤레를 못쓰게 만들었다. 그래서 해변에서 쓰는 용도로 장갑을 따로 두었다. 바닷물에 젖어 딱딱해진 아이보리색 새끼 염소 가죽 장갑이었는데, 물건을 잡기 쉽게 손가락 끝을 잘라 낸 것이었다. 이상하고 흉한 장갑이었지만 쓰기는 좋았다. 손님들이 다가오면 바꿔 낄 용도로 보기 좋은 장갑도 한 켤레

가지고 다녔지만, 제임스 풋은 내게 시간을 주지 않았다.

그는 반짝이는 은 단추와 갈색 벨벳 칼라가 달린 자주색 더블브레스트 모닝코트를 입은 말쑥한 차림이었다. 옷과 색깔을 맞춘 갈색 장갑도 끼고 있었다. 승마용 부츠는 진흙이 감히 쳐다보지도 못 할 정도로 반짝거렸다.

그 순간 나는 깔끔한 부츠를 신고 칼라와 장갑 색을 맞춘 채, 남을 평가하는 듯한 눈빛을 가진 제임스 풋이 싫다는 걸 인정했다. 옷차림이 가장 큰 특징인 남자는 신뢰할 수 없다. 나는 그를 좋아하지 않았고, 그도 나를 좋아하지 않을 것 같았다. 예의 바른 사람이라 드러내지는 않았지만.

나는 그가 내 장갑을 계속 쳐다보지 못하도록 손을 등 뒤로 감췄다. "말은 어디 두셨죠?" 그것 말고는 할 말이 떠오르지 않았다.

"차머스에 뒀습니다. 아이가 콜웨이 매너로 말을 데려다 놓을 겁니다. 날씨가 참 좋아서 남은 길은 걷기로 했죠."

메리가 제임스 풋의 등 뒤에서 내게 손을 흔들었다. 그 애는 나와 눈이 마주치자 뺨을 쓱쓱 문질렀다. 나는 그 모습에 눈살을 찌푸렸다.

"오늘은 뭘 찾으셨습니까?" 제임스 풋이 물었다.

나는 망설였다. 찾은 것을 보여 주려면 장갑 낀 손을 그에게 보여야 했다. "메리, 바구니를 가져가 풋 씨에게 우리가 발견한 걸 보여 드리렴. 메리는 화석을 잘 알아요." 메리는 제임스 풋에게 바구니를 가져가 다섯 개의 꽃잎이 찍힌 하트 모양의 회색 돌을 꺼냈다.

"이건 성게랍니다." 메리가 말했다. "그리고 이건 악마의 발톱이에

ammonites & belemnites

요." 메리가 발톱 모양의 이매패를 내밀었다. "하지만 최고는 제가 본 것 중 가장 큰 전석이에요." 메리는 길이 최소 4인치, 폭 1인치에 끝이 완벽하게 좁아지는 잘 보존된 벨렘나이트를 들어 올렸다.

제임스 풋은 그걸 보더니 얼굴이 벌게졌다. 영문을 알 수 없는 와중에 메리가 키득거렸다. "이거 꼭 우리 오빠의…"

"그만하렴, 메리." 나는 겨우 그 말을 막을 수 있었다. "치워 줘." 나도 얼굴이 붉어졌다. 제임스 풋에게 무슨 말이라도 하고 싶었지만 사과를 한다면 상황은 더 나빠질 터였다. 그는 내가 자기를 당황시키기 위해 일부러 한 짓이라고 여길 것이 틀림없었다. "오늘 밤 회관에 가실 건가요?" 화제를 돌리기 위해 궁금하지도 않은 것을 물었다.

"그럴 겁니다. 헨리 경에게 다른 계획이 없다면요."

제임스 풋은 보통 자기 계획을 아주 분명히 말하는 사람이었는데, 그때는 벗어날 여지를 두는 느낌이었다. 그러는 이유를 알 것 같았지만 나 역시 그냥 이렇게 말했다. "마거릿에게 풋 씨를 찾아보라고 할게요."

제임스 풋은 움직이지 않았지만, 내가 한 말로부터 뒷걸음질 치는 인상을 줬다. "가능하면 갈 겁니다. 자매분들께 안부 전해 주세요." 그는 고개 숙여 인사하고 해안으로 내려가 라임 쪽으로 걸어갔다.

그가 바위 웅덩이를 돌아가는 것을 지켜보며 나는 중얼거렸다. "저 남자, 마거릿과는 절대 결혼 안 하겠네."

"선생님?" 메리는 영문을 모르겠다는 표정을 지었다. 그리고 그 애는 나를 "선생님"이라고 불렀다. 결혼 여부와 상관없이 '아가씨'라 부르기에는 내 나이가 너무 많았다. 게다가 '아가씨'는 결혼할 가능성이 있는 숙녀에게 쓰는 호칭이었다.

"아무것도 아니야, 메리." 내가 말했다. "아까 왜 그랬니? 춤을 추면서 벌에 쏘인 것마냥 얼굴을 문지르던데?"

"선생님 얼굴에 진흙이 묻어서 그랬어요. 그 신사분이 그렇게 빤히 보지 않게 닦는 게 좋을 것 같아서요."

나는 뺨을 더듬었다. "아이고, 심지어?" 손수건을 꺼내 침을 뱉은 뒤 웃기 시작했다. 울지 않기 위해서였다.

제임스 풋은 그날 밤 회관에 오지 않았다. 마거릿은 당연히 실망했고 이튿날, 그가—직접 오지 않고—사람을 시켜 집안일로 서펵에 가서 몇 주 동안 지낼 거라고 알려 오자 놀랐다. "무슨 집안일 말이죠?" 마거릿이 아무것도 모르는 심부름꾼—헨리 경의 여러 친척 중 하나—에게 따졌다. "서펵에 가족이 있다는 말은 없었는데!"

마거릿은 울고불고 우울해하며 헨리 가족을 찾아갈 구실을 찾았지만 그들은 도움을 줄 수도, 줄 생각도 없었다. 애초에 제임스 풋이 마거릿과 헤어지는 이유를 알렸을까 싶다. 아니, 적어도 내 장갑이나 벨렘나이트에 대해 구체적으로 말하지는 않았을 것이다. 그런 이야기를 시시콜콜 하기에는 신사적인 사람이었으니까. 하지만 헨리 집안이 보기에 우리가 그의 처가가 될 집안은 아니었을 것이다.

마거릿은 계속 회관 무도회와 카드 모임에 참석했지만 생기를 잃었고, 어느 순간부턴가 그 애가 사교계 사다리 꼭대기에서 미끄러져 내려왔음을 알 수 있었다. 신사의 거절은 정당하든 정당하지 않든 젊은 여성에게 미묘한 흠이 된다. 이제 마거릿은 무도회에서 매번 춤 파트너로 신청받지는 못 하게 됐고 드레스와 머리 모양, 살결에 대한 칭찬도 전보다 줄었다. 사교 시즌이 끝날 무렵 마거릿은 지치고 멍한 모습이었다. 언니와 나는 그 애를 몇 주간 런던에 데려가 기운을 북돋아 주려고 했지만 마거릿 자신도 상황이 변한 것을 알았다. 동생은 결혼할 최고의 기회를 잃었고, 그 이유조차 알 수 없었다.

나는 마거릿에게 해변에서 제임스 풋을 만난 일을 이야기하지 않았다. 내 별난 행동 때문에 제임스 풋이 구혼을 중단한 것을 알면 마거릿은 위안을 느낄지도 몰랐다. 하지만 내가 화석을 포기하고 새 장갑을 샀더라도 그 둘의 결혼은 성사될 수 없었을 테고, 이는 마거릿도 내심 알았을 것이다. 남자는 여자와 그 가족을 꼼꼼히 따져 신붓감을 고른다. 단지 특이한 언니가 있다고 그 계산을 그만두진 않는다. 제임스 풋은 필폿 가족이 돈도 사회적 지위도 없다고 여겨 마거릿을 포기한 것이다. 내가 얼룩진 장갑과 괴이한 모양의 화석을 내보인 것은 그가 이미 내린 결정에 쐐기를 박았을 뿐이다.

나는 마거릿 때문에 속이 상했지만 제임스 풋의 철수가 아쉽지는 않았다. 그는 내내 나를 더러운 장갑을 끼는 사람으로 봤을 것이다. 그리고 그가 나를 정말 그렇게 평가한다면, 내 동생은 어떻게 평가할 것인가? 언젠간 그가 마거릿의 생기를 다 앗아 가지 않을까? 동생이 그런 남자와 결혼하는 것은 견딜 수 없었다.

훗날 나는 콜웨이 매너에서 제임스 풋과 우연히 마주쳤다. 우리가 그곳 파티와 식사에 초대를 받으면 마거릿은 늘 두통을 앓았고 루이스 언니와 나는 의리를 지켜 함께 참석하지 않았다. 하지만 애닝 가족을 위해 화석에 관해 의논하러 헨리 경을 만나러 간 적이 있었는데, 하필 그날 그 집을 나오다가 제임스 풋과 그의 아내를 보게 된 것이다. 작고 창백하고 팬지처럼 떨어 대는 여자였다. 무도회에 터번을 쓰고 갈 사람은 아니었다. 마거릿이 그런 운명을 피했으니 다행이라 여겼다.

제임스 풋을 만난 여름, 마거릿의 가능성은 최고점을 찍었다. 다음 시즌이 되자, 마거릿은 창고에 넣어 둔 고급 드레스 취급을 받았다. 네크라인이 너무 높거나 낮고, 옷감은 살짝 바랬으며, 재단이 어울리지 않는 드레스 말이다. 우리는 런던처럼 라임에서도 그런 상황이 쉽게 닥치는 데 놀랐지만 달리 도리가 없었다. 마거릿은 사귄 친구들을 만나고 사교 시즌을 맞아 라임에 찾아오는 사람들 중 새 친구도 사귀었다. 하지만 밤에 귀가해 환한 얼굴로 주방을 돌면서 춤추는 모습은 더 이상 볼 수 없었다. 그 애가 꼭 쓰고 다니던 터번은 과감한 유행이 아니라 필롯 가족의 기벽으로 전락했다. 마거릿은 프랜시스처럼 결혼으로 도피하지 못하고 루이스 언니와 내 곁에서 독신 생활을 시작했다.

다행일 수도 있었다.

3

네잎클로버를 찾듯이

바닷가에 나가지 않고 지낸 적이 있는지 기억나지 않는다. 엄마 말로
는 내가 태어났을 때 창문이 열려 있었다고 했으니 어른들이 나를 안
아 들었을 때, 내가 처음 본 것도 바다였을 것이다. 코크모일 스퀘어
의 우리 집은 절벽 옆이라 나는 걷기를 시작하자마자 자갈밭에 나갔
고, 그 덕분에 몇 살 많은 조 오빠가 물에 빠지지 못하게 나를 지켜야
했다. 계절에 따라 사람들도 많이 나와 코브에 산책을 가거나, 배를
구경하거나, 바퀴 달린 변소처럼 생긴 해수욕 장치를 타고 나갔다.
11월에 물에 들어가는 사람도 있었다. 오빠와 나는 그들을 보고 웃
었다. 그렇게 해수욕을 하는 사람들은 물에 빠진 고양이마냥 흠뻑 젖
어 덜덜 떨며 나오면서도 즐거운 척하기 때문이다.

   시간이 지나면서 나는 바다와 씨름했다. 심장박동처럼 자연스레
조수의 때를 알게 됐지만, 화석을 찾다가 슬그머니 차오르는 바다에

발이 묶여 물을 헤치고 걷거나 절벽을 기어올라 집에 오곤 했다. 그래도 런던 여자들처럼 건강을 위해서 일부러 해수욕을 한다거나 하지는 않았다. 나는 늘 단단한 땅이 좋았다. 물보단 바위였다. 바다는 내게 그저 감사한 대상이었다. 바다는 먹을 물고기를 주고, 절벽에서 화석을 떼어 주고, 해저에서 화석을 밀어내 주었으니까. 바다가 없으면 화석은 바위 속 무덤에 영영 갇혀 있을 테고 우리는 생활비를 벌지 못할 테니까.

기억하는 한 나는 늘 화석을 찾았다. 아버지는 나를 데리고 나가서 화석이 있는 곳과 척추골, 악마의 발톱, 성 힐다의 뱀, 위석, 천둥석, 바다나리 등 화석 이름을 알려 줬다. 곧 나는 그것들을 혼자서 찾으러 다닐 수 있게 되었다. 누군가와 함께 화석을 찾으러 나가도 늘 붙어 다니는 건 아니다. 그들 눈 속에 들어갈 수 없으니 내 눈으로 내 길을 찾아야 한다. 두 사람이 같은 바위 사이를 다녀도 다른 것을 본다. 하나는 규질암 덩어리를 보고, 또 하나는 성게 화석을 보는 것이다. 어릴 적 아버지와 내가 함께 나갈 때면 아버지는 내가 이미 뒤집어 놓은 자리에서 척추골을 찾아내곤 했다. "봐라." 아버지가 바로 내 발치에서 화석을 찾아 들며 말했다. 그러고는 나를 놀리며 이렇게 외치곤 했다. "더 열심히 들여다봐야지, 아가!" 나는 아무렇지 않았다. 아버지는 아버지니까. 나보다 더 많이 찾고 내게 가르쳐 주는 것이 당연하다고 느꼈다. 아버지보다 뛰어나길 바라진 않았다.

내게 화석 찾기는 네잎클로버 찾기 같다. 열심히 보느냐가 아니라, 어떤 것이 달라 보이는지가 중요하다. 내가 클로버밭을 훑어보면

3, 3, 3, 3, 4, 3, 3 하고 네잎클로버가 그냥 눈에 들어온다. 화석도 마찬가지다. 여기저기 해변을 돌아다니며 아무 생각 없이 돌멩이를 훑어보면, 회색 바위에서 벨렘나이트의 곧은 선이나 암모나이트의 줄무늬와 곡선, 뼈의 티끌이 툭 튀어나와 보인다. 다른 모든 것이 뒤죽박죽인데 그 무늬만 도드라져 보인다.

저마다 각자의 방법으로 화석을 찾는다. 엘리자베스 씨는 절벽 면과 바위, 떨어진 돌을 너무 열심히 살피는 경향이 있다. 이러다 곧 머리가 터지지, 싶을 정도로 말이다. 물론 그녀 역시 이것저것 발견하긴 하지만 훨씬 더 많은 수고를 들인다. 나처럼 눈썰미가 좋지 않다.

조 오빠도 화석을 찾을 때 나와는 다른 방법을 썼다. 오빠는 내 방법을 싫어했다. 고작 세 살이 많을 뿐이지만 어린 시절 오빠는 어른 같았다. 늘 작은 어른처럼 느리고 진지하고 조심스러웠다. 화석을 찾아 아버지에게 가져가는 게 우리 일이었는데 아버지가 캐비닛을 만드느라 바쁠 때면 우리 둘은 옆에서 쓸고 닦는 일도 맡았다. 조 오빠는 바람이 불 때는 밖에 나가기 싫어했다. 그래도 화석은 찾았다. 좋아서 하는 일은 아니었지만, 오빠는 화석 찾기를 잘했다. 오빠에겐 눈썰미가 있었다. 오빠의 방법은 바닷가 한 부분을 맡아 사각형으로 나눈 뒤 한 곳씩 똑같이 천천히 일정한 걸음으로 오가며 찾는 것이다. 오빠는 나보다 많이 찾았지만 나는 특이한 것, 악어 갈비뼈와 이빨, 위석과 성게 같은 뜻밖의 것들을 찾아냈다.

아버지는 허리를 숙이지 않아도 되도록 긴 막대로 돌 사이를 뒤지며 찾았다. 아버지에게 화석을 처음 알려 준 사람은 크룩솅크스 씨였는데, 아버지의 친구였던 그는 내가 세 살 때 우리 집 뒤의 절벽에서 뛰어내렸다. 아버지는 그가 빚이 너무 많아 화석을 찾아도 구빈원 신세를 면할 수 없었다고 했다. 그렇다고 아버지가 크룩솅크스 씨를 본보기 삼아 다른 삶을 산 건 아니다. 아버지는 늘 우리 빚을 다 갚아 줄 괴생물을 찾으려고 했다. 세월이 흐르며 우리는 이빨과 척추골, 갈비뼈처럼 생긴 것, 옥수수 알처럼 생긴 작은 알갱이, 뭔지 몰라도 악어처럼 큰 동물에서 나온 것이 분명한 화석을 찾았다. 내가 화석을 닦고 있을 때 엘리자베스 씨가 보여 준 것이 있다. 그녀는 온갖 동물과 그것의 뼈 그림이 가득한, 퀴비에라는 프랑스인이 쓴 책을 갖고 있었다.

아버지는 캐비닛을 만드느라 우리만큼 화석을 찾으러 자주 나가지 못했지만 짬이 날 때마다 우리와 함께했다. 아버지는 목수 일보다 화석을 좋아했고, 엄마는 그걸 못마땅하게 여겼다. 화석 찾기는 수입도 일정치 않고 코크모일 스퀘어와 가족으로부터 멀어지게 했으니까. 엄마는 아마 아버지가 시끄러운 애들이 가득한 집보다 혼자 해변에 있는 걸 좋아한다 여겼을 것이다. 정말로 시끄러운 애들도 우리 집에는 더러 있었다. 사실 조 오빠와 나 빼고는 모두 울어 댔다. 엄마는 아버지에게 일요일에도 화석을 찾으러 나가 교회에서 망신을 당하게 할 거냐고 외칠 때 말고는 바닷가에 나오지 않았다. 그런다고 아버지를 말릴 수는 없었지만, 적어도 일요일에는 조 오빠와 나를 데리고 나가지 않기로 했다.

우리 가족을 제외하면 화석을 파는 사람은 한 명뿐이었다. 윌리엄 로크라는 나이 많은 마부로, 그는 런던과 엑서터를 오가는 마차가 말을 바꾸는 차머스의 퀸즈 암즈에서 일했다. 윌리엄 로크는 여행객이 마차에서 내려 다리 운동을 하며 쉴 때 화석을 팔 수 있다는 사실을 깨달았다. 화석은 '진귀한 것curiosities, curies'이라 불렸으니, 그도 이에 따라 큐리 선장이라고 불리게 됐다. 그는 오랫동안 화석을 찾아 팔았지만—이 장사를 한 지 아버지보다도 오래됐다—망치 없이 집어 들기 쉬운 것을 줍거나, 그도 여의치 않으면 갖고 다니는 삽으로 파낸 것을 팔았다. 나를 이상한 눈으로 보는 심술궂은 노인이었다. 나는 그에게 가까이 가지 않았다.

해변에서 큐리 선장을 이따금 보곤 했지만, 엘리자베스 씨가 라임에 오기 전까지 해변에 화석 사냥꾼은 우리 말곤 없었다. 나는 보통 조 오빠나 아버지와 함께 다녔다. 하지만 가끔 패니 밀러와 바닷가에 나가기도 했다. 패니는 나와 동갑이고 라임에서 강을 따라 방직공장을 지나면 나오는 제리코라는 곳에 살았다. 그 애 아버지는 우리 아버지에게 목재를 파는 나무꾼이었고, 그 애 어머니는 그 방직공장에서 일했으며, 밀러 가족은 우리와 같은 쿰 스트리트 교회에 다녔다. 라임에는 국교회 교인이 아닌 사람들이 많았지만, 성미가엘 성당은 늘 우리를 꾀어내려 했다. 그래도 우리 애닝 가족은 그곳에 가지 않았다. 우리는 전통적인 영국국교회와 다른 사상을 가진 것이 자랑스러웠다. 그 차이를 정확히 알지는 못 해도 말이다.

패니는 몸집이 작고 금발에 섬세한 외모를 가진, 파란 눈이 부러운 예쁜 아이였다. 우리는 예배가 지루해지면 함께 놀고 나뭇가지와 잎으로 만든 배를 강에 띄우고 따라 달리거나 미나리를 따기도 했다. 패니는 늘 강을 더 좋아했지만, 라임과 차머스 사이 해변에 함께 가기도 했다. 그래도 절벽이 위험해 보이고 돌이 머리 위로 굴러떨어질 것 같다면서 블랙 벤까지는 가지 않았다. 우리는 돌로 마을을 만들거나 바위 판에 생긴 구멍에 작은 조개를 채우며 놀았다. 그러면서도 나는 화석을 찾곤 했으니, 놀기만 한 적은 없었다.

　패니도 눈썰미가 있었지만 써먹지 않았다. 그 애는 예쁜 것을 좋아했다. 우윳빛 수정, 줄무늬 조약돌, 황철강 조각. 그 애는 그런 걸 보석이라고 불렀다. 그런 보석은 찾았지만, 암모나이트나 벨렘나이트는 내가 원하는 걸 알면서도 손에 대지 않았다. 무섭다고 했다. "나는 싫어." 패니는 몸을 떨며 그렇게 말하면서도 이유는 설명하지 못했다. 내가 계속 물으면 "못생겼잖아"라거나 "엄마가 나쁜 요정이 둔 거랬어"라고 할 뿐이었다. 패니는 성게가 요정의 빵이라고 했고, 그것을 찬장에 넣어 두면 우유가 상하지 않는다고 했다. 나는 아버지에게서 배운 것을 알려 줬다. 암모나이트는 머리를 잃은 뱀이고 벨렘나이트는 신이 던진 번개며, 그리파이아는 악마의 발톱이라고. 그러자 패니는 더 무서워했다. 나는 그것이 지어낸 이야기라는 걸 알고 있었다. 악마가 정말로 그렇게 많은 발톱을 흘렸다면, 발이 수천 개는 있었을 것이다. 그리고 번개가 그렇게 많은 벨렘나이트를 만들었다면 하루 종일 번개가 쳤을 것이다. 패니는 그런 생각까지는 하지 못했고, 두려움을 떨치지도 못 했다. 나는 그런 사람을 많이 봤다. 이해하지 못하는 것을 두려워하는 이들을.

하지만 나는 패니를 좋아했다. 그 시절 내게 친구는 그 애뿐이었다. 우리 가족은 라임에서 인기가 없었다. 사람들은 아버지가 화석에 관심을 갖는 걸 이상하게 여겼다. 그건 엄마도 마찬가지였지만, 그래도 장터나 교회 앞에서 다른 사람들이 아버지에 대해 안 좋은 이야기를 할 때면 나서서 변호하곤 했다.

내가 바닷가에서 보석을 많이 가져다줬지만, 패니는 친구로 남지 않았다. 밀러 가족은 화석만 못마땅하게 여긴 것이 아니었다. 그들은 나도 못마땅하게 여겼다. 내가 필폿 자매의 일을 돕기 시작하면서부터 특히 그랬다. 이곳 사람들은 런던 여자들이 너무 괴팍해서 라임 남자도 얻지 못한다고 수군거렸다. 내가 엘리자베스 씨와 바닷가에 나갈 때면 패니는 절대 함께 오지 않았다. 그 애는 내게 점점 어색하게 굴면서 엘리자베스 씨의 앙상한 얼굴과 마거릿 씨의 우스꽝스러운 터번을 흠잡고 내 부츠의 구멍이나 손톱 밑에 낀 흙을 지적했다. 그 애가 내 친구이긴 한 건가 싶었다.

그러던 어느 날, 함께 바닷가에 나갔는데 패니가 너무 부루퉁해 있기에 나는 밀물에 갇히기로 했다. 절벽 옆 마지막 남은 모래가 부글거리는 파도에 덮여 사라지는 걸 보더니, 패니가 울기 시작했다. "이제 어떻게 해?" 그 애는 계속 흐느꼈다.

나는 달랠 생각 없이 그 모습을 그저 지켜보기만 했다. "물을 헤치고 가거나 절벽 길을 올라가면 돼." 내가 말했다. "네가 골라." 나는 절벽을 따라서 도시의 고지대가 시작되는 지점까지 4분의 1마일이나 물을 헤치고 가고 싶지 않았다. 물은 얼음장처럼 차갑고 바다는 험했으며 나는 수영하는 법을 몰랐지만 그렇다고 말하지 않았다.

패니는 몰아치는 바다와 가파른 절벽을 똑같이 두려운 표정으로 번갈아 봤다. "난 못 골라." 그러고는 꽤액 소리를 질렀다. "못 한다고!"

나는 패니가 좀 더 울게 둔 뒤, 서로 밀치거니 당기거니 하면서 절벽 길이 차머스와 라임 사이에 닿는 곳까지 올라갔다. 패니는 울음을 그친 뒤에는 나를 쳐다보지도 않았고 시내에 다다르자 쌩하고 달려가 버렸다. 나는 그 애를 잡지 않았다. 누구에게도 못되게 군 적 없는 내가 그렇게까지 해야 하는 게 싫었다. 다만 그 후로 내가 라임 사람들과 제대로 어울리지 못한다는 느낌이 들기 시작했다. 패니 밀러와 마주칠 때마다—교회나 브로드 스트리트, 강가에서—그 애의 커다란 파란 눈은 웅덩이를 덮은 얼음장처럼 차갑게 변했고, 그 애는 새로 사귄 친구들과 손으로 입을 가리고 내 이야기를 했다. 갈수록 그들과 섞일 수 없다는 느낌이 강해졌다.

진짜 고생은 내가 열한 살이 되던 해에 시작됐다. 아버지가 돌아가신 바로 그해에. 사람들은 말했다. 라임에서 절벽 길을 따라 돌아오다가 굴러떨어진 건 아버지 탓이라고. 아버지는 술을 마시지 않았다고 맹세했지만, 우리 모두 그것이 거짓말임을 알았다. 아버지는 다행히 그때 돌아가시지 않았지만, 적어도 몇 달 동안은 몸져누워 지냈다. 아버지는 캐비닛을 만들지 못했고 조 오빠와 내가 찾은 화석은 조금뿐이라 생활비로는 턱도 없었다. 게다가 그 덕에 아버지가 이미 진 빚까지 크게 불어났다. 엄마는 그때 사고로 아버지가 너무 쇠약해져 몇 달 뒤 찾아온 병을 이겨 내지 못했다고 했다.

아버지를 잃은 것은 나로서도 마음이 아픈 일이었지만, 슬프게도 슬퍼할 겨를이 없었다. 아버지가 우리에게 남긴 것이라곤 상당한 액수의 빚뿐이었으니까. 우리—나와 조 오빠, 엄마, 그리고 아버지가 돌아가신 지 한 달 뒤 태어난 아기—주머니에는 동전 한 닢 없었다. 조 오빠와 나는 만삭의 엄마를 부축해 쿰 스트리트 교회에 장례식을 치르러 갔다. 장례를 치를 돈도 없는 가족. 엄마를 양쪽에서 붙잡고 비틀거리며 들어가는 우리는 구경거리였다. 사람들은 우리 대신 시내에서 모금을 해야 했고, 모금에 참여한 사람 대부분은 자신들이 무엇을 위해 돈을 낸 건지 보러 장례식을 찾았다.

장례식이 끝난 뒤 우리는 엄마를 재웠고, 나는 해변으로 나갔다. 장례식을 하든, 안 하든, 늘 그랬으니까. 그래도 엄마가 잠들 때까지는 기다렸다. 내가 어디 가는지 알면 엄마는 속상해했을 것이다. 엄마는 아버지가 절벽에서 떨어진 것을 일종의 신의 계시로 보았다. 화석에 시간을 들이지 말라는 신의 경고라고 말이다.

나는 차머스로 걸어가며 조수를 살폈다. 밀물이긴 했지만 속도가 느려 아직 발이 묶일 정도는 아니었다. 처치 절벽과 해변이 구부러지면서 넓어지는 지점을 지나쳤다. 회색과 갈색, 녹색의 바위와 풀이 고양이 털처럼 줄무늬를 이루며 처치 절벽의 절벽 면과 달리 느린 경사를 이루며 내려왔다. 블루 라이어스의 진흙이 그곳 해변으로 흘러내리면서 원하는 사람을 위해 보물을 쌓아 두었다.

나는 아버지와 함께했던 때처럼 진흙을 뒤졌다. 절벽 옆에서 화석을 찾으면 마음이 편안했다. 고개를 돌리면 등 뒤에서 아버지가 돌을 살피거나 막대로 돌 틈을 쑤시며 자기만의 세상에 빠져들어 작업하고 있을 것만 같았다. 물론 그날 아버지는 거기 없었고, 그 후로도 아무리 고개를 들고 찾아도 아버지를 다시 보는 일은 없었다.

블루 라이어스에서는 벨렘나이트 조각밖에 찾지 못했다. 끝이 부서진 것은 가치가 없는 걸 알면서도 나는 그것을 간직했다. 여행객들은 길고 끝이 온전한 벨렘나이트만 원한다. 하지만 일단 줍고 나면 다시 버리기 어렵다.

자갈밭에서 부서진 곳 없는 암모나이트를 발견했다. 그것은 내 손바닥에 꼭 맞았고 나는 주먹을 꽉 쥐었다. 누군가에게 보여 주고 싶었다. 발견한 건 늘 남에게 보여 주고 싶다. 그래야 현실이 되니까. 하지만 이토록 완벽한 암모나이트를 찾기가 얼마나 어려운지 아는 아버지는 이제 여기 없다. 눈물을 참으려고 눈을 감았다. 그 암모나이트를 영원히 손에 쥐고 아버지를 기억하고 싶었다.

"안녕, 메리." 엘리자베스 씨가 내 앞에, 잿빛 하늘을 등지고 검게 서 있었다. "오늘 여기서 널 만날 줄은 몰랐구나."

나는 그녀의 표정을 볼 수 없었고, 집에서 엄마를 위로하지 않고 바닷가에 나온 나를 어떻게 생각하려나 싶어 흠칫했다.

"뭘 찾았니?"

나는 일어나 암모나이트를 내밀었다. 엘리자베스 씨가 그걸 받았다. "아, 예쁘다. 리파로케라스Liparoceras, 맞지?" 엘리자베스 씨는 린네식 이름을 즐겨 썼다. 잘난 체하려고 그런다는 생각도 했다. "골의 끝점이 모두 온전하네, 그렇지? 어디서 찾았니?"

나는 발치의 자갈밭을 가리켰다.

"어디서, 어느 바위 층에서 찾았는지 날짜랑 함께 적어 두는 걸 잊지 마. 기록이 중요해." 교회 주일학교에서 글을 배운 뒤로 엘리자베스 씨는 늘 표식을 만들어 붙이라고 잔소리했다. 엘리자베스 씨가 해변을 내려다봤다. "썰물이 들어와 발이 묶일까?"

"아직 몇 분 남았어요, 선생님. 저도 곧 돌아갈 거예요."

엘리자베스 씨는 내가 혼자 돌아가기 원한다는 것을 알고 고개를 끄덕였다. 기분 나빠하지 않았다. 화석 사냥꾼들은 종종 혼자이길 원한다. "참, 메리." 엘리자베스 씨가 돌아서며 말했다. "아버지 일은 정말 유감이야. 내일 들를게. 베시는 파이를 만들었고, 루이스 언니는 어머니 드릴 음료를 만들었단다. 마거릿은 목도리를 짰어."

"친절하시네요." 내가 중얼거렸다. 석탄이나 빵, 돈이 필요한데 목도리나 음료가 우리한테 무슨 소용이냐고 묻고 싶었다. 하지만 필폿 자매는 늘 우리에게 친절했으니 불평하지 않았다.

센 바람이 불자 엘리자베스 씨의 보닛이 뒤집혔다. 그녀는 그것을 고쳐 쓰고 숄을 단단히 여미며 찡그렸다. "외투는 어디 있니? 그냥 밖에 나오긴 춥구나."

나는 엘리자베스 씨의 모습이 텅 빈 해변의 구부러진 곳에 닿기를 기다렸다. 저 앞에 엘리자베스 씨의 곧은 등이 계속 보이자 위로가 됐다. 그제서야 나는 암모나이트를 꼭 쥔 채로 돌아가기 시작했다. 라임에 닿아서야 다른 사람이 보였다. 마지막 남은 사교 시즌을 보내기 위해 런던에서 찾아온 사람들이 우리 집 뒤 절벽을 거닐고 있었다. 그들을 지나치는데, 한 아가씨가 불렀다. "뭐 찾았니?"

나는 아무 생각 없이 손을 펼쳤다. 그 아가씨는 깜짝 놀라며 암모나이트를 들어 사람들에게 보였고 사람들은 걸음을 멈추고 구경했다. "반 크라운 줄게, 아가." 아가씨는 암모나이트를 한 남자에게 건네며 지갑을 열었다. 팔 물건이 아니라고, 간직하며 아버지를 기억할 거라고 말하고 싶었지만 그 아가씨는 이미 내 손에 동전을 쥐여 주고 돌아섰다. 나는 그 돈을 보며 생각했다. '일주일치 빵값이네. 구빈원에 들어가는 건 면하겠다." 아버지도 그걸 바랄 것 같았다.

나는 그 동전을 꼭 쥐고 집으로 돌아갔다. 여전히 화석을 팔아 살아갈 수 있다는 증거였다.

이제 엄마는 우리가 화석을 줍는 것에 불평하지 않게 됐다. 그럴 시간이 없었다. 아버지가 돌아가신 충격에서 벗어나자 돌봐야 하는 아기가 생겼다. 아기 이름은 아버지 이름을 따서 리처드가 됐다. 이전 아기들처럼 이 애도 울어 댔다. 그리고 아기도, 엄마도 건강하지 못했다. 아기가 잘 자지도 먹지도 못 하니 엄마는 추위에 떨며 지쳐 지냈다. 아기 울음소리와 빚 때문에 조 오빠는 아버지가 돌아가신 지 몇 달 뒤부터 그토록 싫어하는 매서운 추위를 뚫고 밖에 나갔다. 화석이 필요했다. 나 역시 오빠와 함께 나가고 싶었지만, 아기를 달래느라 집에 있어야 했다. 리처드는 어찌나 꽥꽥 울어 대는지 귀엽지 않았다. 아이를 달래는 유일한 방법은 꼭 안고 어르며 '노처녀로 죽지 않을래'를 끝없이 불러 주는 것뿐이었다.

여섯 번째로 마지막 소절을 부르는데—"늙거나 젊거나 어리석거나 똑똑하거나/노처녀로 죽지 않을래 부디 날 받아 줘"—조 오빠가 문을 콩 닫고 들어왔다. 찬바람이 들이친 탓에 아기가 놀라 울기 시작했다. "무슨 짓이야!" 내가 외쳤다. "겨우 달래 놨더니 오빠가 깨웠 잖아."

조 오빠는 문을 닫고 나를 봤다. 그제야 오빠가 흥분한 걸 알 수 있었다. 오빠는 늘 침착했고 웬만한 일에는 동요하는 법이 없었다. 바위 같은 얼굴에 표정 변화도 없었다. 하지만 그때 오빠의 갈색 눈은 햇빛이 비추듯 반짝였고 뺨은 붉게 달아올라 있었으며 입도 벌어져 있었다. 오빠는 모자를 벗더니 머리를 헝클어뜨렸다.

"무슨 일이야, 오빠?" 내가 말했다. "아이고 쉬, 아가, 쉬잇!" 아기를 어깨에 걸치듯 안아 들었다. "무슨 일인데?"

"찾았어."

"뭘? 보여 줘." 오빠가 들고 있는 것을 봤다.

"나가서 봐야 해. 절벽에 있어. 커."

"어디?"

"처치 절벽 끝에 있어."

"뭔데?"

"모르겠어. 뭔지 몰라도 달라. 턱이 길고 이빨이 많아." 조 오빠는 두려운 듯한 표정을 하고 있었다.

"악어야." 내가 잘라 말했다. "분명해."

"가서 봐."

"그럴 순 없어. 아기는 어쩌고?"

"데리고 가."

"안 된다고. 너무 춥잖아."

"옆집에 맡기면 어떨까?"

나는 고개를 저었다. "이미 신세를 너무 졌어. 또 부탁할 순 없어. 이런 일로는." 코크모일 스퀘어의 이웃들은 화석을 못마땅하게 여겼다. 우리가 화석으로 푼돈 버는 것을 부러워하면서도 돌조각 같은 것에 왜 돈을 쓰는지 모르겠다고 했다. 그러니 꼭 필요할 때만 도움을 청해야 했다.

"잠깐만 받아 줘." 나는 아기를 오빠에게 넘기고 옆방의 엄마를 보러 갔다. 엄마가 어찌나 평화롭게 잠들어 있는지, 울어 대는 아기를 곁에 눕힐 수 없었다. 그래서 아기의 작은 몸에 최대한 숄을 감아서 데리고 나갔다.

아기를 안느라 자갈밭에서 균형 잡기가 어려웠다. 평소보다 느리게 바닷가를 걷는 동안, 조 오빠는 폭풍우 때 새로 밀려 내려온 돌무더기에서 화석을 찾았다고 설명했다. 절벽 자체는 보지 않았는데, 떨어져 나온 돌을 뒤지다가 일어나 보니 절벽 면에 박혀 있는 한 줄의 이빨이 눈에 들어왔다고 했다.

"여기야." 조 오빠는 돌 네 개를 쌓아 둔 곳에서 멈췄다. 우리 애닝 가족은 발견한 것을 두고 가야 하면 그런 표식을 썼다. 나는 추워서 칭얼대지도 않는 아기를 내려놓고 오빠가 가리키는 암석 층을 빤히 봤다. 더 이상 추위를 느끼지도 못 했다. 그만큼 흥분했던 것이다.

내 눈보다 조금 아래에 있는 이빨이 곧바로 보였다. 이빨은 고르게 배열된 것이 아니라, 그 동물의 입과 턱이 분명한 두 개의 길고 검은 조각 사이에 삐뚤삐뚤 박혀 있었다. 그 뼈가 끝에서 만나 길고 뾰족한 주둥이를 이뤘다. 전체를 손끝으로 쓸어 봤다. 그 주둥이의 모습에 번개에 맞은 듯 짜릿했다. 아버지가 그 오랜 세월 찾아다녔지만 결국 보지 못한 괴물이 드디어 나타난 것이었다.

하지만 더 큰 충격이 기다리고 있었다. 조 오빠가 턱이 끼어 있던 곳 위에 위치한 커다란 덩어리를 가리켰다. 일부는 바위가 덮고 있었지만, 접시에 놓인 빵처럼 둥근 모양 같았다. 곡선을 보면 암모나이트의 일부라고 생각할 수도 있겠지만, 나선 모양이 아니었다. 대신 커다랗고 속이 빈 구멍에 납작한 뼈들이 쌓여 있었다. 그 구멍을 보고 있으니, 그것이 마주 보는 느낌이 들었다.

"저게 눈이야?" 내가 물었다.

"그런 것 같아."

춥지 않은데도 나도 모르게 온몸이 떨렸다. 악어 눈이 그렇게 클 줄 몰랐다. 엘리자베스 씨가 보여 준 그림에서 악어 눈은 부엉이처럼 큰 눈이 아니라, 작은 돼지 눈이었다. 그 눈을 보고 있으니 내가 모르는 희한한 것들의 세상이 있는 것처럼, 이상한 느낌이 들었다. 눈이 큰 악어와 머리 없는 뱀, 신이 던져 돌로 변한 번개가 있는 세상. 별이 가득한 하늘이나 서너 번 배를 타고 나가 본 깊은 바다를 보면 그렇게 멍한 느낌이 들었는데, 기분이 좋지 않았다. 세상은 내가 이해하기에는 너무 기이한 것 같았다. 그럴 때면 나는 교회에 가서 신께 이 모든 알 수 없는 일들을 맡긴 채 하염없이 앉아 있었고, 이내 걱정이 사라졌다.

"얼마나 긴 거야?" 나는 질문하기로 했다. 그런 식으로 괴물을 이해해 보려고 했다.

"몰라. 3~4피트쯤 돼. 두개골만." 오빠가 턱과 눈이 있는 오른쪽 바위를 쓰다듬었다. "몸통은 안 보여."

이판암 조각이 절벽을 굴러 우리 옆에 떨어졌다. 고개를 들고 뒤로 물러났지만 더 떨어지는 건 없었다.

아기는 숄을 감싸 고치 모양으로 돌돌 말아 놓았다. 애벌레 같은 모습을 한 아기는 울기를 멈추고 잿빛 하늘을 보고 있었다. 아기가 점점이 흘러가는 구름을 눈으로 쫓는지는 알 수 없었다.

멀리 차머스 바닷가에서 두 사람이 배를 끌고 가재 항아리를 확인하러 나가고 있었다. 조 오빠와 나는 케이크 접시를 보다가 들킨 아이처럼 절벽에서 재빨리 물러났다. 거리가 꽤 됐으므로 그들은 우리 위치나 우리가 하는 일을 볼 수 없었지만, 그래도 조심스러웠다. 이런 걸 찾아다니는 사람은 드물었지만 이 악어 같은 것에는 사람들이 분명 관심을 가질 것 같았다. 촘촘한 이빨과 커다란 눈이 절벽에서 너무나 분명히 보여 다른 사람도 곧 알아볼 것이 틀림없었다.

"악어를 파내야 해." 내가 말했다.

"이렇게 큰 건 파낸 적이 없어." 오빠가 말했다. "4피트나 되는 바위를 들 수는 있을까?"

오빠 말이 옳았다. 바닷가 바위나 절벽에서 망치로 암모나이트를 캐내기는 했지만, 그 화석들은 대부분 바람과 비에 닳아 절벽에서 거의 저절로 떨어져 나오다시피 했다.

"도움이 필요해." 인정하기 싫지만 그렇게 말했다. 아버지가 돌아가신 뒤 마을에서 도움을 너무 많이 받은지라, 특히 화석에 관한 거라면 돈을 내지 않고 부탁하기가 어려웠다. 패니 밀러만 화석을 싫어하는 게 아니었다. "엘리자베스 씨에게 어떻게 할지 물어보자."

오빠가 눈살을 찌푸렸다. 엄마와 아버지처럼, 오빠도 늘 엘리자베스 씨를 못마땅하게 여겼다. 그런 숙녀가 어째서 화석을 원하는지, 나와 엮이고 싶어 하는지 오빠는 이해하지 못했다. 오빠는 엘리자베스 씨나 나처럼 화석을 발견할 때 새로운 세상을 찾는다고 느끼지 못했다. 그때, 우리가 그 악어처럼 놀라운 것을 발견한 때도 오빠는 곧 흥분을 가라앉히고 문제만 찾고 있었다. 나는 엘리자베스 씨가 도움을 줄 수 있을 뿐 아니라 나처럼 흥분할 거라고 생각했다. 어서 그녀에게 이 사실을 알리고 싶었다.

우리는 오랫동안 망치로 두드리고 의논하며 시간을 보냈다. 너무 오래 있었더니 썰물이 들어오기 시작했고, 우리는 절벽을 기어올라 라임으로 돌아가야 했다. 아기를 안고서는 쉽지 않은 일이었다. 불쌍한 것. 아기는 이듬해 여름에 죽었다. 그 추위에 바닷가에 데리고 나가서 쇠약해진 것인지 늘 마음에 걸렸다. 물론 엄마가 낳은 아기들이 여럿 죽어서 그 애가 살아남지 못한 것이 놀랄 일은 아니었다. 어쨌든 나는 아기를 데리고 집에 있다가 다음 날 다시 악어를 보러 갔다.

화석 사냥은 그렇다. 굶주림처럼 덮쳐 와 화석 말고는 아무것도 중요하지 않게 느껴진다. 게다가 화석을 찾는다 해도 바로 그다음 순간 또다시 뒤를 돌아보기 시작한다. 더 좋은 것이 기다리고 있지는 않을까 하면서.

그러나 내 평생 조 오빠가 그날 찾은 것보다 좋은 것은 보지 못했다. 그것은 긴 잠에서 깨어난 것처럼 온몸을 찌르르하게 만들었다. 기뻤다. 내가 아닌 오빠가 발견했다는 사실이 조금 아쉽긴 했지만 말이다. 오빠가 그렇게 범상치 않은 표본을 찾은 것에 모두 놀랐다. 오빠는 새로운 것을 찾는 성격이 아니었다. 그건 내 장기였다. 질투하지 않으려고 애썼지만 힘들었다. 그러나 불행인지 다행인지 사람들은 곧 그 악어를 찾은 사람을 조 오빠가 아닌 나로 기억하기 시작했다. 나는 그들을 말리지 않았고 오빠도 신경 쓰지 않는 눈치였다. 오빠는 그 악어로부터 물러나, 괴물을 찾아내는 사냥꾼이 아니라 평범한 조 애닝으로 사는 것에 만족했다. 오빠는 그렇게 남의 입에 오르내리며 평가받는 가족의 일원으로 사는 것을 힘들어했다. 애닝 가족에서 벗어날 수 있다면, 오빠는 그렇게 했을 거다. 그럴 수 없으니 오빠는 잠자코 있었다.

이튿날 아침, 나는 엘리자베스 씨와 함께 두개골을 보러 갔다. 돌이 모두 바삭바삭하게 말라 보이는, 맑고 추운 날이었다. 그런 날씨는 오래가지 않았다. 겨울 태양은 수평선을 훑고 라임만을 지나쳐 버렸다. 추위에도 불구하고 엘리자베스 씨는 곧장 나를 따라나섰다. 그

집 하인 베시가 투덜거려도, 마거릿 씨가 곧 손님이 올 거라고 했음에도 개의치 않았다. 나는 나이가 들면서 마거릿 씨는 조금 어리석게 느껴지기 시작했고 조용한 루이스 씨와 털털한 엘리자베스 씨가 더 좋아졌다. 엘리자베스 씨는 손님에겐 신경 쓰지 않고 괴물을 보고 싶어 했다.

처치 절벽 끝에 도착해 보니, 절벽 면을 따라 나온 그 독특한 윤곽선이 얼마나 뚜렷한지 새삼 놀라웠다. 엘리자베스 씨는 아무 말도 하지 않았다. 깨끗한 장갑을 벗더니 작업용 장갑을 끼고서 길고 삐죽한 주둥이와 커다랗고 삐뚤삐뚤한 이빨을 손가락으로 쓸었다. 턱이 연결된 끝부분에 닿자 엘리자베스 씨는 돌가루를 털어냈다. "이것 봐. 입이 위로 살짝 올라가 웃는 것 같아. 내가 퀴비에의 책에서 보여 준 악어 그림 기억나니?"

"네, 선생님. 하지만 이 눈 좀 보세요!" 나는 망치를 조심스레 두드려 눈알이 있었을 빈 중앙 공간에 물고기 비늘처럼 겹쳐진 동그란 뼈들을 더 드러냈다.

엘리자베스 씨가 가만히 응시했다. "그게 정말 눈일까?" 불안한 말투였다.

"눈이 아니면 뭘까요." 조 오빠가 말했다.

"퀴비에의 그림에서는 눈이 그렇지 않은데."

"이 악어는 눈에 문제가 있었을지 모르죠." 내가 말했다. "병이 들었다든가. 아니면 그 프랑스 사람이 그림을 잘못 그렸다든가."

엘리자베스 씨가 어이없다는 듯 웃었다. "세계 최고의 동물 해부학자의 작품에 의문을 제기하는 건 너뿐일 거다."

나는 이맛살을 찌푸렸다. 퀴비에란 사람이 마음에 들지 않았다.

다행히 엘리자베스 씨는 내 어리석음이나 악어의 눈을 깊이 생각하지 않았다. 그보다는 현실적인 문제를 더 염려했다. "이걸 절벽에서 어떻게 꺼낼 생각이니? 적어도 4피트는 되겠는데."

"이런 걸 파내긴 처음이지, 그렇지 오빠?"

조 오빠는 어깨를 으쓱였다.

"하지만 4피트의 돌이라니, 너희에겐 너무 무겁지 않을까? 어른들이 도와줘야 해. 힘센 어른이." 엘리자베스 씨가 잠시 생각하더니 이어서 말했다. "코브에서 해변까지 산책로를 만든 사람들은 어떨까? 그들은 바위 자르는 법도 알고 힘도 세잖니. 그 사람들이 해 줄지도 모르겠구나."

"그럴지도 모르겠네요, 선생님." 내가 말했다. "그치만 줄 돈이 없어요."

"내가 그 돈을 먼저 내줄게. 표본을 판 뒤에 갚으렴."

반가운 말이었다. "세상에, 그래도 될까요? 정말 감사합니다. 그치 오빠?"

하지만 조 오빠는 듣고 있지 않았다. "메리, 필폿 씨, 어서 물러나요!" 오빠가 작은 소리로 다그쳤다. "큐리 선장이에요!"

뒤를 돌아봤다. 라임 시내를 가로막은 굽이를 돌아 큐리 선장이 절벽을 기어오르고 있었다. 그는 우리를 제외하면 이 일대의 유일한 화석 사냥꾼이었다. 화석 사냥꾼 대부분은 남이 먼저 찾은 것을 존중하지만, 큐리 선장은 누가 먼저 발견했는지 상관하지 않았다. 한 번은 조 오빠와 내가 몬머스해변 절벽에서 파기 시작한 거대한 암모나이트를 가져가 버려서 우리 것이라고 하니 껄껄 웃어 댄 적도 있었다. "그럼 그냥 놔두지 말았어야지, 안 그러냐? 파내기를 마친 건 나니까, 내 거다." 아버지가 찾아가서 말해도 그는 자기가 먼저 보고 표시를 해 놓았으며 오빠와 내가 자기 것을 파낸 것이 잘못이라고 했다.

큐리 선장이 악어를 못 보게 해야만 했다. 그가 보고 나면 우리는 하루 종일 악어 곁에 서서 그것을 지켜야 할 것이다. 나는 두개골에서 물러나 뿌리혹 같은 것을 망치질하기 좋은 편평한 돌이 있는 물가로 내려갔다. 조 오빠는 차머스 쪽으로 향하다가 황철광 덩어리 사이에서 황철화한 암모나이트를 찾았다. 우리는 그런 걸 황금 뱀이라고 불렀다. 엘리자베스 씨는 몇 걸음 걸어가 땅을 살피다가 돌멩이를 주웠다. 보닛 챙 밑으로 지켜보니 큐리 선장이 삽을 어깨에 메고 절벽 면의 악어 쪽으로 다가오고 있었다. 눈을 더 드러내 놓으니, 두개골이 시선을 끌려고 빤히 보며 웃는 것 같았다. 큐리 선장의 눈이 절벽을 훑더니 우리가 서 있는 곳에서 멈췄다. 조 오빠의 발걸음 소리가 조용해졌고 나도 망치질을 멈췄다.

큐리 선장이 허리를 숙이더니 뭔가를 집어 들었다. 그가 허리를 펴자 괴물의 눈 바로 앞에 그의 얼굴이 있었다. 심장이 두근거리기 시작했다. 그가 장갑을 내밀었다. "필폿 씨, 당신 건가요? 메리가 쓰긴 너무 고급품인데."

"제 것일 거예요, 로크 씨." 엘리자베스 씨가 대답했다. 그분은 그를 큐리 선장이라고 부르지 않고 본명으로 불렀다. 조를 조지프라고 부르고 뱀돌이 아니라 암모나이트라고, 천둥석은 벨렘나이트라고 부르는 것처럼 늘 격식을 지켰다. "여기로 좀 가져다주세요."

큐리 선장은 그리로 가서 장갑을 건넸다. 그가 악어에게서 멀어지자 나는 다시 숨을 쉴 수 있었다. "뭐 좀 찾았습니까?" 고맙다는 엘리자베스 씨에게 큐리 선장이 물었다.

"그리파이아뿐이네요. 악마의 발톱이요."

"어디 봅시다." 큐리 선장이 엘리자베스 씨 옆에 쪼그리고 앉았다. 화석 사냥은 그런 효과가 있다. 규칙을 깨뜨린다. 다른 곳에서는 꿈도 꿀 수 없는 일이지만, 바닷가에서는 마부가 숙녀와 이야기를 나눌 수 있다.

나는 엘리자베스 씨를 구하러 달려갔다. "여기서 뭐 하세요, 큐리 선장님?" 내가 따져 물었다.

선장이 웃었다. "너랑 같다, 메리. 돈 몇 푼 벌어 보려고 화석을 찾지. 참, 네가 나보다 더 사정이 급하겠구나. 네 아버지가 빚을 남겼으니." 그가 내게 뭔가를 던졌다. 황금 뱀이었다.

"선장님 화석은 사양하겠어요." 나는 돌아서서 그것을 힘껏 내던졌다. 썰물이지만 물속에 던질 수 있었다.

"잠깐!" 큐리 선장이 나를 노려봤다. 자신이 찾은 화석을 그렇게 버리고 싶은 사람은 없다. 바다에 동전을 던지는 셈이니까. "참 고약한 아이가 됐구나." 그가 말했다. "그 번갯불이 널 뒤흔들어 그렇게 만든 건지도 모르지. 번개를 맞지 않으려면 천둥석을 갖고 다녔어야지. 안 그러면 남자가 거들떠보지도 않는 심술궂은 노처녀가 될 게다."

내가 대꾸하려고 입을 열었지만, 엘리자베스 씨가 먼저 나섰다. "이제 그만 가 보세요, 로크 씨."

큐리 선장의 번들거리는 눈이 내게서 엘리자베스 씨에게로 향했다. "다음에는 장갑 안 주워 드릴 겁니다." 그가 받아쳤다. 그때 조 오빠가 돌아왔고, 큐리 선장은 말없이 삽을 어깨에 걸머지고 이따금 뒤를 돌아보며 차머스 쪽 바닷가로 걸어갔다.

"메리, 저 사람에게 너무 무례하게 굴더구나." 엘리자베스 씨가 말했다. "네가 부끄러웠다."

"저 사람이 저한테 더 무례했어요! 그리고 선생님께도요!"

"그렇다 해도, 나이 많은 사람에게는 예의를 지켜야지. 안 그러면 너를 나쁜 아이라고 여기잖니."

"죄송해요, 선생님." 실은 전혀 죄송하지 않았다.

"너흰 썰물이 들어올 때까지 여기 있으렴." 엘리자베스 씨는 그렇게 말했다. "저 생물이 보이는 곳에. 그리고 윌리엄 로크가 돌아와서 발견하지 않도록 해라. 나는 코브에 가서 내일 악어를 파낼 사람들을 구해 볼게. 저게 악어라면 말이다. 악어가 아니면 대체 뭘까 싶다만."

나는 어깨를 으쓱였다. 엘리자베스 씨의 질문에 마음이 불안해졌지만 영문을 알 수 없었다.

"당연히 신의 피조물이겠죠." 조 오빠가 말했다.

"가끔 궁금해지는 건⋯."

"뭐가 궁금하세요, 선생님?" 내가 물었다.

엘리자베스 씨는 나와 조 오빠를 보더니 그제야 자신이 누구와 대화를 하고 있는지 깨달았다는 듯한 표정을 지었다. "아무것도 아니야. 참 이상하게 생긴 악어라서." 엘리자베스 씨는 돌아가기 전 두개골을 한 번 더 봤다.

쌍둥이 형제, 데이비 데이와 빌리 데이가 이튿날 오후에 화석을 파내러 왔다. 이른 오후에 물이 가장 많이 빠져 이른 오전이나 저녁보다 해변에 사람이 많은 것이 아쉬웠다. 우리는 아무도 근처에 없을 때 작업을 하고 싶었다. 적어도 어떤 화석인지 알아내고 그것을 온전히 확보할 때까지는.

데이 형제는 코브에서 산책로를 짓고 수리를 하는 채석공이었다. 그들은 돌덩이 같은 가슴과 거대한 팔, 짧고 굵은 다리를 가졌고 가슴을 쑥 내밀고 엉덩이에 힘을 주고 걸었다. 말이 별로 없는 그들 형제는 접시만 한 눈으로 절벽에서 빤히 내다보는 악어를 보고도 놀란 내색을 안 했다. 그들에겐 그저 일거리일 뿐이었다. 그들이 사는 세상에서 돌은 잘라 내 보도나 벽을 짓는 데 쓰지, 괴물을 가두는 데 쓰는 것이 아니었다.

그들은 두개골 주위 돌을 쓰다듬으며 쐐기를 박을 균열 부분을 찾았다. 돌을 자르는 데는 그들이 나보다 경험이 많으니 나는 잠자코 있었다. 이후 절벽 면이나 썰물에 드러나는 바위에서 큰 표본을 잘라 내는 일도 하게 됨에 따라, 나는 그들 형제에게 많은 것을 배우게 됐다. 데이 형제는 내가 혼자 감당하기 어려운 괴물을 여럿 잘라 내줬다.

오후 볕은 짧았다. 게다가 밀물이 자꾸만 들어오려 했고, 반나절 밖에 시간을 못 내는데도 그들은 천천히 작업했다. 쐐기를 박을 곳을 찾자, 각도와 세기를 의논하더니 마침내 망치를 쓰기 시작했다. 섬세하게 두드려 바위에 홈도 안 나는 것처럼 보인 적도 있었다. 그러다 빌리 혹은 데이비가—두 사람을 도저히 구별할 수 없었다—온 힘을 다해 망치질을 하자 돌 한 덩어리가 절벽에서 떨어졌다.

그들이 작업을 하는 동안 사람들이 모여들었다. 바닷가에 이미 나와 있었던 사람들과 우리가 그곳에 도착하기 전부터 그곳에 올 것을 알고 있었던 아이들 모두가. 나를 부러 쳐다보지 않으려 멀찍이 선 패니 밀러도 있었다. 다른 친구들과 함께. 라임에서는 비밀을 지키기가 불가능하다. 마을의 규모는 작았지만 오락거리에 대한 욕구는 너무 큰 곳이니까. 쌀쌀한 겨울 날씨도 새로운 구경거리를 찾는 사람들을 막지 못했다. 아이들은 바닷가를 따라 달리며 돌을 훑고 진흙과 모래로 장난을 쳤다. 어른 몇 명은 화석을 찾았지만, 찾는 법을 아는 사람은 거의 없었다. 서서 수다를 떠는 사람도 있었고 데이비와 빌리에게 바위 자르는 법을 조언하는 사람도 있었다. 두개골을 꺼내는 데는 거의 4시간 가까이 걸렸고, 모두가 그곳에 남아 있지는 못 했다. 해가 절벽 뒤로 넘어가자 날이 추워졌기 때문이다. 하지만 꽤 많은 사람들이 남아 있었다.

남은 이들 사이에는 차머스에서 해변으로 올라온 큐리 선장도 있었다. 데이 형제가 두개골을 세 부분—주둥이와 입 둘, 눈두덩이 뒤쪽 머리 하나—으로 빼내어 두 개의 막대 사이에 천을 걸쳐 만든 들

것에 내려두자 큐리 선장은 사람들과 함께 그 옆에 서서 괴물을 관찰했다. 그는 두개골 뒤 척추골을 특히 자세히 살폈다. 그것이 있다면 절벽 어딘가에 분명 몸통도 남아 있을 거라 생각했으리라. 그러나 두개골이 있던 구멍을 들여다보기에는 너무 어두워진 뒤였다. 몸통을 찾기 위해서는 날이 밝아진 뒤 돌아와야 했다.

나는 큐리 선장이 끼어드는 게 싫었지만 예전처럼 무례하게 굴지는 못 했다. "저 사람이 여기 온 게 불안해요." 나는 엘리자베스 씨에게 속삭였다. "저 사람 믿지 마세요. 이제 데이 형제에게 집으로 운반해 달라고 하면 안 되나요, 선생님?"

빌리와 데이비는 바위에 앉아 빵 한 덩이와 잔을 주고받으며 먹고 있었다. 땅거미가 지고 이미 바위와 모래에 서리가 앉았지만, 그들은 꿈쩍하지 않을 것 같았다. "저들도 좀 쉬어야지." 엘리자베스 씨가 말했다. "밀물 때가 되면 곧 움직일 거야."

한참 만에 형제는 입을 닦고 일어섰다. 그들이 들것을 들자 큐리 선장은 어둠속으로 사라지더니 차머스로 돌아갔다. 우리는 반대 방향, 라임으로 향했다. 마치 관을 운반하는 것 같은 데이 형제를 따라서. 실제로 우리는 성미가엘 성당 묘지를 지나 버터 시장으로 내려가 코크모일 스퀘어로 돌아가는 길을 골랐다. 가는 동안 사람들이 들것에 실은 돌덩이를 보려고 기웃거렸고 길에서 "악어"라고 중얼거리는 소리가 내내 들렸다.

두개골을 파낸 다음 날, 썰물이 되자마자 나는 처치 계곡으로 달려갔다. 그러나 큐리 선장이 이미 와 있는 상태였다. 그는 누구보다 먼저 도착하려고 동상의 위험도 무릅쓰고 물을 헤치고 왔다. 나 혼자서는 그를 상대할 수 없었다. 라임 방앗간 일꾼이 병이 나는 바람에 오빠는 하루 일거리를 얻었고, 하루치 빵을 구할 기회를 포기할 수 없었다. 나는 숨어서 큐리 선장이 두개골이 빠져나가고 절벽에 남은 큰 구멍을 살피는 모습을 지켜봤다. 그를 저주하며 바위가 그의 머리 위로 확 떨어지기를 바랐다.

그러다가 아주 악독한 생각이 떠올랐고, 부끄럽지만 그대로 행동했다. 그날 내가 얼마나 못된 행동을 했는지 아무에게도 말한 적 없다. 나는 바닷가를 따라 달려가 처치 절벽에 오른 뒤 악어 구멍 바로 위에 섰다. "신께서 저주하시길, 큐리 선장." 나는 이렇게 속삭이고는 내 주먹만 한 돌을 절벽 끝으로 밀었다. 그가 지른 비명을 듣고 땅에 납작 엎드려 웃었다. 그를 다치게 할 생각은 없었지만, 겁주어 쫓아버리고 싶었던 것이다.

이런 때 큐리 선장이라면 절벽에서 떨어져 더 떨어지는 것이 있는지 지켜볼 터였다. 나는 더 큰 돌을 골라 흙과 자갈과 함께 밀어 사태가 난 것처럼 보이게 했다. 그때는 아무 소리도 들리지 않았지만, 조심했다. 내가 한 짓임을 알면 혼이 날 것이 틀림없었으니까.

그러다가 그가 확인하러 올지도 모른다는 생각이 들었다. 돌이 떨어지는 일은 흔했지만 큐리 선장은 의심이 많았다. 나는 절벽에서 살그머니 떨어져 오솔길로 서둘러 내려왔다. 키 큰 풀 뒤로 몸을 숨기는 순간, 그가 노기 가득한 얼굴로 지나갔다. 돌이 자연적으로 떨어지지 않았음을 눈치챈 것이다. 나는 그가 안 보일 때까지 숨어 있다가 바닷가로 살그머니 내려가 절벽을 따라 악어 구멍으로 돌아갔다. 다행히 그가 돌아오기 전 재빨리, 데이 형제를 다시 불러 파낼 필요가 있는지 확인할 수 있었다.

밝은 햇빛 속에서는 빌리와 데이비 형제가 만든 구멍이 더 잘 보였다. 두개골은 비스듬히 나와 있었고, 몸뚱이는 길이에 따라 바위 속으로 깊이 뻗어 있을 수도 있었다. 4피트짜리 머리라면 몸통은 적어도 절벽 속으로 10~15피트는 들어가 있을 터였다. 나는 그 공간으로 기어 들어가 두개골에서 척추골이 끝나는 지점을 더듬어 봤다. 울퉁불퉁한 돌이 길게 능선을 이룬 것이 만져지기에 먼지와 진흙을 치우려고 긁어내기 시작했다.

그때 큐리 선장이 화를 내며 등 뒤에 다가왔다. "너! 네가 또 여기 있다니 놀랍지도 않다, 이 고약한 계집애 같으니."

나는 비명을 지르며 구멍에서 튀어나와 선장에게 잡힐까 봐 절벽에 바짝 기댔다. "저리 가요. 내 악어라고요!" 내가 외쳤다.

큐리 선장은 내 팔을 잡아 뒤로 비틀었다. 노인치고는 힘이 셌다. "날 죽이려고 했지, 너? 내가 본때를 보여 주마!" 그는 등 뒤의 삽에 손을 뻗었다.

그가 무슨 본때를 보여 줄 작정이었는지는 영영 알 수 없었다. 그 순간 절벽이 날 도왔기 때문이다. 절벽을 적으로 여긴 적이 많았다. 그러나 그날 절벽은 우리 바로 옆에 바위와 자갈을 쏟아부었고, 그중에 몇 개는 내가 굴린 돌만큼 큰 것도 있었다. 나를 때리려던 큐리 선장은 내가 서 있던 곳에 바위가 떨어지자 돌연 구조자가 되어 나를 확 당겨 주었다. "피해라!" 그는 그렇게 외쳤고, 우리는 서로 부여잡고 안전한 바닷가까지 비틀거리며 피했다. 돌아보니 내가 올라가 서 있던 절벽 부분이 온통 무너져 내려 그 밑으로 돌무더기가 쌓여 있었다. 그때의 굉음은 어릴 적 들었던 천둥소리 같았지만 그때보다 더 오래 지속되었고, 밝은 번개와는 다른, 일종의 어둠으로 우리를 덮쳐왔다. 바위와 돌이 절벽 끝에서 다 떨어지는 데 적어도 1분은 걸렸지 싶다. 큐리 선장과 나는 꼼짝도 못 하고 지켜보며 기다렸다.

결국 절벽이 움직이기를 멈추고 조용해지자 나는 울기 시작했다. 죽을 뻔한 것만 문제가 아니었다. 사태가 일어나 악어의 몸뚱이가 있는 구멍이 완전히 막혀 버렸다. 몇 년을 파내야 그 몸뚱이를 찾을 수 있을 것이다. 큐리 선장은 주머니에서 주석 술병을 꺼내더니 마개를 열어 한 모금 마시고는 내게 건넸다. 나는 눈물 콧물을 소매로 닦고 마셨다. 독주는 처음이었다. 목구멍이 타들어 가는 감각에 기침을 했지만, 그 덕에 울음을 멈출 수 있었다.

"고마워요, 큐리 선장님." 나는 술병을 도로 건네며 말했다.

"어제 그 망치질 탓에 절벽이 약해져 무너진 게다. 아까도 그랬는데 난…" 큐리 선장은 말을 끝맺지 않았다. "저기서 뭘 꺼내려면 지긋지긋하게 일해야겠다." 그는 무너져 내린 바위를 가리켰다. "내 삽도 저기 있군. 새로 구해야겠어."

아무리 어려워 보이기로서니 그가 그렇게 쉽게 포기할 줄은 몰랐다. 조금 우습기도 했다. 덕분에 그 악어는 다시 내 차지가 됐다. 돌무더기에 묻힌 채로.

4

가증스러운 짓이라

평생을 살며 경멸한 상대는 서넛 있지만, 헨리 호스트 헨리만큼 나를
분노하게 만든 사람은 없었다.

데이 형제가 두개골을 파낸 다음 날 헨리 경이 나를 찾아왔다. 그
는 부츠 닦개를 쓰지 않고 우리 집 응접실까지 걸어 들어와 바닥에 진
흙 자국을 남겼다. 베시가 그의 방문을 알렸을 때, 루이스 언니는 밖
에 있었고 마거릿은 바느질을, 나는 오빠에게 전날 해변에서 있었던
일을 알리는 편지를 쓰던 중이었다. 마거릿은 놀라서 살짝 소리를 지
르고 헨리 경에게 목례를 한 뒤 실례한다고 말하고는 위층 방으로 올
라갔다. 성미가엘 교회에서 헨리 가족을 종종 보기는 했지만, 그가 우
리 집에 불쑥 찾아올 줄은 몰랐던 것이다. 집에서는 용감하게 아무렇
지 않은 표정을 애써 지을 필요 없었으니, 마거릿은 당황하고 말았다.

마거릿이 그렇게 나가 버리자, 헨리 경은 다소 놀란 듯 보였다. 그

표정을 보니 그 애와 자기 친구 제임스 풋 사이에 있었던 일을 전혀 모르는 것이 틀림없었다. 게다가 그 일은 몇 년 전에 있었으니 그는 마거릿이 잊어버린 줄 알았을지도 모른다. 혹은 그가 잊었을지도 모른다. 여성이 신경 쓰는 일을 기억하는 부류의 남자가 아니었으니까.

하지만 마거릿은 잊지 않았다. 미혼녀는 잊지 않는다. 그 애가 안쓰러웠다.

그는 우리가 자기 초대를 피하는 것도 알아차리지 못한 모양이었다. 그랬다면 몰리 코티지에 찾아오지 않았을 테니까. 헨리 경은 상상력이 없는 사람이라 남의 눈으로 세상을 볼 줄 몰랐다. 그러니 나로서는 그가 화석에 관심을 가지는 것이 터무니없게 느껴졌다. 화석이 무엇인지 진정 이해하려면 그에게는 불가능할 정도의 상상력의 도약이 필요하다.

"동생을 용서해 주세요." 내가 말했다. "도착하시기 전에 기침이 난다고 했어요. 손님에게 병을 옮기고 싶지 않을 겁니다."

헨리 경은 인내심을 발휘하며 고개를 끄덕였다. 마거릿의 건강은 그가 찾아온 까닭이 아니었다. 내가 청하자 그는 난롯가 안락의자에 앉았지만 언제라도 벌떡 일어날 사람마냥 끄트머리에 앉았다. "필폿양." 그가 말했다. "어제 해변에서 놀라운 것을 발견했다고 들었소. 악어라지요? 꼭 보고 싶소." 그는 그것을 이미 전시해 놓았을 거라고 생각한 듯 두리번거렸다.

그가 애닝 가족의 발견 소식을 들은 것은 놀랍지 않았다. 라임의 수다쟁이들과 어울리기에 헨리 경은 체면을 차리는 편이었지만, 바다 절벽에 접한 땅을 소유하고 있어 건축용 석재를 채석했으니 채석공을 자주 고용했다. 사실, 그는 대부분 채석공을 통해 가장 훌륭한 표본을 얻곤 했다. 일꾼들은 추가금을 받으려고 화석을 떼어 놓았다가 그에게 넘겼다. 데이 형제가 애닝 가족에게서 수고비를 받고 무엇을 파냈는지 그에게 알렸을 것이다.

"알고 계신 내용에 조금 착오가 있습니다, 헨리 경." 내가 대답했다. "그걸 찾은 건 메리 애닝이었어요. 저는 발굴을 감독하기만 했습니다. 두개골은 코크모일 스퀘어 그 애 집에 있습니다." 그때부터 나는 조지프는 빼고 이야기했다. 그 후로도 몇십 년간 그렇게 했다. 조지프의 내성적인 성격을 고려하면 어쩔 수 없었던 일 같다. 그런 성격 탓에 조지프는 사람들이 메리가 혼자 그 생물을 발견한 거라고 해도 내버려 두곤 했다.

헨리 경은 애닝 가족을 알고 있었다. 리처드 애닝이 그에게 표본 몇 개를 팔았기 때문이다. 하지만 그는 작업장 같은 곳을 찾아가는 사람이 아니었다. 그나마 방문하기 적당한 우리 집에 두개골이 없어 실망한 모습이 역력했다. "그걸 내게 가져와 보이게 하시오." 헨리 경은 시시한 사람과 시간을 낭비하고 있었던 것을 갑자기 깨달은 것처럼 벌떡 일어나며 말했다.

나도 일어섰다. "좀 무거워서요. 데이 형제가 두개골이 4피트라고 알려 드렸나요? 처치 절벽에서 코크모일 스퀘어까지 운반하기도 힘들었어요. 애닝 가족은 콜웨이 매너까지 언덕을 오를 수 없을 겁니다."

"4피트라? 굉장하군! 내일 아침 내 마차를 보내야겠소."

"글쎄요…." 나는 말을 멈췄다. 메리와 조지프가 그 두개골을 어떻게 할 계획인지 몰랐으므로 이를 알기 전까지는 내가 말하지 않는 편이 낫다고 판단했다.

헨리 경은 그 표본이 자기 것이라고 여기는 듯했다. 그럴 수도 있었다. 그것이 발견된 절벽은 헨리 경의 땅이었다. 그래도 그는 화석을 찾은 사람에게 작업 비용을 지불해야 했다. 나는 수집가가 남이 찾은 표본을 사들여 이를 독점적으로 전시하는 태도가 못마땅했다. 헨리 경의 눈이 탐욕스럽게 번뜩이는 것을 보고 메리와 조지프에게 악어값을 후하게 받아 주기로 결심했다. 그는 애닝 가족보다는 나를 상대하고 싶어 했다. "제가 그들과 이야기해서 약속을 잡아 보겠습니다. 안심하셔도 됩니다."

그가 돌아가고 베시가 진흙을 쓸고 나자, 마거릿이 눈이 붉어져 내려왔다. 피아노 앞에 앉더니 우울한 곡을 치기 시작했다. 나는 그 애 어깨를 두드리며 위로하려고 했다. "그 사람들과 살면 행복하지 않았을 거야."

마거릿이 내 손을 쳐냈다. "내가 어떻게 살았을지 언니는 몰라. 언니가 결혼 안 해도 좋다고 우리도 다 똑같은 건 아니라고!"

"내가 결혼하고 싶지 않다고 말한 적은 없어. 어쩌다 보니 그렇게 된 거지. 나는 남자가 결혼 상대로 고를 만한 여자가 아니야. 너무 평범하고 진지하니까. 이제는 혼자 살기로 마음을 정했을 뿐이야. 너도 그런 줄 알았고."

마거릿은 다시 울고 있었다. 견딜 수가 없었다. 그 애가 울면 나도 울고 싶어진다. 하지만 나는 울지 않는 사람이기에 그 애를 두고 식당의 화석 쪽으로 피신했다. 루이스 언니가 돌아와서 마거릿을 달래 주길 바라면서.

그날 오후 나는 헨리 경의 방문을 핑계로 코크모일 스퀘어에 찾아갔다. 그가 두개골에 관심을 보인 것을 애닝 가족에게 알리고 메리가 해변에 돌아가 무엇을 발견했는지도 듣고 싶었다. 그 애는 악어 몸통을 찾겠다고 했다. 나는 우선 메리 어머니와 이야기를 나누기 위해 부엌으로 갔다. 몰리 애닝은 키가 크고 수척한 몸집에 청소부 모자를 쓰고 지저분한 앞치마를 두르고 있었다. 그녀는 소꼬리 국물 냄새가 나는 것을 젓고 있었고 아기는 구석 서랍장에서 울어 대고 있었다.

나는 꾸러미를 내려놓았다. "베시가 쿠키를 너무 많이 만들어서 드시라고 가져왔어요, 애닝 부인. 치즈 한 덩어리랑 돼지고기 파이도 조금 있어요." 화덕의 불이 약해 부엌이 추웠다. 나는 석탄도 가져올 걸, 하고 후회했다. 내가 부탁했기 때문에 베시가 쿠키를 만들었다는 말은 하지 않았다. 애닝 가족이 아무리 어려워도 베시는—라임의 다른 좋은 집안들과 마찬가지로—그들과 어울리는 걸 격이 떨어진다고 여겨 좋아하지 않았다.

몰리는 고맙다고 중얼거릴 뿐 고개도 들지 않았다. 그녀도 나를 탐탁찮게 여겼다. 나는 메리가 닮아서는 안 되는 인물의 전형이었다. 결혼도 못 하고 화석에 빠져 사는 여자. 그녀의 두려움을 이해했다. 내 어머니도 내가 나처럼 살기를 바라지는 않았을 것이다. 몇 년 전에는 나도 마찬가지였다. 하지만 막상 살아 보니 그다지 나쁜 삶은 아니었다. 좋은 가문에 시집간 여자보다 어떤 면에서는 더 자유로웠다.

아기가 계속 울어 댔다. 몰리가 낳은 열 아이 중 셋만 살아남았는데, 그 애도 영아기를 넘길 것 같지 않았다. 유모나 하녀가 있는지 둘러봤지만 당연히 없었다. 나는 억지로 아기에게 다가가 강보에 싼 몸을 한 번 두드렸고, 그러자 아기는 더 세게 울었다. 아기를 어떻게 달래는지 알 수 없었다.

"그냥 두세요." 몰리 애닝이 말했다. "관심을 가지면 더 심해져요. 좀 있으면 그칠 거예요."

나는 서랍장에서 물러나 주위를 둘러보고 그곳의 허름함에 당황한 기색을 감추려고 애썼다. 대개 부엌은 사람을 반기는 곳이기 마련이었지만 애닝 가족의 부엌에서는 기본적인 온기도, 그곳에 머물고 싶게 만드는 꽉 찬 느낌도 없었다. 낡아 빠진 식탁 주변으로 의자 세 개가, 선반에는 이 빠진 접시 서너 개가 있었다. 우리 주방처럼 빵이나 파이, 우유 주전자가 차려져 있지 않은 것을 보고 새삼 베시가 고마웠다. 베시는 우리가 아무리 불평해도 늘 주방에 먹을 것을 가득 채워 뒀고 그 풍요로움이 몰리 코티지 전체에 편안한 느낌을 퍼뜨렸다. 베시가 주는 든든함이 우리 필폿 자매를 버티게 해 줬다. 그렇지 않았다면 진짜 허기를 느낄 때처럼 속이 허전했을 것이다.

가엾은 메리. 하루 종일 추운 해변에 나가 있다가 겨우 이곳으로 돌아오다니. "메리와 조지프를 만나러 왔어요, 애닝 부인." 내가 크게 말했다. "집에 있나요?"

"조는 오늘 방앗간에서 일해요. 메리는 아래층에 있어요."

"어제 해변에서 가져온 두개골 보셨어요?" 묻지 않을 수 없었다. "대단하답니다."

"시간이 없었어요." 몰리가 바구니에서 양배추를 하나 들더니 무자비하게 썰기 시작했다. 그녀는 손이 먼저 눈에 띄는 사람이었지만, 마거릿처럼 현란한 동작을 하지는 않았다. 몰리의 손은 늘 일하느라 바빴다. 젓고, 닦고, 치우느라.

"하지만 바로 아래층이잖아요." 내가 우겼다. "그리고 한번 보실 만하답니다. 잠시면 될 거예요. 지금 다녀오세요. 그 사이 제가 스프랑 아기를 볼게요."

"아기를 본다고요? 그거 한번 볼 만하겠네." 그 말에 나는 얼굴이 달아올랐다.

"잘 닦고 나면 제대로 값을 받을 거예요." 나는 몰리가 관심 가질 이야기를 꺼냈다.

과연 몰리는 고개를 들었지만, 대답할 겨를 없이 메리가 재잘거리며 올라왔다. "악어 보러 오셨어요, 선생님?"

"너도 보러 왔단다, 메리."

"그럼 내려오세요, 선생님."

라임에 사는 동안 리처드 애닝에게 캐비닛을 주문하거나 메리에게 표본을 닦아 달라고 부탁하느라 그 집 작업실을 몇 번 드나들긴 했지만 주로 메리가 우리 집으로 왔다. 리처드 애닝이 캐비닛 제작자로 일하며 쓰던 작업장은 그의 두 가지 삶을 대표하는 것들로 뒤죽박죽이었다. 그가 생계를 꾸리는 나무와 자연에 대한 관심을 채우는 돌. 여전히 작업실 한쪽 벽 앞에는 잘 자른 목재와 작은 베니어판이 쌓여 있었고, 바닥에는 오래된 광택제 통과 연장이 톱밥과 함께 흩어져 있었다. 리처드 애닝이 죽은 후 몇 달 동안 그 가족들은 이 작업장을 그대로 뒀지만, 먹고살기 위해 목재 일부를 판 듯했고 연장과 함께 나머지도 곧 팔아 치울 것 같았다.

작업실 반대편에는 메리가 망치질로 꺼내지 못한 표본이 암석에 박힌 채 쌓여 있었다. 선반과 바닥에도 벨렘나이트와 암모나이트의 부서진 조각, 화석화한 나무조각, 물고기 비늘 자국이 찍힌 돌, 그 밖에 불완전하고 상태가 좋지 않아 팔 수 없는 화석이 잔뜩 든 통이 다양하게 있었다. 어둠침침해서 어떤 기준으로 정리했는지는 알 수 없었지만 말이다.

실내 전체에, 나무와 돌 구별 없이 먼지가 얇게 깔려 있었다. 석회석과 셰일이 뒤섞여 찐득한 진흙이 형성됐고 그 진흙이 마르면서 얼굴에 바르는 파우더만큼이나 부드럽고 미세한 먼지로 변했다. 그것은 곧 사방에 퍼져 발에 밟히고 살갗에 들러붙었다. 나도 그 먼지를 잘 알았다. 내가 절벽에서 표본을 가져온 날이면 베시는 청소하기 힘들다고 심하게 불평했다.

몸이 떨렸다. 난로 없는 지하실이 추운 탓도 있었지만 그곳의 흐트러진 상태가 불편했기 때문이다. 나는 해변에 나갈 때 마음을 다잡고 발견하는 화석마다 집어 들지 않는 대신 온전한 표본을 찾아야 한다는 것을 배웠다. 베시와 언니, 동생 모두 쓸 수 있는 공간에 부서진 화석이 끊임없이 들어서면 모두 반대할 테니까. 몰리 코티지는 가혹

한 바깥세상으로부터의 안온한 도피처가 되어야 했다. 실내에 들어서려면, 화석은 길들여져야 했다. 닦고, 목록에 적고, 표시를 붙이고, 캐비닛에 넣어 우리의 정연한 일상에 위협이 되지 않도록, 안전하게 볼 수 있어야 했다.

애닝 작업실의 혼돈 상태는 단순히 관리를 게을리한 결과로만 보이지 않았다. 그건 뒤엉킨 사고와 윤리적 장애를 의미했다. 리처드 애닝은 정치적으로 반체제적인 성향을 가졌고 빵값을 놓고 시위를 주도했다는 존경스러운 일화가 몇 년이 지나도 그 뒤를 따라다녔다. 애닝 가족은 국교회에 반대했다. 고립된 위치 때문에 독립적인 기독교인에게 피난처가 되는 라임에서는 드문 일도 아니었다. 나는 국교회 반대자에게 악감정이 없었다. 다만, 아버지가 돌아가셨으니 메리의 삶이 좀 더 정돈되면 좋지 않을까 싶었다. 영적인 면까지는 몰라도 적어도 물리적인 면에서라도 말이다.

그 바람과는 달리 작업실 가운데 탁자에 놓여 이교도의 제물처럼 촛불로 에워싸 놓은 것을 보기 위해서 나는 흙먼지와 혼란 상태를 견뎌야만 했다. 게다가 충분히 잘 보일 정도로 촛불이 많은 것도 아니었다. 베시를 통해 다음번에 초를 더 보내기로 다짐했다.

해변에서는 두개골을 제대로 살필 수 없었다. 사람이 너무 많았으니까. 윤곽선만이 아닌 전체적으로 보는 두개골은 청동기 봉분처럼 언덕 두 개가 튀어나온, 부서지고 울퉁불퉁한 산지 모형처럼 보였다. 그렇게 본 악어는 마치 딴 세상에 속한 존재 같았다. 특히 촛불의 깜빡임이 더해지니 더 그랬다. 창문을 통해 그와 같이 생경한 동물들이

도사린 먼 과거를 들여다보는 느낌이었다.

한참을 말없이 테이블 주위를 돌면서 모든 각도에서 두개골을 살폈다. 여전히 돌에 박혀 있는 상태였으므로 메리는 칼과 바늘, 솔, 그리고 망치를 이용해 쓸고 닦고 파내고 두드리는 작업을 상당히 오래 해야 했다. "닦을 때 부수지 않게 조심하렴, 메리." 이것은 일이지 마거릿이 좋아하는 무서운 고딕소설의 한 장면 같은 게 아니라고 스스로 되뇌기 위해 부러 그렇게 말했다.

메리는 어이가 없다는 듯 얼굴을 찡그렸다. "당연하죠." 하지만 그 애의 자신감은 허세였다. 그렇게 말한 뒤 머뭇거렸으니까. "하지만 오래 걸릴 거예요. 어떻게 해야 좋을지도 모르겠어요. 아버지가 계시면 알려 주셨을 텐데." 중대한 작업이라 부담스러운 듯했다.

"큐비에 책을 가져왔으니 참고하렴. 얼마나 도움이 될지는 모르겠다만." 나는 악어가 그려진 페이지를 펼쳤다. 전에도 살펴보긴 했지만 그림을 손에 들고 두개골 옆에 서 있으니 악어일 리 없다는 확신이 들었다. 이건 우리가 아는 종이 아니었다. 본디 악어는 주둥이가 뭉툭하고 턱선은 울퉁불퉁하며 이빨은 크기가 다양하고 눈은 구슬 크기여야 한다. 그러나 이 두개골의 턱은 길고 매끈했으며 균일한 이빨의 흔적이 보였다. 눈두덩은 헨리 경이 화석에 대해 얼마나 무지한지 알게 된 날, 만찬에 나온 파인애플 같았다. 헨리 일가는 온실에 파인애플을 키웠고, 그 희귀한 과일의 맛은 주인의 충격적인 무지에도 불구하고 내 기억에 인상 깊게 남았다.

악어가 아니라면, 대체 그것은 뭐란 말인가? 그러나 나는 내가 가진 그 동물에 대한 의문을 메리에게 털어놓지 않았다. 그렇게 불편한 질문을 하기에 그 애는 너무 어렸다. 라임 사람들과 화석에 관한 대화를 나눠 보자, 한 가지가 분명해졌다. 라임에는 미지의 영역에 들어가려는 사람이 거의 없었다. 사람들은 미신에 의지해 답을 구할 수 없는 질문에 이전의 사고를 뒤흔들 수 있는 합리적 설명을 찾느니 신의 뜻이라고 여기는 편을 선호했다. 다시 말해 이곳 사람들은 그 거대한 화석을 세상에 존재하지 않는 생물의 시체라고 여기느니 악어라고 부를 것 같았다.

사실 그런 생각은 보통 사람들이 받아들이기에는 너무 급진적이었다. 열린 시각을 가졌다고 자부하는 나부터도 얼마간은 충격적이었으니까. 이는 신께서 저마다의 쓰임과 계획을 정해 놓지 않으신 채 동물을 창조하셨다는 의미가 되기도 했다. 백번 양보해서, 신께서 생물들이 죽어 사라지도록 두고 보셨다면, 그것이 우리에게 의미하는 바가 뭘까? 우리도 죽어 사라질 것인가? 커다랗고 둥근 눈을 가진 두개골을 보면서 나는 절벽 끝에 선 느낌을 받았다. 메리를 그 끝에 함께 데려가는 건 옳지 않았다.

나는 두개골 옆에 책을 내려놓았다. "오늘 아침에 몸통도 찾아봤니? 뭐가 있던?"

메리는 고개를 저었다. "큐리 선장이 살피고 있었어요. 하지만 조금 있다가 사태가 일어났어요!" 메리는 몸을 떨었고, 손끝도 떨고 있었다. 그 애는 가만있기 불편한 듯 망치를 들었다.

"그분은 무사하니?" 윌리엄 로크가 마음에 들지는 않았지만 죽기를 바라지는 않았다. 더군다나 떨어지는 돌에 맞아 죽는 건 더더욱 바라지 않았다.

메리는 끙 소리를 냈다. "선장은 다친 데가 없지만 악어 몸통은 자갈 더미에 깔렸어요. 그걸 파내려면 한참 걸릴 것 같고요."

"아쉽네." 나는 가벼운 투로 말하며 실망감을 애써 감췄다. 그런 동물의 몸통을 보고 싶었다. 그렇다면 해답을 얻을 수 있을 테니까.

메리는 돌 가장자리를 망치로 살살 두드려 턱에 붙은 것을 떼어 냈다. 메리는 몸통을 보기까지 기다려야 하는 것에 크게 개의치 않는 모양이었다. 아마도 기다림에 익숙해졌지 싶다. 그 애는 가장 기본적인 것들, 음식과 온기, 불빛을 얻기 위해 늘 기다려야 했을 테니까.

"메리, 헨리 경이 찾아와서 두개골에 대해 묻더구나." 내가 말했다. "이걸 보고 싶다고 하시더라. 값을 치를 생각으로."

메리가 눈을 반짝이며 올려다봤다. "그래요? 얼마를 낼 거예요?"

"5파운드는 받을 수 있을 거야. 내가 대신 값을 제시할 수 있어. 헨리 경 쪽에서는 그렇게 해 주길 바라는 것 같아. 하지만…."

"왜 그러세요, 선생님?"

"네게 당장 돈이 필요한 거 알고 있다. 그래도 몸통을 찾을 때까지 기다려 머리와 연결시키면 표본 전체를 둘로 나누지 않고 팔 수 있을 거야. 두개골 자체만도 특이하지만 몸통과 연결시키면 굉장할 거야." 나는 말하면서도 메리에게는 너무 어려운 결정임을 알고 있었다. 어떤 아이가 당장의 배를 채울 빵보다 앞으로 몇 년 동안 식량이 되어 줄 밀밭을 보겠는가? 그 애 어머니를 앉혀 놓고 의논할 생각이었다.

"메리, 블랙모어 씨가 악어를 보고 싶댄다!" 몰리가 위에서 외쳤다.

"30분 뒤에 다시 오라고 하세요! 필폿 씨가 아직 다 못 보셨어요!" 메리가 외쳤다. 그러고는 자랑스레 덧붙였다. "하루 종일 이걸 보러 사람들이 찾아와요."

몰리의 발이 계단에 나타났다. "교회 글리드 목사님도 기다리고 계신다. 네 아무개 씨한테 다른 분들도 기다리고 있다고 일러라. 누가 보면 새 외투가 들어온 가게인 줄 알겠네."

그 말에 애닝 가족이 몸통을 찾을 때까지 기다릴 의향이 있다면 악어 머리로 조금이나마 돈을 벌 방법이 떠올랐다. 일이 잘 풀리기만 한다면 두개골을 콜웨이 매너까지 가져가서 헨리 경에게 보이지 않아도 됐다.

이튿날 아침 메리와 조지프, 힘센 친구 둘이 두개골을 애닝 집 바로 옆 중앙 광장의 회관까지 옮겼다. 그곳은 겨우내 별로 사용하지 않아 마거릿이 늘 안타까워하던 곳이었다. 회관에서 가장 큰 공간에는 남쪽 바다를 내다보는 큰 창이 있어 표본을 전시하기에 충분히 밝았다. 꾸준히 찾아오는 방문객들은 1페니를 지불하고 그걸 구경했다. 헨리 경이 도착했을 때—내가 아이를 보내 연락했다—메리는 그에게도 1페니를 받으려 했지만, 내가 눈짓을 하자 부루퉁해져서 입을 다물었다. 나는 헨리 경이 마음을 바꿀까 초조했다.

괜한 걱정이었다. 헨리 경은 메리의 생각 따위 관심 없었다. 사실, 그는 메리에게는 눈길도 주지 않고 가져온 확대경으로 두개골을 관찰하는 척했다. 메리는 확대경이 너무 궁금했던 나머지 부루퉁한 표정을 지우고 헨리 경 어깨너머에서 얼쩡거렸다. 메리는 감히 그에게 확대경을 빌려달라는 말은 하지 못했다. 다만 그가 그것을 내게 건넸을 때, 나는 티 내지 않고 메리에게 그 확대경을 슬쩍 쥐여 줄 수 있었다. 마찬가지로 헨리 경도 두개골을 찾은 위치와 발굴 방법을 내게 물었고 나는 메리 대신 대답했다.

그러다 그가 몸통의 위치를 물었을 때, 말릴 새도 없이 메리가 나보다 먼저 대답했다. "모릅니다, 나리. 사태가 나는 바람에 몸통이 있다 해도 어디 깊숙이 파묻혀 있을 거예요. 큰 폭풍우만 오면 씻겨 내려갈 테니, 제가 찾아볼게요."

헨리 경이 메리를 빤히 봤다. 아마 그 애가 왜 대답하는지 몰랐을 것이다. 메리가 관여한 건 이미 잊었으니까. 게다가 메리는 신사 혹은 누가 보기에도 볼품이 없었다. 머리는 빗지 않은 채로 밖에 나다닌 탓에 엉켜 있었고, 손톱에는 진흙이 껴 지저분했다. 신발도 흙투성이였다. 새 옷 없이 키가 자라 치맛단은 너무 높았고 소매에서 팔과 손이 쑥 튀어나와 있었다. 바람을 맞아 뺨이 갈라지고 살갗이 텄지만, 얼굴만은 밝고 기민했다. 나는 그 애 외모에 익숙했지만 헨리 경의 눈으로 보니 내가 부끄러워 얼굴이 화끈거렸다. 그가 벌써 자기 것이라고 주장하는 표본을 이런 아이가 맡는다면, 그 안위를 진심으로 염려할 것 같았다.

"훌륭한 표본 아닌가요, 헨리 경?" 내가 끼어들었다. "닦아서 준비만 하면 됩니다. 물론 제가 감독할 거예요. 하지만 언젠가 몸체와 다시 결합하면 얼마나 대단한 모습일지 생각해 보세요!"

"닦는 데는 얼마나 걸리겠소?"

나는 메리를 흘깃거렸다. "적어도 한 달은 걸리죠." 짐작으로 대답했다. "조금 더 걸릴 수도 있어요. 이렇게 큰 표본은 다뤄 본 사람이 없으니까요."

헨리 경은 못마땅한 듯했다. 그는 두개골을 마치 소스에 양념한 고기 보듯이 했다. 당장 자기 저택으로 가져가고 싶은 것이 분명했다. 그는 결정을 내리고 나면 그 결과를 잠자코 기다리는 성미가 아니었다. 그러나 그런 그조차도 지금 이 표본은 손을 봐야 하는 상태라는 것을 알 수 있었다. 가장 좋은 모습으로 전시하기 위해서뿐만 아니라 오래도록 보존하기 위해서라도. 두개골은 공기가 차단된 절벽 바위 층에 눌려 축축한 상태였다. 거기서 벗어났으니, 곧 말라 수축하며 금이 갈 것이다. 메리가 자기 아버지가 캐비닛에 쓰던 광택제를 발라 봉해야 했다. "그럼 좋소." 헨리 경이 말했다. "한 달간 닦은 뒤 내게 가져오시오."

"몸체가 나오기 전까지 두개골은 안 넘길 거예요." 메리가 잘라 말했다.

나는 그 애를 향해 눈살을 찌푸리며 고개를 저었다. 헨리 경에게 두개골과 몸체값을 함께 내도록 슬쩍 부추길 생각이었는데, 메리가 내 조심스러운 협상을 망치고 있었다. 하지만 그 애는 내 표정을 무시하고 덧붙였다. "머리는 코크모일 스퀘어에 둘 거예요."

헨리 경이 나를 봤다. "필폿 양, 어째서 이 아이가 표본의 거취에 이래라저래라하는 거요?"

나는 손수건에 대고 기침을 했다. "음… 헨리 경, 그러니까… 저 애가… 저 애 오빠랑 그걸 찾았으니까요. 그러니 저 애 가족에게 권리가 있을 것 같습니다."

"그럼 아이 아버지는 어디 있소? 그와 이야기하지, 저…" 헨리 경은 "여자"나 "여자애"라고 말하는 것은 너무 점잖지 못하다고 여긴 듯 멈췄다.

"몇 달 전에 돌아가셨습니다."

"그럼 엄마를, 엄마를 데려오시오." 헨리 경은 말의 마부를 데려오라는 투로 말했다.

몰리 애닝이 헨리 경과 거래하는 모습을 상상하기란 어려웠다. 몰리는 헨리 경에게 전체 표본을 기다리도록 설득하는 일을 내가 맡는다는 데 이미 동의했다. 몰리가 직접 거래를 맡는 상황은 상정한 적이 없었다. 나는 한숨을 쉬었다. "가서 어머니 모셔 오렴, 메리."

우리는 어색한 침묵 속에서 그들이 돌아오기를 기다리며 두개골을 살폈다. "악어치고 눈이 좀 크지요, 헨리 경?" 내가 물었다.

헨리 경은 바닥에 부츠를 직 끌었다. "간단한 문제가 아니겠소? 이건 신이 초기에 만든 악어이고, 신께서 그 후의 악어에겐 작은 눈을 주기로 하신 것이오."

나는 눈썹을 치켜떴다. "신께서 불량품 취급을 했다는 말씀인가요?"

"신께서 더 나은 표본을—지금 우리가 아는 악어 말이오—원해서 교체하셨다는 말이오."

그런 소리는 처음이었다. 헨리 경에게 그 생각에 대해 좀 더 묻고 싶었지만, 그는 언제나 모든 말을 대담하게 해서 질문할 여지가 없었다. 그와 이야기하면 나는 바보가 된 기분이었다. 비록 그가 더 바보라는 사실을 알고 있으면서도.

그때 몰리 애닝이 등장해 우리의 대화를 적절하게 방해했다. 고맙게도 몰리는 우는 아기를 데려오지는 않았지만 메리와 양배추 냄새와 함께 도착했다. "제가 몰리 애닝입니다." 몰리는 앞치마에 손을 닦고 주위를 둘러봤다. 회관 안이 처음인 듯했다. "제가 화석 상점을 운영합니다. 뭘 원하시죠?" 몰리는 헨리 경과 키가 같았고 대등한 높이에서 그를 쳐다봤다. 그 눈빛에 왠지 모르게 헨리 경이 조금 작아지는 느낌이었다. 나도 몰리에게 놀랐다. 나는 작업장을 상점이라고 부른다는 것이나 몰리가 거기 관련이 있다는 말을 처음 들었다. 하지만 남편이 없으니 몰리는 새로운 일을 맡아야 했다. 가게를 운영하는 것도 그중 하나였다.

"이 표본을 사고 싶소, 애닝 부인. 따님이 허락한다면 말이오." 헨리 경은 조금 비꼬며 덧붙였다. "참, 따님이 부인 말은 듣지 않소?"

"그럼요." 몰리는 두개골에는 시선도 주지 않았다. "얼마를 지불하고 싶으신가요?"

"3파운드요."

"그건⋯." 내가 입을 열었다.

"그보다 더 지불하겠다는 신사분이 많을 겁니다." 몰리가 내 말을 막고 말했다. "하지만 경의 돈은, 원하신다면, 메리가 찾는 전체 표본에 대한 선금으로 받아 드리죠."

"못 찾으면?"

"아, 메리는 찾을 거예요. 저희 딸 메리는 그런 부분에선 특별하니까요. 늘 그랬죠. 번개에 맞은 날부터. 그게 나리의 들판이었죠, 헨리 경? 저 애가 번개에 맞은 곳이?"

놀라운 것이 한둘이 아니었다. 몰리가 신사 계급 사람에게 그렇게 자신만만하게 말하는 것, 영리하게도 그에게 먼저 값을 부르게 해서 거래에서 우위를 점하고 값을 몰랐던 물건의 가치를 알아낸 것, 번개에 맞은 것이 마치 그의 책임이라는 듯 교묘하게 언급한 것. 하지만 가장 놀라운 점은, 메리에게 칭찬이 꼭 필요한 순간에 몰리가 자기 딸을 칭찬한 점이었다. 몰리 애닝이 보통내기가 아니라는 말을 들은 적이 있었는데, 나는 그제야 그 말이 무슨 뜻인지 이해했다.

헨리 경은 뭐라 대답하면 좋을지 알 수 없다는 듯한 표정이었다. 내가 그를 도우러 나섰다. "물론 애닝 씨 댁에서는 몸통이, 어디 보자… 2년 안에 발견되지 않으면 머리를 3파운드에 파실 겁니다."

헨리 경이 몰리 애닝에게서 내게로 시선을 돌렸다. "좋소." 그는 결국 상품에 다시 손을 얹으며 대답했다.

두개골과 마주한 뒤 나는 잠이 오지 않았다. 내가 들여다본 동물들의 눈이 자꾸 어른거렸다. 말, 고양이, 갈매기, 개들의 눈이. 그 눈에는 신께서 주신 총기가 없었고, 나는 놀라 깨어나곤 했다.

일요일. 성미가엘 성당에서 미사가 끝난 뒤 베시와 언니, 동생을 배웅하고 나는 혼자 남았다. "여기 좀 더 있다가 따라갈게." 나는 성당 뒤에서 사제님이 다른 신도들에게 작별 인사를 마치기를 기다렸다. 존스 사제는 네모난 머리에 짧게 자른 헤어스타일을 한 평범한 사람이었다. 굳이 특징이랄 것을 꼽자면 다른 모든 부분은 가만있는데 입술이 비틀어지거나 뒤집히기도 하는 점 정도랄까. 인사를 나눌 때 말고는 그와 대화한 적이 없었다. 미사 때조차 목소리가 가늘고 설교는 지루해 아무런 감흥이 없었다. 그러나 그는 성직자였고 나는 가르침을 받고 싶었다. 한참 뒤 여자아이 하나만 남아 바닥을 쓸었다. 존스 사제는 성도석을 오가며 찬송가 낱장을 줍거나 남은 장갑, 기도서를 확인했다. 그는 나를 보지 않았다. 사실 나를 보고 싶어 하지 않는 눈치였다. 그날 그의 성직 업무는 끝났고 곧 저녁을 먹고 난롯가에 앉아서 잠들 생각을 하는 것이 분명했다. 내가 목청을 가다듬자 그는 고개를 들고는 짧게 찡그리는 표정을 지었다. "필폿 씨, 이 손수건을 두고 가셨습니까?" 그가 흰 천 뭉치를 내밀었다. 나를 쉽게 돌려보내기를 바라는 것 같았다.

"아니에요, 존스 사제님."

"아. 그럼 다른 걸 찾고 있나요? 가방을 두고 가셨어요? 단추? 머리핀인가요?"

"아뇨. 여쭙고 싶은 게 있습니다."

"그렇군요." 존스 사제는 입술을 내밀었다. "저녁 식사가 곧 준비될 거라 이곳은 정리해야 합니다. 혹시…?" 그는 성도석을 따라 움직이며 방석을 고쳐 놓았고, 나는 그 뒤를 따랐다. 그러는 내내 아이가 빗자루로 바닥을 쓰는 소리가 들렸다.

"화석에 대해 어떻게 생각하시는지 여쭙고 싶었어요." 그의 관심을 끌고자 나는 빈 성당에서 본래 의도한 것보다 크게 말해 버렸다. 빗자루가 멈췄지만 존스 사제는 성도석에서 설교대까지 걸어가더니 자기 손수건을 들어 주머니에 넣었다.

"필폿 씨는 화석에 대해 어떻게 생각합니까? 저는 딱히 그런 것은 생각하지 않는데."

"하지만 그게 뭔지는 아시죠?"

"유해가 오랫동안 바위에 눌려 돌이 된 거 아닙니까. 교육을 받은 사람들은 대부분 알고 있죠."

"하지만 유해라면… 지금도 존재하는 동물의 것일까요?"

존스 사제는 설교대로 가더니 촛대와 제단보를 챙겼다. 나는 그를 따라다니는 바보가 된 기분이었다.

"물론 존재하지요." 사제가 말했다. "신께서 만드신 모든 생물은 지금도 여전히 존재합니다." 그가 제단 왼쪽 통로의 문을 열자 성당 물건을 보관하는 작은 창고가 나왔다. 그 어깨너머로 "성수"라고 적힌 주전자가 탁자 위에 놓여 있는 게 보였다. 나는 문간에 서 있었고 존스 사제는 촛대와 제단보를 벽장에 넣었다. "질문의 뜻을 이해할 수 없군요, 필폿 씨." 사제가 말했다.

나는 가방을 열어 거기 들어 있는 화석 몇 조각을 손바닥에 펼쳐 놓았다. 존스 사제는 암모나이트, 벨렘나이트, 화석화한 나무조각, 바다나리 줄기를 흘깃 보고는 경멸하며 입술을 비틀었다. 그는 내가 말똥을 신발에 묻혀 성당까지 걸어 들어온 것마냥 반응했다. "대체 그런 건 왜 갖고 다니는 거지요?"

나는 질문을 무시하고 그에게 암모나이트를 하나 내밀었다. "살아 있는 이것이 어디 있는지 알고 싶습니다, 존스 사제님. 저는 본 적이 없으니까요." 화석을 보고 있으니, 한순간 그 나선형의 모양처럼 점점 더 먼 과거로 빨려 들어가는 듯한 느낌이 들었다.

암모나이트에 대한 존스 사제의 생각은 의외로 평범했다. "주로 바다에 살다가 죽은 뒤에만 바닷가에 밀려오기 때문에 본 적이 없나 보지요." 존스 사제는 돌아서서 문을 닫더니 노련하게 열쇠를 돌려 잠갔다. 그 동작을 즐기는 듯했다.

나는 그가 저녁을 먹으러 가지 못하도록 앞을 막고 섰다. 실제로 그는 전혀 움직이지 못하고 구석에 몰려 있었다. 내게서 빠져나가지 못하는 상황과 내가 던지는 괴상한 질문이 내가 가져온 암모나이트보다 존스 사제를 더 괴롭힌 모양이었다. 사제는 고개를 확 돌리고는 주위를 살피며 물었다. "패니, 다 했니?" 그러나 대답은 들리지 않았다. 패니는 쓰레기를 버리러 밖에 나간 것 같았다.

"애닝 가족이 절벽에서 찾아 회관에서 전시 중인 악어 머리 이야기는 들어 보셨어요?" 내가 물었다.

존스 사제가 나를 똑바로 봤다. 그의 가느다란 눈은 나를 응시하면서도 수평선을 찾는 것 같았다. "네, 알고 있습니다."

"보셨어요?"

"볼 생각은 없군요."

놀랍지 않았다. 존스 사제는 곧 자기 접시 위에 오를 음식 이외에는 어떤 것에도 호기심을 보이지 않았다. "그 표본은 지금 살아 있는 어떤 동물과도 닮지 않았어요."

"필폿 씨."

"누군가—사실, 교인 중 한 사람이에요—신께서 더 잘 만들어진 동물이 마음에 들어 거부하신 개체라는 말을 했습니다."

존스 사제가 기겁하는 표정을 지었다. "누가 그런 말을 했지요?"

"누가 말했는지는 중요하지 않습니다. 그 가설에 진실이 있는지 궁금할 뿐입니다."

존스 사제는 외투 소맷부리를 쓰다듬더니 입을 꾹 다물었다. "필폿 씨, 놀랍군요. 자매분들과 함께 성경을 잘 아시는 줄 알았는데."

"잘 압니다."

"확실히 말해 두지요. 그 질문에 대한 대답은 성서만 봐도 바로 나옵니다. 이리 오세요." 사제는 성경이 놓여 있는 설교대로 갔다.

그가 성경을 뒤적이는데 여자아이가 나타났다. "존스 사제님, 청소를 마쳤어요."

"고맙구나, 패니." 존스 사제가 그 애를 잠시 보더니 말했다. "한 가지 도와주면 좋겠구나, 아가. 성경 쪽으로 오려무나. 필폿 씨에게 읽어 주면 좋겠다. 그러면 1페니를 더 주마." 사제가 나를 쳐다보며 말했다. "패니 밀러의 가족은 몇 년 전 조합 교회에서 성미가엘 성당으로 왔지요. 애닝 가족의 화석 사냥으로 깊은 불안을 느꼈기 때문입니다. 국교회는 그에 반대하는 다른 교회보다 성경 해석을 더 확실히

합니다. 이곳에서 평안을 찾았지, 그렇지 않니 패니?"

패니가 끄덕였다. 커다랗고 맑은 파란 눈에 금발과 대조되는 매끈하고 짙은 눈썹을 가진 아이였다. 눈이 가장 예뻤지만 얼굴 중 가장 먼저 눈에 띄는 부분은 아니었다. 오히려 성경을 볼 때 집중하느라 주름이 잡히는 이마가 가장 먼저 눈에 띄었다.

"겁먹지 마라, 패니." 존스 사제가 그 애를 달랬다. "네가 글을 아주 잘 읽는 걸 안단다. 주일학교에서 네가 읽는 소리를 들었어. 여기서부터 시작해 보렴." 사제는 한 구절을 가리켰다.

패니는 작은 소리로 더듬더듬 읽었다.

"하나님이 이르시되 '물들은 생물을 번성하게 하라 땅 위 하늘의 궁창에는 새가 날으라' 하시고. 하나님이 큰 바다짐승들과 물에서 번성하여 움직이는 모든 생물을 그 종류대로, 날개 있는 새를 그 종류대로 창조하시니 보시기에 좋았더라. 하나님이 그들에게 복을 주시며 이르시되 '생육하고 번성하여 여러 바닷물에 충만하라 새들도 땅에 번성하라 하시니라' 저녁이 되고 아침이 되니 이는 다섯째 날이라."

"잘했다, 패니. 거기까지 읽으면 된다."

나는 무지한 아이에게 창세기를 읽게 한 것으로 존스 사제가 나를 무시하는 행동이 끝난 줄 알았는데, 그게 아니었다. 이제는 그가 직접 낭독을 이어 갔다. "하나님이 이르시되 '땅은 생물을 그 종류대로 내되 가축과 기는 것과 땅의 짐승을 종류대로 내라' 하시니 그대로 되니라."

나는 몇 줄 뒤부터는 듣지도 않았다. 어쨌든 아는 내용이고 사제

지위에는 전혀 어울리지 않는, 깊이라곤 없는 그의 가느다란 음성을 견딜 수 없었다. 차라리 패니의 서둔 낭독이 나았다. 그가 성경을 읽는 동안 나는 성경에 시선을 꽂고 있었다. 성경 내용 왼쪽에는 어셔 주교가 성경을 연대순으로 계산해서 단 주석이 있었다. 어셔 주교에 따르면 신은 기원전 4004년 10월 23일 전날 밤, 하늘과 땅을 만드셨다. 나는 그것이 얼마나 정확한지 늘 궁금했다.

"…저녁이 되고 아침이 되니 이는 여섯째 날이더라."

존스 사제가 낭독을 마치고 난 뒤 우리는 말이 없었다.

"보세요, 필폿 씨. 참 간단한 겁니다." 그가 말했다. 성경을 들고 있는 사제의 모습은 훨씬 더 자신만만해 보였다. "주위의 모든 것이 신께서 태초에 창조한 겁니다. 신은 동물을 창조한 뒤 없애지 않았어요. 그러면 신께서 실수를 하셨다는 뜻인데 신께서는 당연히 전지전능하시며 과오를 범하지 않습니다. 그렇지 않습니까?"

"그렇진 않겠죠." 내가 양보했다.

존스 사제의 입술이 비틀어졌다. "않겠죠, 라고요?"

"아, 아니에요." 내가 재빨리 고쳐 말했다. "죄송해요. 그냥 좀 혼란스러워서요. 주위에 보이는 모든 것이 신께서 창조하신 그대로라는 말씀이신 거죠? 산과 바다, 돌과 언덕, 저 모든 광경이 태초의 모습 그대로라는 건가요?"

"물론이지요." 존스 사제가 깔끔하고 조용한 교회를 둘러봤다. "이제 끝났지, 그렇지 패니?"

"네, 존스 사제님."

하지만 나는 끝나지 않았다. "그럼 보이는 모든 돌이 신께서 태초에 창조하신 것이군요." 내가 물고 늘어졌다. "그리고 창세기처럼, 돌이 먼저 생기고 동물이 생긴 것이고요."

"그렇지, 그렇지." 존스 사제는 인내심이 다해 입안에 지푸라기라도 있는 것처럼 잘근거리고 있었다.

"그렇다면, 어떻게 동물 뼈가 돌 속에 들어가 화석이 된 걸까요? 신께서 돌을 동물보다 먼저 만드셨다면, 돌 속에 어떻게 시체가 들어가 있죠?"

존스 사제는 결국 입을 일자로 꾹 다물고 나를 노려봤다. 패니 밀러의 얼굴에는 주름이 자글자글 졌다. 고요한 가운데, 성도석 쪽에서 삐걱거리는 소리가 났다.

"신께서 돌을 창조하실 때 화석을 거기 둔 겁니다. 우리 믿음을 시험하기 위해서." 한참 만에 사제가 대답했다. "필폿 씨의 믿음을 이렇게 시험하고 계시듯이 말입니다."

시험당하는 건 당신에 대한 믿음이에요, 나는 속으로 그렇게 생각했다.

"자, 이제는 정말 가야겠어요. 이러다 저녁 시간에 늦겠습니다." 존스 사제가 말했다. 그는 내가 훔쳐 가기라도 할 것처럼 성경을 집어 들었다. '어려운 질문은 하지 마시오.' 그렇게 말하는 듯했다.

나는 다시는 존스 사제에게 화석 이야기를 꺼내지 않았다.

헨리 경은 처음 합의한 대로, 악어의 몸통을 찾는 데 2년 가까이 기다려야 했다. 성당이나 회관, 거리에서 마주칠 때마다 그는 매번 이렇게 외치곤 했다. "몸통은 어디 있소? 아직 파내지 못했소?" 나는 사태로 내려온 자갈 더미가 막고 있어서 쉽게 치우지 못한다고 설명해야 했다. 헨리 경은 메리와 조지프, 내가 어느 날 직접 자갈 더미 앞에 데려가기 전까지 이 말을 제대로 이해하지 못했다. 막상 실제로 보자 놀랐는지 화를 내기 시작했다. "이렇게 많은 돌 더미가 막고 있다는 이야기는 아무도 안 했소." 그는 진흙을 발로 구르며 말했다. "나를 속인 거요, 필폿 양. 애닝 가족과 함께."

"아닙니다, 헨리 경." 내가 대답했다. "잊지 마세요. 애초에 저희는 이걸 치우는 데 2년까지 걸릴 수 있다고 말씀드렸고, 그때까지 몸통을 찾지 못하면 두개골을 갖게 되실 거라고 했습니다."

그럼에도 헨리 경은 화를 내며 말을 듣지 않았고, 늘 타고 다니는 회색 말에 올라 물을 튀기며 바닷가를 거슬러 돌아갔다.

헨리 경의 고삐를 잡은 건 몰리 애닝이었다. 몰리는 그가 화를 내게 내버려 뒀다. 그가 화를 내다 지치자 몰리가 말했다. "3파운드를 돌려받고 싶으시면 지금 드릴게요. 저 두개골을 사려는 사람은 줄을 섰으니까요. 게다가 더 좋은 값으로 말이죠. 자, 돈 받아 가세요." 그 돈을 다 쓴 지 오래인 몰리가 아무것도 없는 앞치마 주머니에 손을 넣으며 말했다. 물론 헨리 경은 물러섰다. 그런 남자를 상대로 자신만만한 몰리가 부러웠지만 굳이 말하지는 않았다. 그래 봐야 몰리는 경멸하는 말투로 "나는 연 생활비 150파운드가 부럽네요"라고 대답할 게 뻔했다.

결국 헨리 경의 재촉도 잠잠해졌다. 화석 찾기에는 인내심이 필요하다. 메리와 윌리엄 로크, 그리고 나까지, 우리 셋만 폭풍우와 봄 한 사리(음력 보름과 그믐 무렵에 밀물이 가장 높은 때―옮긴이)가 있을 때마다 바닷가에 나가 확인했다. 메리는 늘 한발 먼저 가려고 애썼지만 윌리엄 로크가 앞설 때도 있었다.

다행히 메리와 내가 먼저 그것을 발견했다. 이때 로크는 열병에 걸려 있었고, 바깥은 아무도 나가지 못할 정도로 거센 바람을 동반한 폭풍우가 이틀간 계속됐다. 사흘째 날 아침, 이상하게 조용해 새벽에 눈이 떠졌고, 그때 느낌이 왔다. 나는 따뜻한 침대에서 나와 재빨리 외투를 걸치고 보닛을 쓴 뒤 걸음을 재촉했다.

태양이 포틀랜드 위로 살짝 떠올랐고 해변에는 멀리 낯익은 한 사람 말고는 아무도 없었다. 처치 절벽 끝에 닿자 자갈 더미가 사라진 것이 보였다. 폭풍우가 귀한 손님을 맞이할 준비라도 하듯이 해변을 싹 쓸어 놓았다. 메리는 바위 위에 기어 올라가 절벽에 망치질을 하고 있었다. 내가 부르자, 그 애가 돌아봤다. "여기 있어요, 선생님! 찾았어요!" 메리가 바위에서 뛰어내리며 외쳤다. 우리는 마주 보고 웃었다. 야단법석이 시작되기 전 그 짧은 순간, 우리는 새벽의 고요와 보물을 함께 찾은 순수한 기쁨을 만끽했다.

데이 형제가 밀물을 피해 가며 몸체를 발굴하는 데 사흘이 걸렸다. 각 판을 떼어 내 해변에 내려놓으니 흡사 모자이크 제작을 지켜보는 느낌이었다. 두개골을 파냈을 때처럼 사람들이 모여 데이 형제를 구경하고 악어를 살폈다. 몇 명은 매료되어 그 기원을 추측하기도 했다. 물론 개중에는 구경거리는 즐겨도 화석은 못마땅하게 여기는 이들도 있었다. "괴물이야, 그거라고." 어느 남자가 중얼거렸다. "말 안 들으면 저 악어가 네가 잘 때 잡아먹을 거야!" 한 어머니는 아이들에게 겁을 줬다. "세상에, 추하기도 하지." 또 누군가가 말했다. "헨리 경보고 가져가시라 그래. 집에 갖다 넣으라고 말야!"

물론 헨리 경도 실제로 보러 왔다. "훌륭하군." 그는 말에서 내리지도 않고 그렇게만 말했다. 그의 말은 돌판에서 거리를 두려는 듯 옆으로 피했다. "준비되면 마차를 보내겠소." 헨리 경은 표본을 닦고 배열하는 데 몇 주가 걸린다는 사실을 잊은 모양이었다. 그리고 무엇보다 가격 합의도 해야 했다.

나는 그 협상에 관여하게 될 줄 알았으나, 표본이 작업장에 들어가자마자 몰리 애닝이 이미 거래를 마쳤고, 헨리 경이 23파운드를 내기로 했다는 사실을 알게 됐다. 더군다나, 몰리는 약삭빠르게도 헨리 경으로 하여금 그의 땅에서 애닝 가족이 발견하는 다른 화석에 대한 권리를 포기하게 만들었다. 나는 몰리가 읽고 쓸 줄 모른다고 생각했다. 그러나 그녀는 헨리 경에게 서류 서명까지 시켰다. 내가 나섰어도 그렇게 야무지게는 못 했을 것이다.

몸체를 닦아 두개골 옆에 배열한 뒤에야 우리는 마침내 그 생물의 정체를 알게 됐다. 우리가 들어 본 적 없는, 18피트 길이의 어마어마한 암석 괴물이었다. 악어는 아니었다. 눈이 크고 주둥이가 길고 매끈하며 이빨이 고르기 때문만은 아니었다. 그 괴물에게는 다리가 아닌 물갈퀴 같은 것이 달려 있었고, 튼튼한 척추를 따라 형성된 갈비뼈가 기다란 원통형을 그리고 있었다. 몸통은 긴 꼬리로 끝났는데, 그 꼬리는 척추골을 따라서 도중에 비틀려 있었다. 돌고래나 거북, 도마뱀이 떠오르는 모습이었지만 어느 것 하나 꼭 들어맞지는 않았다.

신께서 거부한 동물이라는 헨리 경의 말과 존스 사제의 대답이 자꾸 떠올랐다. 그 생물을 어떻게 이해해야 할지 알 수 없었다. 그 표본을 보러 온 사람들은 대부분 애닝 가족처럼 악어라고 불렀다. 악어라고 생각하는 편이 쉬웠다. 아프리카라든가, 세상 어딘가에 사는 비범한 종이라고. 하지만 그것은 분명 악어와 달랐고, 완전체를 보고 나자 나는 그것을 악어 대신 메리의 동물이라고 부르게 됐다.

조지프 애닝이 나무 액자를 짰고 메리가 뼈를 닦고 광택제를 바른 뒤 그 동물이 박혀 있던 석회석을 액자에 붙였다. 그다음 메리는 표본 주위에 석고를 발라 뼈가 부각되고 전체적으로 매끈하고 완성된 모습으로 만들었다. 메리는 자기 작품에 만족했지만, 그것이 콜웨이 매너로 사라진 뒤에는 헨리 경으로부터 아무 소식도 듣지 못했다. 헨리 경은 잡은 사슴을 서슴지 않고 먹어 치우는 사냥꾼마냥 표본에 흥미를 잃은 듯했다. 물론 그는 사냥꾼이 아니라 수집가였지만 말이다.

수집가들은 대개 손에 넣고자 하는 갖가지 대상과 타인의 공로로 채우는 진귀한 진열장을 갖고 있다. 그들은 가끔 해변에 나가 거닐며 지루한 회화 전시를 보듯이 절벽을 향해 눈살을 찌푸리기도 한다. 그들은 집중하지 못한다. 그 눈에 비친 바위는 전부 똑같아 보이기 때문이다. 석영이 부싯돌처럼 보이고, 셰일이 뼈처럼 보이는 수준이랄까. 그들은 겨우 암모나이트와 벨렘나이트 조각 몇 개밖에 찾지 못하지만 전문가를 자처한다. 그리고 소장품 목록을 완성하는 데 필요한 표본은 사냥꾼에게서 사들인다. 그들은 수집품에 대한 진정한 이해도 없고 관심조차 별로 없다. 그것이 유행이란 사실만으로 충분하다.

사냥꾼들은 날씨가 어떻든 몇 시간이고, 며칠이고 밖에 나가서 얼굴이 볕에 타든 말든, 머리가 바람에 헝클어지든 말든 상관없이 열심히 일한다. 우리는 항상 눈을 찌푸린 채 거친 손톱과 다 갈라진 손으로 사냥감을 찾는다. 우리의 부츠는 진흙이 묻고 바닷물로 얼룩진다. 하루만 지나도 옷은 더러워진다. 아무것도 찾지 못하는 날이 많지만 우리는 끈질기게 열심히 일하며 빈손으로 돌아오는 것에 좌절하지 않는다. 우리가 관심을 갖는 대상은 특별했으니까. 온전히 바삭거리는 불가사리, 주머니가 달린 벨렘나이트, 비늘이 모두 달린 화석 물고기 등. 그렇지만 우리는 다른 것도 줍고 절벽과 바다가 내놓는 것에 열린 마음을 갖는다. 메리처럼 찾은 것을 파는 이도 있다. 나처럼 간직하는 이도 있다. 우리는 표본에 언제 어디서 찾았는지 적어 두고 유리판을 위에 댄 상자에 전시하기도 한다. 우리는 표본을 연구하고 비교하며 결론을 내린다. 남자들이 이론을 적어 논문으로 발표하면 나는 읽어 보지만 늘 도움이 되는 건 아니다.

헨리 경은 메리의 동물을 손에 넣은 뒤 다른 화석 수집을 중단했다. 아마도 그것이 수집가로서 도달할 수 있는 업적의 정점이라 판단한 모양이다. 화석에 진지한 사람들은 탐색이 절대 끝나지 않을 것임을 안다. 발견해 연구할 표본은 언제나 더 존재한다. 사람과 마찬가지로, 화석은 저마다 유일하니까. 너무 많은 화석이란 없다.

그러나 안타깝게도 헨리 경과의 대면은 그것으로 끝나지 않았다. 거리나 교회 안에서 이따금 목례를 나누긴 했지만, 한동안 그와 제대로 접촉할 일은 없었다. 그다음 마주친 때는 엄청난 사건이 있었다.

사건의 전말을 설명하자면 런던 방문으로 거슬러 올라가야 한다. 우리는 매년 봄, 밖에 나다닐 정도로 길이 마르고 나면 런던을 방문했다. 라임에서 또 한 번의 겨울을 보낸 뒤 스스로에게 주는 선물이었다. 나는 폭풍우에 갇혀 지내는 생활이 별로 싫지 않았다. 화석을 찾기에 좋은 조건이었으니까. 하지만 루이스 언니는 정원을 가꿀 수 없어 답답해하며 말수가 줄었다. 더 괴로운 건 마거릿의 지루하고 우울해하는 모습을 지켜보는 일이었다. 그 애는 여름 체질이라 온기와 빛, 다양한 자극을 필요로 했다. 그 애는 추위를 싫어했고, 사교 시즌이 끝나 회관이 조용해지고 새로 맞이할 손님이 없어지면 몰리 코티지를 감옥처럼 여겼다. 겨울은 마거릿에게 빠르게 흘러가는 세월과, 희미해지는 결혼에의 전망, 미모가 조금씩 닳아 없어지는 처지를 너무 자주 떠올리게 했다. 그 애는 생기 넘치고 통통한 젊음을 잃고, 어쩐지 홀쭉하고 여윈 모습이 되어 가고 있었다. 3월이면 마거릿은 늘 너무 오래 입어 올이 다 드러난 잠옷처럼 시들어 갔다.

런던은 마거릿에게 보약이었다. 아니, 솔직히 말해서 런던은 우리 모두에게 옛 친구와 새 유행, 파티와 고급 음식을 선사했다. 물론 새로운 소설과 자연사 논문, 집안에 아이가 있는 즐거움도 만끽하게 해 주었다. 갓 태어난 조카 조니는 중년에 접어드는 우리에게 반가운 오락을 제공해 줬다. 우리는 대개 3월 말에 런던으로 가, 새언니와 서로 느끼는 짜증의 정도에 따라서 한 달에서 6주 정도를 그곳에서 지냈다. 대놓고 드러내기에는 소심한 성격이었지만 시간이 흐르자 새언니는 점점 더 예민해졌고, 자기 방이나 조니 방에서 나오지 않을 구실을 찾았다. 새언니는 우리가 라임에서 살면서 거칠어졌다고 여겼고, 우리는 새언니가 남의 이목에 지나치게 신경 쓴다고 생각했다. 라임이 키워 낸 우리의 독립성은 보수적인 런던 사람들을 놀라게 하곤 했다.

우리는 밖에 많이 나다녔다. 친구들을 만나고, 연극을 보고, 왕립 예술원을 찾고, 물론 영국 박물관에도 갔다. 그곳은 오빠 집에서 너무 가까워 2층 응접실 창문으로도 보였다. 그곳에 갈 때면 나는 화석 진열장에 바짝 붙어 서서 입김이 서릴 때까지 들여다보느라 경비원들의 눈살을 찌푸리게 했다. 내가 특히나 좋아했던 상태가 온전하고 좋은 다페디움dapedium(쥐라기 시대에 존재했던 원시 물고기의 한 종류—옮긴이) 화석을 기증하기도 했다. 감사의 뜻으로 자연사부 관리인 찰스 코니그는 내가 런던에서 지내는 한 달 동안 입장료를 감면해 줬다. 표지에 수집자는 필폿이라고만 적어 내 성별의 문제를 깔끔하게 처리해 버렸다.

런던에서 지내던 어느 해 봄, 우리는 피커딜리(런던시 중앙에 있는 가장 번화한 거리—옮긴이)에 새로 생긴 이집트 홀이 훌륭하다는 이야기를 들었다. 불럭 박물관이라고도 불리는 그곳에는 주인인 윌리엄 불럭의 기상천외한 수집품들이 전시되어 있었다. 그의 광범위한 수집품에는 전 세계 미술품, 골동품, 공예품과 자연사 수집품이 포함됐다. 오빠는 어느 날 우리 모두를 그곳에 데려갔다. 외관은 이집트식으로 거대한 창문과 묘지 입구처럼 양옆이 비스듬한 문이 달려 있었고 세로 홈으로 장식한 기둥 위에는 파피루스 두루마리가 놓여 있었다. 문 위 처마에는 이시스와 오시리스의 조각상이 장식돼 피커딜리를 내려다보는 형태였다. 건물 정면은 눈부신 노랑으로 칠해져 있었고, 큰 안내판에 '박물관'이라고 적혀 있었다. 다른 차분한 벽돌 건물 사이에서 지나치게 극적인 모습이었다. 하지만 애초에 그렇게 보이는 게 목적이었을 것이다.

그간 라임의 소박한 회백색 건물에 익숙해져서 그런지 불럭 박물관은 요란해 보이기도, 신기하기도 했다. 그러나 그곳의 전시품은 훨씬 더 놀라웠다. 타원형 입구에는 온 세상에서 가져온 진귀한 물건들이 진열되어 있었다. 아프리카의 가면과 태평양섬의 깃털로 장식한 토템이 있었다. 흙으로 만들어 구슬로 장식한 조그만 전사의 상像. 돌 무기와 북쪽 지역에서 온 모피를 덧댄 외투도 있었다. 카약이라는, 한 사람이 타는 길고 가느다란 보트에는 나무를 태워 장식을 한 노가 달려 있었다. 이집트의 미라도 금빛 나뭇잎이 그려진 석관에 전시되어 있었다.

그다음 전시실은 훨씬 더 넓었다. 그곳엔 '과거의 거장들'이 그린 평범한 회화가 전시되어 있었는데, 내가 보기에는 무심한 왕립 예술원 학생들이 거장의 작품을 모방해서 그린 것 같았다. 그보다 더 흥미로운 것은 평범한 영국의 푸른박새부터 몰디브에서 쿡 선장이 가져온 붉은발부비새까지 다양한 지역에 서식하는 새들을 박제로 만들어 전시한 것이었다. 마거릿과 루이스 언니, 나는 그것들을 살피는 동안 시간 가는 줄 모르고 즐거웠다. 라임에서 살면서 런던 시절보다 새에 관심이 많아졌기 때문이다.

그러던 중 조니는 새가 지루해졌는지 자기 엄마를 따라 그곳에서 가장 큰 전시실, 판테리온으로 갔다. 거기서 얼마간 구경하는 듯싶더니 잠시 후 우리 쪽으로 달려왔다. "마거릿 고모, 이리 와요. 아주 큰 코끼리가 있어요!" 아이는 마거릿의 손을 잡아끌고 다음 전시실로 갔다. 우리도 무슨 일인가 싶어 뒤따랐다.

과연 코끼리는 거대했다. 사실 나 역시 코끼리를 처음 보는 것이기도 했다. 하마도, 타조도, 얼룩말도, 하이에나나 낙타도 마찬가지였다. 모두 박제를 만들어 실내 중앙 반구형 밤하늘 아래, 그들의 서식지 모습 그대로 야자나무가 점점이 자라는 풀밭에 모아 놓았다. 우리는 서서 구경했다. 그야말로 희귀한 광경이었으니까.

아직 어린 탓에 조니는 그것들이 귀한 줄 모르고 전시실을 이리저리 뛰어다녔다. 내가 야자나무 주위를 감고 있는 보아 구렁이를 관찰하고 있는데 조니가 달려왔다. "고모 악어예요, 엘리자베스 고모! 어서 와서 봐요!" 아이는 내 팔을 당기며 전시실 맞은편을 가리켰다. 조카도 라임에서 발견된 동물을 알고 있었고, 다른 사람들처럼 그것을 악어라고 불렀다. 그 애 생일 선물로 화석과 그것이 살아 있었을 때의 모습을 상상해 수채화로 그려 준 적이 있었다. 나는 메리가 발견한 것과 진짜 악어가 어떻게 다른지 궁금해져 조니를 따라갔다.

조니의 말은 틀리지 않았다. 그것은 정말 '내가 알던' 악어였다. 입이 떡 벌어졌다. 메리의 동물이 갈대가 자라는 웅덩이 옆 자갈밭에 엎드려 있었다. 메리가 처음 발견했을 때 그것은 뼈가 뒤죽박죽 엉켜 납작해져 있었지만, 그 애는 그 뼈들을 재구성하는 것보다 발견한 그대로 두어야 한다고 생각했다. 윌리엄 불럭은 그런 의무감 따위는 없었는지 몸통 전체를 석판에서 떼어 내고는 뼈를 재구성해 물갈퀴가 뚜렷하게 보이도록 배치했고, 척추골도 직선으로 쌓았다. 갈비뼈가 사라진 곳에는 소석고로 추가하기도 했다. 더 가관인 부분은 그 동물 가슴에 조끼를 입혀 물갈퀴를 암홀로 빼놓고 눈 한쪽에는 커다란 외알 안경을 올려 둔 점이었다. 주둥이 근처에는 악어가 먹을 만한 사냥감들을 늘어놓았다. 토끼, 개구리, 물고기 등을. 입을 열고 먹잇감을 집어넣지 않은 것만으로도 다행이었다.

그 아래에 달린 소개 내용은 다음과 같았다.

> 화석 악어
> 헨리 호스트 헨리 발견
> 도싯셔* 미개척지

나는 항상 그 표본이 헨리 경의 저택 어딘가에, 벽에 걸리거나 탁

---

* 도싯Dorset의 옛 이름.

자 위에 놓인 채로 있을 거라고 생각했다. 그런데 막상 런던의 전시장에서, 내가 알던 모습과 너무나 다른 극적인 한 장면을 연출한 채로, 헨리 경이 발견했다고 주장하고 있는 꼴을 보니 충격과 배신감에 몸이 굳어 버렸다.

나머지 가족들도 다가왔고, 나를 대신해 루이스 언니가 말했다.

"가증스러운 짓이네."

"이 서커스에 넘길 거였으면, 헨리 경은 저걸 왜 샀지?" 나는 주위를 둘러보며 몸을 떨었다.

"상당한 이익을 남겼겠는걸." 오빠가 말했다.

"메리의 표본에 어떻게 이런 짓을 하지? 봐 언니, 메리가 발견한 대로 보존하려고 그렇게 애썼는데 꼬리를 펴 버렸어." 나는 본래의 모습을 잃은 꼬리를 가리켰다.

메리의 동물이 이렇게 천박하게 전시된 걸 보고 내가 그토록 화를 낸 까닭은, 이 모든 시도가 그것을 보는 경험의 격을 떨어뜨렸기 때문이다. 라임에서 사람들은 그 낯선 모습에 강한 인상을 받고 조용히 감상했다. 하지만 불럭 박물관에서 그것은 여러 전시물 중 하나였다. 심지어 가장 경이로운 전시물조차 아니었다. 그것의 전시 방식과 우스꽝스러운 옷차림도 싫었지만, 한번 흘깃 보고 더 화려한 코끼리나 하마에게 달려가는 사람들에게도 화가 났다.

존 오빠가 관리인과 이야기를 나누더니 돌아와 이 전시가 지난 가을부터 시작되었다고 알려 주었다. 그 말인즉슨 헨리 경이 표본을 사서는 불과 몇 달 만에 되팔았다는 뜻이다.

나는 너무 화가 난 나머지 전시를 끝까지 즐길 수 없었다. 내가 부루퉁하니 조니도 지루해했고 다른 가족들도 마찬가지였다. 루이스 언니는 나를 데리고 포트넘(런던을 대표하는 백화점. '포트넘 앤 메이슨'이라는 홍차 전문 브랜드로도 유명하다—옮긴이)에 가서 차를 마시게 했다. 내가 다른 사람들을 방해하지 않고 화낼 수 있도록 배려한 것이다. "어떻게 그걸 팔 수가 있지?" 나는 작은 스푼으로 차를 휘저으며 몇 번이고 똑같은 말을 계속 했다. "어떻게 그렇게 귀한 걸, 그렇게 굉장한 걸, 라임과 메리 이 둘과 관계가 깊은 걸 팔아서 인형처럼 옷을 입혀 우스꽝스러운 꼴로 전시하게 만들 수 있지? 어떻게 감히?"

루이스 언니는 내가 포트넘의 찻잔을 깰까 봐 손을 잡아 주었다. 나는 스푼을 내려놓고 몸을 바짝 당겨 말했다. "언니, 있잖아." 내가 말을 꺼냈다. "난… 난 저게 악어가 아니라고 생각해. 악어의 신체 구조를 갖지 않았는데, 아무도 진지하게 알아보려 하지 않아."

루이스 언니의 회색 눈은 맑고 차분했다. "악어가 아니면 뭐지?"

"이젠 사라진 동물이야." 나는 잠시 기다리며 신께서 내 머리 위의 천장을 무너뜨리는지 확인했다. 그러나 아무 일도 일어나지 않았다. 웨이터가 다시 잔을 채우러 왔을 뿐.

"어떻게 그럴 수 있어?"

"멸종이란 개념 알아?"

"퀴비에 책을 읽으면서 네가 그런 이야기를 하는 걸 들었지만, 마거릿이 불안하니 그만하랬잖아."

나는 끄덕였다. "퀴비에는 주위 환경에 적응하지 못하면 살아남지 못하고 죽어 사라지는 동물이 있을 수 있다고 했어. 다시 말해 신께서 그런 과정에는 개입하지 않는다는 뜻이지. 신이 동물을 창조한 뒤 죽도록 내버려 둔다는 말도 되니, 사람들은 심란하게 여길 테지. 그리고 헨리 경처럼 저 동물이 악어의 초기 모습인데 신께서 만드셨다가 퇴짜를 놓았다는 사람들도 있어. 신께서 노아의 홍수를 이용해서 원하지 않는 동물의 세계를 없앤 거라고도 생각해. 하지만 이런 가설은 신께서도 실수를 하고, 그 실수를 정정할 필요가 있다는 뜻이잖아. 그렇지? 이런 생각은 모두 누군가를 불안하게 만들어. 아니, 많은 사람들이 불안해하지. 성미가엘 성당의 존스 사제님도 성경을 문자 그대로 받아들이시더라. 신께서 세상과 모든 피조물을 엿새 동안 창조하시고 그때나 지금이나 세상이 똑같아서 모든 동물이 어딘가에 존재한다고 생각하는 게 가장 쉽고 자연스럽다고 여기지. 그리고 그들은 세상의 나이가 6천 년이라고 주장하는 어셔 주교의 계산을 두고 어딘가 한정적이고 이상하다고 여기기보다는 안심이 된다고 생각해." 나는 우리 사이에 놓인 접시에서 랑그드샤 비스킷을 들어 반으로 자르면서 존스 사제와의 대화를 떠올렸다.

"그분은 메리의 동물을 보고 뭐라고 하셨는데?"

"그것들이 남아메리카 해안에서 헤엄치고 있는데 우리가 아직 발견 못 한 거라고 해."

"그럴 가능성이 있을까?"

나는 고개를 저었다. "그렇다면 선원들이 봤어야지. 그곳을 항해하기 시작한 게 벌써 수백 년째인데, 선원들 중 누구도 그런 동물을 봤다는 이가 없잖아."

"그럼 너는 우리가 불럭 박물관에서 본 게 이젠 사라진 동물의 화석이라고 믿는구나. 신의 뜻인지 아닌지는 모르지만, 알 수 없는 이유로 그 동물이 죽어 사라졌다고." 루이스 언니는 스스로에게, 그리고 내게 확실하게 다짐을 받듯, 조심스럽게 그러나 또박또박 말했다.

"응."

루이스 언니는 웃으며 비스킷을 받았다. "그러면 성미가엘 성당 신도 중에서 몇 명은 확실히 놀라겠네. 존스 사제님이 네게 성당을 나가서 국교회 반대자들과 함께하라고 말할지도 몰라!"

나는 랑그드샤 비스킷을 먹어 치웠다. "사실 국교회 반대자들이라고 다를지 모르겠어. 교리 면에서는 다를지 모르지만 라임에서 내가 아는 다른 교회 사람들도 존스 사제님처럼 성경을 문자적으로만 해석한다고. 그 사람들은 멸종이란 개념을 절대 받아들이지 못할 거야." 나는 한숨을 쉬었다. "메리의 동물은 파리의 퀴비에 같은 해부학자나 옥스퍼드나 캠브리지의 지질학자가 연구해야 해. 그들이라면 설득력 있는 해답을 제공할 수 있을지 모르지. 하지만 불럭 박물관에서 이국적인 도싯 악어로 변장하고 있으면 그런 일은 절대 일어나지 않을 거야!"

"콜웨이 매너에 넣어 두는 게 더 나쁠 수도 있지." 언니가 반박했다. "적어도 여기선 사람들이 보잖니. 그리고 유식한 지질학자라든가, 적당한 사람이 보면 연구할 가치가 있다고 생각할지도 모르잖아."

나는 그런 생각은 하지 못했다. 루이스 언니는 항상 나보다 분별

력이 있었다. 언니와 이야기를 하고 있으니 안심도 되고 약간은 위로도 얻었지만 헨리 경에 대한 분노가 가실 정도는 아니었다.

　다음 달, 라임으로 돌아가자마자 나는 메리를 만나기도 전에 헨리 경에게 먼저 따지러 갔다. 방문을 미리 알리지도, 언니와 동생에게 어디로 간다고 말하지도 않고 몰리 코티지와 콜웨이 매너 사이의 들판을 가로질렀다. 런던에서 그토록 그리워한 야생화와 꽃이 핀 울타리도 눈에 들어오지 않았다. 헨리 경은 집에 없었지만 나는 그의 영지 한 곳으로 안내를 받았다. 그가 하수도 파기를 감독하는 곳이었다. 우리가 런던에 있는 동안 비가 자주 왔던지라 내 구두와 드레스 자락은 진흙투성이었다.
　헨리 경은 회색 말을 타고 인부들이 일하는 것을 지켜봤다. 말에서 내려 그들 사이에 서 있지 않는 것도 짜증이 났다. 한 달 내내 화를 키우고 있었으니, 그때는 그가 하는 모든 행동이 못마땅했다. 이런 내 속도 모르고 그는 나를 보고는 말에서 내려 라임에 돌아온 것을 환영했다. "런던에서는 어떻게 지냈소?" 헨리 경은 인사를 건네며 내 진흙 묻은 스커트에 눈길을 줬다. 아마 그는 그 짧은 순간, 자기 부인이라면 그렇게 더러운 옷차림으로 사람들 앞에 나서지 않으리라 생각했을 것이다.
　"아주 즐거웠어요. 감사합니다, 헨리 경. 하지만 불럭 박물관에서 본 것 때문에 깜짝 놀랐어요. 애닝 가족에게서 사들이신 표본이 콜웨이 매너에 있는 줄 알았는데, 불럭 씨에게 파셨더군요."

헨리 경의 표정이 밝아졌다. "아, 그럼 악어를 전시 중인가 보구만. 어떻습디까? 내 이름의 철자는 정확히 적었겠지."

"네, 성함이 적혀 있었어요. 하지만 메리 애닝도, 라임 레지스도 보이지 않아서 좀 놀랍더군요."

헨리 경이 멍한 표정을 지었다. "메리 애닝의 이름을 왜? 그 애 것이 아닌데."

"메리가 찾은 겁니다. 잊으셨어요?"

헨리 경이 콧방귀를 뀌었다. "메리 애닝은 일꾼이오. 그 애가 내 땅에서 그 악어를 찾은 거고. 처치 절벽이 내 땅의 일부인 걸 알고 있잖소. 이 사람들…" 그는 진흙을 파는 사람들에게 고갯짓했다. "이들이 이 땅을 판다고 이곳 주인이오? 당연히 아니지! 내 소유요. 게다가 메리 애닝은 어린 여자애잖소. 그 애가 뭘 하겠소. 내가 대신 나서야지. 사실 라임 주민들 중에는 신통한 사람이 없어서 내가 나서는 일이 많잖소."

한순간 공기가 불연속적으로 윙윙거리는 듯했고 그러다 헨리 경의 돼지 같은 얼굴이 내게 불쑥 다가왔다. 분노에 모든 것이 왜곡되고 있었다. "표본을 팔아 버릴 거면서 그걸 손에 넣으려고 왜 그렇게 난리를 치신 거죠?" 겨우 감정을 다스리고 따졌다.

헨리 경은 말이 조바심을 내자 목을 쓰다듬으며 진정시켰다. "그게 내 서재를 어수선하게 만들었소. 그럴 바엔 불럭 박물관에 있는 편이 훨씬 나을 거요."

"사실 그렇지요. 하지만 아무리 그래도 그렇게 변덕을 부리실 거라곤 예상하지 못했습니다. 헨리 경, 그건 고상하지 못해요. 안녕히 계세요." 나는 이 같은 미미한 비난이 그에게 어떤 영향을 미치는지 확인하기도 전에 돌아섰다. 들판을 비틀거리며 걸어가는데 웃음소리가 들려왔다. 다른 남자들이라면 날 불러 세웠을 텐데, 그는 그러지 않았다. 분명 내 뒷모습—비에 젖어 후줄그레한 노처녀가 진흙과 분노를 튀기며 걸어가는—을 보며 즐거워하고 있었으리라.

열을 올리며 걸어가던 나는 처음에는 숨죽여 욕을 하다가 이내 소리를 내기 시작했다. 주위에 들을 사람이 아무도 없었으니까. "천벌을 받아라, 망할 얼간이." 이때까지 그런 소리를 입 밖에 낸 적도, 생각한 적도 없었지만, 너무 화가 나서 주체가 되지 않았다. 헨리 경이 과학적 발견을 짓밟은 것이 분했다. 세상의 신비를 평범하고 우스꽝스러운 것으로 바꿔 놓은 그 무신경함을 견딜 수 없었다. 또 내 성별을 부끄러운 것이라고, 나를 보고 혼자서는 아무것도 못하는 존재라고 여기는 것이 참을 수 없이 굴욕적이었다.

하지만 내 자신에게 더 화가 났다. 나는 라임 레지스에서 지낸 9년 동안 독립성과 솔직함을 배웠고 그것을 소중히 여기게 됐다. 하지만 헨리 경 같은 사람들에게 맞서는 법은 배우지 못했다. 그에게 메리의 동물을 팔아 버린 것에 대한 내 생각—나의 분노, 수치, 절망감—을 알아듣게 말해 주지 못했다. 대신 그는 나를 조롱했고 내가 무언가를 잘못했다고 느끼게 만들었다. "멍청이. 망할 멍청이!" 나는 이렇게 중얼거리고 있었다.

"어머!"

고개를 들었다. 작은 다리를 건너고 있었는데, 바로 그때 패니 밀러가 시내로 들어가는 길을 따라오고 있었다. 그 애가 내 말을 들은 게 틀림없었다. 뺨이 빨개지고 이마에는 주름이 지고 순수한 두 눈이 웅덩이마냥 휘둥그레졌기 때문이다.

나는 그 애를 노려보고는 사과하지 않았다. 패니는 내가 따라가서 욕을 더 할까 봐 두려운 듯 뒤를 흘끔거리며 서둘러 가 버렸다. 겁에 질리긴 했지만 그 애는 괴팍한 필폿이 뭐라고 했는지 가족과 친구들에게 말할 것이 분명했다.

메리에게 그 동물 이야기를 하기가 두려웠지만, 나는 나쁜 소식을 전달하는 일을 미루는 성격이 아니다. 미루면 더 나빠질 뿐이니까. 나는 그날 오후 코크모일 스퀘어에 찾아갔다. 몰리 애닝이 몬머스해변 서쪽 핀헤이만에서 메리가 손님으로부터 거대한 암모나이트를 발굴해 달라는 의뢰를 받았다고 알려 줬다. "정원 장식용이래요." 몰리가 웃으며 덧붙였다. "참 어리석기도 하지."

나는 흠칫했다. 우리 집 정원에도 메리가 파내는 걸 도와준 거대한 암모나이트가 놓여 있었으니까. 반지름이 1피트나 되는 그 암모나이트는 루이스 언니에게 크리스마스 선물로 준 것으로, 아마도 몰리 애닝은 그걸 모르는 모양이었다. 그녀는 실버 스트리트로 우리를 보러 온 적이 없었다. "용건도 없는데 쓸데없이 언덕을 오르며 기운을 왜 빼?" 몰리가 종종 하던 말이다.

그러나 그 암모나이트로 번 돈은 예외다. 그 돈만큼은, 몰리 애닝으로서도 반가웠을 것이다. 괴물을 헨리 경에게 판 후로 메리는 다른 온전한 표본을 찾아내지 못했다. 턱뼈, 망가진 척추골, 작은 물갈퀴 뼈 등, 감질나는 것들만 발견했고 그걸로 돈을 벌기는 했으나 온전한 표본보다는 훨씬 적은 액수였다.

뱀의 묘지―나는 암모나이트 묘지라고 불렀다―근처에서 메리를 찾았다. 오래전 나를 라임으로 이끈 바로 그곳이었다. 메리는 바위에서 암모나이트를 잘라 내 해변을 따라 끌고 가려고 자루에 싸고 있었다. 아무리 익숙하다 해도 여자아이에겐 버거운 일이었다.

내가 런던에 갈 때마다 몹시도 나를 그리워하던―물론 나 역시 메리를 그리워했다―메리는 나를 보더니 반갑게 인사했다. 내가 떠나 있던 동안 발견한 것들, 팔 수 있었던 것들, 화석을 찾으러 나온 다른 사람들 이야기를 전부 들려줬다. "런던은 어땠어요, 선생님?" 끝으로 메리가 이렇게 물었다. "새 드레스도 사셨어요? 새 보닛을 쓰고 계시네요."

"응, 샀어. 눈썰미가 좋구나, 메리. 참, 런던에서 본 것이 있단다." 나는 심호흡을 한 뒤 불럭 박물관에 가서 그 애의 동물을 발견한 이야기를 들려주며 조끼를 입히고 외알 안경을 올려 둔 상태까지 솔직하게 설명했다. "헨리 경도 참, 그렇게 무책임하게 취급할 사람에게 팔지 말았어야지. 아무리 많은 사람들이 그걸 본다 해도 말이야." 그런 뒤 이렇게 덧붙였다. "앞으로는 화석을 찾더라도 그 사람에게 알리지 말았으면 좋겠다." 헨리 경을 찾아갔다가 조롱당한 이야기는 하지 않았다.

메리는 생각보다 차분하게 그 이야기들을 듣고 있었고, 꼬리를 폈다는 이야기를 할 때만 눈이 커졌다. 내가 예상한 것과는 사뭇 다른 반응이었다. 헨리 경이 자기가 발견한 화석으로 이익을 얻었다니 화를 낼 줄 알았는데, 메리는 그것이 받는 관심에 더 흥미를 느꼈다.

"많은 사람들이 그걸 보던가요?" 메리가 물었다.

"꽤 많이 봤어." 다른 전시물이 더 인기 있었다는 말은 하지 않았다.

"아주 많이요? 라임에 사는 사람들보다 더 많이?"

"그럼. 몇 달 동안 전시 중이었으니까 수천 명이 봤을 거야."

"그 사람들이 모두 내 악어를 본 거네." 메리는 미소를 지었고 바다를 바라보며 눈을 반짝였다. 마치 자신의 다음 발견을 기다리는 관람객들이 수평선에 줄지어 서 있는 것처럼.

5

우리는 화석이 되어
해변에서 영영 벗어나지 못할 것 같았다

그 악어를 발견함으로써 모든 게 변했다. 가끔 상상해 본다. 절벽과 암석에 감춰진 그 크고 선명한 동물들이 없었다면 과연 내 삶이 어땠을까, 하고. 내가 찾은 것이 암모나이트와 벨렘나이트, 바다나리와 그리파이아뿐이라면, 내 삶은 그것들처럼 하찮았을 것이다. 번개에 맞아 모든 것이 뒤바뀌며 기쁨과 아픔을 동시에 느끼는 경험을 하지 못했을 것이다.

악어를 판 돈 때문에 상황이 바뀐 것은 아니다. 다만 찾아다닐 것이 존재한다는 사실, 그리고 나는 다른 사람들보다 '잘 찾는다'는 걸 알게 되었을 뿐이다. 그때부터는 앞을 보면 아무렇게나 던져 놓은 돌이 아니라 그것들이 내 삶을 어떻게 이루어 갈지가 보였다.

헨리 경이 악어 전체 값으로 23파운드를 지불했을 때, 나는 원하는 게 많았다. 천장까지 쌓아 올릴 만큼 감자 포대를 여러 대 사고 싶었다. 모직 천을 길게 사서 엄마와 내가 입을 새 옷을 짓고 싶었다. 날마다 반죽 케이크를 하나씩 먹고 석탄 상인이 매주 찾아와 석탄 통을 채워야 할 만큼 석탄을 많이 때고 싶었다. 내가 원한 건 그런 것이었다. 내 가족도 그런 것을 원한다고 생각했다.

헨리 경과의 거래가 끝난 뒤 어느 날, 엘리자베스 씨가 엄마를 만나러 와 오빠와 함께 식탁에 앉았다. 엘리자베스 씨는 모직이나 석탄, 케이크가 아니라 일자리 이야기를 했다. "조지프가 견습생으로 들어가면 가정에 가장 큰 도움이 될 것 같아요." 엘리자베스 씨가 말했다. "견습 비용을 낼 돈이 생겼으니 그렇게 하셔야 해요. 조지프가 어떤 일을 선택하든지, 화석을 파는 것보다는 안정적인 수입을 얻을 수 있을 거예요."

"하지만 오빠랑 전 악어를 더 찾을 거예요." 내가 끼어들었다. "그걸로 돈은 충분히 벌 수 있어요. 헨리 경이 악어를 샀으니 악어를 갖고 싶어 하는 부자들이 많아지겠죠. 우리가 찾아낼 화석에 큰돈을 지불할 런던의 신사들을 생각해 보세요!" 나는 고함을 지르고 있었다. 조 오빠와 함께 화석을 찾아 부자가 될 거창한 계획을 지켜야 했으니까.

"조용히 해라, 애야." 엄마가 말했다. "필폿 씨 말씀이 옳다."

"메리." 엘리자베스 씨가 이어서 말했다. "화석이 더 있을지 없을지도 모르잖니."

"아뇨, 전 알아요. 예전에 찾았던 조각들을 생각해 보세요. 척추골과 이빨, 갈비뼈 조각과 턱뼈. 우리는 그것들이 모두 뭔지 몰랐잖아요. 이젠 알아요! 그 전부를 찾았으니 각각의 조각이 어디서 나온 건지, 몸통이 어떻게 생겼는지 알게 됐어요. 그림을 그려 놔서 어느 뼈가 어느 자리에 들어맞는지 연결시킬 수 있어요. 저 절벽이랑 바위에 온통 악어가 있을 거라고요!"

"네가 말하는 것처럼 표본이 많다면 어째서 여태 전체를 못 찾았을까?"

나는 엘리자베스 씨를 노려봤다. 그분은 내게 늘 친절했다. 화석을 닦는 일도 시키고, 음식과 양초, 옷가지를 가져다주었다. 주일학교에서 글을 배우라고 격려해 주기도 하고, 자기가 찾은 것을 내게 보여 주고, 내가 찾은 것에 관심을 가져 줬다. 그분이 데이 형제에게 돈을 내주지 않았다면 우리는 악어를 절벽에서 파내지 못했을 것이다. 그 헨리 경을 상대한 것도 엘리자베스 씨였다. 그분과 엄마가.

그렇다면 엘리자베스 씨는 어째서 내 계획에 반대하는 걸까? 이제야 비로소 화석 사냥에 신이 나기 시작했는데? 엘리자베스 필폿이 뭐라고 하든, 나는 이제 괴물들이 거기 있다는 걸 안다. "지금까지는 뭘 찾는지 몰랐어요." 내가 다시 말했다. "얼마나 큰지, 어떻게 생겼는지. 이제는 알게 되었으니 조 오빠와 전 쉽게 찾을 수 있어요, 그렇지 오빠?"

오빠는 곧바로 대답하지 않았다. 실을 손가락에 감으며 만지작거렸다.

"오빠?"

"난 악어를 찾아다니고 싶지 않아." 오빠가 낮은 목소리로 말했다. "난 가구 장식 일을 하고 싶어. 리더 씨가 나를 가르쳐 준댔어."

너무 놀라 아무 말도 할 수 없었다.

"가구 장식 일?" 엘리자베스 씨가 재빨리 끼어들었다. "그건 유용한 일이긴 하지만, 왜 그걸로 선택했지?"

"밖이 아니라 안에서 할 수 있으니까요."

그제서야 입이 떨어졌다. "하지만 오빠, 나랑 같이 악어 찾고 싶지 않아? 악어를 파내는 게 신나지 않았어?"

"추웠어."

"바보 같은 소리 하지 마! 추위가 무슨 문제라고 그래."

"나한텐 문제야."

"저 동물들이 우리가 찾아 주기를 기다리고 있는데, 어떻게 추위 따위를 신경 쓸 수 있어? 해변에 보물이 흩어져 있는 셈이야. 악어를 찾으면 부자가 될 수 있어! 그런데 기껏 한다는 말이 너무 춥다고?"

오빠가 엄마에게 말했다. "엄마, 전 리더 씨 밑에서 꼭 일하고 싶어요. 엄마는 어떻게 생각하세요?"

엄마와 엘리자베스 씨는 오빠와 내가 말다툼하는 사이 아무 말도 하지 않았다. 오빠는 그분들이 원하는 대로 마음을 확실히 정했으므로 참견할 필요가 없었지 싶다. 나는 그분들의 말을 듣지 않고 벌떡 일어나 아래층 작업장으로 달려갔다. 오빠를 딴 데로 데려가는 계획을 듣고 있으니 악어 작업을 하는 편이 나았다. 내겐 할 일이 있었다.

다시 머리와 몸체를 합치자 괴물은 길이가 18피트 가까이 됐다. 그것을 절벽에서 끌어내는 건 사흘이나 걸리는 중노동이었다. 데이 형제와 나는 조수가 허락할 때마다 계속 일했다. 화석 조각 전체를 탁자 위에 올리기에는 너무 커서 바닥에 펼쳐 놓았다. 어둠침침한 불빛에 뼈 조각이 뒤죽박죽 섞여 있었다. 그것을 닦는 데 한 달이나 걸렸지만 바위에서 모두 떼어 내려면 아직 멀었다. 눈을 찌푸리고 먼지를 문질러 댄 탓에 눈이 따끔거렸다.

그때는 너무 어려 조 오빠의 선택을 이해할 수 없었지만 나중에는 오빠가 평범한 삶을 선택했음을 알게 됐다. 오빠는 나처럼 남의 입에 오르기도, 이상한 옷을 입고 바위만 벗 삼아 해변에서 혼자 시간을 보낸다고 조롱당하기도 싫었던 것이다. 오빠는 다른 사람들이 가진 평범한 것을 원했다. 안정된 삶과 점잖은 사람이 될 기회를. 그래서 오빠는 견습생이 될 기회를 넙죽 받아들였다. 나는 어쩔 수 없었다. 내가 오빠 같은 기회를 얻었다면—여자아이가 견습생이 되어 일을 배울 수 있다면—나도 같은 선택을 해서 재단사나 정육점 주인, 제빵사가 될 수 있었을까?

아니다. 내 뼛속에는 화석이 있었다. 해변에서 아무리 힘든 일을 겪어도 나는 바늘이나 칼, 화덕을 위해 화석을 버리지는 않았을 것이다.

"메리." 엘리자베스 씨가 내 앞에 다가왔다. 나는 대답하지 않았다. 그녀가 조 오빠 편을 든 것에 화가 가시지 않았다. 나는 칼을 들어 척추골을 긁기 시작했다. 긴 선을 이루며 연결되는 작은 접시 중 하나였다.

"조지프는 올바른 선택을 한 거야." 엘리자베스 씨가 말했다. "너랑 어머니께 이 편이 더 좋을 거야. 그렇다고 네가 화석을 더 찾으러

다니지 못하란 법은 없단다. 이젠 뭘 찾는지 알고 있으니 조지프가 도와줄 필요 없잖니? 혼자서 찾을 수 있어. 정 도움이 필요하면 이번처럼 데이 형제를 고용해서 떼어 내면 돼. 네가 자라서 그들을 혼자 상대하기 전까지는 내가 도와줄 수 있어. 네 어머께께도 거래할 때 도와드린다고 했는데, 혼자서 하신대. 어머니께서 생각보다 헨리 경을 잘 다루시더라." 엘리자베스 씨는 악어 옆에 무릎을 꿇고 앉아 모두 납작하게 깔려 갈대 바구니처럼 이리저리 얽혀 있는 갈비뼈를 쓰다듬었다. "아름답기도 하지." 그녀가 전보다 부드러운, 감상적인 목소리로 중얼거렸다. "참 크고 낯선 것이라 아직도 놀랍구나."

나도 동의했다. 악어를 보면 이상한 기분이 들었다. 그 작업을 하면서 나는 교회에 더 규칙적으로 나가기 시작했다. 그것과 함께 작업장에 혼자 앉아 있노라면 내가 알지 못하는 것들을 품은 세상이 어쩐지 허무하게 느껴져 위안이 필요했다.

조 오빠를 잃었을지는 몰라도, 해변에서 혼자가 된 것은 아니었다. 어느 날 바닷가를 따라 블랙 벤으로 가다가 절벽가에서 화석을 찾는 낯선 사람 둘을 봤다. 그들은 진흙 속에서 망치를 휘두르고 문질러 대느라 너무 신이 나서 고개를 들 줄 몰랐다. 그 다음 날에는 그런 사람들이 다섯, 그리고 그로부터 이틀 뒤에는 열 명이 왔다. 모두 모르는 사람들이었다. 대화를 우연히 들어 보니, 다들 악어를 찾는다고 했다. 내 악어 때문에 보물을 찾을 수 있다는 생각에 이끌려 라임 해변에 찾아온 사람들이었다.

그 후 몇 년 간 라임에는 화석 사냥꾼들이 많아졌다. 나는 텅 빈 해변에 혼자 있거나 엘리자베스 씨나 조 오빠와 있는 것에 익숙했고, 우리는 따로 화석을 찾았기에 함께해도 혼자나 마찬가지였다. 그러다 지금은 라임에서 차머스 사이, 몬머스해변 전체에 망치 소리가 땅땅 울려 퍼졌다. 사람들은 치수를 재고, 확대경을 들여다보고, 뭔가를 적고, 스케치를 했다. 우스웠다. 요란한 법석을 떨면서도 아무도 온전한 악어를 찾지 못했다. 누군가가 외치는 소리에 사람들이 달려가 들여다보곤 했지만 아무것도 아니거나 이빨 하나, 턱이나 척추골 한 조각뿐이었다. 그것도 운이 좋은 편이었다.

어느 날 돌 사이를 뒤지는 사냥꾼 옆을 지나치던 중에 동그란 검은 돌을 집어 든 남자가 보였다. "척추골 같아." 남자가 동료에게 말했다.

어쩔 수 없었다. 그가 내게 물은 건 아니었지만, 착각을 고쳐 주어야 했다. "비프일 겁니다, 선생님." 내가 말했다.

"비프?" 남자가 인상을 찌푸렸다. "'비프'가 뭐지?"

"석회화한 셰일shale*을 그렇게 불러요. 척추골과 비슷하게 보여도 달라요. 셰일에는 밧줄 섬유처럼 수직선이 겹겹이 있지요. 척추골에서는 보이지 않아요. 그리고 척추골은 색이 더 짙어요. 악어의 뼈는 전부 그렇답니다. 보이시나요?" 나는 바구니에서 앞서 발견한 척추골을 꺼내 보여 줬다. "이것 보세요, 척추골은 이것처럼 육각형이

---

* 점토가 굳어져 이루어진 수성암水成巖. 회색이나 어두운 갈색을 띠며, 흔히 얇은 층으로 이루어져 잘 벗겨지는 성질이 있다.

지만, 깨끗이 닦기 전까지는 그 윤곽이 뚜렷하게 보이지 않을 때도 있습니다. 그리고 누가 가운데를 누른 것처럼 오목하죠."

그 남자와 동료는 금화라도 되는 것처럼—사실 그랬다—척추골을 다뤘다. "이걸 어디서 찾았니?" 남자가 물었다.

"저기요. 다른 것도 찾았어요." 내가 발견한 것을 보여 주자 그들은 크게 놀랐다. 그들이 보여 준 것은 대부분 비프라서 버려야 했다. 하루 종일 그들은 화석인가 싶은 것을 내게 가져와 감정받았다. 곧 다른 사람들도 찾아왔고 나는 여기저기 불려 다니며 그들이 무엇을 찾은 건지를 알려 줘야 했다. 그러자 그들은 이제 어디에서 찾아야 하는지를 물었고, 나는 그들을 이끌고 해변을 따라 화석 사냥을 인솔했다.

그렇게 나는 지질학자와 화석 사냥에 관심 가진 신사들 무리에 껴 그들의 착각을 바로잡고 화석을 찾아 주게 되었다. 개중에는 라임이나 차머스 출신도 있었다. 가령 얼마 전부터 어머니와 함께 브로드 스트리트에서 살게 된 헨리 드 라 비치는 나보다 겨우 서너 살 연상이었다. 하지만 대부분은 브리스틀이나 옥스퍼드, 런던 등 더 멀리서 찾아왔다.

교육받은 신사들과 함께하기는 처음이었다. 가끔 엘리자베스 씨가 함께하면 더 편했다. 그분은 나이도 많고 그들과 같은 계급이라 나와 신사들 사이에서 적절히 중재를 해 줬다. 맨 처음 그들과 나만 있었을 땐, 도무지 어떻게 행동하고 무엇을 말해야 할지 몰라 긴장됐다. 하지만 그들은 이내 나를 하인 취급했고, 그 역할은 쉬웠다. 그래도 나는 내 생각을 말하고 그들을 놀라게 하는 하인이었다.

그렇다 해도 신사들과 함께할 때는 항상 조금 어색했고, 이는 내가 나이가 들고 가슴과 골반이 도드라지기 시작하면서 더욱 심해졌다. 그러다 결국 사람들이 수군대기 시작했다.

만일 내가 좀 더 분별 있게 행동했다면 사람들이 덜 수군댔을지도 모른다. 하지만 자라면서 머리가 이상해졌는지, 나는 다소 어리석어졌다. 나는 신사들을 생각하며 그들의 다리와 움직임을 눈여겨보게 됐다. 까닭도 없이 눈물이 났고 괜한 일로 엄마에게 소리를 질렀다. 마거릿 씨는 내 기분을 공감해 줬으므로 이내 필폿가의 다른 자매보다 좋아졌다. 그녀는 소설에서 읽은 이야기를 해 주고, 머리를 예쁘게 꾸며 주기도 하고, 몰리 코티지 응접실에서 춤도 가르쳐 줬다. 그렇다고 내가 남자를 사귄 건 아니다. 가끔 회관 밖에 서서 창문을 통해 샹들리에 밑에서 춤추는 남자들을 구경했다. 그러면서 속으로 실크 드레스를 입고 떠다니는 나를 상상했다. 그러면 너무 속이 상해 데이 형제들이 해변을 따라 도시 양쪽을 연결하기 위해 지은 산책로를 내달리기도 했다. 그 길을 따라 달리면 코브에 도착했고 나는 바람을 맞으며 그곳을 하염없이 거닐었다. 뒤따라와 내 어리석음에 혀를 차는 사람은 아무도 없었다.

엄마와 엘리자베스 씨는 나를 보고 속상해했지만 그들은 나를 고쳐 주지 못했다. 내가 망가졌다고 생각하지 않으니까. 나는 성장 중이었고, 힘들었다. 한 번의 죽음을 거치고, 한 명의 숙녀와 신사를 겪고 난 뒤에야 엘리자베스 씨는 나를 진창에서 끌어내 줄 수 있었고, 비로소 나는 진정한 어른이 됐다.

두 사건은 모두 같은 해변에서 일어났다. 처치 절벽 끄트머리, 해변이 블랙 벤을 향해 구부러지기 전 지점이었다. 이른 봄, 나는 간조에 해변을 따라 걸으며 화석을 찾고 있었다. 물론 그와 동시에 그 전날 수정처럼 하얀 이를 드러내며 미소를 지어 준 신사를 생각하고 있었다. 나는 돌과 상념에 정신이 팔려 어느 숙녀를 보지 못하고 밟을 뻔했지만 다행히 우뚝 멈춰 섰고, 그녀를 안아 들려다 발버둥치는 아이의 발길질에 맞은 것처럼 배에 충격을 느꼈다.

그녀는 썰물이 남기고 간 자리에 엎드려 있었고, 검은 머리에 해초가 엉켜 있었다. 고급 드레스는 바다에 흠뻑 젖은 채 모래와 진흙이 묻어 쳐져 있었다. 그런 상태에서도 그 드레스는 우리 애닝 가족의 옷가지 전부를 합친 것보다 비싸 보였다. 나는 한참 동안 그녀 옆에 서서 숨을 쉬는지, 살아 있는 것인지 지켜봤다. 그녀의 몸을 뒤집어 죽었는지, 아는 사람인지 확인해야 한다는 생각이 들었다.

그러나 만지고 싶지 않았다. 나는 대체로 죽은 것들을 집어 들며 시간을 보냈다. 그녀가 악어나 암모나이트처럼 돌이었다면 재빨리 뒤집었을 것이다. 그치만 어쩌겠는가. 나는 진짜 죽은 사람의 살을 만지는 데는 익숙하지 않았다. 하지만 달리 방법이 없었다. 심호흡을 한 뒤 재빨리 그 숙녀의 어깨를 잡아 뒤집었다.

아름다운 얼굴을 보자마자 귀한 집안의 여성이라는 것을 알 수 있었다. 그렇게 말하면 남들은 웃겠지만, 고상한 이마와 섬세하고 어여쁜 이목구비를 보니 더욱더 확신이 갔다. 나는 그녀를 아가씨라 불렀고, 내 생각은 옳았다.

나는 가장 먼저 그 여인의 머리맡에 무릎을 꿇고 신께 그녀를 품에 안아 위로해 달라고 기도했다. 그러고는 그녀를 절벽 쪽으로 끌어다 놓았다. 내가 도움을 청하러 간 사이, 바닷물에 휩쓸려 가지 않도록 말이다. 하지만 흐트러진 모습 그대로 두고 갈 순 없었다. 그건 예의가 아니었다. 살이 차갑고 물고기처럼 굳어 있었지만, 이제는 만지는 것이 두렵지 않았다. 나는 숙녀의 머리카락에서 해초를 떼어 내고 팔다리와 드레스를 편 뒤 양손을 가슴 위에 겹쳐 놓았다. 믿기지 않겠지만 나는 그 의식을 나름대로 즐기고 있었다. 그때의 나는 그렇게 이상했다.

숙녀의 목에 가느다란 목걸이가 보여서 당겨 봤다. 드레스 밑에서 작고 동그란 금장 로켓 목걸이가 나왔다. 화려한 글씨체로 'MJ'라고 새겨져 있었다. 안에는 아무것도 없었다. 그림이나 머리카락이 있었다면 바다에 흘러갔을 터였다. 그것을 안전하게 챙겨 둘 수는 없었다. 내가 그걸 가진 것을 본다면 누구나 나를 도둑으로 몰 테니까. 로켓을 도로 숙녀의 드레스 안에 밀어 넣고는 내가 없는 사이, 다른 사람이 그녀를 발견해 그것을 훔쳐가지 않기를 바랄 뿐이었다.

이만하면 적당하다는 생각이 들자, 나는 또 한 번 짧게 기도를 올린 뒤 익사한 숙녀에게 손 키스를 날리고 라임으로 달려갔다.

사람들은 그 아가씨를 위해 성미가엘 성당에서 장례 준비를 하고 《웨스턴 플라잉 포스트Western Flying Post》 신문에 신원 확인을 위한 공지 기사를 냈다. 나는 매일 그녀를 보러 갔다. 어쩔 수가 없었다. 길가에서 수선화와 앵초를 꺾어 그녀 주위를 장식하고 꽃잎을 드레스 위

에 뿌려 놓았다. 나는 그 성당에 앉아 있는 것이 좋았다. 그곳은 고요
했고, 아가씨는 참 평화롭고 아름답게 누워 있었다. 그녀를 위해 혹
은 나를 위해 조금 울기도 했다.

열도 한기도 없었지만, 그 무렵 그 아가씨와 함께 나는 병이 든 것
같았다. 무언가에 대해 그렇게 강렬한 감정을 느낀 적이 없었고, 애
초에 그 감정이 무엇인지도 알지 못했다. 그저 그 아가씨의 사연이
비극적이었고, 내게도 사연이 있다면 비극적이리라는 생각만 들었
다. 아가씨는 죽었고, 내 눈에 띄지 않았다면 평소 내가 해변에서 찾
는 화석 같은 게 되었을 것이다.

어느 날 도착해 보니, 아가씨의 관 뚜껑에 못이 박혀 있었다. 그
아름다운 얼굴을 다시 볼 수 없다고 생각하니 울음이 나왔다. 그때
는 모든 것에 눈물이 났다. 나는 신도석에서 엎드려 울다가 잠들었
다. 얼마나 그러고 있었는지는 모르겠지만, 깨어나 보니 엘리자베스
씨가 옆에 앉아 있었다. "메리, 일어나서 집으로 가거라. 그리고 여기
다시 오지 말렴." 그녀가 나직이 말했다. "너무 오래됐다."

"하지만…."

"우선 건강에 안 좋아." 냄새를 가리키는 말이었지만, 나는 상관없
었다. 해변이나 작업장 냄새가 더했다. 석회석을 가지고 가 며칠이
지나면 구멍 속의 조개가 죽었다. 그러면 곧이어 그것이 부패하며 지
독한 냄새를 풍겼다.

"전 상관없어요."

"이런 건 마거릿이 읽는 고딕소설에만 나오는 감상적인 행동일 뿐

이야. 너랑은 어울리지 않아. 게다가 저분 신원이 밝혀져서 가족이 오고 있단다. 포틀랜드 근처에서 배가 난파됐대. 인도에서 오던 배라고 했나? 아이들과 함께 타고 있었다는데… 그렇게 먼 길을 온 끝에 목숨을 잃다니."

"누군지 안대요? 이름이 뭐래요?"

"귀족 부인이고 잭슨이란다."

나는 그녀의 신분을 알아맞힌 것이 기뻐 손뼉을 쳤다. "이름은 뭐래요? 로켓의 'M'은?"

엘리자베스 씨는 망설였다. 마치 그 대답에 내가 더 집착할 것을 안다는 듯이. 하지만 그분은 쉽게 거짓말하지 않는다. 언제나 그랬다. "메리라고 하더라."

나는 고개를 끄덕이고 울기 시작했다. 어쩐지 그럴 것 같았다.

엘리자베스 씨는 고함치고 싶은 걸 꾹 누르는 사람마냥 한숨을 푹 쉬었다. "어리석은 생각하지 마, 메리. 당연히 슬픈 이야기지만 넌 저분을 모르고 이름이 같다고 닮았다는 뜻은 아니야."

나는 양손으로 얼굴을 가리고 계속 울었다. 다른 무엇보다도, 엘리자베스 씨 앞에서 자제심을 잃은 것이 부끄러워서 울었다. 엘리자베스 씨는 잠시 내 곁에 있더니 포기하고서 우는 나를 두고 돌아갔다. 내가 그토록 운 까닭은 잭슨 씨와 내가 비슷했기 때문이다. 우리는 둘 다 메리이고 둘 다 죽을 운명이었다. 아무리 아름답거나 평범해도, 신께서는 결국 우리를 데려가신다.

잭슨 씨 시신을 다른 데로 옮겨 가고 일주일이 지나자, 나는 해변의 화석을 만질 수 없게 됐다. 그들이 죽은 가련한 동물임을 생각하니 도무지 그럴 수가 없었다. 그 짧은 기간 동안 나는 한때 친구였던 패니 밀러만큼 소심해졌고 미신을 믿었다. 화석을 찾으러 나온 신사들을 피해 조용한 몬머스해변에 숨어 있었다.

하지만 화석을 찾지 않으면 식탁에 음식을 올릴 수 없었다. 엄마는 나를 해변에 내보내며 빈 바구니로 돌아오면 문을 열어 주지 않겠다고 했다. 곧 나는 죽음을 밀어냈다. 하지만 그 다음에 찾아온 죽음은 훨씬 더 지독하고 동시에 개인적인 것이었다.

그해 봄, 나는 드디어 두 번째 악어를 발견했다. 첫 번째 악어를 발견한 이래로 그다음 악어를 발견하기까지 그렇게 오래 걸린 건, 아마 신사들에게 관심을 갖느라 주의가 산만해졌기 때문이리라. 엘리자베스 씨는 절벽과 바위가 쉽게 괴물을 내놓지 않을 거라는 자신의 말이 옳았다는 사실에 기뻤을 것이다. 결국 악어를 발견한 어느 5월의 오후, 나는 절벽에서 악어가 아니라 배고픔에 대해 생각하고 있었다. 하루 종일 아무것도 먹지 못했고, 어김없이 밀물이 들어왔다. 설상가상으로 집으로 돌아가려던 차에 해초에 덮인 바위에 미끄러졌다. 세게 엎어져서 몸을 일으키는데 손에 옹이가 느껴졌다. 나도 모르게 기다란 척추골을 건드리고 있었던 것이다. 너무 확실해서 놀랍지도 않았다. 악어를 발견해서 마음이 놓였다. 하나 이상 존재한다는 건, 그걸로 생계를 꾸릴 수 있다는 증거였다. 두 번째 악어는 실제로 내게 돈과 지위를 가져다주고, 새로운 신사를 데려다줬다.

그 악어를 작업장으로 옮기고 1~2주가 지났을 때였다. 악어를 닦아야 했지만 전날 밤 폭풍우로 블랙 벤 아래 작은 사태가 생겨서 확인해 보고 싶었다. 그런데 주위에 아무도 없었다. 엘리자베스 씨는 감기에 걸렸고, 조 오빠는 시침질을 하는지 나무를 태우는지 아무튼 간에 가구 장식 일을 하고 있어서 해변에는 나뿐이었다. 무너져 내린 흙을 뒤지느라 손톱에는 진흙이 잔뜩 끼고 구두가 엉망진창이 되어 가고 있었는데 어디선가 돌 밟는 소리가 들렸다. 고개를 들고 주위를 살피니 차머스 쪽 해변을 따라 한 남자가 검은 말을 타고 이쪽으로 오고 있었다. 밝은 햇볕을 등지고 있어서 잘 보이지 않았지만, 그가 가까이 다가왔을 때 느린 암말과 처진 어깨에 두른 망토, 실크햇 등이 보였다. 옆에는 자루를 들고 뭔가를 싣고 있었는데, 자루가 파란색인 것으로 보아 윌리엄 버클랜드임을 알 수 있었다.

그는 나를 알아보지 못했을 테지만 나는 그를 알고 있었다. 어릴 적, 우리 아버지에게 종종 화석을 사던 사람이었다. 그가 화석의 표본을 넣기 위해 늘 갖고 다니던 파란 자루. 나는 묵직한 천으로 만든 그 파란 자루를 또렷이 기억하고 있었다. 그 자루는 버클랜드 씨가 주운 돌 때문에 항상 불룩했다. 그는 아버지에게 돌을 보여 주곤 했는데, 아버지는 화석이 안 든 돌은 쓸모없다고 여긴 반면 버클랜드 씨는 모든 것에 그렇듯이 돌에도 정열적이었다.

버클랜드 씨는 가까운 액스민스터에서 자랐고, 옥스퍼드에서 지질학을 가르쳤지만 라임을 잘 알았다. 교구사제도 됐다고 들었는데, 받아 줄 교회가 있을까 싶었다. 사제가 되기에는 지나치게 예측하기 어려운 성격이었으니까.

회관에서 악어 두개골을 전시했을 때 버클랜드 씨가 보러 온 적이 있다. 그는 내게 미소를 지어 보이기는 했지만 엘리자베스 씨 하고만 대화를 나눴다. 2년 뒤, 악어의 머리와 몸체를 합쳐 닦고 헨리 경에게 팔았을 때, 그것을 보기 위해 버클랜드 씨가 콜웨이 매너에 갔다는 소식을 들었다. 그리고 신사들이 해변에 화석을 찾으러 온 뒤로 이따금 그가 보였다. 그렇지만 그런 때에도 그가 내게 직접적으로 관심을 보인 적은 없었다. 그래서일까. 그가 갑자기 내 이름을 외치는 통에 나는 화들짝 놀랐다. "메리 애닝! 꼭 만나고 싶었던 아이로군!"

내 이름을 그렇게 열정적으로 외친 사람은 아무도 없었다. 나는 무슨 일인가 싶어 일어나 진흙이 묻지 않도록 허리춤에 끼워 놓았던 치맛자락을 재빨리 내렸다. 해변에 사람이 없을 때는 괜찮았지만 버클랜드 씨에게 내 울퉁불퉁한 발목과 흙투성이 종아리를 보일 순 없었다.

"선생님?" 나는 무릎을 굽혀 인사하는 시늉을 했지만 그다지 우아하진 않았다. 라임에서 내가 인사를 하는 상대는 별로 없었다. 유일하게 인사를 하는 상대라곤 헨리 경 정도일 테지만, 내 악어를 팔아 그토록 큰돈을 벌었다는 이야기를 듣고는 그에게도 딱히 인사하고 싶지 않았다. 실제로 엘리자베스 씨가 예의를 갖추라고 조그맣게 다그쳐도 그에게는 무릎 굽혀 인사하지 않았다.

버클랜드 씨가 말에서 내려 자갈밭을 걸어왔다. 암말은 그가 자주 서는 것에 익숙해 따로 묶지 않아도 그 자리에 서 있었다. "또 괴물을

찾았다기에 옥스퍼드에서 보러 왔구나." 이미 눈으로 재빠르게 흙더
미를 훑으며 그가 말했다. "일찍 오려고 마지막 강의를 취소했지." 그
는 말하면서도 계속 돌아다니며 이것저것 살폈다. 진흙 덩이를 들어
살피고 내려놓고 또 다른 것을 들었다. 그가 허리를 숙일 때마다 정
수리의 머리 빠진 부분이 살짝 보였다. 아기처럼 둥근 얼굴에 커다란
입술, 반짝이는 눈, 축 처진 어깨와 조금 나온 배를 가진 남자였다. 그
가 농담을 하지 않을 때도 나는 웃음이 나왔다.

그는 여기저기 살피며 열의와 기대를 보였다. 악어가 그때까지도
해변에 있다고 생각하는 모양이었다. "선생님, 악어는 여기 없어요.
작업장으로 옮겨서 닦는 중이에요." 나는 자부심을 가지고 덧붙였다.

"그런가? 잘했다, 잘했어." 버클랜드 씨는 그 자리에서 악어를 볼
수 없어 실망한 눈치였지만 곧 밝아졌다. "메리, 그럼 작업장으로 가
자. 가는 길에 그걸 파낸 곳도 보여 주렴."

해변을 따라 라임으로 향하며 가련하고도 끈기 있는 말에 매달린
온갖 망치와 주머니가 눈에 들어왔다. 죽은 갈매기 한 마리도 안장에
묶여 말 옆구리에 매달려 있었다. "선생님. 저 갈매기로는 뭘 하실 건
가요?"

"아. 쓰리 컵스의 부엌에 맡겨 내 저녁으로 구워 달라고 하려고. 나
는 동물의 왕국에서 식량을 찾고 있는데, 고슴도치와 들쥐, 뱀은 먹
어 봤지만 그 흔한 갈매기는 못 먹어 봤거든."

"들쥐를 먹었다고요!"

"그럼. 토스트에 곁들이면 맛이 꽤 좋지."

나는 그 말과 갈매기 냄새에 콧잔등을 찡그렸다. "하지만 갈매기에서 냄새가 나는데요?"

버클랜드 씨가 킁킁거리며 말했다. "그래?" 세상을 그렇게 예리하게 관찰하는 사람치고, 그는 종종 당연한 것을 간과했다. "괜찮아, 끓인 다음에 뼈만 강의에 쓰면 돼. 그런데, 오늘은 뭘 찾았지?"

버클랜드 씨는 내가 보여 준 것에 몹시 흥분했다. 금빛 암모나이트, 엘리자베스 씨에게 줄 물고기 꼬리, 금화 크기의 척추골이었다. 그는 온갖 것을 물어보며 자기 생각을 섞어 이야기했고 나는 발밑으로 밀물에 자갈이 굴러다니는 것을 느꼈다. 그때 그가 흙더미로 돌아가 좀 더 화석들을 찾아보자고 했다. 암말과 내가 뒤따르는데, 그가 사태 지점 바로 앞에서 걸음을 우뚝 멈췄다. "아니다, 시간이 모자라겠다. 쓰리 컵스에서 곧 카펜터 박사를 만나야 해. 오늘 오후에 다시 오자."

"그럴 수 없어요, 선생님. 곧 밀물이에요."

버클랜드 씨는 밀물이 무슨 상관이냐는 표정을 지었다.

"만조 때는 이쪽 해변을 통해 사태 난 곳에 닿을 수 없어요." 내가 설명했다. "거기 절벽이 튀어나와 있거든요. 해변이 막혀요."

"차머스 쪽에서 오는 건 어떨까?"

나는 어깨를 으쓱였다. "할 순 있지만, 우선 차머스에 닿으려면 길을 따라 한 바퀴 돌아야 해요. 아니면 절벽 길을 오르거나요. 하지만 지금은 보시다시피 길이 안정되지 않았어요." 나는 사태가 난 곳을 향해 턱짓했다.

"내 말을 타고 차머스로 가면 돼. 그래서 데리고 온 거니까. 얼마든지 빨리 갈 수 있다."

나는 망설였다. 해변에서 신사들과 동행한 적은 있지만 함께 말을 탄 적은 없었다. 그걸 보면 사람들이 숙덕거릴 게 분명했다. 내가 보기에 버클랜드 씨의 열의는 순수한 종류의 것이었지만 다른 사람들 눈에도 그렇게 보일까? 게다가 만조 때 절벽과 바다 사이에 나가고 싶지 않았다. 절벽에서 사태가 또 일어나면 달아날 곳이 없었다.

버클랜드 씨는 매사에 열의로 가득했으므로 그 뜻을 꺾기가 참 어려웠다. 그렇지만 그는 자꾸 변덕을 부렸고, 라임에 닿을 무렵에는 그날 오후에 할 일이 열두 가지나 더 생겨났다. 우리는 결국 그날 사태가 난 절벽에 돌아가지 않았다.

우리가 지나갈 무렵, 썰물이 바위를 덮어 버리는 통에 버클랜드 씨는 내가 두 번째 악어를 파낸 곳을 보지 못했다. 다행히 첫 악어를 발견한 절벽은 보여 줄 수 있었고, 그는 간단한 스케치를 했다. 그 뒤로도 버클랜드 씨는 자꾸만 이것저것을 보느라 멈췄고―전에도 여러 차례 봤을 바위에 남은 암모나이트 자국 등, 시시한 것도 있었다―나는 카펜터 박사가 쓰리 컵스에서 기다리고 있으며 작업장에 훨씬 더 흥미로운 표본이 있음을 반복해서 상기시켜야 했다. "제가 어릴 때 카펜터 박사님이 목숨을 구해 주신 걸 아세요?"

"그랬나? 의사들이 자주 하는 일 아닌가. 아기가 열병에 걸리면."

"아, 그런 정도가 아니었어요. 제가 번개에 맞았는데 카펜터 박사님이 부모님에게 절 미지근한 물에 넣으라고 하셔서…."

버클랜드 씨는 뛰어내리려던 바위에서 우뚝 멈췄다. "번개에 맞았다고?" 그는 휘둥그레진 눈을 반짝이며 외쳤다.

그제야 나는 그 일을 화제로 올린 게 부끄러워 말을 멈췄다. 보통은 아무에게도 번개 맞은 이야기를 하지 않는데, 이 똑똑한 옥스퍼드 신사에게만큼은 자랑하고 싶었던 것이다. 그에게 강한 인상을 남길 만한 일은 그것뿐이었다. 사실 어리석은 생각이었다. 나중에야 알게 된 것이지만 암석을 찾고 그것이 무엇인지 알아내는 능력은 내가 그보다 월등했다. 실제로 그의 변변찮은 해부학 지식에 웃음이 나기도 했으니까. 하지만 그때는 그 사실을 알 리가 없었고, 아기 때 들판에서 있었던 일에 대해 설명하느라 불편한 시간을 보냈다.

하지만 효과는 확실했다. 버클랜드 씨가 내 경험에 감탄했기 때문이다. "참 대단하구나, 메리." 그가 마지막으로 말했다. "신께서 너를 구하신 데다, 세상에서 거의 유일한 경험을 선사하신 게 아니냐. 네 몸이 번개를 흡수해 분명 좋아졌을 거다." 그는 나를 훑어보았고 그 시선에 나는 얼굴을 붉혔다.

그렇게 한참 만에 집으로 돌아와 버클랜드 씨를 작업장에 두고 부엌에 올라갔다. 그는 그 사이에도 쉴 새 없이 악어 주위를 뛰어다니며 내게 질문을 해 댔다. 엄마는 화덕에서 다른 집 빨랫감을 삶고 있었다. 세탁 일로는 다른 집 빨래를 삶을 때 쓸 석탄 살 돈 정도만 벌 수 있었다. 내가 그 점을 지적하면 엄마는 못마땅해했다.

"아래층에 누구니?" 버클랜드 씨 목소리를 들었는지 엄마가 물었다. "보는 데 2펜스 받았어?"

나는 고개를 저었다. "버클랜드 씨는 2펜스를 받을 사람이 아니에요."

"당연히 받아야지. 돈 안 내는 사람은 보여 줄 수 없어. 가난하면 1페니, 부자는 2펜스."

"그럼 엄마가 말씀하세요."

"그러마." 엄마는 빨래를 젓는 주걱을 내게 넘기고 손을 앞치마에 닦고는 아래층으로 내려갔다. 나는 버클랜드 씨의 질문 세례에서 잠시 벗어난 것이 반가워 빨래를 휘적거렸다. 하지만 엄마가 그를 상대하는 모습을 보면 재미있을 것 같았다. 엄마는 다른 신사들에게는 능숙했다. 가령 헨리 드 라 비치에겐 아들처럼 이래라저래라했다. 하지만 윌리엄 버클랜드는 엄마도 당할 수 없었다. 엄마는 그의 끊임없는 수다에 지쳐 2펜스 없이 돌아왔다. "네 아버지는 저 사람이 작업장에 찾아오면 작업은 포기하고 저 남자가 떠들어 대는 동안 잠을 청한다고 했다. 너더러 돌아와서 화석 닦는 법과 저 화석을 어떻게 할 건지 이야기해 달란다. 좋은 값을 받을 것이고, 다시는 신사에게 사기당하지 않을 거라고 해라!"

내가 들어가자 버클랜드 씨는 코크모일 스퀘어 쪽 문으로 나가고 있었다. "오 메리, 잠시 다녀올게. 카펜터 박사를 데리고 와서 이걸 보여 줘야겠다. 오늘 오후에 여기에 관심을 가질 사람을 몇 명 더 데려오마."

"헨리 경만 아니면 다 좋아요!" 내가 외쳤다.

"헨리 경은 왜?"

나는 엘리자베스 씨가 설명한 그대로 첫 번째 악어가 외알 안경을 쓰고 조끼를 입고 꼬리가 펴진 채 전시되었다고 설명했다. "얼간이 같으니!" 버클랜드 씨가 외쳤다. "불럭 대신 옥스퍼드나 영국 박물관에 팔았어야지. 내가 어느 쪽이든 설득할 수 있었을 텐데. 이번에는 그렇게 할 거다."

버클랜드 씨는 엄마와 엘리자베스 씨에겐 묻지도 않고 악어 판매를 떠맡았다. 엄마가 미처 말리기도 전에 그는 화석을 살 만한 곳에 열의 가득한 편지를 써서 보냈다. 엄마는 처음에는 화를 냈지만 40파운드를 내겠다는 브리스틀의 한 부자 신사가 나서자 이내 잠잠해졌다. 박물관에서는 거절했다. 그것으로 엄마와 나는 버클랜드 씨를 견뎌야 했다. 그가 여름 내내 이곳에 찾아와 절벽과 바다에 묻혀 풀려나길 기다리는 악어에 대해 온갖 생각을 쏟아 냈기 때문이다. 우리가 작업장에 있는 동안 그는 마치 제집 드나들 듯 악어를 찔러 보고 치수를 재고 스케치를 하고 토론하는 신사들을 데려왔다. 이야기가 오가는 내내 버클랜드 씨는 그것을 한 번도 악어라고 부르지 않았다. 그런 점에서 그는 엘리자베스 씨와 같았다. 그제야 나도 그것이 다른 존재임을, 아니 그럴 수 있음을 받아들이기 시작했다. 다만 그 정체를 알기 전까지는 여전히 악어라고 불렀다.

어느 날 작업장에서 버클랜드 씨가 악어 조각을 직접 닦아 봐도 되는지 물었다. 그는 늘 새로운 일을 시도해 보려고 했다. 나는 거절할 수 없어 솔과 칼을 건넸지만 그가 내 악어에 큰 손상을 남길까 두려웠다. 물론 그런 일은 없었지만, 그건 그가 자꾸 일을 멈추고 살피고 내가 비명을 지르고 싶을 때까지 악어 이야기를 떠들어 댔기 때문이다. 우리에겐 먹을 것이 필요했다. 집세가 필요했다. 아버지의 빚을 갚아야 했다. 구빈원에 들어갈지 모른다는 생각이 머릿속에서 떠나지 않았다. 수다나 떨며 시간을 보낼 수는 없었다. 우리는 악어를 팔아야 했다.

결국 내가 그의 말을 막았다. "선생님. 일은 제가 할게요, 선생님은 말씀을 하세요. 안 그러면 이걸 팔 준비는 끝나지 않을 거예요."

"그렇구나, 메리. 네 말이 옳다." 버클랜드 씨는 칼을 건네더니 앉아서 내가 갈비뼈에 붙은 석회석을 긁고 털어 내는 모습을 지켜봤다. 서서히 또렷한 선이 나타났고, 내가 조심스럽게 작업했기에 갈비뼈는 흠집 하나 없이 매끈하고 온전했다. 그때만큼은 그도 말이 없었고 덕분에 나는 며칠 동안 묻고 싶었던 질문을 했다. "선생님, 이것이 노아가 방주에 실은 동물 중 하나일까요?"

버클랜드 씨는 깜짝 놀란 표정을 지었다. "그게 말이다, 음… 메리, 왜 그런 질문을 하지?"

그는 평소처럼 떠들지 않고 내가 말하기를 기다렸다. 예상하지 못한 그의 반응에 나는 수줍어졌다. 그래서 갈비뼈에 집중했다. "잘 모르겠어요. 선생님, 전 그저…"

"어떤 생각을 했지?"

아마 그는 내가 자기 학생이 아니라 먹고살기 위해 일하는 아이라는 사실을 잊은 모양이었다. 그래도 그 순간 나는 학생처럼 행동했다. "엘리자베스 씨가 크루버―퀴버―였던가… 동물을 연구하는 프랑스인이 그린 악어 그림을 보여 줬어요."

"조르주 퀴비에 말이니?"

"네. 그 사람이요. 그래서 그 그림과 이걸 비교했는데 아주 많이 달랐어요. 악어의 주둥이는 뭉툭한데, 이 주둥이는 길고 돌고래처럼 뾰족해요. 그리고 발톱이 아니라 물갈퀴 같은 것이 달렸고, 악어 다리처럼 앞으로 뻗은 것이 아니라 바깥쪽으로 향해 있어요. 게다가 물론, 눈이 크고요. 저런 눈을 가진 악어는 없어요. 그래서 엘리자베스 씨와 저는 악어가 아닐지도 모른다고 생각했어요. 그런데 며칠 전에 선생님과 함께 이곳에 오신 코니비어 사제님 이야기를 들었어요. 선생님은 노아의 홍수 이야기를 하셨죠." 사실 그들은 '폭우deluge'라는 말을 썼고 나는 엘리자베스 씨에게 그게 무슨 뜻인지 물었다. "그래서 궁금해졌어요. 이것이 노아가 방주에 태운 악어가 아니라면, 무엇일까? 신께서 우리가 모르는 동물을 만드신 걸까? 그래서 여쭤 보는 거예요."

버클랜드 씨가 너무 오래 말이 없자 나는 견딜 수 없었다. 그가 내 말뜻을 이해하지 못한 게 아닌지, 내가 옥스퍼드 학자에게 질문을 하기에는 너무 무식한 건지 염려되기 시작했다. 그래서 다시, 조금 다른 질문을 했다. "신께서는 지금은 존재하지 않는 동물을 대체 왜 만드셨을까요?"

버클랜드 씨는 휘둥그레진 눈으로 나를 봤고, 그 시선에는 염려가 깃들어 있었다.

"너만 이런 질문을 한 게 아니란다, 메리." 그가 말했다. "여러 학자들이 논의 중이다. 퀴비에도 동물의 멸종이란 것이 있다고 믿는다. 한 가지 동물이 완전히 죽어 사라지는 것 말이야. 하지만 나는 그렇게 확신하진 않는단다. 신이 당신께서 창조하신 것을 죽여 없애고자 하시는 이유를 알 수 없으니까." 그리고 이내 그의 얼굴이 밝아졌다. 눈빛에서도 염려가 사라졌다. "내 친구 코니비어 사제는 성서에서 신께서 하늘과 땅을 지었다고 하실 때 어떻게 지으셨는지는 설명하지 않는다고 하더구나. 그래서 해석의 여지가 생기지. 내가 여기 온 이유도 그 때문이고. 이 경이로운 동물을 연구하고 더 많이 찾아내고 심사숙고해서 해답에 도달하려고. 지질학은 항상 종교를 위해, 신의 놀라운 피조물을 연구하고 그분의 탁월함에 경이를 느끼기 위해 이용되었단다." 그는 악어의 척추를 쓰다듬었다. "신께서는 무한한 지혜로 이 세상에 인간이 풀어야 할 신비로운 것들을 뿌려 놓으셨거든. 이것도 그중 하나이고 나는 그 일을 맡게 되어 영광이라고 생각해."

그의 말은 듣기엔 좋았지만 내 질문에 대한 답은 되지 못했다. 아마 답이 없는 모양이었다. 나는 잠시 생각했다. "선생님, 세상이 성경에 적힌 대로 엿새 만에 창조되었다고 생각하세요?"

버클랜드 씨는 대답 없이 고개를 흔들었다. "'하루'를 문자 그대로 해석하면 안 된다는 말이 있다. 하루를 신께서 하늘과 땅의 여러 부분을 창조하고 완성한 한 시대로 생각한다면, 지질학과 성서 사이의 갈등이 어느 정도 사라지거든. 지층이 겹겹이 쌓이고 동물의 화석화가 일어나는 다섯 시대가 지난 뒤 인간이 창조된 거지. 그래서 인간 화석은 없는 거란다. 그리고 인간이 존재하게 된 '여섯째 날'에 홍수가 일어났고 세상이 물에 잠기자 오늘날같이 아름다운 형상이 남은 거란다."

"물은 다 어디로 갔죠?"

버클랜드 씨는 말을 멈췄고 나는 다시 그의 눈에서 불확실의 깜빡임을 봤다. "비를 내린 구름으로 돌아갔지." 그가 대답했다.

옥스퍼드에서 가르치는 사람이 하는 말이니 그 말을 믿는 게 맞을 테지만, 내게 그 대답은 충분하지 않았다. 식사를 하긴 했지만 배불리 먹지 못한 때 같았다. 나는 표본을 닦는 작업으로 돌아가 더 질문하지 않았다. 괴물 곁에서는 늘 조금 공허한 느낌이 드는 것 같았다.

버클랜드 씨는 그해 여름 대부분을 라임의 쓰리 컵스에서 지냈다. 두 번째 악어를 닦고 포장해서 브리스틀에 보낸 뒤에도 한참을 더 머물렀다. 그는 종종 코크모일 스퀘어에 나를 찾아오거나 내게 해변에서 만나자고 청했다. 그는 내가 동행하고 관심을 가져 주고 화석을 찾을 곳을 알려 주고 또 그것을 찾아 줄 거라고 여겼다. 특히나 그는 괴물을 찾길 바랐다. 그걸 옥스퍼드에 가져가서 수집하겠다고 했다. 나도 찾기를 원했지만 그와 함께 나갔다가 악어를 발견하면 어떻게 될지 알 수 없었다. 내게 눈썰미가 있으니 먼저 발견할 가능성이 컸다. 그렇다면 버클랜드 씨가 내게 돈을 내게 될까? 내가 그에게 화석을 찾아 주면 그는 재빨리 고맙다고 말했지만, 우리는 돈 이야기는 하지 않았기에 그 문제는 확실하지 않았다. 엄마도 그런 말은 하지 않았다. 버클랜드 씨는 돈이 필요 없는 세상에서 사는 학자답게 돈에 관해서는 초월한 듯했다.

그 무렵 조 오빠는 한창 견습생으로 일할 때라 무거운 것을 들거나 망치질을 할 게 많지 않으면 나와 해변에 나가지 않았다. 가끔 엄마가 함께 나와 우리가 주위에서 돌아다닐 때 앉아서 뜨개질을 했다. 하지만 버클랜드 씨는 엄마가 나올 수 있는 곳보다 멀리 가기를 원했고 엄마는 빨래를 하거나 집안일을 하거나 가게를 봐야 했다. 여전히 우리는 아버지가 계실 때처럼 작업장 앞에 화석을 늘어놓고 손님들에게 팔았다.

엘리자베스 씨가 함께 화석을 찾으러 가기도 했다. 하지만 다른 신사들과 함께할 때와는 달랐다. 그분과 나는 남자들이 초보자의 실수를 저질러 비프를 집어 들거나 화석화한 나무를 뼈로 착각할 때 뒤에서 몰래 웃어 댔다. 버클랜드 씨는 더 똑똑하고 친절했고 나는 엘리자베스 씨가 그분을 좋아하는 걸 알았다. 가끔은 그분과 내가 버클랜드 씨의 관심을 놓고 경쟁하는 사이가 된 것 같았다. 나는 더 이상 아이가 아니었다. 화석을 찾다가 고개를 들어 보면 엘리자베스 씨의 눈길이 버클랜드 씨에게 머물고 있었다. 솔직히 놀리고 싶을 때도 있었지만 그러면 상처가 되리란 걸 알았다. 엘리자베스 씨는 영리했고 버클랜드 씨는 그 점을 잘 알았다. 엘리자베스 씨는 화석과 지질학에 대해 그와 이야기할 수 있었고 그가 빌려준 과학 논문을 읽었다. 하지만 엘리자베스 씨는 그보다 다섯 살이 많아 가정을 꾸리기에는 이미 늦었고, 그를 유혹할 돈도 없었다. 외모는 말할 필요도 없었다. 게다가 그는 암석과 사랑에 빠져 여성과 노닥거리기보다는 예쁜 수정을 쓰다듬기를 더 좋아했다. 엘리자베스 씨에겐 가망이 없었다. 나도 마찬가지였다.

우리가 함께 나가면 엘리자베스 씨는 말수가 적어지고 날카로워졌다. 그러고는 우리를 두고 해변으로 더 내려갔다. 멀리서 엘리자베스 씨를 보면 뭔가 살피려고 고개를 숙일 때도 등을 꼿꼿이 펴고 있었다. 언젠가 한번은 블랙 벤보다는 핀헤이만이나 몬머스해변에서 화석을 찾고 싶다며 완전히 사라지기도 했다.

그래서 대부분 버클랜드 씨와 나만 남았다. 우리는 화석 찾기에만 집중했지만, 아무래도 단둘이 있는 시간이 많아지다 보니 사람들 입에 오르내리게 되었다. 큐리 선장 역시 이에 일조한 바가 컸다. 그와 내가 죽을 뻔한—첫 악어를 파묻은—사태 이후로 그는 나를 내버려뒀다. 하지만 그는 결국 온전한 악어를 찾지 못했고 여전히 날 감시하길 즐겼다. 내가 버클랜드 씨와 화석을 찾아다니자 큐리 선장은 시샘했다. 그는 해변에서 바위에 삽을 소리 내어 끌며 우리를 지나칠 때 음흉한 소리를 하곤 했다. "둘이서만 재미있나 보지?" 또 이렇게도 말하곤 했다. "단둘이 즐겁나?"

버클랜드 씨는 큐리 선장의 관심을 흥미로 착각하고 달려가 발견한 화석을 보여 주면서 과학 용어와 이론을 늘어놓아 그를 당황시켰다. 큐리 선장은 불편한 표정으로 서 있다가 벗어날 핑계를 댔다. 그는 바닷가를 가로지르며 어깨너머로 나를 비웃었다. 우리가 함께 있는 걸 봤다고 모두에게 말할 태세였다.

나는 그 말을 무시했지만 엄마는 아니었다. 어느 날 엄마는 시장에서 누군가가 나를 신사의 창녀라고 부르는 걸 들었다. 엄마는 버클랜드 씨와 내가 악어 턱뼈를 떼어 내고 있던 처치 절벽으로 곧장 찾아왔다. "물건 챙겨서 나랑 같이 가자." 엄마는 버클랜드 씨의 인사를 무시하고 내게 명령했다.

"하지만, 엄마. 밀물 때까지 한 시간밖에 안 남았어요. 봐요, 여기 이빨 다 보이죠."

"어서 와. 시키는 대로 해라." 엄마는 내가 딱히 아무런 잘못을 하지 않아도 죄책감을 느끼게 했다. 나는 재빨리 일어나 치마에서 진흙을 털어 냈다. 엄마는 버클랜드 씨를 노려봤다. "여기 내 딸과 둘이서 나오지 마세요." 엄마가 신사에게 그렇게 무례하게 말하는 건 처음이었다.

다행히 버클랜드 씨는 쉽게 기분 나빠하지 않았다. 그는 다른 사람들이 생각하는 식으로 사고하는 사람이 아니었으므로 엄마의 말뜻을 착각했을 가능성이 컸다. "애닝 부인, 굉장한 턱뼈를 발견했습니다!" 그가 외쳤다. "자, 이 이빨 좀 만져 보세요. 빗처럼 고른 이빨이에요. 약속드릴게요, 메리의 시간을 낭비하지 않겠어요. 메리와 저는 엄청난 과학적 발견에 함께하고 있어요."

"과학이고 뭐고 관심 없어요." 엄마가 중얼거렸다. "내 딸의 평판을 생각해야 한다고요. 우리 가족은 이미 많은 일을 겪었어요. 메리에게서 얻어 낼 것 말고는 아무 관심 없는 신사가 저 애 앞날을 망치게 둘 순 없어요."

버클랜드 씨는 나를 그런 식으로 생각한 적이 한 번도 없다는 표정으로 돌아봤다. 나는 얼굴을 붉히고 가슴을 감추려고 등을 굽혔다. 그러자 버클랜드 씨는 문득 다시 봤다는 듯 자기 가슴을 내려다봤다. 우스꽝스러운 상황이었지만 이미 비극으로 치닫고 있었다.

엄마는 웅덩이를 피해 해변을 가로질러 돌아가기 시작했다. "어서 와라, 메리."

"잠시만요, 부인." 버클랜드 씨가 불렀다. "부탁입니다. 따님을 매우 존중하고 있습니다. 따님 평판에 누가 되는 짓은 하고 싶지 않습니다. 저희 둘만 있는 것이 문제인가요? 그건 쉽게 해결할 수 있습니다. 보호자를 구하겠어요. 쓰리 컵스에 부탁하면 누군가를 구해 줄 겁니다."

엄마는 걸음을 멈췄지만 돌아보지는 않았다. 아마 궁리 중이었을 것이다. 나도 마찬가지였다. 엄마 말에 나는 스스로에 대해 한 번도 못 해 본 생각을 하게 됐다. 신사가 내게 관심을 가질 수 있다니. 늘 가난하고 쪼들리게 살지 않을 수도 있다니.

"좋아요." 엄마가 한참 만에 입을 열었다. "엘리자베스 씨나 제가 함께하지 않을 때는 다른 사람을 꼭 데리고 오세요. 가자, 메리."

나는 바구니와 망치를 챙겼다.

"그럼 이 턱뼈는 어쩌지? 메리?" 버클랜드 씨는 어쩔 줄 모르는 표정이었다.

나는 그에게 돌아갔다. "한번 해 보세요, 선생님. 그렇게 오래 화석을 모으셨으니 제가 필요 없을 거예요."

"하지만 필요하다, 메리! 필요해!"

나는 미소를 지었다. 바구니를 흔들며 돌아서서 엄마를 따라갔다.

그렇게 해서 패니 밀러가 내 삶에 돌아왔다. 버클랜드 씨가 이튿날 아침 나를 데리러 집에 왔을 때 패니가 그 뒤에 서서 빗속의 마부처럼 비참한 표정을 짓고 있었다. 그 애는 발치만 내려다봤고 코크모일 스퀘어의 돌바닥에 구두를 문질러 진흙을 떼어 내려 하고 있었다. 나처럼 그 애도 신체가 자랐고 몸의 곡선은 나보다 조금 더 부드러웠으며 달걀형의 얼굴에 눈과 같은 파란색 리본을 장식한 낡은 보닛을 쓰고 있었다. 가난하지만 너무 예쁜 모습이라 따귀라도 때리고 싶었다.

하지만 버클랜드 씨는 그런 패니의 모습도, 그 애와 나 사이의 냉랭한 분위기도 알아채지 못한 듯했다. "자, 보렴." 그가 말했다. "보호자를 데려왔다. 쓰리 컵스 부엌에서 일하는 사람인데 썰물 때 몇 시간은 나가서 있어도 된다더라." 버클랜드 씨는 자랑스러운 듯 환히 웃었다. "이름이 뭐지?"

"패니요." 목소리가 너무 작아 버클랜드 씨가 들었는지 알 수 없었다.

나는 한숨을 쉬었지만 달리 방법이 없었다. 엄마가 함께 나갈 사람이 필요하다고 난리를 쳤으니 그의 선택에 불평할 수 없었다. 나는 그저 패니를, 패니는 나를 견디는 수밖에 없었다. 패니도 우리와 함께 해변에 나가야 하는 것이 나만큼 못마땅했을 터지만, 일자리가 필요하니 시키는 대로 해야 했다.

우리는 처치 절벽에 턱뼈를 찾으러 돌아갔고 패니는 뒤따라왔다. 우리가 작업하는 동안 패니는 조금 떨어진 곳에 앉아 발로 자갈을 뒤적였다. 아마 그 아이는 여전히 빛나는 조약돌을 좋아하고 있었을지도 모른다. 너무 지루하고 두려운 표정이라 불쌍할 정도였다.

버클랜드 씨도 마찬가지였다. 그는 누구나 빈둥거리는 걸 악으로 여기고 이를 피하고자 할 것이라 생각한 모양이다. 패니가 돌을 가지고 노는 걸 본 버클랜드 씨는 다가가서 "지하학undergroundology"에 대해 이야기하려고 했다. 그는 지질학을 그렇게 부르곤 했다. "저기, 패니라고 했지?" 그가 말했다. "정리하고 있는 돌이 뭔지 알려 줄까? 거기 있는 건 주로 석회석과 부싯돌이고 예쁜 흰 조각은 석영이라고 한단다. 줄무늬가 있는 갈색 돌은 사암이고. 이 해변에는 바위 층이 몇 가지 있지. 이렇게 말이야." 그는 나뭇가지를 들어 모래에 화강암, 석회암, 점판암, 사암, 백악 층을 그렸다. "영국 전체, 그리고 실은 대륙에서도 이런 암석 층을 똑같은 순서대로 발견한단다. 놀랍지 않니?"

패니가 대답하지 않자 그가 말했다. "우리가 뭘 파내는지 와서 봐 보렴."

패니는 마지못해 다가오며 절벽 면을 올려다봤다. 낙석에 대한 두려움을 극복하지 못한 듯했다.

"이 턱뼈 보이니?" 버클랜드 씨가 그것을 쓰다듬었다. "아름답지 않아? 주둥이가 부서지긴 했지만 나머지는 온전해. 화석 발견 강의 때 훌륭한 모델이 되어 줄 거야." 그는 패니의 반응을 즐기려는 듯 흘깃거렸으나 이내 역겹다는 듯한 패니의 표정에 어리둥절해했다. 버클랜드 씨는 남들이 화석과 암석에 자신처럼 흥미를 느끼지 않는 것을 잘 이해하지 못했다.

"메리가 발견한 화석을 시내에서 전시할 때 봤지?" 버클랜드 씨가 집요하게 물었다.

패니는 고개를 저었다.

그는 다시 한번 패니를 끌어들이려고 했다. "좀 도와주지 않을래? 망치를 잡아도 된단다. 아니면 메리에게 다른 화석 찾는 법을 배우거나."

"아뇨, 괜찮습니다. 제게도 일이 있어요." 패니는 불만 가득한 얼굴로 절벽에서 떨어진 자리로 돌아갔다. 내가 더 어렸다면 그 애를 꼬집었을 것이다. 하지만 우리와 해변에 나와 그 애가 가장 경멸하는 것을 찾는 데 함께해야 하다니, 그것만으로도 이미 충분히 괴로운 일이었다. 그 애는 이 상황이 싫었을 것이고 쓰리 컵스에서 냄비를 수없이 닦는 편이 더 낫다고 여겼을 것이다.

나중에 엘리자베스 씨가 화석을 찾으러 나왔다. 레이스를 만드는—주위가 온통 진흙 천진데 어떻게 더럽히지 않을 수 있는지 신기할 따름이었다—패니를 보더니 엘리자베스 씨가 이마에 주름을 지으며 물었다. "쟤가 저기서 뭐 하니?"

"보호자 노릇이요." 내가 말했다.

"아!" 엘리자베스 씨는 패니를 잠시 보더니 고개를 저었다. "가엾기도 하지." 그분은 이렇게 중얼거리고 지나갔다.

쟤가 여기 나온 건 엘리자베스 씨 탓이에요, 나는 속으로 생각했다. 엘리자베스 씨가 버클랜드 씨에게 그렇게 어색하게 굴지 않았다면 우리가 함께 다닐 수 있었을 테고, 패니는 고역에서 벗어났겠죠. 게다가 저렇게 앉아 있는 저 애를 보면서 '나는 저런 여자가 될 수 없어'라며 끝없이 상기하는 제 고역에서도 벗어날 수 있었겠죠.

패니는 여름 내내 우리와 함께 다녔다. 보통 그 애는 멀찍이 바위에 앉아 있거나 우리가 돌아다니면 거리를 두고 뒤따랐다. 대놓고 불평하지는 않았지만, 우리가 멀리 차머스나 그 너머까지 가면 싫어했다. 그 애는 건 절벽이나 처치 절벽 등, 라임에 가까이 있는 편을 선호했다. 도중에 친구가 만나러 나오면 패니는 기운을 차리고 자신감도 얻었다. 그들은 보닛을 쓰고 앉아서 우리를 엿보며 속닥이거나 키득거리곤 했다.

버클랜드 씨는 패니에게 우리가 발견한 것을 보여 주거나 무엇을 찾아야 하는지 알려 주려고 했지만 패니는 늘 다른 할 일이 있다고 하면서 레이스나 바느질거리, 뜨개질거리를 꺼냈다. "쟤는 이게 악마의 작품이라고 생각해요." 패니가 다시 버클랜드 씨의 제안을 거절하고 레이스를 들고 앉자, 결국 내가 조그만 소리로 설명했다. "이런 걸 무서워해요."

"말도 안 되는 소리!" 버클랜드 씨가 말했다. "과거 신께서 만드신 피조물이니 두려워할 건 없는데."

그가 패니에게 다가가려는 듯 일어서기에 내가 팔을 잡았다. "부탁이에요, 선생님. 그냥 두세요. 그 편이 나아요."

시선이 느껴졌다. 패니가 버클랜드 씨 소매를 잡은 내 손을 빤히 보고 있었다. 그가 화석을 건넬 때 그 손이 내 손에 닿거나 그가 발을 헛디딜 때 내가 팔꿈치를 잡으면 패니는 늘 신경 쓰는 눈치였다. 그날 오후 우리가 절벽에서 악어 턱뼈를 떼어 낸 뒤 버클랜드 씨가 나를 얼싸안자 패니는 대놓고 비명을 질렀다. 그런 식으로 패니의 동행은 모든 걸 불편하게 만들었다. 패니가 온갖 소문을 퍼뜨렸지 싶다. 우리는 아마 둘만 있는 편이 더 나았을 것이다. 잘 이해하지 못하는 일들을 시시콜콜 남에게 전하는 목격자 없이 말이다. 라임 사람들은 여전히 나를 흘겨보고 내가 지나가면 뒤에서 쑥덕거렸다.

가엾은 패니. 그래도 패니에게 더 상냥하게 대할걸 그랬다. 우리와 같이 다니다가 그 애는 정말 큰 대가를 치르고 말았으니까.

내가 하는 일은 악천후 때 가장 잘된다. 비가 내리면 절벽에서 화석이 빗물에 휩쓸려 그 모습을 드러내고, 휘몰아치는 바람은 바위에서 해초와 모래를 쓸어 내 그것들을 좀 더 잘 볼 수 있게 해 준다. 조오빠는 날씨 때문에 화석을 버리고 가구 만드는 일을 하게 됐지만 나는 아버지를 닮았다. 화석만 찾을 수 있다면 추위나 비는 상관없었다.

버클랜드 씨도 마찬가지였다. 그 역시 비가 오건 눈이 오건 상관없이 화석을 찾으러 나가고 싶어 했다. 우리 때문에 패니까지 궂은 날씨에 해변에 나와야 했는데, 그럴 때면 그 애는 바람을 막기 위해 큰 바위 사이에 숄을 쓰고 웅크리곤 했다. 그런 날씨의 해변엔 우리뿐일 때가 많았다. 방문객들은 온수가 나오는 해수욕장에 가거나 회관에서 카드 게임을 하거나 신문을 읽거나 쓰리 컵스에서 술을 마시는 편을 선호했다. 화석을 진지하게 쫓는 사람들만 비에도 굴하지 않고 해변에 나갔다.

여름이 끝나 가던 어느 비 오는 날. 나는 버클랜드 씨, 그리고 패니와 함께 해변에 나갔다. 해변에는 우리 말고 아무도 없는 줄 알았는데, 큐리 선장이 지나가며 우리 쪽을 기웃거렸다. 버클랜드 씨는 턱뼈를 찾은 처치 절벽 근처에서 올록볼록하게 튀어나온 줄을 발견했고 같은 동물의 척추골일지 모른다고 생각했다.

내가 뼈를 드러내 보려고 끌질(끌로 구멍을 파거나 그 속을 따 내는 일-옮긴이)을 하고 있는데 버클랜드 씨가 자리를 옮겼다. 잠시 후 패니가 다가와 서 있기에 버클랜드 씨가 바다에 오줌을 눈다고 생각했다. 그는 늘 내가 당황하지 않도록 충분히 멀리 걸어가 보이지 않는 곳에서 볼일을 봤다. 나는 그 행동에 익숙했지만, 패니는 늘 불편해하며 그때만큼은 내 옆으로 다가왔다. 몇 주째 함께하고도 패니는 여전히 버클랜드 씨를 조금 두려워했다. 상냥한 태도로 끊임없이 질문하는 그가 패니 같은 사람에게는 너무 부담스러웠던 것이다.

나는 패니가 안쓰러웠다. 빗물이 보닛 가장자리에서 그 애 얼굴로 뚝뚝 떨어지고 있었다. 바느질이나 뜨개질을 하기에는 비가 많이 왔고 빗속에서 할 일이 없는 것보다 괴로운 건 없었다. "버클랜드 씨가 저기 가시면 그냥 돌아서지 그래?" 내가 도움을 주려고 말했다. "네 앞에 대고 흔들어 대는 건 아니잖아. 신사라서 그런 짓은 안 하셔."

패니가 어깨를 으쓱였다. "넌 본 적 있어?" 그러고는 잠시 후 이렇게 물었다. 패니가 10년 만에 내게 처음 하는 질문이었을 것이다. 아마 비 때문에 마음이 약해진 모양이다.

나는 전에 그 해변에서 엘리자베스 씨가 제임스 풋에게 보여 준 벨렘나이트를 떠올리며 미소를 지었다. "아니. 조 오빠 어렸을 때만. 넌?"

대답을 들을 줄은 몰랐는데, 패니가 말했다. "한 번. 쓰리 컵스에서. 어떤 남자가 너무 취해서 부엌에서 바지를 내렸어. 변소인 줄 알고!"

우리는 함께 웃었다. 잠시 나는 우리 사이가 좀 좋아지는 건가 싶었다.

안타깝게도 그럴 기회는 없었다. 어떤 경고도, 자갈이 쏟아지거나 바위가 쪼개지는 소리도 없었다. 너무나 갑작스러운 일이었다. 한순간 패니와 나는 절벽 옆에서 남자의 신체 일부에 관해 이야기를 하며 웃었는데, 그다음 순간 절벽이 무너져 내렸다. 나는 쓰러지며 돌이 뒤섞인 진흙더미에 파묻혔다.

쓰러질 때의 기억은 나지 않지만, 나는 무의식중에 손으로 입을 가린 모양이다. 그래서 숨 쉴 공간이 조금 있었다. 아무것도 보이지 않았고 기를 써도 움직일 수 없었다. 진흙은 차갑고 축축하고 무거웠고, 나를 꼼짝 못 하게 짓눌렀다. 소리도 지를 수 없었다. 이렇게 죽는구나, 싶었고 신께서 나를 보고 뭐라고 하실지 궁금해하는 것 말고는 아무것도 할 수 없었다.

아무 일도 일어나지 않는 길고 긴 시간이 흘렀다. 그러다 덜그럭거리는 소리가 들렸고, 누군가가 날 잡아 당기고 내 눈 주위를 닦아주는 게 느껴졌다. 눈을 뜨니 버클랜드 씨의 겁에 질린 얼굴이 보이기에 아직은 신을 만날 때가 아닌가 보다 싶었다.

"오, 메리!" 그가 외쳤다.

"꺼내 주세요, 선생님!"

"난, 난…" 버클랜드 씨가 돌과 진흙을 파냈지만 나는 여전히 움직일 수 없었다. "너무 무거워, 메리. 도구 없이는 꺼낼 수가 없다." 그는 앞으로 어떻게 해야 할지 갈피를 잡지 못한 듯 멍한 상태였다.

그때 비명이 들렸다. 우리는 패니를 잊고 있었다. 패니는 몇 발자국 옆에 있었고 나처럼 심하게 파묻히진 않았지만 얼굴에 피가 나 있었다. 패니가 비명을 지르기 시작했고 버클랜드 씨가 벌떡 일어나 다가갔다. 패니 주위의 흙이 단단하지 않아서 버클랜드 씨는 흙을 옮기고 패니를 꺼낼 수 있었다. 그는 패니의 얼굴에 난 피를 닦아 주다가 그 애의 머리에서 보닛을 떨어뜨렸다. 조금 전 충격으로 겁이 난 상태인 데다, 무엇보다 그는 이런 데에 서툴렀다. 보닛이 바람에 해변으로 날아갔다. 패니는 무엇보다 보닛을 잃어버린 데 화가 난 듯했다. "내 보닛!" 그 애가 외쳤다. "보닛이 있어야 해요. 잃어버리면 엄마한테 죽어요!" 버클랜드 씨가 그 애를 옮겨 주려 하자 패니는 다시 비명을 질렀다.

"다리가 부러졌어." 버클랜드 씨가 헉헉거렸다. "여기 두고 도움을 청하러 가야 되겠어."

그 순간, 더 먼 쪽 절벽이 우르릉거리며 무너졌다. 패니는 다시 비명을 질렀다. "가지 마세요, 선생님! 이 버림받은 땅에 저를 두고 가지 마세요!"

나도 혼자 남기는 싫었지만 비명을 지르지는 않았다. "가능하면 패

· 171 ·

니를 데리고 가세요, 선생님. 그러면 적어도 한 명은 살릴 수 있어요."

버클랜드 씨는 겁에 질렸다. "아무리 그래도 그건…." 들쥐를 먹고 파란 자루를 갖고 다니고 바다에 오줌을 누는 그도 여자를 안아 들고 가는 것은 불편했던 것이다. 하지만 무엇이 적절한지 따질 때가 아니었다.

"어깨에 한 팔을 두르고 무릎 뒤에 한 팔을 넣어서 들어 올리세요." 내가 지도했다. "패니는 몸집이 작잖아요. 선생님도 옮길 수 있어요."

버클랜드 씨는 내가 시키는 대로 패니를 안아 올렸다. 패니는 아프고 부끄러워 다시 소리 질렀다. 그 애는 팔을 벌린 채 고개를 그에게서 돌렸다.

"제발, 패니. 팔로 그분을 잡아!" 내가 외쳤다. "협조하지 않으면 널 데리고 갈 수 없어."

패니는 내 말을 듣고 그의 목에 팔을 감고 가슴에 얼굴을 묻었다.

"욕장으로 가세요. 거기가 가장 가까운 곳이에요. 그리고 사람들에게 삽을 들려 곧바로 이리로 보내세요." 나는 평소 신사에게 그런 식으로 지시하지 않지만, 버클랜드 씨가 제정신이 아닌 듯 보였으므로 어쩔 수 없었다. "서둘러 주세요, 선생님. 이렇게 혼자 있기 힘들어요."

그가 끄덕이는데 절벽의 한 부분이 또 떨어져 내렸다. 버클랜드 씨는 흠칫거렸다. 얼굴에 두려움이 가득했다. 나는 그의 눈을 똑바로 봤다. "선생님, 절 위해 기도해 주세요. 그리고 만약 제가 죽으면 엄마와 오빠에게…"

"그, 그런 말은 하지 마라, 메리. 곧바로 돌아오마." 버클랜드 씨는 내 말을 끝까지 듣지도 않고 비틀거리며 걸어갔고, 패니는 흐릿한 눈으로 그의 어깨너머로 날 응시했다. 패니는 그의 품에 일단 안기기로 한 뒤에는 남의 이목은 개의치 않았다. 그 후 카펜터 박사님이 패니의 다리를 치료했지만, 까다롭게 부러져 결국 제대로 낫지 않았고 한쪽 다리가 짧아졌다. 패니는 멀리 걷지도, 오래 서 있지도 못 하게 됐다. 물론 해변에도 다시 나오지 못하게 됐다. 나오고 싶어 하지도 않았지만. 그 애가 브로드 스트리트에서 절뚝이며 쓰리 컵스로 가는 모습을 볼 때마다 나는 두려움과 원망이 가득한 파란 눈을 피하려고 고개를 숙였다.

버클랜드 씨가 패니를 안고 해변을 느릿느릿 걸어가는 모습을 다시 그리며, 나는 어째서 평범한 사람보다는 예쁜 사람이 먼저 구출되는 걸까 생각했다. 세상은 그렇게 돌아갔다. 커다란 눈에 앙증맞은 이목구비를 가진 패니는 진흙에 갇히지 않은 반면 나는 사태에 깔린 채로 절벽이 무너져 내릴 수 있는 상황 속에서 기다려야 했다.

생각할 시간이 많았다. 버클랜드 씨를 생각하니, 신께서 과거에 무슨 일을 하셨는지에 관해 그토록 관심 많은 사람이 기도에서 별 위안을 얻지 못한 채 그것으로부터 달아나는 상황이 참 이상하다 싶었다. 나는 눈을 감고서 신께 나를 구해 달라고, 살아서 엄마와 오빠를 돕게 해 달라고, 악어를 더 찾고, 먹을 것과 석탄을 충분히 갖게 해 달라고, 언젠가는 남편과 아이들까지 얻을 수 있게 해 달라고 혼자 길게 기도했다. "그리고 주여, 버클랜드 씨가 오늘은 걷기보다 달리게 하소서. 그가 빨리 누군가를 만나 이곳으로 돌아오게 하소서." 버클랜드 씨는 평소 절벽을 따라 몇 마일씩 돌아다니고 액스민스터까지 걸어갔다가 라임으로 돌아오는 일도 정기적으로 있었지만, 그런 때에도 서두르지 않았다. 학자답게 배가 나온 사람이라 패니를 안고서는 나를 구하러 빨리 돌아오지 못할까 봐 걱정됐다.

조용해졌다. 바람이 잦아들었고 안개비가 얼굴에 내리기 시작했다. 이따금 절벽에서 자갈이 땅으로 떨어지는 작은 소리가 들렸다. 절벽이 등 뒤였고 고개가 돌아가지 않아 그쪽을 볼 수 없었다. 소리는 들리지만 얼마나 가까운지, 파묻힐 것인지 알 수 없는 게 가장 괴로웠다.

나를 꼼짝 못 하게 하는 진흙이 차갑고 무거워 숨 쉬기가 어려웠다. 잠시 눈을 감고 잠들면 시간이 빨리 갈지 모른다고 생각했으나 잠이 오지 않았다. 그래서 나는 라임으로 걸어가는 버클랜드 씨를 머릿속으로 뒤쫓았다. 그가 첫 악어를 발견한 곳을 지나고, 그다음 암모나이트 자국이 난 바위를 지난 뒤, 작은 길이 시작되는 굽이에 닿았다. 그 다음으로는 제퍼드 욕장이 보이는 곳에 닿았다. 제퍼드 씨가 거기 있다가 버클랜드 씨보다 빨리 달려올 것 같았다. 나는 머릿속에서 그곳 길까지 따라가다 다시 돌아왔지만—라임까지 그렇게 먼 길이 아니었다—아무도 오지 않았다.

눈을 떴다. 처치 절벽을 따라 걷는 버클랜드 씨가 점처럼 보였다. 아직도 거기까지밖에 못 갔다니 믿을 수 없었다. 하지만 시간이 얼마나 지났는지 알기 어려웠다. 십 분일 수도, 몇 시간일 수도 있었다. 반대쪽, 차머스로 향하는 해안 쪽을 봤다. 배도, 게 잡이 어부도 없었다. 파도가 너무 거칠었다. 아무도 없었다. 그리고 조수가 바뀌면서 물이 서서히 차올랐다.

나는 도움을 청하기를 포기하고 가까이 있는 것들을 살피기 시작했다. 사태로 돌들이 뒤집히고 청회색 진흙이 흘러나왔다. 근처 돌을 눈으로 살피다 4피트 정도 거리에서 낯익은 형태를 발견했다. 내 주먹만 한 얇은 뼈들이 고리 모양으로 겹쳐져 있었다. 악어의 눈이었다. 그 눈이 나를 똑바로 응시하는 듯했다. 나는 그것을 보고 놀라 소리를 질렀다. 그리고 그 눈에서 몇 발자국 떨어진 곳에 움직임이 있었다. 아주 작은 움직임이었지만 나는 다시 소리를 질렀고 그러자 그것이 다시 움직였다. 진흙에서 튀어나온 작은 분홍색 반점일 뿐이었지만, 빗속에서는 정확히 무엇인지 분간하기가 어려웠다. 진흙을 기어가는 게인가 싶었다.

"야!" 내가 외치자 그것이 또다시 움직였다. 그건 게가 아니라 손가락이었다. 나는 마음이 놓이면서도 동시에 메스꺼워 기절할 것만 같았다. 정신을 차리고 그곳을 다시 보았지만, 움직임이 느껴지지 않았다. 나는 목청을 가다듬었다.

"거기 누구죠?" 큰 소리가 나오지 않았다. "누가 있어요?" 최대한 크게 다시 말했다. 손가락이 움직였다. 혼자가 아니라는 사실이 너무 기뻐 웃음이 나올 지경이었다.

"오빠? 조 오빠야?" 손가락은 움직이지 않았다.

"엄마? 필폿 씨?"

움직임이 없었다. 그들일 리 없다는 건 알고 있었다. 그들이 해변에 나왔다면 내가 알았을 테니까. 하지만 그런 날씨에 누가 나왔을까? 라임의 아이들이 메리 애닝과 그와 함께 다니는 남자 사이에 추문이 될 만한 일이 있는지 엿보러 온 걸 수도 있겠다 싶었다. 하지만 그럴 가능성은 아주 적었다. 그들이 해변에 나왔다면 분명 내 눈에 띄었을 테니까. 그들이 절벽 위에 있었던 게 아니라면—그렇다면 절벽이 무너질 때 함께 떨어졌다는 뜻이다. 살아 있는 게 기적이었다—말이다.

절벽과 사태를 떠올리니 마침내 그가 누군지 알 것 같았다. "큐리 선장님?" 앞서 그를 본 것이 기억났다.

손가락이 꼼지락거렸고 삽 손잡이가 그를 파묻은 진흙에서 삐져나와 있었다. 너무 반가워 그에게 가졌던 반감이 모두 사라졌다. "큐리 선장님! 버클랜드 씨가 도움을 청하러 갔어요. 돌아와서 우리를 꺼내 줄 거예요."

손가락은 움직였지만 전보다 아주 조금 움직일 뿐이었다.

"절벽 위에 있다가 무너질 때 떨어진 거예요?"

손가락은 더 이상 움직이지 않았다.

"큐리 선장님, 제 말 들리세요? 뼈가 부러진 거예요? 패니는 다리가 부러진 것 같아요. 버클랜드 씨가 데리고 갔어요. 그분이 곧 돌아올 거예요." 나는 두려움을 감추기 위해 떠들어 댔다.

손가락은 하늘을 가리킨 채 굳어 있었다. 그 의미를 알기에 나는 울음을 터뜨렸다. "죽지 말아요! 함께 있어요! 제발, 함께 있어요. 큐리 선장님!"

나와 큐리 선장 사이에서 악어의 눈이 우리를 보고 있었다. 큐리 선장과 나는 그 악어처럼 될 것 같았다. 우리는 화석이 되어 해변에서 영영 벗어나지 못할 것 같았다.

시간이 더 지난 뒤 나는 진흙에 박힌, 돌처럼 꼼짝 않는 큐리 선장의 손가락에서 시선을 거뒀다. 꾸준히 차오르는 바닷물을 볼 수도 없었다. 대신 잿빛 구름 몇 점이 떠다니는 생기 없이 허연 하늘을 올려다봤다. 돌을 찾겠다고 평생 땅만 내려다보며 살다가 텅 빈 하늘을 올려다보니 낯설었다. 하늘 높이 맴도는 갈매기 한 마리가 보였다. 갈매기는 늘 멀리 점처럼 보일 뿐, 가까이 다가오지 않았다. 나는 갈매기를 응시하며 손가락도 악어도 다시 보지 않았다.

너무 조용해서 소리가 적막을 깨 주었으면 싶었다. 번갯불이 나를 통과하며 생명을 깨워 주길 원했다. 현실은 그것과 정반대였다. 어둠이 느릿느릿 내 몸을 집어삼키려 하고 있었다.

우리 가족은 죽음을 많이 겪었다. 아버지도 그렇고 아이들도 마찬가지였다. 나는 생물의 죽은 몸뚱이를 모으며 살았다. 하지만 내 죽음을 생각해 본 적은 별로 없다. 잭슨 부인을 찾아가던 때도 나보다는 그녀의 죽음을 더 생각했고 죽음 그 자체를 흥미로운 연극처럼 취급했다. 하지만 죽어 가는 과정은 연극과 달랐다. 죽어 가는 동안은 춥고 힘겹고 고통스러우며 지루했다. 너무 오래 계속됐다. 나는 지치고 지루해졌다. 밀물이 들어와 잭슨 부인처럼 익사할 것인지, 큐리 선장처럼 진흙에 눌려 숨을 못 쉬어 죽을 것인지, 그도 아니면 낙석에 맞아 죽을 것인지 알 수 없었다. 생각할 시간이 너무 많았지만 오랫동안 생각할 수는 없었다. 그런 생각은 얼음 조각을 만질 때처럼 아팠다. 대신 신을, 신이 나를 어떻게 도우실지를 생각하려고 애썼다.

사실 그때 당시는 신을 생각해도—나는 이 이야기를 그 누구에게도 하지 않았다—두려움이 줄지는 않았다.

진흙이 너무 무거워 숨 쉬기가 괴로웠다. 호흡이 느려지고 심장박동도 느려져 나는 눈을 감았다.

정신을 차리니 누군가가 내 주위의 흙을 파내고 있었다. "감사합니다. 와 줄 거라고 믿었어요. 오, 와 줘서 고마워요."

6

나도 그에게 조금은 반했다

누군가의 생명을 구해 주면 그 후 그들은 서로 뗄 수 없는 사이가 되지 않을까. 유감스럽게도 메리와 나는 그렇지 않았다. 메리를 탓하는 건 아니다. 하지만 그날 밀물을 헤치고 달려가 우리 옆에 쏟아지는 돌을 맞으며 큐리 선장의 삽을 들고 그 애를 흙더미에서 파냈는데도, 우리는 가까워지기보다는 멀어진 것 같았다.

메리가 멀쩡히 살아남은 건 기적이었다. 특히 바로 몇 발자국 옆에서 큐리 선장이 질식사한 것을 감안하면 더욱 그랬다. 메리는 온몸에 심한 멍이 들긴 했지만 늑골과 쇄골이 몇 대 부러졌을 뿐 생명에는 지장이 없었다. 메리는 몇 주간 누워 지냈다. 카펜터 선생님은 더 누워 있어야 한다고 말했지만 메리는 더 이상의 요양을 거부하고 뼈가 붙도록 붕대를 단단히 감은 채 해변에 곧 다시 나왔다.

나는 그 애가 그런 일을 겪고도 다시 화석을 찾으러 나온 것을 보고 몹시 놀랐다. 그뿐만 아니다. 그 애는 전처럼 돌무더기가 떨어질 수 있는 절벽 밑을 다시 돌아다녔다. 언젠가 한번은 메리에게 화석을 찾으러 다니지 않아도 어머니와 오빠가 이해할 거라고 이야기한 적이 있다. 그러자 그 애가 잘라 말했다. "전 번개에 맞고 진흙더미에 깔렸지만 두 번 다 살아났어요. 신께서 제게 뭔가 다른 뜻이 있으실 거예요. 게다가," 메리가 덧붙였다. "일을 쉴 여유가 없어요."

몇 년이 지나도 갚지 못한 아버지의 빚에 카펜터 선생님에게 낼 치료비까지 더해졌다. 카펜터 선생님은 자신의 조언으로 번개에 맞고 메리가 살아난 것을 기뻐했고 화석에 대한 관심도 공유했기 때문에 메리에게 애정을 갖고 있었다. 하지만 메리의 치료비는 받아야 했고, 패니 밀러의 치료비 역시 그 가족의 뜻에 따라 메리가 떠맡았다. 애닝 가족은 이 요구에 반발하지 않았다. 더욱 놀라운 것은, 그들이 윌리엄 버클랜드가 패니의 치료비를 내리라 기대하지 않았다는 점이다. 몰리 애닝은 내게 버클랜드에게 편지를 쓰게 하지도 않았다. "버클랜드 씨 형편이 더 좋잖아요." 메리가 병석에서 읽고 싶다고 해서 성경을 빌려주려고 찾아갔을 때 내가 설득했다. "그리고 패니가 그 해변에 나가 있었던 건 버클랜드 씨 때문이죠."

몰리는 화석을 팔아 번 동전을 세고 있었다. "버클랜드 씨가 치료비를 내야 한다고 느꼈으면 옥스퍼드로 돌아가기 전에 내겠다고 했겠죠. 그분에게 돈을 달라고 쫓아다니지 않겠어요."

"그분은 그런 생각을 하지도 않았을 것 같군요." 내가 말했다. "그분은 학자이지, 현실적인 문제를 모르잖아요. 하지만 말만 하면 빚을 갚아 주고 카펜터 선생님께 치료비를 내줄 거예요. 패니뿐만 아니라 메리의 치료비도."

"아뇨." 몰리는 고집을 부렸다. 그녀는 매사를 그것이 가지는 액수, 그리고 애닝 가족의 집과 구빈원 사이의 거리로 측정했지만, 이때만큼은 돈이 문제가 아니라고 판단했던 것 같다. 윌리엄 버클랜드의 개입 여부와 상관없이 애닝 가족은 무고한 패니를 위험에 처하게 만들었고 결국 그 몸에 장애를 남겼다. 그런 탓에 패니는 이제 좋은 상대와 결혼할 수 없게 됐다. 아니 아예 결혼 자체를 못 할 수도 있었다. 미모가 많은 부분을 상쇄할 수는 있지만, 노동자 남편들은 멀리 걸어 다닐 수 있는 아내를 원했다. 패니가 잃은 것은 어떤 액수로도 보상할 수 없었다. 몰리 애닝은 그 빚을 일종의 처벌로 떠맡았다.

메리는 내가 찾기 전 홀로 파묻혀 있었던 30분간에 대해 말한 적이 없다. 하지만 그 경험으로 그 애는 변했다. 나는 종종 그 애 눈빛이 멍해지는 걸 봤다. 마치 블랙 벤 꼭대기에서 누군가가 자신을 부르는 듯한 소리, 혹은 바다에서 우는 갈매기 소리를 듣는 듯했다. 그날 해변에 찾아온 사신은 메리 곁에 진을 치고, 그 애를 데려가는 대신 큐리 선장을 데려가 메리에게 죽음의 존재와 스스로의 한계를 상기시켰다. 우리는 누구나 삶의 어느 순간 인간의 필멸성을 깊이 느끼게 되지만, 그건 보통 그때의 메리보다 훨씬 더 나이가 든 뒤다.

메리가 죽음을 가까이서 경험한 바로 그때, 그 아이는 성숙해지고 있었다. 어느 날 몰리를 도와 메리의 부러진 뼈를 묶고 있던 붕대를 풀다가 잘 맞지 않는 드레스 밑에서 허리와 가슴, 골반이 보기 좋게 여성스러운 모습을 갖춘 것을 발견했다. 메리는 땅을 계속 내려다 보고 걷느라 어깨가 조금 굽었고, 손등은 거칠었다. 손가락도 상처투성이였다. 메리는 그 나이 때 마거릿처럼 우아하지는 않았다. 하지만 남자들을 매료시키는 신선하고 뚜렷한 존재감을 지니고 있었다.

메리도 그것을 감지하기 시작했는지 얼굴과 손을 더 공들여 씻었고 마거릿이 나를 위해 만들어 준 손 연고를 얻어 가기도 했다. 밀랍, 테레빈유, 라벤더와 서양톱풀로 만든 그 연고는 갈라진 피부와 상처에 잘 들었지만 메리는 그것을 손과 팔꿈치, 뺨에 발랐고 나는 그 애를 생각하면 약품과 꽃향기가 희한하게 섞인 그 향이 떠올랐다.

메리의 머리카락은 늘 칙칙한 갈색에, 그 당시 유행하던 동글동글한 곱슬머리 대신 바람을 맞아 부스스했다. 하지만 적어도 매일 앞머리는 빗질하고 뒷머리는 말아 올려 보닛으로 가렸다. 그 애의 평판은 불운한 패니가 동행했어도 버클랜드 씨와 함께해 크게 얼룩졌으므로 외모에 들이는 노력이 얼마나 소용이 있었을지 모르겠다. 절벽이 무너진 사건 뒤, 보통의 경우라면 동정을 샀을 테지만 패니의 부상이 노동자들 사이에서 큰 공분을 일으키는 바람에 메리의 이미지는 더더욱 추락했다. 아무리 팔꿈치에 연고를 바르고 머리카락을 빗어도 그 애가 유혹하기를 바란 라임의 남자들에겐 통하지 않았다. 메리는 그런 처지의 젊은 여성이 지켜야 하는 규범을 너무 대놓고 무시했다. 거기에 패니가 다리를 절게 되는 가시적인 결과가 나오니, 어렴풋이 부정적이었던 평판이 대놓고 냉랭한 쪽으로 굳어 버렸다.

메리는 남의 말에 관심을 갖지 않았다. 그 애의 이런 특징을 나는 존경하면서도 동시에 암담하게 여겼다. 그 애가 나와 같은 계급의 여성과 달리 사회의 작동 방식을 그토록 자유롭게 무시하는 것이 조금은 부러웠던 것 같다. 라임처럼 독립적인 기풍을 가진 곳에서도, 제자리를 벗어나는 사람에게 가해지는 비판을 나는 지나치게 의식했다.

메리는 라임이 정해 놓은 삶을 좋아하지 않았던 것 같다. 메리는 자기 지위보다 높은 사람들—무엇보다 나 그리고 버클랜드 씨와 메리가 발견한 화석 이야기를 듣거나 보고 라임에 찾아온 다양한 신사들까지—과 아주 많은 시간을 보냈다. 그 때문에 메리는 자신이 높은 지위에 오를 수 있다는 희망을 품었을지도 모르겠다. 아니, 그 애도 그런 남자들 중 누군가가 자신의 구혼자가 될 수 있다고 진지하게 생각하지는 않았을 것 같다. 대부분의 신사는 그 애를 똑똑한 하인 정도로 봤으니까. 윌리엄 버클랜드는 메리의 재능을 더 높이 평가했지만 자기 생각에 빠져 그 애를 여성으로 보지 못했다. 그 덕에 나까지 그런 남자는 굉장히 답답한 상대가 될 수 있음을 알게 됐다.

메리가 남자들에게 쏟는 관심이 나를 자극했다. 내 안에선 그런 관심이 죽은 줄 알았는데 조금만 관심을 쏟으면 꽃을 피우는 장미 덤불마냥 그저 잠들어 있었던 것뿐인가 보다. 언젠가 한번은 그동안 수집한 표본을 보여 주기 위해 윌리엄 버클랜드를 몰리 코티지에 초대해 식사를 함께한 적이 있다. 그때 그가 보인 열의는 내 표본에 대한 것이었지만, 나는 그 감정이 내게도 향할 수 있다고 생각했다. 그와 내가 맺어진다는 생각이 그렇게 정신 나간 건 아니었으니까. 비록 내가 그보다 서너 살 연상이고 아이를 많이 낳기에는 나이가 들긴 했지만, 불가능한 일은 아니었다. 몰리 애닝은 마흔여섯에 마지막 아이를 낳았다. 윌리엄 버클랜드와 나는 사회적 지위가 비슷하고 지적으로도 잘 맞았다. 물론 나는 그만큼 교육받지 못했지만 독서를 폭넓게 했다. 그가 하는 일을 도울 만큼 지질학과 화석에 대해 많이 알았다.

늙어 가는 독신 여성에게서도 연애의 가능성을 재빨리 알아차리는 마거릿은 버클랜드 씨의 눈이 생기 있다고 하면서 저녁 식사 때 무슨 옷을 입을지 잔소리를 해 이런 생각을 부추겼다. 다정한 관심으로 시작한 것이 조용한 흥분으로 고조되었고, 결국 약속 당일이 되자 나는 긴장해서 속이 울렁거렸다.

우리는 그를 두 시간 정도 기다렸고 베시는 부엌에서 냄비를 덜그럭거렸으며, 결국 포기하고 앉아서 다 식은 식사를 억지로 했다. 다른 건 차치하더라도, 베시에게 특별히 신경 쓰라고 시킨 것이 마음에 걸렸다. 베시는 또 한 번 일을 그만두겠다고 선언하기 직전이었고, 내가 안 먹겠다고 하면 분명 그만뒀을 것이다. 나는 언니와 동생에게 실망한 티를 드러내지 않았지만, 음식은 전부 모래알 같았다.

이튿날 일부러 찾으러 간 건 아니었지만, 해변에서 윌리엄 버클랜드와 마주쳤다. 어쩐 일인지 메리는 동행하지 않았다. 그는 반갑게 인사했지만 내가 전날 만나지 못해 실망했다고 하니 놀란 표정을 지었다. "제가 식사를 함께하기로 했습니까, 필폿 씨? 확실한가요? 왜냐면, 아시다시피, 어떤 사람이 시타운에서 긴 척추골의 일부를 발견했다는 소식을 듣고 보러 갔거든요. 그리고 가길 잘했어요. 아주 잘 보존된, 메리가 발견한 척추골과는 상당히 다른 것이었습니다. 완전히 다른 동물의 척추골이 아닌가 싶네요."

사교 생활의 실수를 아랑곳 않던 그는 내가 속상해한다는 것도 감지하지 못했다. 특별한 척추골을 보러 가는 것이 숙녀와의 식사보다 중요한 게 그에겐 너무 당연했다.

나는 "안녕히 가세요"라고만 말하고 돌아섰다. 그때 나는 윌리엄 버클랜드의 관심을 돌릴 만큼 아름답거나 그를 견딜 만큼 인내심이 많은 여자만이 그와의 결혼을 버틸 수 있음을 깨달았다.

그것으로 내가 남자들에게 느끼는 새로운 관심은 끝난 줄 알았다. 버치 대령이란 사람이 등장할 줄은 상상도 못 했으니까.

버치 대령이 라임에 찾아온 여름, 메리는 이런저런 일들로 특별한 상황에 처했다. 우선 메리와 조지프가 발견한 동물이 굉장히 유명해졌다. 찰스 코니그가 이집트 홀에서 원래의 표본을 사들여 영국 박물관에 전시한 덕분이었다. 코니그는 그것을 익티오사우루스Ichthyosaurus라고 이름 붙였는데, '물고기 도마뱀'이란 뜻이었다. 그 동물의 해부학적 특징이 물고기와 도마뱀 사이에 해당했기 때문이다. 코니그와 다른 이들은 익티오사우루스가 포유류처럼 공기를 호흡하면서도 어류처럼 헤엄을 치니 해양성 파충류일 것이라고 추측하는 연구 논문을 발표했다. 나는 윌리엄 버클랜드가 빌려준 그 논문을 큰 호기심을 가지고 읽었고, 그중 누구도 멸종이나 그 동물을 사라지게 한 신의 뜻과 같은 불편한 문제는 언급하지 않는 것을 알게 됐다. 사실 그들은 종교적 쟁점은 거론하지 않았다. 아마 그들도 퀴

Ichthyosaurus

비에를 모방해 연구 논문을 발표할 때 신의 뜻과 관련한 언급을 피한 게 아닌가 싶었다. 그래도 익티오사우루스를 제 이름—악어가 아닌 —을 가진 과거의 해양성 파충류로 받아들이니 마음이 후련했다.

메리는 그 이름을 어려워했고 지역 주민들 대부분이 그랬듯이 곧잘 악어라고 불렀지만 결국 '이키'라는 별명을 붙였다. 그 동물에 새로운 학명이 붙자, 메리는 마치 그 동물을 빼앗기기라도 한 듯 느꼈지 싶다. 외려 물리적인 이동보다도 더 확실히. 학자들이 학회에서 그것에 대해 토론하고 글을 썼지만 메리는 그들의 활동에서 철저히 배제됐다. 표본을 찾는 일은 메리 몫이었지만 연구에는 참가하지 못했다. 게다가 표본을 찾기도 어려워졌다. 메리가 처치 절벽과 블랙 벤을 매일 뒤져도 1년 넘게 온전한 익티오사우루스를 찾지 못했던 것이다.

어느 날 나는 메리에게 차머스에서 3~4마일 동쪽에 위치한 시타운 쪽 해변에 나가 불가사리와 바다나리를 찾자고 제안했다. 우리는 보통 그렇게 멀리 나가지 않지만 환경을 바꾸면 메리에게 도움이 될 것 같아서 그렇게 하자고 했다. 일찍 출발하면 썰물 때 도착할 수 있는 화창한 날을 골라 그곳으로 향했다. 메리는 처치 절벽과 블랙 벤을 기꺼이 떠났지만, 차머스를 지나자마자 나오는 가브리엘 바위에서 자꾸 뒤를 돌아봤다. 마치 절벽들이 부르는 것처럼. "저기서 반짝이는 게 있었어요." 메리가 우겼다. "못 봤어요?"

나는 고개를 젓고 메리가 따라오기를 바라며 해변을 계속 걸었다.

"또 그래요." 메리가 말했다. "어머 저기 좀 보세요, 선생님. 저 사람이 우릴 따라오는 걸까요?"

한 남자가 해변을 성큼성큼 걷고 있었다. 온화한 날씨와 아름다운 아침 햇살 덕분에 다른 사람들도 나와 있었지만 그는 목표물이 무엇인지 확실히 아는 것처럼 그들을 뚫고 걸어왔고, 그 목표물은 다름 아닌 우리였다. 장신의 남자가 그 꼿꼿한 몸에 긴 장화를 신고 붉은 군복을 입고 있었다. 제복의 황동 단추가 햇빛에 반짝였다. 남자를 보고 마음이 흔들리는 일이 좀처럼 잘 없는 나도 그 남자가 우리를 향해 다가오던 순간에 느낀 전율은 오랫동안 기억에 남았다.

미소를 지으며 다가오던 그 사내는 쉰 정도로 보였고, 탁월한 외모에 깍듯하고 꼿꼿하며 당당한, 참 보기 좋은 군인의 몸가짐을 하고 있었다. 얼굴은 거칠었고 태양 빛과 바람 때문에 눈도 제대로 뜨지 못했지만 그래도 잘생긴 사람이었다. 그가 모자를 벗고 인사하자 숱 많고 희끗희끗한 검은 머리의 가르마가 보였다.

"아가씨들." 그가 말했다. "오전 내내 두 분을 찾아다녔는데, 드디어 만나게 됐군요. 반갑습니다." 그는 다시 모자를 썼고 장식 깃털이 흔들렸다. 머리숱이 워낙 많고 곱슬머리라 모자가 떨어질 것 같았다.

나는 머리가 먼저 눈에 띄는 남자를 믿지 않았다. 허영스럽고 지나치게 자신감 넘치는 남자가 아니고서야 머리가 먼저 눈에 띄지는 않으니까.

"저는 제1근위기병연대에서 근무한 버치 대령입니다." 그는 잠시 멈추고 우리를 번갈아 보더니 메리에게 시선을 돌렸다. "익티오사우루스의 표본을 발견한, 훌륭한 메리 애닝 장본인 되시는군요?"

메리는 그에게서 시선을 떼지 못한 채 끄덕였다.

메리를 아는 사람이라면 당연히 그 애가 어린 하층민임을 알고 있었으니, 나와 그 애를 혼동할 수 없었다. 나는 20여 년의 세월을 얼굴에 새기고 고급 옷을 입은 채 그에 걸맞은 몸가짐을 하고 있었으니까. 하지만 날카로운 질투심이 내 가슴을 찔렀다. 그 잘생긴 남자가 나를 향해 해변을 가로질러 온 게 아니라는 사실에.

그래서 나는 내가 생각한 것보다도 날카롭게 답했다. "메리가 표본을 찾아 주길 바라시는군요. 복제화 상인에게 어느 집 벽에 매달 그림을 의뢰하듯이."

메리는 나답지 않은 무례한 말투에 못마땅한 표정을 지었지만, 버치 대령은 웃어넘겼다. "사실 메리가 익티오사우루스 찾는 걸 도와줬으면 좋겠습니다. 괜찮다면 말이죠."

"물론이지요, 선생님!"

"저 애 어머니와 오빠에게 허락을 구하셔야 합니다." 내가 말했다. "이런 식으로는 곤란해요." 날 선 말이 튀어 나갔다.

"오, 그건 괜찮아요. 좋다고 하실 거예요." 메리가 끼어들었다.

"물론 가족과 이야기할 겁니다." 버치 대령이 말했다. "두려워할 것 없어요, 메리. 그리고 이쪽 아가씨도."

"필폿입니다." 당연한 이야기지만 그 역시도 나를 미혼이라 여겼다. 결혼한 여자가 멀리 해변에 나와 화석을 찾을 리 없으니까. 나는 허리를 숙여 모래 속에서 뭔가를 집어 들었다. 익티오사우루스의 물갈퀴 뼈 비슷한 비프 조각이었지만, 버치 대령을 보지 않으려고 괜히 그것을 자세히 들여다봤다.

"돌아가서 엄마께 지금 물어봐요." 메리가 제안했다.

"메리, 시타운에 가던 중이잖니. 잊었어?" 그 애의 태세 전환에 나는 어이가 없었다. "불가사리랑 바다나리를 찾으러. 라임에 돌아가면 오늘 하려던 일은 포기해야 해."

버치 대령이 끼어들었다. "시타운까지 동행할 수 있습니다. 여성분들끼리 가기에는 좀 먼 길 아닌가요?"

"7마일이에요." 내가 잘라 말했다. "그 정도는 당연히 걸을 수 있습니다. 늘 하는 일이니까요. 나중에 돌아올 때는 마차를 부를 거예요."

"마차까지 배웅해 드리죠." 버치 대령도 꿋꿋이 버텼다. "두 분을 보호자도 없이 두는 것은 제 양심에 어긋나는 일입니다."

"우린 그럴 필요…"

"어머 감사합니다, 버치 대령님!" 메리가 내 말을 자르며 대신 대답했다.

"바다나리라고 했습니까?" 버치 대령이 말했다. "펜타크리나이트pentacrinites의 훌륭한 표본이 제게도 몇 개 있습니다. 원하신다면 언젠가 보여 드리죠. 차머스의 호텔에 있거든요."

나는 부적절한 제안에 이맛살을 찌푸렸다. 그러나 메리의 판단력은 있는 대로 흐려져 있었다. "보고 싶어요." 메리가 말했다. "그리고 저도 집에 다른 바다나리가 있어요. 언제든지 구경하러 오세요. 바다나리와 암모나이트, 악어—익티오사우루스—의 조각이랑 또 여러 가지가 있어요." 메리는 벌써 그에게 반해 버렸다. 나는 고개를 젓고는 화석을 찾는 척 아래만 보며 해변을 걸어갔다. 너무 빨리 걸어서 아무것도 찾지 못했지만. 잠시 후 그들이 뒤따라왔다.

"불가사리가 뭐죠?" 버치 대령이 물었다. "그런 건 처음 듣는데."

"별처럼 생긴 거예요, 선생님." 메리가 설명했다. "가운데는 꽃잎이 다섯 달린 꽃무늬가 있고, 꽃잎마다 길고 구불거리는 다리가 튀어나와 있어요. 다리가 다섯 개 모두 달린 건 찾기 어려워요. 부러지지 않은 표본을 따로 원하는 수집가가 있었어요. 그래서 여기까지 나온 거예요. 보통은 라임과 차머스 사이, 블랙 벤 옆 암석 근처에서 일하죠."

"거기서 익티오사우루스를 발견했나요?"

"거기랑 라임 서쪽의 몬머스해변에서도 하나 발견했어요. 하지만 여기도 있을지 몰라요. 여기서는 그걸 찾지 않았거든요. 익티오사우루스를 본 적 있으신가요?"

"아뇨, 논문을 읽었고 그림은 봤지요."

나는 코웃음을 쳤다.

"여름 동안 여기서 지내며 화석을 모을 건데, 메리가 도와주면 좋겠군요. 여기!" 버치 대령이 갑자기 멈추길래 나도 돌아봤다. 그가 허리를 숙이더니 바다나리 조각을 들었다.

"잘하셨어요, 선생님." 메리가 말했다. "저도 그걸 확인할 생각이었는데, 한발 앞서셨네요."

버치 대령이 그것을 메리에게 내밀었다. "가져요, 메리. 이렇게 예쁜 표본을 빼앗을 생각은 없어요. 선물이에요."

이름처럼 실로 활짝 핀 백합 모양의 훌륭한 표본이었다. "오 아니에요. 선생님 가지세요." 메리가 말했다. "선생님이 찾으셨잖아요. 제가 빼앗을 순 없어요."

버치 대령은 메리의 손을 잡더니 바다나리를 올려 두고 손가락을 접었다. "아니에요, 메리." 그는 메리의 주먹을 꼭 쥐고 눈을 봤다. "바다나리는 생긴 것과는 달리 식물이 아니라 동물인 거 알아요?"

"정말인가요?" 메리가 그의 눈을 응시했다. 물론 그 애는 바다나리가 동물인 것을 잘 알고 있다. 내가 가르쳤으니까.

내가 나섰다. "버치 대령님, 적절한 예의를 갖추지 않으실 거라면 가 주셔야 합니다."

버치 대령이 손을 떼었다. "죄송합니다, 필폿 씨. 화석을 발견해 흥분한 나머지 자제심을 잃었습니다."

"자제하지 않는다면 원하는 도움을 받으실 수 없을 거예요."

대령은 고개를 끄덕이더니 우리와 적절한 거리를 두고 떨어졌다. 그렇게 우리 모두는 한동안 말없이 걸었다. 하지만 버치 대령은 오래 입 다물고 있지 못했고, 메리에게 좋아하는 화석과 그것을 찾는 방법, 익티오사우루스에 대한 생각 등을 캐물었다. 덕분에 두 사람은 뒤처지고 있었다. "모르겠어요." 메리가 자신의 가장 탁월한 업적에 대해 말했다. "이키에겐 악어와 도마뱀, 물고기의 특징이 조금씩 다 있는 것 같아요. 그리고 자기 나름의 특징도 있고. 그래서 어려워요. 어디에 들어맞는지 알아내기가."

"오, 메리가 찾아낸 익티오사우루스도 분명 아리스토텔레스가 말하는 존재의 대사슬에 제자리가 있을 겁니다." 버치 대령이 말했다.

"그게 뭔가요?"

나는 혀를 찼다. 내가 직접 메리에게 설명한 이론이므로, 메리는 대령에게 물을 필요가 없었다. 괜히 말을 걸려는 수작이었다. 물론 대령은 아는 것을 설명하며 즐거워했다. 남자들은 다 그러니까.

"그리스 철학자 아리스토텔레스는 가장 낮은 단계인 식물에서부터 완벽한 존재인 인간에 이르기까지 지구상의 모든 생명체가 피조물의 사슬 속에서 한 지점을 차지할 수 있다고 보았습니다. 그러니 메리의 익티오사우루스는 이를테면 그 사슬 속 도마뱀과 악어 사이에 자리할 수 있겠죠."

"정말 흥미롭네요, 선생님." 메리가 말을 멈췄다. "하지만 그렇다고 이키의 남다른 점이 전부 설명되지는 않아요. 그 범주에 들어맞지 않는 부분 말이에요. 이키가 다른 모든 생물과 다르다면, 그 사슬 어디에 들어갈 수 있을까요?"

버치 대령은 갑자기 쪼그리고 앉더니 돌을 들었다. "이거… 아, 아니군. 착각했습니다." 그는 돌을 바다에 던졌다.

나는 미소를 지었다. 근사한 머리카락으로 여자의 마음을 흔들 수는 있어도 그의 지식은 피상적이었고, 메리는 의도했든 아니든 간에 그것을 조목조목 분석해 버렸다.

"필폿 씨는 어떻습니까? 무엇을 수집하기 좋아하시죠?" 버치 대령은 성큼성큼 두 걸음에 나를 따라잡아 메리의 질문에서 벗어났다. 나는 그의 관심을 원치 않았다. 그것을 견딜 수 있을지 몰라서였다. 그렇지만 무례하게 굴 순 없었다.

"물고기요." 나는 최대한 간략히 대답했다.

"물고기요?"

그와 대화하고 싶지는 않았지만 내가 가진 지식을 자랑하지 않을 수 없었다. "주로 에우그나투스Eugnathus, 폴리도포루스Pholidophorus, 다페디우스Dapedius, 히보두스Hybodus를 좋아해요. 마지막은 고대의 상어 종류입니다." 라틴어에 그의 얼굴이 멍해지는 것을 보고 덧붙였다. "물론 이건 속genus의 학명이에요. 종species은 아직 구별되지 않았으니까요."

"선생님 댁에 화석이 많이 있어요." 메리가 끼어들었다. "사람들이 늘 와서 구경하죠. 그렇죠, 선생님?"

"그렇습니까? 대단하군요." 버치 대령이 중얼거렸다. "저도 방문해 물고기를 보겠습니다."

그가 조심스럽게 말했기에 무례하다고 비난할 수 없었지만 말투에 냉소가 살짝 묻어났다. 그는 조용한 물고기보다는 대담한 익티오사우루스를 원했다. 대부분이 그랬다. 그들은 물고기의 명징한 형태와 질감, 겹치는 비늘과 옴폭한 살갗, 보기 좋은 지느러미가 모두 모여 굉장히 아름다운 표본을 이룬다는 점을 이해하지 못했다. 그 분명하고 확실한 아름다움을. 빛나는 단추와 무성한 머리카락을 가진 버치 대령이 그런 미묘한 아름다움을 이해할 리 없었다.

"어서 가시죠." 내가 잘라 말했다. "안 그러면 시타운에 도착하기 전에 밀물에 갇힐 거예요. 메리, 이쯤에서 수다를 그만 떨지 않으면 수집가에게 넘길 불가사리를 못 찾을 거다."

나는 메리가 따라오든 말든 그대로 돌아서서 시타운 쪽으로 성큼 성큼 걸어갔고, 발밑에 있는 어떤 화석도 보지 못했다.

버치 대령은 차머스에 숙소를 잡고 날마다 라임에 찾아오기 시작했다. 그는 갑자기, 그리고 완전히 메리의 시간을 앗아 갔다. 메리는 날마다 그와 나갔다. 처음에는 내가 동행했다. 메리는 몰라도 나는 사람들의 이목이 걱정됐다. 우리 셋이 함께 나갈 때에도 나는 메리와 단둘이 나갈 때처럼 각자 화석 찾기에 집중하면서도 가까운 곳에 든든한 동행이 있음을 느끼며 편안한 리듬을 찾고자 했다. 그러나 그 리듬은 메리 곁에서 수다 떨기를 좋아하는 버치 대령으로 인해 엉망이 되었다. 그토록 여름 내내 곁에서 떠들어 대는데도 뭐든 찾을 수 있다니, 메리의 능력이 얼마나 뛰어난지 입증된 셈이다. 메리는 그를 참아 줬다. 참아 준 정도가 아니라 좋아서 어쩔 줄 몰랐다. 그들과 해변에 나가면 나는 설 자리가 없었다. 나는 속이 빈 게 껍데기나 다름없었다. 그들과 세 번 나간 뒤 같이 나가기를 포기했다.

버치 대령은 사기꾼이었다. 정확히 말하면, 버치 '중령'은 사기꾼이었다. 계급에서 한 글자를 바꿔 스스로를 승진시키는 것. 물론 그는 근위기병연대에서 퇴역한 지 오래됐다는 말도 하지 않았다. 하지만 군복에 대해 조금이라도 아는 사람은 그가 당시 군인이 입는 짧은 외투와 청회색 바지 대신 예전의 긴 군복과 가죽바지를 입은 것을 알아차렸을 것이다. 그는 참전도 하지 않았으면서 워털루 전쟁에서 승전한 근위기병연대의 영광을 누렸다.

더군다나 그와 함께 해변에 나간 사흘 동안, 나는 그가 직접 화석을 찾지 않는다는 사실을 알게 됐다. 그는 메리나 나처럼 땅을 보지 않고 우리 얼굴을 보며 우리 시선을 좇아 우리가 걸음을 멈추고 허리를 숙이면 우리가 보고 있던 것을 먼저 집어 들었다. 그가 내게 이 방법을 한 번 썼을 때, 나는 곧바로 그를 쏘아봐 멈추게 했다. 메리는 참을성이 많거나 감정에 눈이 멀어 그가 여러 표본을 훔쳐 가 자기 것으로 삼는 걸 내버려 뒀다.

버치 대령의 무지에 나는 경악했다. 화석에 관심이 많다고 주장하는 주제에, 군인으로서 온갖 역경을 이겨 낼 수 있다고 말은 뻔지르르하게 하면서도 그는 표본을 찾아 진흙을 헤치고 다니지 못했다. 그는 돈이나 매력을 이용하거나 남의 것을 주워 화석을 찾았다. 여름이 끝날 무렵, 그는 화석을 많이 모았지만 그건 메리가 찾아서 주거나 위치를 알려 준 덕분이었다. 헨리 경과 라임에 찾아오는 사람들처럼 그도 사냥꾼이 아니라 수집가였으며 제 눈과 손으로 찾는 것이 아니라 지식을 사들이는 사람이었다. 나는 메리가 그런 사람에게서 어떻게 매력을 느끼는지 이해할 수 없었다.

아니, 이해할 수 있었다. 나도 그에게 조금은 반했으니까. 온갖 불평을 늘어놓긴 했지만 나도 그가 매우 매력적이라고 느꼈다. 외모도 그랬지만, 화석에 대한 관심이 그간의 신사들보다는 진정성 있고 예리하게 보였기 때문이다. 메리와 잡담을 나누지 않을 때 우리는 익티오사우루스의 기원과 멸종의 의미에 대해 토론할 수 있었고, 그는 이 일에 꽤나 열심이었다. 그는 신을 무시하거나 모독하지 않고도 신의 역할에 대해 나름대로 분명하고 소신 있는 의견을 피력했다. "신께는 이 땅의 모든 생물을 감독하는 것보다 중요한 일이 있을 겁니다." 밀물에 발이 묶여 절벽 길을 따라 라임으로 돌아가는데 그가 이렇게 말한 적 있었다. "신께서 만들어 낸 것들은 정말 놀랍습니다. 하지만 신께선 더 이상 세상의 모든 지렁이와 상어가 살아가는 과정을 추적할 필요가 없습니다. 신의 관심은 이제 우리에게 있으니까요. 자신의 형상을 따라 우리를 지으시고 우리에게 그 아들을 보냄으로써 이를 입증하셨습니다." 버치 대령이 어찌나 명확하고 분별 있게 말하는지, 존스 사제가 그 말을 듣지 못한 것이 아쉬웠다.

화석을 생각하고 그에 관해 토론하고 우리 여자들에게 화석을 찾으라고 격려하는, 다시 말해 내가 곧잘 장갑을 더럽혀도 개의치 않는 남자가 나타난 것이다. 내가 그에게 분노를 느끼는 까닭은 그가 사냥꾼—수집가를 넘어선—이 되지 못한 데 기인한 것이 아니다. 그가 한순간도 나를—나이와 신분이 비슷한—구애 상대로 여기지 않았기 때문이다.

그에 대한 내 의견이 어떻든지 간에, 메리와 버치 대령의 관계를 내가 정해 줄 수는 없었다. 그건 몰리 애닝이 담당할 일이었다. 세월이 흐르며 몰리와 나는 서로를 이해하게 됐다. 나를 향한 몰리의 의심은 줄어들었고, 나도 그녀 앞에서 주눅 들지 않게 됐다. 몰리는 교육을 받지 못했고 우리의 발견에서 문학도 철학도 찾지 못했지만, 나와 타인에게 화석이 중요하다는 사실은 받아들였다. 그 중요성은 가족을 먹이고, 입히고, 재워 주는 돈으로 측정될 수도 있었지만, 몰리는 그 가치를 가볍게 여기지 않았다. 화석은 팔 물건이 되었고, 단추나 당근, 통이나 못처럼 중요해졌다. 내가 발견한 표본을 팔지 않는 것에 몰리는 속으로는 희한하다 여겼을지 모르나, 그걸 겉으로 드러내지는 않았다. 몰리가 보기에도 나는 그걸 팔 필요가 없었을 것이다. 루이스 언니와 마거릿, 나는 호화롭게 살 수는 없어도 구빈원에 갈 걱정은 하지 않았다. 그러나 애닝 가족은 달랐다. 그들은 기아 직전의 삶을 살고 있었고, 그런 까닭에 항상 정신을 바짝 차려야 했다. 몰리는 상당히 약은 장사치가 되어 여기저기서 조금이라도 돈을 더 짜내기 위해 분투했다.

몰리는 우리 자매의 생활비와 내 사회적 지위—라임에 사회랄 것이 있다면—를 부러워했지만, 그와 동시에 나를 동정하기도 했다. 나는 남자를 만난 적이 없고, 결혼이 주는 안정감이나 아이를 품에 안고 느끼는 애정을 모르고 살았으니까. 이런 면면들을 따졌을 때 결과적으로는 나에 대한 부러움이 상당 부분 상쇄되었는지, 몰리는 내게 중립적이며 너그러운 편이었다. 나는 몰리의 사업 감각과 생존 능력을 존경했다. 그녀는 힘든 삶 속에서 불평할 것이 많아도 대체로 군소리 없이 살았다.

그러나 불행히도, 몰리 애닝 역시 딸만큼이나 버치 대령의 매력에 분별력을 잃고 말았다. 나는 늘 몰리가 사람 보는 눈이 있다고 생각했으므로 그가 욕심 사나운 사기꾼임을 알아볼 줄 알았다. 하지만 아니었다. 몰리도 대령이 메리를 그 계층의 어려운 삶에서 보다 편안하고 풍족한 세상으로 떠나게 해 줄 처음이자 유일한 기회라고 느꼈던 모양이다.

버치 대령도 처음부터 메리에게 구애할 의도는 아니었을 것이다. 그는 많은 사람들이 앓았던 열병 때문에 라임을 찾았다. 오래전 세상의 흔적을 가진 옛날 뼈들이 은처럼 값진 것이 되었으니까. 이 같은 열병에 걸리면 뼈들에서 눈을 뗄 수 없어진다. 그러나 의도치 않게 버치 대령은 보호자 없는 여성과 하루 종일 시간을 보내는 희귀한 기회까지 얻게 되었고, 이내 그 유혹을 거부할 수 없게 됐다.

하지만 우선 그는 메리 어머니의 환심을 사야 했다. 그는 몰리에게 뻔뻔하게 다가갔고 몰리 애닝은 평생 처음으로 판단력을 잃었다. 가난과 상실에 찌든 몰리는 리처드 애닝의 죽음 이후로 몇 년째 행복을 느끼지 못하고 돈 걱정과 구빈원에 들어갈지도 모른다는 두려움에 시달렸다. 그런데 말끔한 제복을 입은 잘생긴 퇴역 군인이 그녀의 손에 키스하며 살림살이를 칭찬하고 딸과 해안에 나가게 해 달라 허락을 구한 것이다. 윌리엄 버클랜드가 순수한 마음으로 메리를 데리고 나간 것에는 분개했으면서도, 몰리는 손 키스와 상냥한 말 몇 마디에 경계심을 내려놓았다. 아마도 거절하는 데 지쳤을 것이다.

이윽고 애닝 가족이 화석을 팔던 가게엔 암모나이트나 벨렘나이트 같은 기본 표본마저 바닥나기 시작했다. 메리가 화석도 줍지 않고, 다른 수집가들의 요청도 무시했기 때문이다. 뿌리혹의 경우, 남들이 깨어 보도록 버려 뒀고, 다른 좋은 표본은 버치 대령에게 주거나 대령이 직접 줍게끔 했다. 그러나 몰리는 딸에게 뭐라 하지 않았다. 나는 찾은 것을 내주며 최대한 도왔다. 나는 주로 화석 물고기만 찾았지 다른 표본은 남이 가져가게 내버려 두었다. 그러나 애닝 가족은 곧 생활비가 부족해지기 시작했고, 빵집과 정육점에 외상이 늘었다. 날씨가 추워지면 석탄 상인에게도 마찬가지일 것이다. 그런데도 몰리 애닝은 아무 말 하지 않았다. 아마 메리가 버치 대령과 시간을 보내는 일을 미래를 위한 투자라고 본 모양이다.

어머니가 아무 말도 하지 않으니, 나라도 메리에게 한마디해야지 싶었다. 밀물 때가 되어 해변에 못 나가게 되면 버치 대령은 쓰리 컵스에 들르거나 회관에 가곤 했고, 물론 메리는 동행하지 않았다. 그러면 메리는 어머니를 돕거나 버치의 표본을 닦아 주거나 얼빠진 얼굴로 라임을 돌아다니곤 했다. 어느 날 나는 시내 중심에서 실버 스트리트로 가는 작은 통로, 서본 레인을 걷다가 그 애를 만났다. 브로드 스트리트를 걷다가 만나는 사람마다 인사하고 싶지 않을 때 그곳을 이용했다. 메리는 골든 캡을 보며 얼굴에 미소를 띠고 그 골목길을 걸어오고 있었다. 미소는 내면의 기쁨을 드러내며 반짝였다. 한순간, 나도 버치 대령이 메리에게 진지하게 구애하는 거라고 믿을 뻔했다.

그토록 행복하다는 듯한 메리를 눈앞에서 보자 나는 질투심에 마음이 비뚤어졌고, 그 애가 인사를 건네자 대뜸 이렇게 말하고야 말았다. "메리, 버치 대령이 네가 들이는 시간에 돈을 내니?"

메리는 정신을 차리려는 듯 고개를 휘휘 젓더니 나를 집중해서 봤다. "무슨 말씀이세요?"

나는 들고 있던 바구니를 다른 손에 옮겼다. "그분이 네 시간을 다 빼앗고 있잖니. 버치 대령이 그 값을 치르니? 아니면 적어도 네가 찾아 주는 화석값은 내니?"

메리가 나를 노려봤다. "버클랜드 씨나 헨리 드 라 비치, 또 제가 데리고 나간 다른 신사들에 대해선 그런 질문 안 하셨잖아요. 버치 대령님만 다른가요?"

"그건 네가 더 잘 알고 있지 않니? 우선, 다른 사람들은 직접 화석을 찾거나 네가 찾아 주는 것에 값을 치렀지. 버치 대령도 돈을 내니?"

메리의 눈에 살짝 의심이 서렸지만, 이내 경멸의 빛으로 바뀌었다. "그분은 자기 화석을 직접 찾아요. 제게 돈 낼 필요 없어요."

"그래? 그럼 네가 팔 화석은 얼마나 찾았니?" 메리가 대답하지 않자 내가 덧붙였다. "코크모일 스퀘어에서 네 어머니가 화석을 파는 탁자를 봤다. 아무것도 없더구나. 몰리는 예전 같으면 네가 바다에 던졌을 부서진 암모나이트를 팔고 계셔."

메리의 들뜬 표정이 완전히 사라졌다. 그게 내 의도였다면 성공한 셈이다. "전 버치 대령님을 돕고 있어요. 그건 잘못이 아니에요."

"그럼 그분은 그 값을 치러야지. 그게 아니라면 자기 이익을 위해서 널 이용하고 너랑 네 가족을 더 가난하게 만드는 거야." 거기서 멈췄으면 내 말이 긍정적인 효과를 냈을 것이다. 하지만 나는 더 밀어붙이고 말았다. "그분의 행동을 보면 답이 나와. 그 사람은 좋은 사람이 아니다, 메리. 그런 남자와는 어울리지 말아야 해. 결국 네가 다칠 테니까. 이미 사람들이 수군거리고 있어. 네가 윌리엄 버클랜드와 다닐 때보다 더 심각하다."

메리가 나를 노려봤다. "말도 안 돼요. 그분을 저처럼 알지도 못 하잖아요. 사람들의 험담을 듣지 마세요. 안 그러면 선생님도 남의 흉이나 보는 사람이 될 테니까!" 메리는 나를 밀치고 서본 레인을 서둘러 지나갔다. 내게 그렇게 무례하게 군 적 없는 아이였다. 나를 그렇게나 잘 따르던 노동자계급 아이가 갑자기 나와 동등하다는 듯한 태도로 나오자 적잖이 당황스러웠다.

그 후 나는 괜한 말을 했나, 그런 방식으로는 말하지 말걸 그랬나, 하고 후회했고 나름대로 참회하고자 메리와 버치 대령과 동행해 라임 사람들의 독설을 막아 보기로 했다. 메리는 내 제안을 쉽게 받아들였다. 사랑이 용서하는 마음을 불러온 것이다.

그래서 그들이 버치 대령이 꼭 갖고 싶어 했던 익티오사우루스를 발견했을 때 나도 함께 블랙 벤 근처에 있었던 것이다. 나는 몇 주 전보다 스스럼없이 애정을 표현하는 메리와 버치 대령에게 정신이 팔려 그날 화석을 별로 찾지 못했다. 그들은 서로 시선을 끌기 위해 팔을 만지고, 함께 속닥이고, 마주 보며 웃었다. 한순간 나는 메리가 그에게 완전히 굴복한 게 아닐까 의심했다. 하지만 그랬다면 메리가 그의 팔에 우연히 손이 스친 척하느라 그렇게 애를 쓸 리가 없었다. 그렇게 간절히 서로를 쓰다듬는 부부는 본 적 없었다. 그럴 필요가 없었으니까.

이런 생각을 하는데, 메리가 바위 위에서 걸음을 멈추고 아래를 내려다봤다. 내가 수백 번 지켜본 모습이었다. 나는 그 애가 뭔가를 발견했음을 곧바로 알았다.

버치 대령이 몇 발자국 걸어가더니 멈추고 돌아왔다. "뭐지요, 메리? 뭘 봤어요?"

메리는 망설였다. 내가 보고 있다는 걸 알았다면, 그다음 말을 하지 않았을 것이다. "아뇨, 대령님." 메리가 말했다. "아무것도 아니에요. 전 그저…" 메리는 망치를 놓쳤고, 그것은 툭 소리를 내며 떨어졌다. "죄송해요. 조금 어지럽네요. 햇볕 때문일 거예요. 망치 좀 집어주시겠어요?"

"기꺼이." 버치 대령이 그것을 집으려고 허리를 숙이다가 우뚝 멈추고 무릎을 꿇었다. 그는 메리의 표정을 읽으려는 듯 고개를 들었다.

"뭘 찾았나요, 대령님?"

"그런 것 같아요, 메리!"

"등 척추골이죠, 그렇죠? 보세요, 길이를 재면 대령님이 찾은 동물이 얼마나 긴지 알 수 있을 거예요. 반지름이 1.5인치 정도니까 이 동물은 길이가 8피트쯤 될 거예요. 바위에 다른 부분이 있는지 살펴보세요. 자, 제 망치를 쓰세요."

메리는 익티오사우루스를 그에게 줬고, 그도 그 사실을 알고 있었다. 나는 역겨워서 돌아섰다. 그들이 바위에서 그 동물의 윤곽선을 신이 나서 확인하는 동안 나는 그저 할 일이 필요해 아무 돌이나 깨뜨리고 있었다. 그러고 있으니 그들이 와서 버치 대령이 찾은 것을 보라고 했다. 살짝 보기만 해도 아까웠다. 메리가 발견한 것 중 가장 좋은 상태의 익티오사우루스였기 때문이다. 그리고 그것이 대자연에 파묻힌 모습은 언제나 인상 깊다. 하지만 나는 점잖게 축하 인사를 건네야 했다. "잘하셨네요, 버치 대령님. 멋진 수집품을 추가할 수 있게 되셨네요." 나는 살짝 비꼬는 투로 말하려 했지만 그들 둘 다 알아차리지 못했다. 버치 대령이 메리를 품에 안고 회관 무도회라도 간 것처럼 그 아이를 빙빙 돌리고 있었기 때문이다.

그다음 2주 동안 그들은 데이 형제에게 익티오사우루스를 파내게 하고 작업장으로 가져가 닦았다. 메리는 섬세한 작업으로 화석을 보기 좋게 만들었다. 눈이 충혈되도록 열심히 일했다. 나는 버치 대령과 좁은 작업장에 함께 있기 싫어 메리가 준비 작업을 하는 동안에는 부러 찾아가지 않았다. 사실, 나는 최대한 그를 피했다. 하지만 뜻대로 되지 않았다.

어느 날 오후, 마거릿이 회관에서 카드 게임을 하자고 졸랐다. 나는 그곳에 가길 좋아하지 않았는데, 젊은 아가씨와 구애하는 남자들, 그 과정을 지켜보는 어머니들로 북적이는 곳이었기 때문이다. 내가 라임에서 사귄 친구라고는 헨리 드 라 비치나 카펜터 박사 부부처럼 지적인 사람들뿐이었다. 우리는 보통 회관보다는 서로의 집에서 만났다. 하지만 마거릿은 동행을 원했고, 내게 같이 가자며 졸라 댔다.

게임 도중 버치 대령이 들어왔다. 나는 그를 곧바로 알아봤고 그도 마찬가지였다. 미처 시선을 피하기도 전에 눈이 마주쳤고, 그가 내게로 다가왔다. 카드 게임 때문에 꼼짝할 수 없는 상황이었으므로 나는 그의 인사를 최대한 무표정하게 받았다. 그렇다고 그가 내 곁에 서서 구경꾼들과 잡담하는 걸 막지는 못 했다. 카드 게임을 하던 이들은 재미있다는 듯 나를 봤고 나는 지기 시작했다. 안 되겠다 싶어 두통을 핑계로 최대한 빨리 자리에서 일어났다. 버치 대령이 내 자리에 앉길 바랐으나 그는 나를 따라 큰 창가로 왔고, 그렇게 우리 둘은 나란히 바다를 내다보는 꼴이 되었다. 배 한 척이 코브의 부두께로 지나갔다.

"저게 유니티호입니다." 버치 대령이 말했다. "내일 저 배에 익티오사우루스를 실어 런던에 보낼 겁니다."

대화를 하기 싫어도 어쩔 수 없었다. "그럼 메리가 표본 준비 작업을 마쳤나요?"

"액자에 넣었고, 오늘 오후에 주위에 석고를 발라 마무리했습니다. 좀 이따 마르면 메리가 포장할 겁니다."

"대령님은 유니티호로 돌아가지 않으세요?" 그가 머물기를 원하는지 떠나기를 원하는지 알 수 없었지만, 궁금했다.

"저는 마차로 출발해 우선 바스와 옥스퍼드부터 들러 친구들을 만날 겁니다."

"원하는 걸 얻으셨으니 여기 계속 있을 이유가 없겠죠." 아무리 애써도 목소리가 떨렸다. 보물을 확보하자마자 서둘러 떠나다니… 고상하지 못하다는 말은 덧붙이지 않았다. 대신 나는 창문 아래로 철썩이는 파도만 바라봤다. 밀물 때였다. 버치 대령의 시선이 느껴졌지만 고개를 돌려 마주 보지 않았다. 뺨이 달아올랐다.

"우리 대화가 참 즐거웠습니다, 필폿 씨." 그가 말했다. "그리울 거예요."

그때 나는 돌아서서 그를 똑바로 봤다.

"오늘 당신 눈이 참 어둡군요." 그가 덧붙였다. "어둡고 정직해요."

"이제 집에 갈 거예요." 나는 그가 묻기라도 한 듯 그렇게 대답했다. 그러고는 이렇게 덧붙였다. "아뇨. 따라오지 마세요, 버치 대령님. 그건 원하지 않아요." 나는 돌아섰다. 그곳에 모인 모두가 우릴 보는 것 같았다. 나는 동생을 데리러 갔고 그가 따라오지 않아서 진심으로 마음이 놓였다.

버치 대령이 떠난 뒤 몇 달 동안, 애닝 가족은 정말 힘든 시기를 보냈다. 아마 리처드 애닝의 사망 직후보다도 더. 그때는 적어도 사람들이 불쌍히 여겨 주기라도 했으니까. 하지만 이번엔 달랐다. 사람들은 애닝 가족의 자업자득이라고 여겼다.

버치 대령이 메리의 평판에 얼마나 큰 흠집을 냈는지 처음 제대로 안 것은 그로부터 얼마 뒤, 사람들의 말을 직접 듣고서였다. 어느 날 베시가 빵집 들르기를 잊은 통에—그러나 다시 언덕을 내려가기는 싫다며 툴툴댔다—나는 빵집에 직접 가야만 했다. 들어가니 제빵사의 아내—메리의 먼 친척으로, 같은 애닝 집안 사람이었다—가 손님에게 이렇게 말했다. "그 애는 그 신사랑 날마다 해변에 나갔어요. 몸을 맡긴 거죠." 여자는 천박하게 웃었지만 날 보더니 표정이 바뀌었다. 구체적으로 이름을 거론한 건 아니었지만 그 이야기가 누굴 가리키는지 알 수 있었다. 그렇게 남을 옹졸하게 비판하다니… 그녀는 나를 보며 되레 꾸짖으려면 꾸짖어 보라는 듯 턱을 치켜들고 있었다.

나는 반박하지 않았다. 홍수를 막으려는 짓이나 다름없었으니까.

대신 나는 빵 한 덩이를 가리키고 눈썹을 치켜뜬 뒤 카랑카랑하게 말했다. "오늘은 묵은 빵은 필요 없네요. 그거라도 필요하게 되면 오겠어요." 하지만 만족스러운 건 잠시였다. 라임에 제빵사는 사이먼 애닝뿐이었고 베시가 구운 돌덩어리 같은 빵이 아닌 먹을 수 있는 빵을 구하려면 그 아내에게서 사야 했기 때문이다. 결과적으로 내 말은 힘도 없고 시시했으며 메리에게 도움도 못 됐다. 나는 얼굴이 붉어져 가게에서 나왔고 뒤에서 들려오는 웃음소리에 기분이 더 상했다. 언제나 돼야 내 의사를 부끄럽지 않게 당당히 말할 수 있을까 싶었다.

몰리와 조지프가 겨우내 묽은 스프와 미지근한 불 같은 물질적 어려움에 고통받고 있었다면, 메리는 자신이 얼마나 굶고 있는지, 손이 얼마나 얼었는지 알지 못했다. 마음이 괴로웠으니까.

메리는 여전히 몰리 코티지에 왔지만 내가 아닌 마거릿을 만났다. 마거릿은 루이스 언니와 나와는 달리 메리에게 공감해 줬기 때문이다. 우리는 메리와 마거릿처럼 남자를 잃은 적이 없었고 천성적으로 감정을 숨기지 못했다. 그렇다고 그 시점에 메리가 버치 대령을 잃었다고 생각한 건 아니었다. 오랫동안 메리는 희망을 품고서 여름 내내 함께해 준 그를 그리워할 뿐이었다. 메리는 그를 알고 인정하는 사람, 적어도 나처럼 그의 인품을 신랄하게 비판하지 않는 사람과 그 사람 이야기를 하고 싶어 했다. 마거릿은 버치 대령을 회관에서 서너 번 만나 카드 게임을 했고 춤도 두 번이나 췄다. 식탁에서 화석 작업을 하는 동안 옆방에서 메리가 마거릿에게 그때 춤을 어떻게 췄는지, 버치 대령의 옷차림과 동작, 손길이 어땠는지, 춤을 추면서 어떤 잡담을 나눴는지 자꾸 묻는 소리가 들려왔다. 그리고 메리는 카드 게임도 궁금해했다. 무슨 게임을 했는지, 그가 이겼는지 졌는지, 무슨 말을 했는지를. 물론 마거릿은 그런 자세한 것들은 그다지 기억하지 못했다. 그의 허영심과 자신감은 마거릿조차도 견디기 힘들었던 것이다. 그러나 마거릿은 메리를 위해 자신의 흐릿한 기억에 이런저런 사항을 지어내 덧붙였다. 메리는 그 모든 사항을 듣고, 저장하고, 나중에 다시 새겼다.

나는 마거릿에게 그만두라고 말하고 싶었다. 다른 사람과 춘 춤과 무심한 카드 게임을 곱씹는 여자가 가여웠다. 어쩐지 메리가 회관 바깥에서 차가운 유리창에 얼굴을 대고 그 안에서 춤추는 사람들을 지켜보는 모습이 떠올랐다. 물론 그런 모습을 실제로 본 적은 없지만 봤다고 해도 놀라지 않았을 것이다. 아무튼 간에 그때 마거릿은 메리에게 작은 위안을 주었다. 마거릿이 메리에게 내가 회관에서 버치 대령과 잠시 이야기를 나눴다는 말을 하지 않은 것도 고마웠다. 그랬다면 메리는 그날 오후의 세세한 일들을 내게 듣길 원했을 테니까.

메리가 먼저 연락을 취하는 건 적절치 못했으므로, 나와 그들 가족 모두 버치 대령이 소식을 보내기를 바라며 기다렸다. 메리와 몰리 애닝은 이따금 편지를 받았다. 윌리엄 버클랜드가 표본 소식을 묻거나 헨리 드 라 비치가 어디에 있는지 알려 왔고, 다른 수집가들도 원하는 게 있으면 편지를 보냈다. 몰리는 메리가 처음 찾은 익티오사우루스를 윌리엄 불럭으로부터 사들이고 다른 화석도 사려는 영국 박물관의 찰스 코니그와도 연락을 취했다. 이런 편지가 계속 도착했지만, 그중 버치 대령의 과감한 글씨체는 보이지 않았다. 나는 그의 서체를 알고 있었다.

그러니 내가 어떻게 라임을 떠난 지 한 달 만에 그가 처음으로 연락을 취한 상대가 나라는 말을 할 수 있었겠는가. 물론 사랑을 고백하는 편지는 아니었지만, 그걸 여는 내 손은 떨렸다. 그는 수집품에 귀한 화석 물고기를 더하고 싶으니 내가 영국 박물관에 기증한 것과 같은 다페디움 표본을 찾아 줄 수 있는지 물었다. 나는 마거릿과 루이스 언니에게 그 내용을 읽어 줬다. "뻔뻔하긴!" 내가 외쳤다. "내 물고기를 경멸할 때는 언제고 이제 와서 구해 달라니, 그것도 그렇게 찾기 어려운 걸!" 화를 내긴 했지만 버치 대령이 내 물고기를 갖고 싶어 할 정도로 가치를 알게 된 것이 내심 기쁘기도 했다.

그래도 나는 그 편지를 난롯불에 던지려고 했다. "그러지 마." 마거릿이 편지에 손을 뻗으며 나를 말렸다. "메리에 대해선 아무 말도 없어? 추신이나 메리의 안부를 묻는 사인 같은 거라도…." 마거릿 역시 편지를 살폈지만 아무것도 찾지 못했다. "보관해 두면 적어도 사는 곳은 알 수 있잖아." 마거릿은 그렇게 말하며 주소를 읽었다. 첼시의 어느 거리였다. 분명 내가 편지를 태울까 봐 암기했을 것이다.

"알았어. 놔둘게." 내가 약속했다. "하지만 답장은 안 해. 답장받을 가치가 없는 사람이야. 그리고 내 물고기엔 손도 못 댈 거야!"

메리에게는 이 일을 알리지 않았다. 그랬다면 그 애는 충격에 빠졌을 것이다. 메리처럼 강한 사람이 그렇게 마음이 약해질 줄 몰랐다. 하지만 우리는 모두 그런 때가 있다. 이따금 여려지는 때가. 그래서 메리는 계속 기다리고, 이야기하고, 마거릿에게 버치 대령이 회관에서 어떻게 행동했는지 묻고, 마거릿은 거짓말하기가 괴로워도 대답해 줬다. 그러나 메리의 뺨에서는 서서히 화색이 사라졌고, 반짝이던 눈빛 역시 흐릿해졌으며 어깨는 전처럼 굽고 턱은 뾰족해졌다. 그 애가 그토록 어린 나이에 우리 독신녀 대열에 합류하다니, 나는 울고 싶었다.

어느 화창한 겨울날, 실버 스트리트에 놀라운 손님이 찾아왔다. 나는 추운 계절에도 정원 가꾸기가 그리워 일거리를 찾아 헤매던 루이스 언니와 함께 정원에 나가 있었다. 우리는 잠든 식물 주위에 거름을 뿌리고, 심어 둔 구근을 확인하고, 정원에 떨어진 낙엽을 치우고 계속 자라는 장미 덤불을 정리했다. 추위는 예전처럼 싫지 않았고, 그마저도 볕이 나자 놀랍도록 따뜻해졌다. 나는 골든 캡 쪽 풍경을 그린 수채화를 마무리하고 있었다. 몇 달 전에 시작한 그림이었지만, 완곡한 겨울 햇빛이 어딘가 부족한 듯한 그 그림에 마법 같은 느낌을 더해 줄까 싶어 다시 꺼냈다.

구름에 노란색을 덧칠하는데 베시가 나타났다. "누가 만나자는데요." 베시가 옆으로 살짝 비켜서자 몰리 애닝이 보였다. 그 오랜 세월 라임에 살면서도 실버 스트리트로 올라온 적 없는 사람이었다.

베시의 경멸이 마음에 걸렸다. 내가 애닝 가족과 친하게 지내는데도 베시는 늘 라임 사람들의 시각을 쉽게 받아들였다. 메리를 잘 알아 나름의 판단을 내릴 수 있는데도 그랬다. 나는 괘씸한 마음이 들어 부러 이렇게 말해 베시를 벌줬다. "베시, 애닝 부인과 언니가 앉을 의자를 가져오고 우리 모두 마실 차를 차려 줘. 몰리, 밖에 앉아도 괜찮지요? 볕이 나니 따스하네요."

몰리 애닝은 어깨를 으쓱였다. 햇볕을 쬐며 앉는 것에서 즐거움을 느끼는 사람은 아니었지만, 남이 하는 걸 막을 사람도 아니었다.

베시는 자신보다 지위가 낮다고 여기는 사람의 차 시중을 드는 것이 싫은지 문에서 어정거렸다. 나는 그런 베시에게 눈썹을 치켜뜨며 말했다. "어서, 베시. 부탁한 대로 해 줘."

베시가 앓는 소리를 내며 안으로 들어가자 루이스 언니의 웃음소리가 들렸다. 베시가 짜증을 내면 언니와 동생은 재미있어 했지만 나는 베시가 우리 집 일을 그만둘까 봐 여전히 초조했다. 축 처진 어깨를 보면 종종 그런 생각이 들었다. 그렇게 오래 살았는데도 베시는 여전히 라임으로 이사한 것이 큰 실수라고 했다. 베시에게 내가 애닝 가족과 어울리는 것은 라임의 무질서와 부정을 대변했다. 베시의 사회적 기준은 여전히 런던에 맞추어져 있었다.

나는 하인을 잃는 것만 아니면 개의치 않았다. 루이스 언니도 마찬가지였다. 마거릿은 이곳에서 가장 전형적인 삶을 살고 있었다. 여전히 이따금 회관에 나가거나 라임의 좋은 집안 사람들과 사귀고 빈민을 위한 자선 활동도 했다. 마거릿은 내 튼 손에 바르라고 만든 연고를 가지고 다니면서 필요로 하는 사람 누구에게나 나눠 줬다.

나는 의자를 가리켰다. "앉으세요, 몰리. 베시가 또 가져올 거예요."

몰리는 내가 서 있는데 자기만 앉는 것이 불편한지 고개를 저었다. "기다릴게요." 그녀는 우리가 애닝 가족을 손님으로 받으면 안 된다는 베시의 판단을 이해하는 듯했다. 사실, 몰리는 베시에게 동의하는지도 몰랐다. 언덕을 오르기 싫어서가 아니라, 그런 이유 때문에 그동안 몰리 코티지에 찾아오지 않았을지도 모른다. 그러다 몰리의 시선이 내 수채화에 닿았고, 나는 부끄러워졌다. 썩 훌륭하지 않은 그림 때문이 아니라 그녀에게 내 취미 활동을 보였기 때문이었다. 아침 일찍부터 밤늦게까지, 하루 종일 힘겨운 노동에 시달리는 몰리의 눈에 내 취미 활동이 어떻게 보일지, 시시하고도 복에 겨운 팔자라고 생각하지는 않을지 눈치가 보였다. 실제로 그런 생각을 했는지 안 했는지는 모르겠으나, 어느새 그녀는 루이스 언니가 하던 일을 살피러 갔다. 그건 적어도 덜 시시한 짓이었으니까. 그래도 큰 차이는 없었다. 장미는 정원을 장식하고 꿀벌의 먹이가 되는 것 말고는 딱히 효용성이 없다. 아마 언니도 나와 비슷하게 느낀 모양이다. 언니는 서둘러 덤불 정리를 마치고 칼을 내려놓았다. "베시를 도와서 쟁반을 가져올게." 언니가 말했다.

막상 의자를 더 가져오고 작은 식탁과 쟁반이 준비되자—베시는 내내 못마땅해 한숨을 쉬었다—밖에서 차를 마시자고 한 것이 후회되기 시작했다. 괜한 법석 같았다. 그리고 우리가 바깥에 자리를 잡고 앉자 해가 구름 뒤로 숨으면서 곧 쌀쌀해졌다. 바보가 된 기분이었지만 옮겨 온 가구와 차를 가지고 다시 들어가자고 하면 분위기가 더 이상해질 것 같았다. 나는 몸을 덥히기 위해 숄과 찻잔을 꼭 붙들었다.

찻잔과 접시, 의자와 숄이 오가도 몰리는 아무 말 없이 가만히 앉아 있었다. 나는 날씨가 유난히 온화하다든지, 윌리엄 버클랜드가 몇 주 뒤 찾아온다고 편지를 썼다는 등의 이야기를 했으며, 마거릿은 수유하느라 가슴에 상처가 난 아기 엄마에게 연고를 가져다주러 갔다고 떠들어 댔다. "그 연고, 잘 들어요." 몰리가 한 말은 그것뿐이었다.

어떻게 지내는지 묻자 몰리는 그제서야 우리를 찾아온 이유를 밝혔다. "메리가 이상해요. 대령이 떠난 뒤로 상태가 좋지 않아요. 그걸 고치게 도와주세요."

"무슨 말이에요?"

"제가 대령을 착각했어요. 착각인 줄 알면서도 그러고 말았네요."

"오, 설마…."

"메리가 여름 내내 대령과 일하면서 좋은 악어와 온갖 화석을 찾아 줬지만, 돈은 한 푼도 받지 않았어요. 저도 돈을 달라고 하지 않았어요. 끝에 가면 뭔가 주겠지 했거든요."

나는 버치 대령과 애닝 가족 사이에 돈거래가 없는 것 같다고 의심했지만, 그제야 확실히 알 수 있었다. 그가 그렇게 몰염치한 것에 화가 나 숄 끝을 비틀었다.

"결국 그런 건 없었어요." 몰리 애닝이 이어서 말했다. "악어랑 화석을 가지고 가 버리곤 메리에게 준 건 목걸이 하나뿐이었어요." 그 목걸이는 나도 잘 알았다. 메리는 옷 속에 그걸 걸고 다녔고, 마거릿과 만나 버치 대령 이야기를 할 때마다 끄집어내 보였다. 그의 무성한 머리카락이 몇 가닥 들어 있었다.

몰리는 맥주를 마시듯 차를 후룩 마셨다. "그렇게 가서는 편지 한 통 없어요. 참다못해 제가 편지를 썼어요. 그래서 도움이 필요해요." 몰리는 낡은 외투—아마 리처드의 옷이었을 것이다—주머니에 손을 넣어 편지 한 통을 꺼냈다. "쓰긴 했는데, 이렇게 보내면 대령에게 잘 도착할지 모르겠어요. 라임 같은 곳이라면 괜찮겠지만 런던은 훨씬 크잖아요. 그 사람 어디 사는지 아세요?" 몰리가 내 손에 편지를 쥐어 주었다. "토머스 버치 대령, 런던"이라고 봉투에 적혀 있었다.

"편지에 뭐라고 썼어요?"

"메리의 도움에 대한 대가로 돈을 요구했어요."

"혹시, 결혼 이야기는 안 했어요?"

몰리가 눈살을 찌푸렸다. "뭐 하러요? 전 바보가 아니에요. 게다가 그건 제가 아니라 그 사람이 말해야죠. 목걸이라니 뭔가 싶긴 했지만, 편지가 안 오니…." 몰리는 결혼 같은 어리석은 생각은 하지도 않았다는 듯 고개를 젓더니 도움에 대한 대가 지불이라는 안전한 화제로 돌아갔다. "그 사람은 메리가 화석을 찾으러 다니는 데 쓴 시간뿐 아니라 손실에 대해서도 돈을 내야 해요. 그것도 의논하러 왔어요, 필폿 씨. 메리가 화석을 찾으러 나가지 않아요. 이번 여름에 그 애가 찾은 걸 전부 대령에게 준 걸로도 힘들었어요. 하지만 그 사람이 떠난 후로 아이가 아무것도 찾질 않고 있어요. 아, 해변에는 날마다 나가지만 화석은 갖고 오지 않아요. 왜 안 갖고 오는지 물어보면 찾을 게 없대요. 함께 몇 번 나가 보면, 그 애에게서 뭔가 변한 게 보여요."

나 역시 메리와 함께 나갔을 때 그런 느낌을 받았다. 메리는 집중하지 못하는 것 같았다. 고개를 들어 보면 그 애 눈길은 수평선 너머나 골든 캡의 윤곽선, 그도 아니면 멀리 포틀랜드섬을 좇고 있었다. 그 애 마음이 화석이 아닌 버치 대령에게 가 있음을 알 수 있었다. 왜 그러냐고 물어도 메리는 이렇게만 답했다. "오늘은 잘 안 보이네요." 이유를 알 것 같았다. 메리에게 해변의 뼈보다 더 관심 가는 대상이 생긴 것이다.

"어떻게 해야 메리가 다시 화석을 찾을까요, 필폿 씨?" 몰리가 낡은 치마를 쓰다듬어 주름을 펴면서 물었다. "그걸 물어보러 왔어요. 그리고 버치 대령에게 편지 보낼 방법도 물어보고요. 제가 편지를 써서 그 사람이 돈을 보내면 메리의 기분이 좀 나아질 것 같아요. 다시 바닷가에 나가 화석을 찾을지도 모르고요." 몰리가 잠시 말을 멈추더니 이내 이어서 말했다. "지난 몇 년 동안 돈 달라는 편지를 참 많이도 썼어요. 영국 박물관에서는 돈 주는 데 시간이 오래 걸렸거든요. 하지만 버치 대령 같은 신사에게 편지를 써야 할 줄은 몰랐네요." 몰리는 잔을 들더니 남은 차를 꿀꺽 마셨다. 대령의 손 키스에 깜빡 속아 넘어간 자신을 저주하는 듯했다.

"편지를 저희에게 맡기시고, 저희가 런던에 보내 드리면 어떨까요?" 루이스 언니가 제안했다.

나뿐만 아니라 몰리까지, 언니의 깔끔한 해결에 감사했다. 몰리는 편지를 목적지에 보내는 책임에서 벗어났고, 나는 버치 대령이 내게 편지를 썼다는 사실을 밝히지 않고 이 일을 해결할 가닥을 잡았다.

나는 이렇게 덧붙였다. "제가 신경 써서 메리를 데리고 화석을 찾으러 나갈 테니 걱정 말아요. 잘 지켜보며 다독일게요." 그러고는 속으로 생각했다. 그 애가 그때까지도 정신을 못 차린다면 내가 찾은 화석을 그 애 바구니에 넣겠다고.

"메리에게 편지 이야기는 언급 마세요." 몰리가 외투를 입으며 말했다.

"물론이죠."

몰리는 검은 눈으로 내 얼굴을 살피며 말했다. "필폿 자매들을 잘 믿지 못했는데, 이젠 믿어요."

몰리가 떠난 뒤—더 이상 편지의 압박감에 짓눌리지 않게 되어 마음이 가벼워졌다—나는 루이스 언니에게 물었다. "어떻게 하지?"

"마거릿을 기다려." 언니의 대답이었다.

그날 저녁 동생이 돌아오자 우리는 난롯가에 모여 앉아 몰리의 편지를 놓고 의논했다. 마거릿은 물 만난 고기 같았다. 지금 이 상황은 그 애가 좋아하는 제인 오스틴의 소설에나 나올 법한 그림이었으니까. 마거릿은 오래전 우리가 라임에 처음 찾아온 때에 회관에서 오스틴을 봤다고 했다. 작가의 작품 중 라임 레지스가 나오는 작품도 있다는 걸 알고 있음에도, 나는 평소 소설은 읽지 않았고 읽으라는 설득도 듣지 않았다. 인생은 소설보다 훨씬 엉망이고, 또 소설 속 여주인공이라고 해서 딱 어울리는 상대와 결혼하는 식의 깔끔한 결말을 맞는 것도 아니다. 우리 필폿 자매야말로 그렇게 너덜너덜한 삶을 그대로 보여 주는 존재였다. 굳이 이를 소설로까지 챙겨 읽으며 내가 놓친 것을 곱씹을 필요는 없었다.

마거릿이 양손으로 편지를 들었다. "뭐라고 적혀 있지? 정말 돈 이야기뿐일까?" 마거릿은 편지가 마법처럼 열려 내용을 드러내기라도 할 것처럼 이리저리 뒤집었다.

"평소 몰리 성정이라면 다른 내용을 쓰느라 쓸데없이 시간을 낭비하지는 않았을 거야." 동생이 결혼 이야기를 생각하는 줄 알고 내가 말했다. "우리에게 거짓말도 안 했을 거고."

마거릿은 버치 대령의 이름을 손가락으로 어루만졌다. "그래도 버치 대령은 편지의 내용을 꼭 봐야 해. 그래야 자기가 뭘 두고 떠났는지 기억해 내지."

"내가 자기 편지를 받고 답장 안 했다는 사실을 기억할 거야. 주소를 기입하면 내가 관여한 걸 알게 될 테니까. 라임에서 그 사람 주소를 아는 사람은 아무도 없는걸."

마거릿이 인상을 썼다. "언니, 이건 언니가 아니라 메리를 위한 일이야. 언니는 대령이 이 편지를 받는 게 싫어? 아니면 그가 메리의 상황을 전혀 모르고 사는 게 좋아? 양쪽에게 가장 좋은 방법을 원하지 않아?"

"너 꼭 그 작가가 쓴 소설에 나오는 사람처럼 말한다." 나는 마거릿에게 쏘아붙이다가 버클랜드 씨가 보낸 《지질학회 저널Geological Society Journal》을 쥐고 마음을 진정시키기 위해 심호흡을 했다. "버치 대령은 정직한 사람이 아니라고 믿어. 그 편지를 보내 봐야 몰리의 기대만 높아질 뿐이지."

"언니랑 루이스 언니가 그 편지를 받아서 보내겠다고 했으니 이미 그렇게 된 거지!"

"맞아. 그리고 그러겠다고 한 게 후회돼. 소득도 없을, 굴욕적인 애원을 하는 데 가담하고 싶지 않아." 내 주장은 자꾸 흔들리고 있었다.

마거릿이 나를 향해 편지를 흔들었다. "언니는 메리가 그 사람에게 관심받는 걸 질투하지."

"아니야!" 내가 너무 날카롭게 말한 나머지 마거릿은 고개를 숙였다. "말도 안 되는 소리." 나는 흥분을 누그러뜨리려고 덧붙였다.

긴 침묵이 흘렀다. 마거릿은 편지를 내려놓고 내 손을 잡았다. "언니, 메리가 언니가 얻지 못한 것을 얻는 걸 막아선 안 돼."

나는 손을 빼냈다. "그런 이유로 반대하는 게 아니야."

"그럼 왜 반대해?"

나는 한숨을 쉬었다. "메리는 젊은 노동자계급의 여성이야. 우리랑 교회가 가르친 것 말고는 배운 것도 없고, 가난한 집안 출신이지. 버치 대령은 토지와 문장紋章을 가진 저명한 요크서 가문 출신이고. 그 사람은 메리와의 결혼을 진지하게 생각하지도 않을 거야. 너도 그건 알잖니. 몰리도 알고. 그래서 돈 이야기만 쓴 거야. 메리도 말은 안 해도 알 거야. 너만 그 애를 부추기고 있지. 대령은 수집품을 공짜로 모으려고 그 애를 이용했어. 그게 전부야. 더 심한 일을 당하지 않은 게 다행이지. 돈을 요구하거나, 다시 연락을 취하는 건 애닝 가족의 괴로움만 더할 뿐이야. 너나 메리의 낭만적인 상상을 만족시키기 위해서 그럴 순 없어."

마거릿이 날 쏘아봤다.

"네가 좋아하는 오스틴도 자기 소설에서 그런 결혼은 성사시키지 않을걸." 내가 말했다. "소설에서 일어날 수 없는 일이라면, 현실에선 더더욱 일어날 리가 없지."

나는 이렇게 말하며 스스로를 이해시켰다. 마거릿은 얼굴을 일그러뜨리더니 울기 시작했다. 루이스 언니가 동생을 보듬어 줬지만 아무 말도 하지 않았다. 언니 역시 내 말이 옳다는 걸 알았으므로. 마거릿이 소설에 집착한 까닭은 그것들이 메리가—그리고 자신이—아직 결혼할 가능성이 있다는 희망을 내비쳤기 때문이다. 나라고 경험이 많은 건 아니지만, 이제 적어도 그런 일이 일어나지 않는다는 건 안다. 가슴 아프지만, 진실은 본래 그런 법이다.

"너무해." 마거릿이 흐느낌을 가라앉히고 나서 다시 말했다. "대령은 메리에게 그런 관심을 주지 말았어야지. 그 애랑 그렇게 시간을 보내고, 칭찬하고, 목걸이를 주고, 키스하고…"

"키스를 했어?" 나 자신에게조차 감추고 싶었던 질투심이 불쑥 치솟았다.

마거릿은 잘못을 깨달은 표정을 지었다. "말하면 안 돼! 아무에게도 말하면 안 되는 일이야! 제발 아무 말도 하지 마. 메리가 내게 말한 건… 누군가와 그런 이야기를 하면 너무 좋으니까. 그 순간을 다시 경험하는 것 같잖아." 마거릿은 입을 다물었다. 분명 자신이 한 키스를 떠올렸을 것이다.

"나도 알고 싶지 않았어." 나는 목소리에 살기를 드러내지 않으려

애쓰며 말했다.

그날 밤 잠을 설쳤다. 나는 누군가의 삶을 좌지우지하는 힘에 익숙하지 않았고, 남자들이 으레 그러는 것처럼 그 부담을 쉽게 감당할 수 없었다.

이튿날 편지를 쿰 스트리트에 가져가서 부치기 전, 버치 대령의 주소를 적었다. 버치 대령과 메리를 엮어서 좋을 게 없다고 마거릿과 다투긴 했지만, 나는 내가 마치 신이라도 된 것처럼 굴 수 없었고 몰리가 원하는 대로 편지를 보내야 했다.

우체국 직원은 편지—아마도 편지봉투에 적힌 주소와 수신자를 보았을 것이다—를 보고는 나를 향해 눈썹을 치켜떴고, 나는 무슨 말을 듣기 전에 돌아서야 했다. 그날 오후 필사적인 필폿이 버치 대령에게 구차하게 편지를 보냈다는 소문이 시내 전체에 퍼졌을 것이다.

애닝 가족은 답장을 기다렸지만 편지는 오지 않았다.

그것으로 버치 대령과의 일이 끝나 그를 다시 만나지 않기를 바랐다. 그는 화석을 얻었고—내가 보내지 않은 다페디움만 빼고—이제 곤충이나 광석 등 다른 수집 유행을 따르면 됐다. 버치 대령 같은 신사들은 그렇게 사니까.

런던에서 그와 마주치게 될 줄은 꿈에도 몰랐다. 몰리의 말대로, 런던은 라임이 아니니까. 라임 주민이 2천이라면 런던에는 100만이 살았고 나는 루이스 언니가 매년 찾는 피직 가든Physic Garden (런던 첼시 지역에 위치한 약용식물원—옮긴이)에 동행할 때가 아니면 그가 사는 첼시에 갈 일이 없었다. 그 후로 일어난 일이 마치 썰물마냥 그렇게 다른 조약돌을 나란히 놓아 줄 거라고는 예상하지 못했다.

우리는 라임을 잠시 벗어나 가족을 만나고 친구들 집과 상점, 미술관과 극장을 찾고자 매해 런던에 갔다. 날씨가 좋지 않으면 주로 오빠 집에서 가까운 영국 박물관에 갔다. 어릴 적부터 자주 찾던 그곳의 전시물이 친밀하게 느껴졌다.

어느 비 오는 날, 우리는 자매는 영국 박물관에 들러 각자 좋아하는 전시를 보러 흩어졌다. 마거릿은 갤러리에서 카메오(돋을새김을 한 작은 장신구-옮긴이)와 보석을 봤고 루이스 언니는 위층에서 메리 딜레이니가 종이를 잘라 만든 식물 화보집을 구경했다. 나는 자연사 전시를 하는 살롱에 있었다. 주로 돌과 암석을 전시했지만, 화석도 네 개의 전시실에 새로 들어왔다. 내가 기부한 물고기 화석 서너 개를 포함해 라임 지역에서 발견된 표본도 상당히 많았다.

메리가 처음 찾은 익티오사우루스도 별도의 긴 유리 상자에 보관된 채 다행히 이번엔 조끼도 외알 안경도 없이 전시되어 있었다. 하지만 꼬리는 여전히 펴진 채였고 헨리 경의 이름이 붙어 있었으며 석고의 흔적도 여기저기 남아 있었다. 나는 이미 그곳을 서너 차례 방문했고 애닝 가족에게 그 새로운 위치를 편지로 알렸다.

바로 그때 버치 대령이 평소처럼 붉은색 옛날 군복을 입고 반대편 문으로 들어왔다. 나보다 조금 더 나이가 많아 보이는 여성의 팔짱을 낀 채 나란히 사이좋게. 수수한 드레스를 보니 남편과 사별한 사람 같았다. 기분 좋은 표정을 계속 짓는 그녀는 그 어떤 부분도 먼저 눈에 띄지 않는 드문 사람이었다.

두 사람이 메리의 익티오사우루스로 다가가는 사이 나는 얼어붙었다. 그들과 가까이 있었지만 등을 돌리고 있어 버치 대령은 나를 알아보지 못했다. 다만 대화는 전부 들었다. 아니, 대령이 한 말을 전부 들었다. 그의 동행은 동의하는 것 말고는 아무 말도 안 했으니까.

"이 뼈가 내 것에 비하면 얼마나 엉망인지 알겠지요?" 그가 말했다. "척추골과 늑골을 한 덩어리로 붙여 놓은 것을? 게다가 얼마나 불완전한지? 봐요, 늑골 저곳과 등뼈를 따라서 석고가 얼마나 변색됐는지 보이죠? 불럭 씨가 채워 놓은 것이지요. 하지만 내 것은 채울 필요가 없었어요. 이것보다 크기는 작지만 뼈 하나 흐트러지지 않은 채로 내가 찾았으니까요."

"대단하시네요." 동행인 여자가 중얼거렸다.

"그리고 이걸 악어라고 생각하다니. 물론 나는 그렇게 생각한 적 없습니다. 다른 동물이라고 늘 생각했고, 내가 직접 찾아낼 거라고도 생각했어요."

"물론 그랬겠죠."

"익티오사우루스는 역사상 가장 중대한 과학적 발견입니다."

"그런가요?"

"우리가 알기로 현재 익티오사우루스는 존재하지 않아요. 오랫동안 존재하지 않았어요. 그렇다면 부인, 학자들은 이제 이 생물이 어떻게 죽어 사라졌는지 알아내야 합니다."

"학자들은 어떻게 생각하죠?"

"노아의 홍수 때 죽었다고 하는 이들도 있습니다. 다른 재앙으로 죽었다는 이들도 있고요. 화산이나 지진 같은 것으로요. 원인이 무엇이든, 이들의 존재는 세상의 나이에 영향을 줍니다. 어서 주교가 정한 6천 년보다 세상은 더 오래되었을지도 모르겠군요."

"그런가요? 흥미롭네요." 버치 대령의 말에 확고하고 정연하던 생각이 흔들린 듯 여자의 목소리가 조금 떨렸다.

"퀴비에가 쓴 재앙의 교리에 대해 읽고 있습니다." 버치 대령은 지치지도 않고 지식을 자랑했다. "퀴비에는 세상이 일련의 무서운 재앙으로 형성되었다고 합니다. 아주 큰 힘이 가해져 산이 생기고 바다가 마르고 생물 종이 죽었다는 식이죠. 그가 이 과정에서 신의 역할을 따로 언급한 건 아니지만, 그 재앙이 체계적이라고, 신께서 피조물을 제어한 거라고 해석하는 이들도 있습니다. 노아의 홍수가 바로 가장 최근의 예시라고 할까요. 그러면 또 다른 재앙이 닥치는 것은 아닐까 궁금해지죠!"

"그렇군요." 여자가 작은 목소리로 말했고, 그 어정쩡한 태도에 나는 이를 악물었다. 짜증 나는 사람이긴 했지만, 버치 대령은 세상에 호기심이 있었다. 내가 그 곁에 있었다면 "그렇군요"보다는 많은 이야기를 했을 것이다.

그들에게 등을 돌리고 버치 대령이 우리의 삶에서 영영 지나가도록 둘 수도 있었다. 그가 그다음 말을 안 했다면 말이다. 그는 자기 자랑을 참지 못했다. "이 표본들을 보니 라임 레지스에서 보낸 지난여름이 생각나는군요. 화석 찾는 실력이 꽤 늘었거든요. 온전한 익티오사우루스뿐 아니라, 이런저런 조각들, 펜타크리나이트까지—일전에 보여 드린 바다나리—기억하시죠?"

"글쎄요."

버치 대령이 껄껄 웃었다. "당연히 기억 못 하시겠죠, 부인. 여자분들은 남자들만큼 그런 것을 눈여겨보지 못하니."

내가 돌아섰다. "메리가 그 말을 들으면 퍽이나 좋아하겠군요! 버치 대령님. 아마 그 아인 대령님 말에 쉽게 동의하지 못할 것 같은데요."

버치 대령은 흠칫했지만 군인 때의 단련이 빛을 발한 건지 놀란 티가 밖으로 드러나진 않았다. "필폿 씨! 여기서 만나다니 놀랍군요. 물론 반갑고요. 지난번 만났을 때 제 익티오사우루스에 대해서 이야기하지 않았던가요? 참, 테일러 부인을 소개해도 될까요? 테일러 부인, 이분은 필폿 씨입니다. 라임에서 지낼 때 만난 분이지요. 화석에 대한 관심을 나누는 분입니다."

테일러 부인과 나는 서로 인사를 했고 부인의 얼굴에서 보기 좋은 표정이 사라지지는 않았지만 이목구비가 싹 변하고 입술이 가늘어지면서 그 주위에 주머니마냥 주름이 졌다.

"아름다운 라임에는 별일 없습니까?" 버치 대령이 물었다. "그곳 주민들은 여전히 날마다 고대의 보물, 예전 시대의 증거를 찾아 바닷가에 나가는지요?"

나는 이 말이 메리의 안부를 시시껄렁한 시적 표현에 감추어 교묘하게 묻는 거라고 판단했다. 하지만 나는 시로 답할 필요가 없었다.

직설적인 산문을 선호하니까. "메리는 지금도 화석을 찾고 있어요. 그걸 질문하신 거라면 말이죠. 메리의 오빠도 화석 찾는 일을 돕고 있어요. 하지만 그 가족, 형편이 어려워요. 몇 달째 값진 것을 찾지 못 했으니까요."

내가 말하는 동안 버치 대령의 눈은 옆 전시실로 들어가는 사람들을 좇고 있었다. 아마 그들과 함께 사라지고 싶었던 모양이다.

"그들은 남을 위해 봉사하고도 수고료를 받지 못했지요. 편지를 받아서 아시겠지만." 나는 목소리에 가시를 더했고, 그러자 테일러 부인의 입술에 실을 당긴 것처럼 주름이 졌다.

바로 그때 마거릿과 루이스 언니가 반대편에서 나를 찾아 들어왔다. 곧 귀가할 시간이었기 때문이다. 그들은 버치 대령을 보더니 우뚝 섰고 마거릿은 창백해졌다.

"애닝 가족에 대해서 좀 더 이야기를 나누고 싶군요, 버치 대령님." 내가 잘라 말했다. 잘난 척하면서 제 손으로 찾지도 않은 화석을 친구에게 자랑하는 모습을 목격한 것도 기분 나빴다. 하지만 무엇보다 여성의 관찰력을 무시한 것—그래서 나와 메리의 그간의 공로를 빼앗는 것—을 보고 나는 마음을 바꿨다. 그를 애닝 가족과 떼어 놓겠다는 본래의 결심을 완전히 뒤집기로 말이다. 그가 그들 가족에게 많은 빚을 진 게 사실이니, 사실대로 말할 생각이었다. 목소리를 높여야 했다.

하지만 미처 그러기도 전에 마거릿이 언니를 이끌고 다가왔다. 테일러 부인과 그들 사이의 소개, 버치 대령과의 인사가 나를 방해했다. 물론 이는 마거릿이 의도한 바였다. 나는 예의 바른 대화가 끝나기를 기다려 다시 말했다. "대령님과 할 이야기가 있습니다."

"할 이야기가 많겠지요." 버치 대령은 어색한 미소를 지으며 대답했다. "언젠가 여러분 모두를 찾아뵙고 싶습니다." 그는 언니와 동생에게 고갯짓했다. "하지만 안타깝게도 곧 요크셔로 가야 합니다."

"그럼 지금 하면 되겠군요, 그렇죠?" 나는 전시실 한쪽, 사람들에게서 떨어진 곳을 가리켰다.

"오, 버치 대령님은⋯" 마거릿이 입을 열었지만 루이스 언니가 테일러 부인의 팔짱을 끼며 이렇게 말해 가로막았다. "정원을 좋아하시나요, 테일러 부인? 그러시다면 딜레이니 부인의 화보집을 꼭 보세요. 황홀하실 겁니다. 함께 가시죠." 루이스 언니는 테일러 부인을 데리고 출구로 향했고 마거릿은 뒤따르며 내게 경고하는 눈짓을 보냈다. 마거릿의 얼굴은 여전히 하얬지만 양 뺨은 붉었다.

그들이 가고 나자 버치 대령과 나는 높은 창문이 비 오는 날의 회색빛을 드리우는 긴 전시실에서 마주 봤다. 그는 더 이상 태연한 척을 하지 않고 염려와 짜증을 드러냈다. "필폿 씨."

"네, 버치 대령님."

"제 수집품에 다페디움을 더해 달라는 편지를 받지 않았습니까?"

"대령님 편지요?" 그 편지 이야기가 나올 줄은 생각지도 못 했다. "네, 받았어요."

"그런데 답장을 쓰지 않았지요?"

나는 눈살을 찌푸렸다. 버치 대령이 내가 의도한 것과는 다른 방향으로 대화를 조종해 외려 내 행동을 비난하려 들었다. 그 비열한 전술에 나는 화가 났고, 대답을 단검처럼 내리꽂았다. "맞아요, 답장 안 했어요. 대령님을 존경하지 않아서. 화석 물고기를 드릴 생각도 없고요. 그런 감정을 군이 글로 써서 보낼 필요가 있었을까요?"

"알겠습니다." 버치 대령은 따귀를 맞은 것처럼 얼굴을 붉혔다. 그 누구도 그의 면전에 존경하지 않는다는 말을 한 적은 없었을 것이다. 사실, 우리 둘에게도 새로운 경험이었다. 그에게는 불쾌한 경험, 내게는 두렵고 짜릿한 경험이었다. 라임에서 산 세월 동안 내 생각과 말이 더 과감해지긴 했지만 누군가에게 그렇게 무모하고 무례하게 군 적은 없었다. 나는 눈을 내리깔고 떨리는 손가락을 가만히 두지 못해 장갑의 단추를 채웠다 풀기를 반복했다. 소호의 가게에서 새로 산 장갑이었다. 연말이 되면 그것 역시 라임의 진흙과 바닷물에 망가질 터였다.

버치 대령은 몸을 가누려는 듯 근처 진열장을 붙잡았다. 안에는 다양한 이매패가 전시되어 있었고, 상황이 달랐다면 대령은 그것을 관찰했을 것이다. 그때 그는 그 화석을 처음 보는 표정으로 보고 있었다.

"대령님이 떠난 뒤," 내가 말을 꺼냈다. "메리는 값진 표본을 하나도 찾지 못했고 그 가족에겐 팔 물건이 거의 없었죠. 메리가 지난여름에 찾은 걸 전부 대령님에게 줬으니까요."

버치 대령이 고개를 들었다. "그건 부당한 말입니다, 필폿 씨. 내 표본은 내가 찾았어요."

"아니에요. 그렇지 않습니다." 그가 내 말을 막기라도 하듯, 나는 손을 들어 저지했다. "턱뼈 조각과 갈비뼈, 상어 이빨과 바다나리를 전부 직접 찾았다고 생각하실지 몰라도, 거기로 안내한 건 메리였어요. 메리가 먼저 발견한 뒤 대령님이 찾도록 인도했죠. 대령님은 화석을 찾지 못해요. 주워 모으고, 수집하는 분이죠. 그 사이엔 분명한 차이가 있어요."

"난…"

"제가 바닷가에서 봤습니다. 대령님과 메리는 그렇게 했어요. 대령님이 익티오사우루스를 발견한 게 아니에요. 메리가 발견한 뒤 그 옆에 망치를 떨어뜨려 대령님이 집어 들다가 표본을 보게 했죠. 저도 그 자리에 있었어요. 제 눈으로 봤죠. 익티오사우루스는 메리 것인데 대령님이 앗아 갔어요. 대령님이 부끄럽습니다."

버치 대령은 내 말을 자르기를 멈추고 고개를 숙이고 입을 내민 채 가만히 있었다.

"아마 메리가 그러는 걸 모르셨던 모양이죠." 내가 좀 더 부드럽게 말했다. "메리는 관대한 사람입니다. 그럴 형편이 안 되는데도 늘 자기 것을 나누죠. 표본값을 치른 게 있나요?"

버치 대령은 처음으로 괴로운 표정을 지었다. "메리가 자기 것이 아니니 가지라고 간곡히 말했어요."

"몇 달 전에 메리 어머니가 편지로 청한 것처럼, 메리의 시간에 돈을 지불하셨어요? 제가 그 편지에 대해 아는 건 주소를 적어 줬기 때문입니다. 놀랍군요, 대령님. 대령님부터 화석 물고기 수집보다 훨씬 더 중요한 사안에 대해 답장을 안 하셨으면서 제가 답장 안 했다고 꾸짖다니 말이에요."

버치 대령은 침묵했다.

"그거 아세요, 버치 대령님? 이번 겨울 애닝 가족이 집세를 내기 위해 식탁과 의자를 팔아야 한다는 걸? 식탁과 의자를 말이에요! 바닥에 앉아서 식사를 해야 할 겁니다."

"난… 난 그렇게 힘든 상황인지 전혀 몰랐습니다."

"제가 메리가 나중에 찾아 줄 물고기 화석값을 미리 줘서 가구를 파는 걸 겨우 말릴 수 있었습니다. 그 돈을 그저 주고 싶었어요. 전 대체로 화석을 사기보다는 직접 찾으니까요. 하지만 애닝 가족은 제게서 돈을 받지 않을 겁니다."

"그들에게 줄 돈이 없어요."

그의 말이 너무나 냉혹해 나는 대답을 생각할 수 없었다. 그리고 우리는 둘 다 침묵했다. 여자 둘이 팔짱을 끼고 전시실로 들어오다가 우리를 보더니 서로 눈짓을 하고 서둘러 나갔다. 연인끼리 다투는 것으로 보였을 것이다.

버치 대령은 유리 진열장을 한 손으로 쓰다듬었다. "왜 내게 편지를 썼습니까, 필폿 씨?"

나는 인상을 쓰며 대답했다. "쓰지 않았어요. 그건 이미 끝난 이야기잖아요."

"메리 일로 편지를 쓰지 않았습니까. 익명의 편지지만 말솜씨가 좋고 메리를 잘 안다고 해서 필폿 씨가 쓴 줄 알았습니다. '양측에게 최선을 바라는 지지자'라고 서명하고 내게 메리와 결혼을 생각해 보라고 하던데."

나는 그를 빤히 봤고, 그가 언급한 말 중 '양측'이라는 표현이 머릿속을 스쳤다. 마거릿이 전시실을 나설 때 얼굴이 붉어진 것과 버치 대령의 주소를 암기한 것, 메리와 함께 대령의 이야기를 나누던 것이 생각났다. 마거릿이 메리를 대신해 대령에게 편지를 쓴 것이다. 돈을 청한 몰리의 편지만으로는 충분하지 않았다. 마거릿은 결혼도 논의하기를 바랐다. 망할 참견쟁이 같으니. 망할 소설들 같으니.

나는 한숨을 쉬었다. "전 그 편지를 쓰지 않았지만 누가 썼는지 알겠어요. 결혼 문제는 제쳐 두죠. 당연히 불가능한 일입니다." 메리를 돕기 위한 기회였으니, 내 뜻을 분명히 밝히려고 했다. "하지만 대령님께선 이걸 아셔야 해요. 당신은 애닝 가족에게서 생계를 빼앗았고, 메리의 평판을 실추시켰음을요. 대령님 때문에 그들은 가구를 팔고 있어요."

버치 대령이 눈살을 찌푸렸다. "내가 어떻게 하면 좋겠습니까, 필폿 씨?"

"메리가 찾은 것을 돌려주세요. 적어도 익티오사우루스는 돌려주세요. 그거면 빚을 갚을 돈은 벌 수 있으니까. 대령님의 형편이 아무리 어려워도 그 정도는 하실 수 있잖아요."

"난 메리를 아주 소중히 여깁니다. 메리를 많이 생각해요."

나는 코웃음을 쳤다. "터무니없는 말씀 마세요." 그의 헛소리를 견딜 수 없었다. "그런 감정은 너무나 부적절합니다."

"그럴지 모르겠군요. 하지만 그녀는 탁월한 젊은 여성입니다."

결국 나는 차마 입이 떨어지지 않았지만 억지로 이렇게 말했다. "대령님과 나이가 비슷한, 같은 계층의 사람을 생각해 보시죠. 누군가…" 우리는 서로를 빤히 봤다.

그 순간 테일러 부인이 언니와 동생에게 쫓기며 전시실 반대편에서 들어왔다. 버치 대령이 구해 주기를 바라는 표정이었다. 부인이 다가와 대령의 팔을 잡는 사이, 나는 속삭이며 대화를 마칠 수밖에 없었다. "명예를 지키는 일을 하셔야 합니다, 버치 대령님."

"다른 곳에 갈 일이 있다고 했죠." 테일러 부인이 드디어 단호히, 입이 눈에 띄도록 말했다. 그 후 그들은 우리와 헤어지며 몬터규 스트리트의 집으로 우리를 만나러 오겠다고 약속했다. 그런 일은 없을 줄 알았지만 그저 고개를 끄덕이고 손을 들어 작별했다.

그들이 가고 나자 마거릿이 울음을 터뜨렸다. "미안해, 미안. 그 편지 쓰지 말았어야 했는데! 부치자마자 후회했어!" 루이스 언니는 무슨 소린가 싶어 나를 봤다. 하지만 나는 언니답게 용서하며 마거릿을 끌어안지 않았다. 그렇게 할 때까지 며칠이 걸렸다. 참견은 벌받을 짓이니까.

영국 박물관을 나서며 나는 내 짐을 버치 대령에게 넘긴 것처럼 마음이 가벼워졌다. 적어도 애닝 가족을 위해 목소리를 높였으니까. 그 일로 어떤 변화가 생길지는 알 수 없었다.

그러나 이내 곧 알게 됐다.

경매 안내를 본 것은 오빠였다. 존 오빠가 어느 날 퇴근하고 우리가 모여 있는 응접실—거리를 내다볼 수 있는 큰 창이 달린 2층의 공간이자, 과한 장식이 특징이다—로 왔다. 라임의 세 자매 이외에도 새언니, 그리고 에식스에서 동생이 찾아와 있었다. 동생은 내 이름을 딴 여덟 살배기 엘리자베스와 세 살배기 프랜시스도 데리고 왔다. 아이들은 사촌들의 애정 공세에 힘들어하는 열한 살의 조니를 쫓아다니거나 난롯불에서 과자를 굽고 있었다. 5월의 저녁은 따뜻했으므로 오로지 그 용도로만 난로를 피웠다. 조니는 과자에 불이 붙을 정도로 가까이 가져갔고 어린 아이들도 따라했다. 과자에 붙은 불을 끄고 위험하고 아깝다며 아이들을 야단치느라 나는 오빠의 표정 변화를 알아차리지 못했다.

"오늘 네가 관심을 가질 만한 내용을 신문에서 봤어." 존 오빠가 이맛살을 찌푸리며 내게 말했다. 오빠가 건넨 신문은 광고 한 칸이 보이도록 접혀 있었다. 훑어보던 나는 얼굴을 붉혔다. 고개를 들자 모두의 시선이 내게 꽂혀 있었다. 조니까지 빤히 보고 있었다. 그렇게 많은 필폿가의 사람들이 관심을 보이면 기가 죽기 마련이다.

"버치 대령이 화석을 파는 모양이네." 나는 목청을 가다듬고 말했다. "다음 주에 이집트 홀에서."

마거릿은 놀란 소리를 냈고 루이스 언니는 나를 동정하는 표정으로 광고를 보려고 신문에 손을 뻗었다.

나는 머릿속으로 그 소식을 곱씹었다. 버치 대령은 우리가 영국 박물관에서 만났을 때 수집품을 팔 것임을 알고 있었나? 테일러 부인에게 익티오사우루스를 자랑하던 모습을 감안하면 그럴 것 같지 않았다. 만일 그런 생각을 했더라면 적어도 그때 내게 말하지 않았을까? 아닌가? 그의 행동이 불만임을 그토록 분명히 밝혔으니, 그로서도 내게 자신의 계획—화석을 현금으로 바꾸려는—을 말하기가 꺼려졌던 걸까? 이러나저러나 메리가 준 모든 표본은 이제 그의 빈 주머니에 들어가게 됐다. 내 말은 아무런 효과가 없었던 것이다. 내 무능이 이렇게까지 분명하게 드러나다니, 분해서 눈물이 났다.

루이스 언니가 신문을 도로 건넸다. "사전 공개 행사가 있네."

"그 근처에는 가지도 않을 거야." 내가 손수건을 꺼내 코를 풀며 말했다. "뭘 파는지 정확히 알아. 가서 확인할 필요도 없어."

하지만 존 오빠와 서재에서 라임 세 자매의 자금 사정을 논의하던 어느 날, 나는 건조하게 숫자 이야기만 하는 오빠에게 대뜸 물었다. "이집트 홀에 같이 가 줄래?" 오빠를 똑바로 보지 않고 애꿎은 앵무조개만 쳐다보며 내가 말했다. 몬머스해변에서 발견해 문진으로 쓰라고 선물한 것이었다. "오빠랑 나만. 여럿이서 가지 말고. 살짝 들어가서 재빨리 보고 나오고 싶을 뿐이야. 다른 사람들은 알 필요 없어. 소란 떨고 싶지 않아."

오빠의 얼굴에 동정의 빛이 스쳐 지나갔지만, 변호사답게 이내 재빨리 무표정을 가장하며 내게 말했다. "내게 맡기렴."

존 오빠가 직접적으로 그곳에 가겠다고는 말한 적 없지만, 나는 오빠를 알았고 적절하게 해결해 주리라 믿었다. 어느 날 저녁 식사 때 오빠는 그 주 주말, 라임 자매들에게 자기 사무소에 와서 서류 정리를 도와달라고 했다.

마거릿이 찡그리며 물었다. "집에 서류를 가져오면 안 돼?"

"동료가 증인이 되어 주어야 해서 사무소에서 해야 해." 존 오빠가 설명했다.

마거릿은 앓는 소리를 냈고 루이스 언니는 생선 조각을 접시 가장 자리로 밀었다. 우리는 모두 법률사무소가 지루하다고 생각했다. 사실, 오빠를 사랑하고 존경하지만 그런 오빠도 가끔은 지루했다. 라임에 산 이후로 더욱 그런 것 같았다. 그곳 사람들은 지루한 경우는 드무니까.

"물론, 모두 올 필요는 없어." 오빠가 내게 시선을 던지며 덧붙였다. "한 명이 대표로 와도 돼."

마거릿과 루이스 언니는 서로를, 그리고 나를 보며 자원자가 나서기를 바랐다. 나는 적당히 기다린 뒤 한숨을 쉬었다. "내가 할게."

오빠가 고개를 끄덕였다. "감사의 표시로 식사를 대접할게. 끝나고 우리 클럽(영국에서 대개 남성만으로 구성된 사교 단체를 지칭하는 표현. 혹은 그런 단체의 회관-옮긴이)에서 밥을 먹자. 목요일이면 될까?"

목요일은 사전 공개 첫날이었고 존 오빠의 클럽은 이집트 홀에서 멀지 않은 몰에 있었다.

목요일. 오빠는 내가 서명할 모종의 문서를 만들어 두기까지 하는 등 거짓말이 들통나지 않도록 꼼꼼히 준비해 놓았다. 클럽에서도 식사는 간단히 마쳤고, 그 덕분에 우리는 제시간에 이집트 홀에 도착할 수 있었다. 여전히 이시스와 오시리스 석상이 입구를 지키는 노란 건

물에 들어서며 나는 몸을 떨었다. 몇 년 전 이곳에 전시된 메리의 익티오사우루스를 본 후, 나는 아무리 흥미로운 전시가 있어도 결코 이곳을 다시 찾지는 않으리라 맹세했었다. 그런데 지금 그 맹세를 깨고 있었다.

버치 대령의 화석은 그곳 작은 전시실에 모여 있었다. 박물관의 소장품처럼 비슷한 표본끼리―펜타크리나이트, 익티오사우루스 조각, 암모나이트 등―모아 놓긴 했지만, 화석은 유리 진열장이 아닌 테이블 위에 놓여 있었다. 온전한 익티오사우루스는 전시장 한가운데에 진열된 채 그 위용을 내뿜었다. 흡사 그 모습은 애닝 작업장에서처럼 숨 막히는 광경이었다.

라임의 화석이 런던에 와 있다는 사실보다―영국 박물관에서 이미 한번 그 현상을 목격했으니까―더 놀라운 것은 그곳에 그토록 많은 사람들이 모여 있다는 사실이었다. 사방에서 사람들이 화석을 집어 살피고 함께 토론했다. 전시실은 사람들의 관심으로 활기가 넘쳤고 그 기운은 내게도 전달됐다. 다만 그곳에 여자는 나뿐이었고, 이를 의식하자 어색하고 눈치가 보여 오빠의 팔을 꼭 잡았다.

몇 분 지나니 아는 얼굴이 보이기 시작했다. 라임에 화석을 찾으러 왔다가 내 수집품을 보러 몰리 코티지에 들렀던 이들이었다. 영국 박물관 관리자 찰스 코니그는 온전한 익티오사우루스를 보고 있었다. 아마 지난해 불럭에게서 사들인 표본과 비교하고 있었을 것이다. 그는 아연한 표정으로 전시실을 둘러봤다. 영국 박물관의 화석 전시장에 그토록 많은 방문객들이 찾아온다면 얼마나 좋을까, 같은 생각을 하는 듯싶었다. 그러나 박물관 전시품은 판매용이 아니었고, 이집트 홀이 이토록 북적이는 까닭은 일반 사람들도 화석을 가질 수 있는 가능성 높았기 때문이다.

맞은편에 헨리 드 라 비치가 보이기에 그에게 인사라도 할 겸 다가가려는데, 누군가가 내 이름을 불렀다. 버치 대령이 변명을 하러 온 줄 알고 화들짝 놀라 돌아보니 친근한 얼굴이 보여 마음이 놓였다. "버클랜드 씨, 만나서 반갑습니다." 내가 말했다. "저희 오빠는 처음 보시죠? 존 필폿을 소개해 드릴게요. 이쪽은 윌리엄 버클랜드 사제님. 라임에 자주 오셔서 화석 이야기를 나누는 분이야."

오빠가 인사했다. "말씀 많이 들었습니다, 사제님. 옥스퍼드에서 강의도 하시죠?"

윌리엄 버클랜드가 환히 웃었다. "그렇습니다. 존경하는 분의 오빠분을 뵙다니 기쁘군요. 선생님, 동생분이 누구보다 화석 물고기를 잘 아는 거 아셨습니까? 참 명민한 분이시죠. 퀴비에도 동생분에게서 배울 게 있을 겁니다!"

그런 사람에게서 그토록 과분한 칭찬을 받다니, 나는 얼굴을 붉혔다. 오빠 역시 놀란 표정으로, 윌리엄 버클랜드가 말하는 자질이 정말로 있는지 찾는 것마냥 나를 흘끔거렸다. 많은 사람들이 그렇듯이 존 오빠는 내가 화석 물고기에 매료된 것을 두고 특이하고 제멋대로라고 여겼으므로, 나는 그동안 얻은 지식을 오빠 앞에서 깊이 있게 이야기한 적이 없었다. 오빠로서도 그렇게 고매한 학자가 나를 지지할 줄은 꿈에도 몰랐을 것이다. 나도 마찬가지였다. 예전에 잠시 월리엄 버클랜드가 청혼할지 모른다고 생각했던 것이 떠올랐다. 버치 대령을 생각하면 괴로웠는데, 윌리엄 버클랜드를 남편감으로 생각하니 웃음이 나왔다.

"과학계 사람들이 전부 이 경매에 모인 것 같군요." 버클랜드 씨가 말했다. "컴버랜드도 왔고, 소어비, 그리너프, 헨리 드 라 비치까지. 혹시 코니비어 사제가 라임을 방문했을 때 만나 보셨습니까?" 그는 옆에 선 남자를 가리켰다. "익티오사우루스를 연구해서 지질학회에 발표하고 싶다고 합니다."

코니비어 사제가 인사했다. 엄격하고 다 안다는 듯한 얼굴에 내게 손가락질하는 것처럼 보이는 긴 코를 가진 사람이었다.

윌리엄 버클랜드가 목소리를 낮췄다. "저도 퀴비에 남작으로부터 여러 가지 표본에 응찰하라는 의뢰를 받았습니다. 특히, 파리 박물관에 전시할 익티오사우루스의 두개골을 원한다는군요. 한 개 점찍어 뒀습니다. 보여 드릴까요?"

버클랜드 씨가 말하는 도중, 맞은편에서 주위에 모인 사람들에게 턱뼈를 들어 보이는 버치 대령이 보였다. 나는 그를 보는 것이 괴로워 몸을 떨었다.

"엘리자베스, 왜 그러니?" 오빠가 물었다.

"아니야." 버치 대령의 시선을 미처 피하기 전, 그가 들고 있던 턱뼈 너머로 나를 봤다. "필폿 씨!" 그는 턱뼈를 내려놓고는 사람들을 헤치고 내게 다가오기 시작했다.

"있잖아, 오빠." 내가 말했다. "좀 어지러워. 사람들이 너무 많고 더

워서. 밖으로 나가서 바람 좀 쐬어도 될까?" 나는 대답을 기다리지 않고 문 쪽으로 다가갔다. 다행히 사람들이 벽을 이루며 나와 버치 대령 사이를 갈라놓았고, 그 덕에 나는 그로부터 무사히 달아날 수 있었다. 나는 평소라면 무서워할, 쓰레기 가득한 뒷골목에 들어섰다. 혐오스러우면서 동시에 나를 매료시키는 남자에게 예의를 갖추고 대화하는 것보다는 이 편이 나았다.

우리는 오빠가 주로 셔츠를 사는 가게 옆 저민 스트리트에 접어들었다. 오빠는 내 손을 잡더니 자기 팔꿈치에 걸며 말했다. "넌 참 이상해, 엘리자베스."

"내가 봐도 그래."

존 오빠는 아무 말도 하지 않고 몬터규 스트리트로 돌아갈 마차를 찾아 탄 뒤, 사업 이야기를 하면서 우리가 간 곳은 언급하지 않았다. 그때만큼은 오빠가 인간의 극적인 감정에 관심이 없어서 다행이라고 생각했다.

이튿날 아침. 윌리엄 버클랜드가 보낸 「지질학과 종교의 관계」라는 논문을 읽고 있는데, 존 오빠가 버치 대령이 팔려고 내놓은 표본 전체의 카탈로그를 슬쩍 거기 끼워 주었다. 나는 논문을 읽는 척하면서 카탈로그를 살폈다.

이집트 홀에 간 것으로 경매에 대한 호기심은 채워졌어야 했다. 화석이나 흥분한 구매자를 다시 볼 필요는 없었다. 버치 대령을 만나 그의 행동에 대한 변명을 들을 필요는 더더욱 없었다. 아니, 듣고 싶지 않았다.

경매 날 아침 나는 일찍 일어났다. 라임에 있었다면 일어나 골든캡 쪽이 보이는 창가에 앉았을 테지만, 런던의 오빠 집에서는 아침 일찍 돌아다니는 것이 편하지 않았다. 그래서 침대에 누워 천장을 보며 부스럭거리는 소리로 루이스 언니를 깨우지 않으려고 애썼다.

시간이 조금 더 흐른 뒤 응접실에 언니, 동생과 모여 구매한 물품과 더 필요한 것이 있는지를 확인했다. 그 주에 라임으로 돌아갈 예정이었기 때문이다. 라임에서 구할 수 없는 물건은 늘 런던에서 샀다. 고급 장갑과 모자, 잘 만든 부츠, 책, 미술 용품, 고급 종이 등이었다. 나는 손님이 오길 기다리는 사람마냥 안절부절못했다. 조카들의 유치한 장난에 신경이 곤두서서 프랜시스에게 큰소리로 웃는다고 야단쳤다. 모두 날 쳐다봤다. "몸이 안 좋아요?" 새언니가 물었다.

"두통이 있네요. 가서 쉬어야겠어요." 나를 걱정하는 소리를 뒤로 하고 자리에서 일어섰다. "조금 자면 나을 거예요. 저녁 식사나 외출 같은 일로 깨우지 말아 주세요. 나중에 내려올게요."

위층 방에서 몇 분 동안 앉아 나는 마음이 이미 정한 일을 머리로 정리했다. 그러고는 커튼을 쳐서 방을 어둡게 하고 이불 밑에 쿠션을 넣어 자는 모습을 만들어 뒀다. 눈썰미 좋은 루이스 언니라면 눈치챌지도 모를 테지만, 한편으론 나를 가엾게 여겨 입 다물어 줄지도 몰랐다.

보닛을 쓰고 외투를 입은 뒤 살그머니 계단을 내려갔다. 아래 주방에서는 냄비가 부딪히고 조리사가 지시하는 목소리가, 위층에서는 아이들의 웃음소리가 들려왔다. 몰래 나가는 데 죄책감을 느꼈다.

조금은 바보가 된 느낌도 들었다. 평생 그런 짓을 안 하고 살다가 마흔이 넘어 이러고 있다니, 어이없기도 했다. 경매에 가겠다고 하고 헨리 드 라 비치 같은 적절한 보호자를 구하면 되는 일이었다. 하지만 이런저런 질문과 해명, 변명을 감당할 수 없었다. 표본에 응찰할 생각이 없었고—버치 대령이 수집한 화석 물고기 몇 개는 내 것보다 질이 떨어졌다—메리가 열심히 모은 것들을 냉담하게 팔아 치우는 광경을 보면 속상할 게 분명했다. 그럼에도 나는 이 중대한 행사를 직접 봐야 할 것 같았다. 그 위대한 퀴비에가 메리의 표본을 곧 손에 넣게 될 테니까. 설사 그걸 발견한 사람이 메리라는 사실을 모르더라도 말이다. 나는 메리를 위해 그 자리에 가야 했다.

육중한 현관문을 여는데 뒤에서 소리가 들려 순간 얼어붙었다. 두통이 있다고 그렇게 정색해 놓고는 하인이나 가족에게 이런 모습을 들킨다면 어떻게 수습한단 말인가?

조카 조니가 계단에서 날 보고 있었다. 잠시 후 나는 손가락을 입술에 댔다. 조니는 눈이 동그래졌지만 고개를 끄덕였다. 그러고는 살그머니 계단을 내려왔다. "어디 가세요, 엘리자베스 고모?"

"할 일이 있어. 비밀이란다. 나중에 이야기해 줄게, 조니. 오늘 일을 아무에게도 말하지 않겠다고 약속하면 나도 꼭 이야기해 줄게. 우리 비밀을 지켜 줄래?"

조니는 고개를 끄덕였다.

"좋아. 그럼 넌 여기서 뭐 하니?"

"조리사에게 스프에 대해 전할 게 있어요."

"그럼 가 보렴. 나중에 보자."

조니는 주방으로 내려가다가 멈추고 내가 현관문으로 나가는 모습을 지켜봤다. 그 애가 끝까지 비밀을 지킬 수 있을지 알 수 없었지만, 믿어 보는 수밖에 없었다.

문을 살짝 닫고 계단을 내려가 뒤도 돌아보지 않고 서둘러 걸었다. 모퉁이를 돌아 오빠 집이 안 보일 때까지. 그러고는 잠시 멈추어 손수건을 입에 대고 심호흡을 했다. 나는 자유였다.

아니, 그건 내 생각에 지나지 않았다. 영국 박물관을 지나는 그레이트 러셀 스트리트를 걷기 시작하자 여자들이 하녀나 남편, 아버지나 친구들과 함께 걸어가는 모습이 보였다. 나는 내가 런던의 거리를 홀로 걷고 있음을 의식하기 시작했다. 이따금 지나가는 (여자) 하인 이외에 혼자 걷는 사람은 남자뿐이었다. 라임에서는 자주 혼자 다녔지만, 런던의 거리를 혼자 걸은 적은 한 번도 없었다. 늘 언니나 동생, 오빠나 친구, 하인과 함께 다녔다. 라임에서는 그런 관습에 별로 신경 쓰지 않았지만 런던은 달랐다. 내 지위의 여성은 동행과 다녀야 했다. 남녀 할 것 없이 모두 나를 특이하다는 듯 쳐다봤다. 불현듯 눈을 감고 걷다가 어딘가에 부딪힐 것마냥, 주위가 싸늘하고 고요하고 텅 비어 위험하게 느껴졌다. 번득이는 검은 눈으로 쳐다보는 남자와 내게 인사를 하려다가 내 평범한 얼굴을 보고 물러서는 남자를 지나쳤다.

이집트 홀까지 걸어갈 생각이었지만, 그레이트 러셀 스트리트처럼 비교적 조용하고 익숙한 거리에서조차 이 정도 시선을 받은 걸 보면, 소호를 가로질러 피커딜리까지는 도저히 혼자 갈 수 없었다. 지나가는 마차가 있는지 둘러봤지만 하나도 없었고, 손을 들어도 서는 마차가 없었다. 마차를 잡는 여성을 찾는 마부는 없는 모양이었다.

남자에게 도움을 청할까 생각했지만 다들 너무 쳐다봐서 용기가 나지 않았다. 결국 말 뒤를 따라다니며 똥을 줍는 소년을 불러 마차를 찾아 주면 1페니를 주겠다고 했다. 하지만 그 애를 기다리는 건 걷는 것보다 더 힘들었다. 가만히 서 있으니 사람들은 나를 더 쳐다봤고, 몇몇 남자들은 나를 보고 쑥덕이며 피해 지나갔다. 어떤 남자는 길을 잃었냐고 물었고, 마차를 함께 타자는 남자도 있었다. 진심으로 도우려는 걸 수도 있었지만, 모두 음흉하게 보였다. 여자인 것이 싫었던 적 없었지만, 그때—런던의 거리에서 혼자 있었던—만큼은 내가 여자인 것이 싫었고, 주위에 있던 남자들은 더 싫었다.

한참 만에 소년이 마차를 이끌고 돌아왔고 나는 너무 반가운 마음에 2페니를 줬다. 마차 안은 답답하고 냄새가 났지만 어둡고 조용하고 아무도 없었다. 편안히 앉아 눈을 감았으나 두통이 왔다.

마차를 찾느라 시간을 지체한 바람에 이미 이집트 홀에서는 경매가 한창이었다. 실내에는 사람이 가득했고, 좌석은 모두 차 있었다. 그것으로도 모자라 뒤쪽에도 사람들이 잔뜩 서 있었다. 그때는 여자인 것이 득이 됐다. 여자가 서 있는데 앉으려는 남자는 없으니까. 몇 명이 자기 자리를 내놓았고 나는 뒷줄에 앉았다. 내 옆의 남자는 상냥하게 인사하며 같은 관심사를 공유하는 것을 반겨 줬다. 오빠와 동행하는 대신 혼자 있었지만, 남의 눈에 덜 띄는 느낌이 들었다. 모두

다 경매가 진행 중인 앞쪽에 집중하고 있었으니까.

목이 굵고 땅딸한 불럭 씨가 연단에 서 있었다. 그는 무대의 배우처럼 길게 늘여 말을 하고 팔을 휘둘러 대며 경매사 역할을 했다. 그는 버치 대령의 수많은 펜타크리나이트를 내놓으면서 좌중의 흥분을 자아냈다. 펜타크리나이트는 버치 대령이 상당히 좋아하던 화석이었는데 그렇게 많이 경매 목록에 나와 있어 조금 놀라웠다. 이에 더해 익티오사우루스까지 내놓은 걸 보니, 빚이 많다는 말은 사실인 듯했다.

"좀 전의 표본이 훌륭하다고 생각하셨습니까?" 불럭 씨가 또 다른 펜타크리나이트를 높이 들고 외쳤다. "그러면, 이 물건을 보시죠. 보이십니까? 금 간 곳 하나 없이 신비하고 완벽한 모습 그대로입니다. 이 여성적인 아름다움을 누가 마다겠습니까? 저는 거부할 수 없습니다. 여러분, 실은 아주 특별한 방법으로, 저부터 2기니에 입찰하려 합니다. 2기니에 아내와 제게 자연의 아름다움을 이만큼 잘 보여 주는 물건을 가질 수 있다면? 누가 제게서 이 아름다움을 앗아 가시겠습니까? 네? 선생님? 이런! 2파운드 10실링은 돼야 할 겁니다. 더 내시겠다고요? 그럼 3파운드 내시겠습니까? 그러죠. 이 신사분들처럼 저는 경쟁할 수 없습니다. 아내가 용서해 주기를 바랄 뿐이죠. 적어도 좋은 일을 위해서라는 건 알고 있으니까요. 여기 모인 이유를 잊지 맙시다."

불럭 씨의 경매 방식은 독특했다. 나는 라임 경매사들의 매끄럽고 조용한, 간결한 어조에 익숙했다. 하긴, 그들은 고대 동물의 뼈가 아니라 접시나 마호가니 가구를 경매로 팔았다. 그러니 다른 어조가 필요했을지도 모르겠다. 그의 방식은 효과가 있었다. 펜타크리나이트도, 상어 이빨도, 암모나이트도 전부 내 예상보다 비싼 값에 팔렸다. 사실, 입찰자들은 놀라울 정도로 후한 값을 제시했다. 특히 익티오사우루스의 턱, 주둥이, 척추골이 팔리기 시작하자 더욱 그랬다. 그때가 되자 내가 아는 사람들도 입찰하기 시작했다. 코니비어 사제는 큰 척추골 네 개를 샀다. 찰스 코니그는 영국 박물관에 전시할 턱뼈를 샀다. 윌리엄 버클랜드는 맡은 바 임무에 따라 파리 자연사박물관 퀴비에 남작 전시품에 더할 익티오사우루스 두개골 일부와 대퇴골을 샀다. 가격이 꽤 높았다. 2기니, 5기니, 10파운드였다.

불럭 씨는 두 차례 더 뜻깊은 경매임을 강조해 나를 불편하게 만들었다. 버치 대령의 주머니를 채우는 걸 뜻깊은 일이라고 하다니 화가 치밀었다. 그러나 지금 상황에서 일어나 뒤쪽에 겹겹이 서 있는 남자들을 헤치고 나가면 너무 많은 이목을 끌 터였다. 또 여기까지 오는 데 들인 수고가 아까워 나는 이러지도 저러지도 못 하고 씩씩거리며 앉아 있었다.

"버치 대령은 대단한 일을 하셨지요." 옆자리에 앉은 남자가 경매 진행이 중단된 잠깐 동안 내게 속삭였다.

나는 고개를 끄덕였다. 그의 존경심을 공감하지는 않지만, 버치 대령의 성품을 놓고 낯선 사람과 다투고 싶진 않았다.

"참 너그러운 사람이에요." 그는 또 한 번 그렇게 말했다.

"무슨 말씀인가요, 선생님?" 내가 물었지만 불럭 씨가 서커스 사회

자처럼 큰 소리로 외치는 바람에 묻히고 말았다. "자, 버치 대령의 수집품 가운데 가장 뛰어나고 귀한 표본입니다. 이집트 홀에 굉장히 신비한 동물이 찾아왔습니다. 실은, 녀석의 형이 이미 이곳에서 몇 년간 지내며 엄청난 관람객을 모았었지요. 그때는 악어라고 불렸지만, 영국 최고의 지성들이 면밀히 연구한 끝에 이제는 세상에서 발견할 수 없는 멸종된 동물이라는 사실이 드러났습니다. 오늘 이미 척추골, 늑골, 턱뼈, 두개골 등은 판매되었습니다. 이제부터는 그 부분들이 하나의 온전한, 완벽한, 아름다운 표본으로 연결된 모습을 보실 겁니다. 신사 숙녀 여러분, 소개합니다. 버치의 익티오사우루스입니다!"

고정시킨 전체 표본이 들어오자 사람들은 기립했다. 애닝 작업장에서 이미 샅샅이 살펴본 나도 일어나서 고개를 앞으로 내밀었다. 불럭 씨의 명백하고 효과적인 쇼맨십의 힘이었다. 나뿐만이 아니었다. 윌리엄 버클랜드도, 찰스 코니그와 헨리 드 라 비치, 코니비어 사제도 모두 고개를 앞으로 길게 내밀고 그 광경을 바라봤다. 우리 모두 그 동물이 지니는 마력에 넋이 나가 있었다.

정말 근사해 보였다. 다른 표본들과 마찬가지로 런던의 인위적인 환경—라임의 거친 바닷바람과 자연스러운 색조와는 너무나 다른, 고급스럽게 장식한 실내—은 익티오사우루스를 더욱 기묘하고 동떨어진 존재로 만들었다. 마치 전혀 다른, 더 가혹하고 낯선 미지의 세계에서 온 존재 같았다. 그런 생물이 인간 세계에서 살거나 아리스토텔레스가 말한 존재의 사슬에 자리 잡고 있다고 상상하기 어려웠다.

입찰은 빠르게 진행됐고 왕립 의과대학에서 100파운드에 낙찰받았다. 메리도 기뻐할 것 같았다. 그런 액수를 가로채인 것에 화를 낼 가능성이 더 컸지만.

익티오사우루스가 마지막 경매품이었다. 내가 몬터규 스트리트를 떠난 지 한 시간 반쯤 지났다. 재빨리 마차를 잡으면 아무에게도 들키지 않고 침실로 돌아갈 수 있을 것 같았다. 나는 그곳에서 나를 아는 남자들이 보지 못하도록 살그머니 떠나려고 일어섰다. 그러나 바로 그때, 버치 대령이 앞줄에서 벌떡 일어났다. 그는 연단으로 올라가 목소리를 높였다. "여러분! 신사 여러분, 그리고 숙녀 여러분." 나를 보고 덧붙인 말이었다. 나는 얼어붙었다.

"여러분의 관심과 관대한 입찰에 깜짝 놀랐습니다. 앞에서 말씀드렸듯이," 그의 시선이 나를 그 자리에서 꼼짝 못 하게 했기에 나는 결국 그의 말을 끝까지 들었다. "저는 라임의 매우 훌륭한 가족, 애닝 가족을 위해 모금을 하려고 수집품을 경매에 내놓았습니다."

나는 놀란 말처럼 주춤했지만, 소리는 내지 않았다.

"여러분은 참 관대하게 응해 주셨습니다." 버치 대령은 나를 진정시키려는 듯 계속 시선을 보냈다. "앞서 말씀드리지 못한 것은, 그 가족의 딸―메리 애닝―이 제 수집품 표본의 대다수를 발견했다는 점입니다. 방금 판매된 익티오사우루스도 마찬가지입니다. 메리는…" 그가 잠시 말을 멈췄다. "…제가 화석계에서 만난 사람 중 가장 탁월한 젊은 여성일 겁니다. 메리 애닝은 저를 도와주었고, 앞으로 여러분도 도와드릴 겁니다. 오늘 사신 표본을 볼 때면, 그것을 발견한 사람이 그녀임을 기억해 주십시오. 감사합니다."

사람들이 웅성거리는 가운데 버치 대령은 내게 목례를 하고 옆으로 비켜서더니 남자들 사이로 사라졌다. 나도 출구 쪽으로 향하기 시작했다. 주위의 남자들이 전부 나를 보고 있었다. 거리에서와는 달리, 지적인 호기심을 드러내고 있었다. "실례합니다. 혹시 애닝 씨되시나요?" 한 명이 내게 물어 왔다.

"오 아뇨, 아니에요." 나는 고개를 세차게 저었다. "전 아닙니다." 그의 실망한 표정에 나는 살짝 분했다. "전 엘리자베스 필폿입니다." 내가 말했다. "전 화석 물고기를 수집합니다."

주위에서 온통 "메리 애닝"이라고 웅성거린 탓에 그가 내 대답을 다 들었는지는 모르겠다. 나는 누군가가 내 어깨를 잡는 손길을 느꼈지만 돌아보지 않고 남자들을 헤치고 거리로 나왔다. 피커딜리로 향하는 마차 안에 들어갈 때까지, 그렇게 아무도 나를 보지 못할 때까지 나는 겨우 참아 낼 수 있었다. 그리고 혼자가 되자마자 나는—절대 울지 않는 내가—울기 시작했다. 메리 때문이 아니라, 나 때문이었다.

밀물이 바닷가에 가장 높이
차오른 자국을 남기고 밀려나듯이

1820년 5월 12일. 그에게서 편지가 도착한 날을 아직도 기억한다.
조 오빠가 적어 두긴 했지만, 그러지 않았다 해도 어쨌든 나는 기억
했을 것이다.

　그 무렵 나는 더는 편지를 기다리지 않았다. 그가 떠난 지 몇 달째
였다. 그의 생김새와 목소리, 걸음걸이, 그가 한 말을 잊기 시작했다.
마거릿 씨에게 그 사람 이야기를 하지 않게 됐고, 엘리자베스 씨에게
화석에 관심 있는 신사들에게서 그 사람의 근황을 듣지 못했는지 묻
지도 않았다. 목걸이도 차지 않고 치워 두었고, 그것을 꺼내서 보지
도, 그의 머리카락을 만지작거리지도 않았다.

　해변에도 나가지 않았다. 나는 변했다. 화석을 찾을 수가 없었다.
눈이 먼 것 같았다. 아무것도 반짝이지 않았다. 작은 반짝임도, 무작
위의 형태에서 튀어나오는 문양도 사라지고 없었다.

엄마와 필폿 씨가 도우려고 했다. 조 오빠도 가구 일을 제쳐 두고 나와 함께 화석을 찾으러 나갔다. 분명 실내에서 의자 만드는 일을 하고 싶었을 텐데도. 그리고 다른 사람에게 관심이라곤 없는 버클랜드 씨가 라임에 오더니 내게 상냥하게 말을 걸며 자신이 발견한 표본으로 안내하고, 어딜 찾아야 할지 알려 주고, 평소보다 내 곁에 오래 있었다. 그간 해변에서 내가 그에게 해 줬던 일들을 다 해 줬다. 또 코니비어 사제와 유럽 대륙을 여행하며 있었던 일, 옥스퍼드에서의 기벽 이야기를 들려줬다. 가령, 곰을 길들여 옷을 입히고 다른 옥스퍼드 교수들에게 소개시켰던 일 같은 것들을. 한 친구가 여행에서 악어를 소금에 절여 와 그가 맛을 본 동물이 한 가지 더 늘었다는 이야기들을. 그런 이야기에 웃지 않을 수 없었다.

버클랜드 씨만이 잠시나마 나를 에워싼 안개를 뚫고 들어왔다. 그는 우리가 그동안 발견한 뼈들, 이키의 것이 아닌 것들에 대해 이야기하기 시작했다. 더 넓고 큰 척추골, 더 납작한 물갈퀴 뼈 같은 것들에 대해서. 어느 날 버클랜드 씨는 이키의 척추골보다 낮은 부분에 늑골 한 조각이 붙어 있는 척추골을 보여 줬다. "있잖니 메리. 다른 동물이 또 있는 것 같구나. 익티오사우루스처럼 척추와 늑골, 물갈퀴 뼈가 있으면서도 악어와 더 비슷한 동물이. 신의 피조물을 하나 더 찾는다면, 대단하지 않겠니?"

잠시 머릿속이 맑아졌다. 버클랜드 씨의 친절한 얼굴을, 처음 만난 때보다 더 둥글고 통통해진 얼굴을, 반짝이는 눈과 생각으로 가득한 이마를 보면서 "네, 저도 그렇게 생각해요. 오랫동안 새로운 괴물을 궁금해하고 있었어요"라고 말할 뻔했다. 하지만 말하지 않았다. 미처 그러기 전에 머릿속이 연못에 가라앉는 나뭇잎처럼 다시 푹 가라앉아 버렸다.

엄마와 조 오빠가 화석을 찾으러 간 사이 나는 가게를 지켰다. 엄마가 처음 오빠와 블랙 벤에 갔을 때는 놀라웠다. 출발하기 전, 엄마는 미묘한 표정을 지었지만 딱히 아무 말도 하지 않았다. 엄마가 나와 함께 해변에 나간 적이 있기야 했지만, 그건 화석을 찾기 위해서가 아니라 동행으로서였다. 엄마는 사업 수완이 좋았다. 수집가들에게 편지를 쓰고, 받을 돈을 독촉하고, 판매할 표본을 설명하고, 가게에 찾아온 사람들에게 생각보다 많은 것을 사게 설득했다. 그러나 화석을 찾으러 나가지는 않았다. 엄마에겐 눈썰미도, 참을성도 없었다. 아니, 그런 줄 알았다. 몇 시간 뒤 돌아온 엄마가 의기양양한 태도로 화석으로 가득 찬 묵직한 바구니를 건넸을 때 나는 깜짝 놀랐다. 대부분 암모나이트와 벨렘나이트였다. 균일한 선이 바위에서 잘 보이니 초보자가 찾기 가장 쉬운 화석이라고는 하지만 엄마는 펜타크리나이트와 성게 조각, 그리고 놀랍게도 이키의 어깨뼈도 찾아왔다. 그뼈 하나만으로 3실링을 받아 일주일치 식비로 쓸 수 있었다.

나는 놀란 나머지 엄마가 화장실에 간 사이, 조 오빠에게 엄마 바구니에 화석을 넣은 거냐고, 그래 놓고 엄마가 찾았다고 거짓말하는 거 아니냐고 따졌다. 오빠는 고개를 저었다. "엄마가 찾은 거야. 어떻게 하는지 모르겠지만, 엄마는 닥치는 대로 찾아. 어떻게든 찾더라고."

엄마는 나중에 그때의 일에 대해 이렇게 말했다. 신과 거래를 했다고. 신께서 화석이 어디 있는지 알려 주신다면 다시는 당신의 판결에 의문을 갖지 않겠다고. 그동안 죽음과 빚의 수렁을 겪으며 엄마는 여러 차례 신의 뜻에 의문을 제기했었단다. "그걸 신께서 들으신 모양이야." 엄마가 말했다. "그렇게 애쓰지 않아도 찾았으니까. 그냥 해변에 놓여 있더라. 내가 집어 가도록 말이야. 네가 왜 그렇게 화석 찾으러 나간다고 난리를 떨고 날마다 그렇게나 시간을 들였는지 모르겠구나. 그 정도로 찾기 어렵지도 않던데."

나는 엄마 말에 반박하고 싶었지만 그럴 입장이 아니었다. 화석을 찾으러 나가지 않았으니까. 그리고 실제로 엄마는 나가면 늘 바구니를 채워 왔다. 좋은 눈썰미를 가졌지만, 그걸 인정하지 않던 것이다.

그 모든 상황이 1820년 5월 12일에 바뀌었다. 나는 코크모일 스퀘어 탁자에 앉아 브리스틀에서 찾아온 부부에게 바다나리를 보여 주고 있었는데, 한 남자아이가 오빠 앞으로 온 소포를 가지고 왔다. 아이는 보통 편지보다 더 큰 것이니 수고료로 1실링을 달라고 했다. 그 1실링이 없어서 아이를 되돌려 보내려다가 몇 달째 기다리던 글씨체가 눈에 들어왔다. 내가 그의 글씨체를 아는 까닭은 엘리자베스 씨가 내게 가르친 대로, 나 역시 그에게 발견한 표본마다 표식을 써 붙이는 법을 일러두었기 때문이다. 생김새와 알려진 학명, 언제 어디서, 어느 암석 층에서 발견했는지, 그 밖에 유용한 정보 등을 적도록 말이다.

나는 소년에게서 소포를 빼앗아 자세히 봤다. 어째서 조 오빠 앞으로 온 것일까? 두 사람은 그다지 친하지도 않았는데. 왜 내게 보내지 않았을까?

"돈 안 내면 못 받아, 메리." 소년이 소포를 당겼다.

"지금은 돈이 없지만, 어떻게든 구할게. 우선 내게 주고 돈은 나중에 받으면 안 될까?"

대답으로 그 애는 소포를 다시 잡아당겼다. 나는 그걸 꼭 끌어안았다. "난 못 내놔. 이 편지를 몇 달째 기다렸다고."

소년이 비웃었다. "네 애인한테서 온 거라서? 같이 다니다가 널 버린 그 늙은이 맞지?"

"입 닥쳐!" 손님 앞에서 소란을 피우다간 화석을 팔지 못할 것 같아서 신사에게 물었다. "죄송합니다, 선생님. 무엇을 살지 정하셨나요?"

"네." 부인이 남편 대신 말했다. "크리노이드류를 1실링어치 살게요." 부인이 동전을 내밀며 미소 지었다.

"어머 감사합니다, 부인. 감사합니다!" 나는 1실링을 소년에게 건넸다. "이제 어서 나가!"

소년은 무례한 손짓을 하면서 나갔고 나는 부부에게 다시 사과했다. 부인은 그 소포를 받고 싶은 내 마음을 이해해 1실링어치를 사겠다고 한 듯했지만, 물건을 어찌나 천천히 고르는지 나는 숨이 넘어갈 뻔했다. 물건을 종이에 포장할 때도 남편 쪽에서 끈으로 한 번 더 묶어 달라고 하는 바람에 나는 속으로 조바심이 나 미쳐 버릴 것 같았다. 마침내 포장이 끝나고 그들 부부가 나갈 때 부인이 내게 속삭였다. "편지에 반가운 소식이 있길 바랄게요."

나는 안에 들어가 소포를 무릎에 올려 두고 먼지투성이 작업장에 앉았다. 주소를 다시 읽었다. "도싯셔 라임 레지스, 코크모일 스퀘어, 화석 상점, 조지프 애닝 앞." 어째서 오빠에게 보낸 걸까? 그리고 편지가 아니라 갈색 종이로 포장한 소포인 까닭은 무엇일까? 버치 대령이 오빠에게 뭘 보낸 걸까?

어째서 내게 보내지 않았을까?

밀물을 보니 오빠와 엄마가 30분 안에 돌아올 것 같았다. 그 편지를 들고 앉아서 그들이 돌아올 때까지 어떻게 기다릴 수 있을까. 참을 수가 없었다.

소포를 들여다봤다. 뒤집은 뒤, 셋을 세고 봉한 곳을 뜯었다. 조 오빠가 화를 낼 테지만, 어쩔 수 없었다. 아무리 생각해도 그건 내 앞으로 온 것이 틀림없었다.

편지와 함께 주일학교에서 글을 배울 때 쓴 연습장 크기의 팸플릿이 들어 있었다. 표지에는 이렇게 적혀 있었다.

카탈로그

도싯셔 라임과 차머스의 블루 라이어스에서 수집한

작지만 매우 **훌륭한 화석 모음**

익티오-사우루스 혹은 프로테오-사우루스의 골격,

펜타크리나이트라고 하는 식충植蟲류 표본으로 이루어져 있으며

상당한 비용을 들여 버치 대령이 수집한 것으로

피커딜리 이집트 홀에서

1820년 5월 15일 월요일 1시 정각

불럭 씨의 경매에서 판매 예정

　나는 무슨 말인지 제대로 이해하지 못한 채 이 내용을 읽었다. 카탈로그를 넘기며 표본의 목록을 읽어 내려가다 보니 하나하나 모양이 떠오르고 발견한 곳이 생각나기 시작했다. 그제서야 이 편지가 무엇을 말하려는지 이해됐다. 버치 대령은 내가 그토록 열심히 모아 준 화석을 하나도 남김없이 팔려는 것이다. 그가 그렇게 사랑했던 펜타크리나이트 전부를. 암모나이트의 조각, 엘리자베스 씨에게 줘야 했던 물고기, 그가 원했던 신기한 갑각류—처음 본 것이라 엘리자베스 씨의 확대경으로 살펴보고 싶었던—를. 이키의 조각, 턱뼈와 이빨, 눈두덩과 척추골 등이 모두 팔려 나갈 참이었다.

　그리고 물론, 내가 본 것 중 가장 완벽한 표본인 이키도. 그건 숱한 밤을 새며 닦고 온 힘을 다해 조립한 것이었다. 모두 그를 위해 한 일인데, 헨리 경이 내 첫 이키를 팔아 치운 것처럼 그도 똑같은 짓을 저지르려 하는 것이다. 그리고 불럭 씨가 또다시 그 사이에 있었다. 머릿속에서 윙윙거리는 소리가 들리는 것 같았다. 나는 카탈로그를 찢어 버리고 싶은 마음으로 그걸 손에 꽉 쥐고 있었다. 조 오빠가 아니라 내게 보낸 거라면 그렇게 했을 것이다. 카탈로그와 편지 모두 찢어서 난로에 집어 던졌을 것이다.

　편지. 그건 아직 읽지 않았다. 눈이 너무 아파 당장은 못 읽을 것 같았는데, 어찌저찌 펼쳐서 내려놓고 눈을 문지른 뒤 읽기 시작했다.

편지를 다 읽자, 목이 너무 메어 침도 삼킬 수 없었고 브로드 스트리트를 계속 달려온 것처럼 얼굴이 뜨거워졌다. 엄마와 조 오빠가 들어왔을 때, 나는 너무 심하게 흐느끼고 있어서 심장이 입으로 튀어나올 것 같았다.

런던에서 이곳까지 일주일에 세 번 마차가 왔는데, 올 때마다 그곳에서 일어난 일의 퍼즐 조각이 도착했다.

맨 처음은 신문 기사였다. 보통 신문에 쓸 돈은 없었지만, 엄마가 한 부를 사왔다. "이 신문값을 낼 가치가 있는지 알아봐야지." 엄마의 논리였다. 손이 너무 떨려서 신문을 넘길 수도 없었다. 3면에서 다음의 공지를 보고 엄마와 오빠에게 읽어 줬다.

어제 피커딜리의 이집트 홀에서 진행된 경매에서 불럭 씨는 400파운드 이상을 모금했다. 경매품은 근위기병연대에서 퇴역한 토머스 버치 중령의 화석 수집품이었다. 그중에는 익티오사우루스의 희귀한 표본도 있었으며, 100파운드에 왕립 의과대학에 판매되었다. 버치 중령은 경매로 거둔 수익을 수집품을 모으는 데 도움을 준 라임 레지스의 애닝 가족에게 보낼 것이라고 발표했다.

짧지만 그걸로 충분했다. 인쇄된 글로 보니 실감이 났다.

엄마는 보통 돈에 대해서는 조심성이 많아 실제로 손에 쥘 때까지는 어떻게 쓸지 계획도 세우지 않았다. 하지만 그 기사를 보고선 돈이 반드시 들어오리라 생각했는지 조 오빠와 그 돈을 어떻게 쓸지 의논하기 시작했다. "빚을 갚아요." 오빠가 말했다. "그 다음에는 침수가 안 되는 고지대에 집을 장만하는 걸 생각해 봐요." 코크모일 스퀘어는 강물이나 바닷물에 자주 침수됐다.

"이사 가는 건 급하지 않은데, 새 가구는 꼭 필요하구나." 엄마가 대답했다. "그리고 너도 가구 사업을 제대로 시작하는 데 돈이 필요할 테고." 두 사람은 일주일 전만 해도 감히 꿈도 꾸지 못한 계획을 끊임없이 이야기하면서 작업장 따위 신경 쓰지 않아도 되는 사치를 즐겼다. 얼마나 빨리 가난에서 벗어나 부자가 된 듯 생각을 하는지, 우스울 지경이었다. 두 사람이 이야기하는 동안 나는 아무 말도 하지 않았다. 내 말을 들으려는 사람도 없었다. 우리는 모두 나 때문에 그 돈을 받는다는 걸 알고 있었다. 나는 내 역할을 마쳤고, 마치 여왕처럼 편히 앉아 있으면 시종들이 알아서 처리하는 느낌으로 상황은 흘러갔다.

어쨌든 나는 말하고 싶지 않았다. 계획을 생각할 수 없었으니까. 내가 바라는 것은 절벽으로 달려가 혼자서 버치 대령을, 그의 행동의 의미를 생각하는 것뿐이었다. 그가 한 키스를 기억하고, 그의 이목구비를 떠올리고, 그의 목소리와 그가 내게 한 모든 말, 나를 보던 눈빛과 우리가 함께한 나날을 기억하고 싶었다. 하나뿐인 식탁에 앉은 채로 나는 유일하게 그런 생각을 했다. 머잖아 상황이 바뀔 것 같았다. 이대로 가만 놔두면 엄마는 헨리 경에 맞먹는 마호가니 식탁을 사들일 테니까.

목걸이를 꺼내 옷 속에 다시 걸고 다니기 시작했다. 엄마나 조 오빠와는 버치 대령 이야기를 하지 않았다. 그의 의도를 알 수 없었으니까. 그는 가장인 오빠에게 보낸 편지에서는 나에 대해 말하지 않았다. 다정하기보다는 격식을 차린 편지였다. 그는 일을 제대로 처리하고 싶어 했다. 하지만 한 가족에게 400파운드를 주면서 어떻게 아무 의도가 없을 수 있을까?

런던에서 다음 마차가 왔을 때 나는 차머스에서 기다리고 있었다. 다시 해변으로 나가 화석을 찾았다. 엄마나 오빠에게 말하고 나온 것도 아니었고, 버치 대령을 만나면 어떻게 할지 생각하지도 않았다. 그냥 퀸스 암즈에 찾아가 앉았다. 다른 사람들도 승객을 만나거나 엑서터로 마차를 타고 가려고 거기서 기다렸다. 나는 여느 때처럼 이상한 꼴을 하고 있었지만, 조소 대신 찬탄과 존경의 눈빛을 받았다. 최초의 익티오사우루스를 발견한 이후 처음 있는 일이었다. 우리가 재산을 얻었다는 소식이 퍼진 것이다.

마차가 보이자, 배에 잡힌 물고기마냥 위장이 팔딱거렸다. 마차가 마을을 지나 긴 언덕을 오르는 데 1년은 걸린 듯했다. 마침내 마차가 멈추고 문이 열리자, 나는 눈을 감고 심장을 진정시키려고 했다. 심장이 위장과 함께 뛰었다. 생선 두 마리가 팔딱이듯 뛰었다.

마거릿 씨와 루이스 씨, 끝으로 엘리자베스 씨가 마차에서 내렸다. 필폿 자매가 올 줄 몰랐다. 보통 엘리자베스 씨는 어느 마차를 타고 올지 알려 줬는데, 이번에는 편지를 받지 못했다. 버치 대령도 내리는지 궁금했지만, 엘리자베스 씨가 그와 같은 마차를 탈 리 없었다.

그 순간처럼 실망한 건 내 평생 처음이었다.

하지만 그들은 내 친구이니 다가가서 맞이했다. "오, 메리." 마거 릿 씨가 나를 얼싸안고 외쳤다. "우리가 무슨 소식을 가져왔는지 아 니! 너무 엄청난 소식이라 말문이 막힌다!" 마거릿 씨는 손수건으로 입을 막았다.

나는 웃으며 그녀의 품에서 벗어났다. "저도 알아요, 마거릿 씨. 경매 이야기 들었어요. 버치 대령님이 오빠에게 편지를 보냈어요. 신 문 기사도 봤고요."

마거릿 씨가 실망한 표정을 짓는 걸 보고, 나는 그렇게 극적인 소 식을 알리는 기쁨을 빼앗은 것이 조금 미안했다. 하지만 그녀는 금세 밝아졌다. "오 메리, 네 형편이 얼마나 많이 바뀐 거니. 정말 기뻐!"

루이스 씨도 나를 향해 환히 웃었지만, 엘리자베스 씨는 이렇게만 말했다. "반갑구나, 메리." 그러고는 내 뺨 근처에 입술을 댔다. 마차 를 이틀이나 탔는데도, 그분에게선 평소처럼 로즈메리 향이 났다.

필폿 자매가 라임행 마차에 다 타고 나자, 마거릿 씨가 나를 불러 물었다. "우리랑 같이 안 갈래, 메리?"

"못 가요." 내가 해변을 가리켰다. "화석을 찾아야 해요."

"그럼 내일 오렴!" 그들은 손을 흔들며 나를 차머스에 두고 떠났 다. 그제야 버치 대령이 그 마차를 타고 오지 않은 데 대한 실망감이 덮쳐 왔고, 나는 400파운드가 생긴 집안 딸답지 않게 우울한 마음으 로 바닷가로 돌아갔다. "다음 마차를 타고 오실 거야." 나는 기운을 내 려고 소리 내어 말했다. "그분은 오실 거고 난 그분을 독차지할 거야."

보통 필폿 자매가 집에 오라고 하면 나는 곧장 따라갔다. 몰리 코 티지가 늘 좋았으니까. 따뜻하고 깨끗한 그곳엔 언제나 음식이 가득 했고, 베시가 굽는 빵에서는 좋은 냄새가 났다. 날 보고 찡그리긴 하지만 개의치 않았다. 골든 캡과 해안의 경치에 마음이 가벼워졌고 엘리자베스 씨의 물고기를 구경하면 재미있었다. 마거릿 씨는 피아노 연주로 즐거움을 줬고 루이스 씨는 꽃을 선물해 줬다. 하지만 무엇보다도, 그곳에선 엘리자베스 씨와 화석 이야기를 나누고 함께 책과 논문을 볼 수 있었다.

하지만 그때는 엘리자베스 씨를 보고 싶지 않았다. 그분은 나를 어릴 적부터 지켜봤고, 다른 사람들이 날 멀리해도 친구가 되어 줬지만, 차머스에서만큼은 달랐다. 마차에서 내릴 때 나를 다시 만나 반가운 것보다는 못마땅해하는 느낌이었다. 물론 내 생각이 틀릴 수도 있다. 그녀는 자기 자신이 부끄러워 그랬을지도 모른다. 그리고 그래야 마땅했다. 버치 대령에 대한 그녀의 판단은 완전히 틀렸고 말은 안 해도 내심 내게 미안했을 것이다. 나는 관대하게 그분의 우울한 기분을 모른 체할 수 있었다. 나는 나를 가난에서 구출해 행복하게 해 줄 남자를 사랑했지만, 그녀에겐 아무도 없었으니까. 그렇다고 해서 그녀를 찾아가 내 행복을 망치고 싶지는 않았다.

실버 스트리트에 가지 못할 핑계를 찾았다. 몇 달째 찾지 않은 화석을 찾아야 했다. 아니면 버치 대령이 우릴 만나러 올 테니 집 청소를 해야 했다. 아니면 핀헤이만에 나가서 그가 다 팔아 버린 펜타크리나이트를 찾아야 했다. 무엇보다 런던에서 마차가 올 때마다 마중을 나갔고, 세 대가 왔지만 그분은 내리지 않았다.

세 번째 마차를 마중 나갔다가 돌아가는 길. 절벽 길에서 성미가 엘 성당을 가로지르는데 엘리자베스 씨가 맞은편에서 오고 있었다. 우리 둘 다 화들짝 놀랐다. 둘 다 먼저 상대를 알아차리고 뒤로 물러나 피하지 못한 것이 아쉬웠다.

엘리자베스 씨는 바닷가에 다녀오는 길이냐고 물었고 나는 화석을 찾지 않고 차머스에 갔었다고 말해야 했다. 엘리자베스 씨는 그날 마차가 오는 걸 알았다. 표정을 보니 내가 왜 거기 갔는지 파악하고 못마땅한 마음을 감추는 걸 알 수 있었다. 그녀는 화제를 바꿨고 우리는 필폿 자매가 런던에 간 동안 라임에서 있었던 일을 조금 이야기했다. 하지만 예전과 달리 어색했고 곧 우리는 말이 없어졌다. 나는 한쪽 다리를 너무 오래 깔고 앉아 저릴 때처럼 몸이 뻣뻣해졌다. 그래서 이상한 자세로 서 있었다. 엘리자베스 씨도 마차를 너무 오래 타서 아픈 사람마냥 이상한 각도로 목을 꺾고 있었다.

핑계를 대고 코크모일 스퀘어로 가려는데 엘리자베스 씨가 뭔가 결심한 듯한 표정을 지었다. 중요한 이야기를 할 때, 그녀는 항상 턱을 내밀고 이를 다문다. "런던에서 있었던 일을 이야기하고 싶어, 메리. 내가 이런 이야기를 했다고 아무에게도 말하면 안 돼. 너희 어머니나 오빠에게도. 우리 언니나 마거릿에게는 더더욱. 그들은 내가 본 걸 못 봤으니까." 그러더니 마침내 경매 이야기를 했다. 무엇이 팔리고 누가 왔으며 그들이 무엇을 샀는지, 프랑스인 퀴비에가 파리에 전시할 표본을 산 것까지도. 버치 대령이 내가 화석을 찾았다고 마지막에 발표한 것도 알려 줬다. 그분이 말하는 내내 나는 다른 사람에 관한 강의를 듣는 느낌이었다. 다른 도시, 다른 나라, 세상 반대편에 살면서 화석이 아닌, 나비나 옛날 동전을 수집하는 메리 애닝이라는 사람의 이야기를.

엘리자베스 씨가 눈살을 찌푸렸다. "메리, 듣고 있니?"

"네, 듣고 있어요. 제대로 듣는 건지 모르겠어요."

엘리자베스 씨가 회색 눈을 가늘게 뜨고 진지하게 나를 봤다. "버치 대령이 사람들 앞에서 네 이름을 불렀단다, 메리. 나라에서 가장 화석에 관심 많은 수집가들에게 너를 찾으라고 했어. 그들이 찾아와 버치 대령에게 한 것처럼 함께 나가자고 할 거야. 마음의 준비를 하고, 이젠… 더 이상 네 명예를 실추시키지 않도록 조심해야 한다." 엘리자베스 씨가 마지막 말을 어찌나 입을 꼭 다물고 했는지, 말소리가 들리는 것이 신기할 정도였다.

나는 옆에 있는 비석을 만지작거리며 대답했다. "제 명예는 염려하지 않아요, 선생님. 다른 사람의 의견도 신경 쓰지 않아요. 전 버치 대령님을 사랑하고, 그분이 돌아오시길 기다리고 있어요."

"오, 메리." 엘리자베스 씨의 얼굴에 온갖 감정이 스치고 지나갔지만 가장 뚜렷하게 보인 건 분노와 슬픔이었다. 두 가지를 합치면 질투가 됐고 그제야 나는 엘리자베스 씨가 버치 대령이 내게 준 관심을 시샘하고 있다는 걸 깨달았다. 그녀는 그러면 안 되는 사람이었다. 엘리자베스 씨는 지낼 곳을 지키고 불을 피우기 위해 가구를 팔거나 태우지 않아도 됐다. 그녀는 그날의 컨디션과 날씨에 상관없이 날마다 나가 머리가 어지러울 때까지 몇 시간이고 화석을 찾지 않아도 됐다. 그녀는 손발에 동상이 걸리지도, 손끝이 진흙으로 갈라지고 회색으로 변하지도 않았다. 그녀의 이웃은 등 뒤에서 그녀 흉을 보지 않았다. 그녀는 나를 동정해야 했는데, 나를 시샘했다.

나는 잠시 눈을 감고 비석에 몸을 의지했다. "왜 절 위해 기뻐하지 않으세요?" 내가 말했다. "왜 '네가 행복해지기를 바랄게'라고 말하지 않으세요?"

"난…" 엘리자베스 씨는 목이 메는지 침을 삼켰다. "난 네 행복을 바란단다." 한참 뒤에야 겨우 말을 이었지만, 억지로 한 게 분명해 보였다. "하지만 네가 바보처럼 행동하지 않길 바란다. 네가 네 인생에서 가능한 일을 분별 있게 생각하면 좋겠어."

나는 비석에서 이끼를 뜯어냈다. "절 질투하시는군요."

"아니야!"

"아뇨, 맞아요. 버치 대령님이 제게 잘해 주셔서 질투하시는 거예요. 선생님은 그분을 사랑하셨지만, 그분은 선생님께 아무 관심이 없었죠."

엘리자베스 씨는 내게 한 대 맞은 것마냥 괴로워 보였다. "그만 하렴, 제발."

내 마음속에서 강물이 불어 강둑이 무너진 것 같았다. "그분은 선생님을 보지도 않았어요. 그분이 원한 건 저였죠! 당연하지 않겠어요? 전 어리고 눈썰미가 있으니까! 선생님이 지금까지 받은 교육과

150파운드의 연 수입, 엘더플라워 샴페인과 어이없는 음료, 터번이나 감고 장미나 키우는 어리석은 자매. 그리고 물고기! 절벽에 괴물이 감춰져 있는데 누가 물고기 따위에 관심을 갖죠? 하지만 선생님은 눈썰미가 없으니 괴물을 찾지 못할 거예요. 남자도 괴물도 갖지 못할, 말라빠진 노처녀니까요! 하지만 전 달라요." 가슴속에 있던 말을 다 쏟아 내자 너무 후련하고도 끔찍해서 토할 것 같았다.

엘리자베스 씨는 가만히 서 있었다. 불어닥치는 광풍이 잦아들기를 기다리는 것 같았다. 내가 말을 마치자 엘리자베스 씨는 심호흡을 했고, 그 다음에는 기운 없는 목소리로 속삭였다. "난 네 목숨을 구해 줬다. 진흙에서 파냈지. 그런데 너는 이렇게, 못된 소리로 은혜를 갚는구나."

바람이 다시 몰아쳤다. 내가 어찌나 화를 내며 외쳤는지 엘리자베스 씨는 한 걸음 물러섰다. "그래요, 제 생명을 구해 주셨죠! 전 항상 감사해야 한다는 부담을 느낄 거예요. 전 무슨 짓을 해도 선생님과 같아지진 않겠죠. 어떤 괴물을 찾아도, 아무리 돈을 많이 벌어도, 선생님 같은 지위엔 오르지 못할 거예요. 그러니 버치 대령은 제게 넘기지 그래요? 부탁이에요." 나는 울고 있었다.

엘리자베스 씨는 내가 다 울 때까지 차분한 회색 눈동자로 쭉 지켜봤다. "내게 고마워해야 한다는 부담은 덜어 줄게, 메리." 엘리자베스 씨가 말했다. "적어도 그건 해 줄 수 있다. 그날 사태에 깔린 게 네가 아니라 다른 누구였어도 나는 그렇게 했을 거야. 그리고 그곳에 지나가던 사람이 내가 아닌 다른 누구였어도 널 살려 줬을 테고." 엘리자베스 씨는 잠시 말을 멈췄고, 다음에 할 말을 생각하고 있었다. "하지만 네게 할 말이 있다. 네게 상처를 주려는 게 아니라 경고하려는 거야. 버치 대령에게서 기대하는 게 있다면, 분명 실망할 거야. 난 경매 전에 그분을 만났어. 영국 박물관에서 우연히 마주쳤다." 엘리자베스 씨가 말을 멈췄다. 그러고는 이어서 말했다. "어떤 부인과 동행하고 계셨어. 남편을 여읜 분이라더라. 보통 사이가 아닌 것 같았어. 기대하지 말라고 하는 말이야. 넌 노동자계급이고, 네가 가진 것 이상 바라선 안 된다. 메리, 멈춰! 가지 마."

하지만 나는 이미 돌아서서 달리기 시작했다. 그 말로부터 있는 힘껏 빠르게, 멀리 달아났다.

나는 다음번 차머스에 도착한 마차를 보지 못했다. 포근한 오후였고 그날따라 찾아온 사람들이 많았다. 나는 우리 집 앞 탁자 뒤에 서서 행인에게 화석을 팔고 있었다.

나는 미신을 믿지 않지만 그가 오리란 걸 알고 있었다. 버치 대령은 몰랐겠지만, 그날은 내 생일이었다. 지금껏 생일 선물을 받아 본 적 없으니 그날만큼은 받아야 한다고 생각했던 것 같다. 엄마는 경매 대금이 선물이라고 했지만 내겐 그의 방문이 선물이었다.

장터의 종탑 시계가 다섯 시를 알리자, 나는 물건을 팔면서도 마음속으로 버치 대령의 발걸음을 좇았다. 그가 마차에서 내려 마구간에서 말을 빌린 뒤 길을 따라오다가 블랙 벤 위 헨리 경의 들판을 가로질러 차머스 레인까지 오는 모습을 떠올렸다. 그런 식으로 그는 처치 스트리트까지 와 성미가엘 성당을 지나 버터 시장으로 들어설 터였다. 거기서 오른쪽으로 모퉁이를 돌면 코크모일 스퀘어에 도착한다.

고개를 들자, 내 생각대로 그가 진갈색 말을 타고 나를 내려다보고 있었다. "메리."

"버치 대령님." 나는 마치 지체 높은 아가씨가 된 것처럼 허리를 숙여 인사했다.

버치 대령은 말에서 내려 내 손을 잡더니 화석을 뒤지던 손님들과 지나가던 사람들 앞에서 그 손에 키스했다. 난 개의치 않았다. 그가 내 손 쪽에 허리를 숙인 채 고개를 들었고, 이내 그의 반가운 표정 뒤로 불안이 느껴졌다. 그 순간 엘리자베스 씨가 알려 준 남편과 사별한 부인의 존재가 거짓이 아니란 걸 알 수 있었다. 그 말을 믿고 싶진 않았지만, 그녀는 거짓말을 하는 사람은 아니었다. 나는 버치 대령의 손에서 내 손을 가능한 한 살짝 뺐다. 그러자 불안의 그림자는 슬픔으로 변했고 우리는 말없이 서로를 보고 있었다.

버치 대령의 어깨 위로 보이는 움직임 때문에 나는 그의 눈에서 시선을 뗐다. 브리지 스트리트를 따라 팔짱을 끼고 다가오는 부부가 보였다. 남편은 땅딸하고 단단한 실루엣이었고, 부인은 거친 파도 위의 배처럼 그 옆에서 위아래로 흔들거렸다. 패니 밀러였다. 그 아인 절벽에서 괴물 파내는 일을 도와주던 채석공 빌리 데이와 얼마 전 결혼했다. 채석공마저 결혼 상대를 만난 것이다. 패니는 우리를 빤히 쳐다봤다. 나와 눈이 마주치자 패니는 자기 남편 팔을 잡고는 절뚝이는 다리로 있는 힘껏 지나가 버렸다.

그제야 나는 지금부터 버치 대령과 무엇을 해야 할지 깨달았다. 그 부인이 있든 없든 상관없었다. 그건 내가 스스로에게 주는 선물이었다. 다른 기회는 없을 테니까. 나는 그에게 고개를 끄덕였다. "가서 어머니를 만나세요, 대령님. 어머니가 기다리고 계세요. 나중에 뵐게요."

그가 돈을 건네는 모습을 보고 싶지 않았다. 물론 고마운 일이었지만, 직접 보고 싶진 않았다. 내가 보고 싶은 건 그뿐이었다. 그가 말을 묶고 안으로 들어가는 모습을 확인한 후 나는 화석을 치우고는 버터 시장 쪽으로 방향을 잡고 버치 대령이 온 길을 되짚어 갔다. 그는 언제나 그랬듯이 차머스 퀸스 암즈에 묵을 테니, 그 길을 다시 지나갈 것이다. 나는 그곳 출입구 층계로 가서 그가 돌아오길 기다렸다.

버치 대령은 말에 탈 때면 등을 하도 꼿꼿이 세워 양철 병정 같았다. 그의 등 뒤로 해가 저물어 긴 그림자를 드리우자 그가 내 옆에 다가올 때까지 표정을 제대로 볼 수 없었다. 내가 계단 맨 위로 올라가 균형을 잡으려 하자, 그가 내 손을 잡아 주었다.

"메리, 너와 결혼할 수 없다." 그가 말했다.

"알아요, 대령님. 상관없어요."

"정말이니?"

"네. 오늘은 제 생일이에요. 전 스물한 살이 됐고, 이게 제가 원하는 거예요."

나는 말을 탈 줄 몰랐지만, 그날은 두려움 없이 손을 뻗었고 그의 품에 올라탔다.

그는 나를 내륙 쪽으로 데려갔다. 버치 대령은 이곳 지리를 나보다 잘 알았다. 나는 보통 들판에는 가지 않고 해변에서만 시간을 보냈으니까. 우리는 석양이 여기저기 만든 황혼의 그림자를 가로질러 큰 도로를 따라 엑서터로 갔다. 가는 길에 우리는 연인이 하듯 서로에게 달콤한 말을 속삭이지 않았다. 우리는 연애하는 사이가 아니었으니까. 나는 그의 품 안에 편안히 기대지도 않았다. 말이 흔들리고 안장이 세게 부딪혀 와 떨어지지 않으려고 집중해야 했다. 하지만 나는 원하는 곳에 있었고, 그래서 괜찮았다.

그 들판 끝에 과수원이 우릴 기다리고 있었다. 버치 대령과 누운 곳은 사과 꽃이 눈처럼 땅을 덮고 있었다. 그곳에서 나는 몸속 깊은 곳에서 번개가 칠 수 있다는 걸 알게 됐다. 그걸 알게 된 것에 후회는 없다.

그날 저녁, 배운 것이 또 있다. 나중에 깨달은 사실이다. 버치 대령의 팔에 안긴 채로 누워서 하늘을 보며 별을 네 개까지 세고 있는데, 그가 물었다. "내가 가족에게 준 돈으로 뭘 할 거지, 메리?"

"빚을 갚고 새 식탁을 살 거예요."

버치 대령이 웃었다. "참 실용적이구나. 네 자신을 위해서는 아무것도 안 할 거니?"

"새 보닛을 살 수 있을 것 같네요." 그와 사랑을 나누느라 내 보닛이 찌그러져 버렸다.

"그보다 좀 더 큰 꿈은 어때?"

나는 아무 말도 하지 않았다.

"가령." 버치 대령이 말했다. "더 큰 가게가 딸린 집으로 이사할 수 있지 않을까? 브로드 스트리트 같은 곳 말이다. 가게 입구도 보기 좋고 큰 진열창이 있어서 화석이 더 잘 보이는 곳으로. 그러면 장사도 더 잘 되겠지."

"그럼 제가 계속 화석을 찾아 팔 거라고 생각하시는군요? 결혼은 안 하고 가게를 운영할 거라고."

"그런 말은 아니야."

"괜찮아요, 대령님. 전 결혼 안 할 거예요. 저 같은 사람을 신붓감으로 원하는 남자는 없을 테죠."

"그런 말은 아니었어, 메리. 오해야."

"그런가요?" 나는 그의 팔에서 벗어나 바닥에 누웠다. 이야기하는 사이에 하늘이 더 어두워지고 처음에 흩어져 있던 별보다 더 많은 별이 보였다.

버치 대령은 뻣뻣한 동작으로 일어났다. 나이가 있으니 땅바닥에 누워 있는 게 힘들었을 것이다. 그는 나를 내려다봤다. 너무 어두워 표정이 보이지 않았다. "화석 사냥꾼으로서 네 미래를 생각해 봤다. 아내로서가 아니라. 아주 좋은 아내가 될 여자들은 많다. 사실 대부분이 그렇지. 하지만 넌 하나뿐이다. 런던에서 경매를 준비하면서 화석에 대해 많이 안다는 사람들을 여럿 만났어. 화석이 무엇인지, 어떻게 여기 왔는지, 무슨 의미인지 서로 묻고 답했지. 하지만 네가 아는 것의 절반도 알지 못하는 사람들뿐이었어."

"버클랜드 씨는 잘 알아요. 헨리 드 라 비치도. 퀴비에 남작은 어떻고요? 그 사람이 누구보다 많이 안다던데."

"그럴지도 모르지. 하지만 너처럼 본능적으로 아는 사람은 없다, 메리. 네가 아는 건 독학으로 배운 것이고 책이 아니라 경험에서 온 거지만, 그렇다고 가치가 없는 건 아니다. 너는 표본을 가지고 많은 시간을 보냈어. 해부학을 공부하고 그 종류와 섬세한 차이를 봤다. 익티오사우루스가 우리가 상상한 그 무엇과도 다른 독특한 존재인 것을 알아봤지."

하지만 나는 나나 화석에 대해서 이야기하고 싶지 않았다. 별이 너무나 많아서 셀 수 없었다. 그 숱한 지식 아래, 땅에 누워 있는 내 자신이 아주 작게 느껴졌다. 별들이 내 속을 도려내기 시작했다. "저 별들이 얼마나 멀리 있을까요?"

버치 대령은 고개를 들어 하늘을 봤다. "아주 멀리. 우리가 상상하는 것보다 훨씬 더 멀리."

아마 그 전에 있었던 일, 몸속에서 치는 번개 때문에 나는 더 크고 낯선 생각에 마음을 열었을 것이다. 그렇게 먼 별들을 보고 있으니 땅과 그 별들을 지나는 실이 있는 것 같았다. 다른 실도 뻗어 나가 과거와 미래를 연결했다. 한쪽 끝에는 오래전에 죽어 내가 찾아 주길 기다리는 이키가 있었다. 다른 쪽 끝에는 무엇이 있는지 알지 못했다. 이 두 가닥의 실은 너무 길어 그 길이를 측정할 수 없었지만, 한 가닥이 다른 가닥과 만나는 곳에 내가 있었다. 내 삶은 그 순간까지 밀려 들어왔다가 이내 다시 멀어져 갔다. 밀물이 바닷가에 가장 높이 차오른 자국을 남기고는 이내 밀려나듯이.

"모든 게 너무 크고 오래되고 멀리 있어요." 나는 벌떡 일어나 앉았다. "신께서 절 도와주시기를. 두려우니까요."

버치 대령은 내 머리에 손을 얹고 바닥에 누워 헝클어진 머리카락을 쓰다듬었다. "두려워할 것 없다." 그가 말했다. "넌 여기 나와 함께 있으니까."

"지금뿐이죠." 내가 말했다. "이 순간뿐. 그런 다음엔 다시 이 세상에 저 혼자 남을 거예요. 의지할 사람이 아무도 없으면 힘들어요."

그는 그 말에 대답하지 않았고, 나는 대답을 들을 수 없다는 걸 알았다.

나는 누워서 별들을 봤다. 눈이 감길 때까지.

8

모험 없는 삶 속에서 모험을

《웨스턴 플라잉 포스트》에 보도된 기사가 나를 놀라게 하는 건 드문 일이다. 대부분은 예측 가능한 기사니까. 브리드포트의 가축 경매, 웨이머스 도로 확장과 관련한 공개회의, 프롬 축제에서 소매치기를 주의하라는 경고처럼 말이다. 은시계를 훔치고 잡혀간 남자, 마을 절반을 태운 화재처럼 좀 더 특이하고 사람들의 삶을 바꿔 놓는 기사 역시도 나는 거리감을 느끼며 읽었다. 내게는 별 영향이 없었으니까. 물론 그 남자가 내 시계를 훔쳤거나 라임의 절반이 화재로 타 버렸다면 좀 더 관심을 가졌을지도 모르겠다. 그래도 신문은 꼬박꼬박 읽었다. 지금 사는 도시에 갇히지 않고, 좀 더 넓은 세상을 알 수 있게 해 주었으므로.

어느 12월 중순의 오후, 난롯가에서 쉬고 있는데 베시가 내게 신문을 가져다줬다. 나는 자주 앓는 편이 아니었는데, 그래서였는지는 몰라도 기운이 달리자 평소의 베시처럼 심술을 부렸다. 그래도 신문은 소일거리가 됐다. 언니와 동생은 부엌에서 크리스마스 선물로 내놓을 마거릿의 연고와 로즈힙 젤리를 만드느라 바빴다. 나는 선물에 암모나이트를 하나씩 넣고 싶었지만, 마거릿은 명절 분위기에 어울리지 않는다고 예쁜 조개껍질을 넣자고 했다. 나는 사람들이 화석을 죽은 동물의 뼈로 본다는 사실을 종종 잊곤 한다. 이는 지극히 타당한 관점이지만, 내게 화석은 과거의 세상을 알려 주는 예술 작품에 더 가깝다.

베시가 가져다준 신문을 심드렁하게 읽고 있는데 짧은 기사가 눈에 띄었다. 헛간을 태운 화재와 빵집을 태운 화재 기사 사이에 낀 내용이었다.

수요일 저녁, 영국 박물관과 브리스틀 박물관, 여러 지질학자에게 화석을 제공해 온 저명한 화석학자 메리 애닝이 도시 동쪽, 모두가 즐겨 찾는 블랙 벤 절벽 바로 아래에서 새로운 화석을 발견했으며 그날 밤과 이튿날 아침에 조사를 위한 운반을 마쳤다. 그 결과, 이번 표본은 그간 라임에서 발견된 어떤 화석과도 크게 다른 것으로 밝혀졌다. 그것은 거북의 구조와 비슷하나, 익티오사우루스나 플레시오사우루스Plesiosaurus와도 다른 생물인 듯 보인다. 최근 발굴한 것이라 전체 골격 구조는 아직 만족스럽게 밝혀지지 않았다.

위대한 지질학자들이 이 생물을 어떻게 부를지 결정할 것이다. 뼈를 완전히 발굴한 뒤 퀴비에 남작에게도 알릴 예정이나, 정확한 조사가 끝난 뒤에 옥스퍼드나 런던에 전시될 것으로 보인다. 영국 박물관이나 브리스틀 박물관의 관리자들은 '위대한 헤르쿨라네움Great Herculaneum*'의 잔해를 소유하기를 간절히 바랄 것이 분명하다.

결국 메리가 찾아낸 것이다. 메리는 윌리엄 버클랜드와 함께 지구상 어딘가에 존재할 것이라고 추측했던 새 괴물을 발견했고, 나는 그 소식을 신문으로 접해야 했다. 메리와 아무 상관이 없는 여느 사람이 된 것처럼.《웨스턴 플라잉 포스트》를 발간하는 이들도 나보다 그 소식을 먼저 알았다.

라임 레지스 같은 곳에서 누군가와 사이가 틀어지긴 참 어렵다. 우리 필폿 자매가 헨리 경과 만나지 않기로 했을 때 그 사실을 처음 알게 됐다. 그와는 여전히 여기저기서 마주쳤다. 브로드 스트리트와 강변길, 성미가엘 성당에서 그를 피하기란 게임이나 다름없었다. 몇 년간 사람들에게 수다거리와 즐거움을 제공한 데에 우리는 감사 인사를 받아야 할 판이었다.

메리와의 절교는 훨씬 더 괴로웠다. 메리는 내게 상당히 소중한 사람이었으니까. 성당 앞에서 싸운 뒤, 나는 곧바로 괜한 소리를 했다고 후회했다. 버치 대령과 결혼할지 어떨지 모르는 부인에 대해서는 메리가 그에게 직접 듣는 편이 나았다. 그때 그 아이의 얼굴에 스친 배신감과 절망감은 결코 잊지 못할 것 같다. 또 내 질투심에 대해,

* 폼페이처럼 약 1700년 동안 화산재에 파묻혀 있던 이탈리아의 고대 도시 유적.

우리 자매와 물고기 화석에 대해 메리가 내게 한 말들은 채찍질처럼 얼얼한 상처를 남겼다.

하지만 나는 자존심 때문에 사과하지 못했고 메리도 마찬가지였다. 베시가 얼굴을 잔뜩 찌푸리고 응접실에 들어와 손님이 왔다고 알리기를 간절히 기다렸다. 하지만 그런 일은 없었고, 화해할 수 있는 시기가 지나가자 더 이상 우리가 예전과 같은 사이로 돌아가긴 불가능해졌음을 깨달았다.

비록 용서할 수 없는 말을 했더라도, 누군가와 헤어지기란 쉽지 않은 법이다. 적어도 1년간은 바닷가에서, 브로드 스트리트에서, 코브에서 메리를 보면 가슴이 아팠다. 그때부터 나는 메리와 마주치지 않고 바닷가로 나가기 위해 성미가엘 성당 옆길을 이용해야만 했다. 메리가 자주 화석을 찾으러 가는 블랙 벤엔 발걸음을 끊었고, 대신 그 반대편인 코브를 지나 몬머스해변을 찾았다. 다만 그곳엔 물고기 화석이 많지 않았으므로 예전에 비해 수집하는 양이 확연히 줄었다.

외로웠다. 그동안 메리와 나는 화석을 찾으며 많은 시간을 함께 보냈다. 몇 시간씩 서로 말없이 있곤 했지만, 근처에서 바다를 보며 진흙을 닦거나 바위를 뒤지는 그 애의 존재는 친근하고 편안했다. 메리와 사이가 멀어진 뒤로도 텅 빈 해변에서 주위를 둘러보다 문득 혼자 있음을 깨닫고 놀라곤 했다. 그런 고독은 내가 혐오하는 쓸데없는 우울을 가져왔고, 나는 거기서 벗어나고자 날카로운 말을 하곤 했다. 마거릿은 내가 발끈한다고 불평하기 시작했고, 베시는 내가 날 선 말을 하면 일을 그만두겠다고 위협했다.

해변에서만 메리가 보고 싶은 건 아니었다. 바구니를 풀고 발견한 것을 자랑할 때 식탁에 앉아 있던 그 애가 그리웠다. 이젠 헨리 드 라비치나 윌리엄 버클랜드, 카펜터 박사가 있을 때, 누군가가 내 수집품을 보러 와 화석 유행에 동참하는 것 이상의 관심을 보일 때만 내가 바닷가에서 발견한 것들을 자랑할 수 있었다. 메리의 지식과 격려가 없어지니 내 연구가 시시하게 느껴졌다.

동시에 나는 메리가 외지인들 사이에서 점점 유명해지는 것을 지켜봐야 했다. 사람들은 적극적으로 메리를 찾았고, 메리는 방문객들을 인솔해 블랙 벤으로 화석 견학을 가기 시작했다. 버치 대령의 경매 수익과 메리의 인기 덕분에 애닝 가족은 마침내 리처드 애닝이 오래전 남긴 빚에서 벗어날 수 있었다. 메리와 몰리는 새 드레스를 입었고 다시 제대로 된 가구와 석탄을 사들였다. 몰리 애닝은 세탁 일을 그만두고 화석 가게를 정식으로 운영하기 시작했으며, 그곳은 사람들로 북적였다. 나는 잘된 일이라고 기뻐해야 했다. 하지만 그보다는 부러운 마음이 더 컸다.

잠시 나는 라임을 떠나 얼마 전 브라이턴으로 이사한 동생 프랜시스의 가족과 같이 살 생각도 했다. 루이스 언니와 마거릿에게 슬쩍 그 이야기를 하니 둘 다 기겁했다. "어떻게 우리랑 떨어져서 살 생각을 해?" 마거릿이 외쳤고 루이스 언니는 얼굴이 창백해진 채 말이 없었다. 베시마저 반죽을 하다가 훌쩍거리는 소리가 들렸고, 결국 나는 몰리 코티지에 영영 살겠다고 다짐해야 했다.

오래 걸리기는 했지만, 결국 나는 메리의 동행이나 우정이 없어진

데 적응하게 됐다. 그쯤 되니 메리가 마치 차머스나 시타운, 아이프 같은 이웃 도시에 사는 것처럼 느껴졌다. 그렇게 작은 곳에서 그토록 서로를 잘 피할 수 있다니 놀라웠다. 아니, 사실은 메리가 새로운 수집가들을 만나느라 너무 바빠 노력하지 않아도 자주 볼 수 없었을 것이다. 그 애의 부재에 적응하는 동안에도 가슴속 한편을 시큰하게 만드는 묵직한 통증은 여전했다. 다 나은 뒤에도 비가 오면 다시 아파오는 골절상처럼.

피할 수 없는 곳에서 메리와 마주친 적도 한 번 있었다. 언니, 동생과 함께 산책로로 가는데 메리가 작은 얼룩 강아지를 이끌고 반대편에서 걸어왔다. 순식간에 일어난 일이라 나는 피할 수가 없었다. 메리도 우리를 보고 놀랐지만 지지 않겠다는 듯 꿋꿋이 걸어왔다. 마거릿과 루이스 언니가 인사를 건넸고 메리도 인사했다. 그 애와 나는 서로의 눈을 조심스레 피했다.

"참 귀여운 강아지네!" 마거릿이 무릎을 꿇고 앉아 개를 쓰다듬었다. "이름이 뭐지?"

"트레이요."

"어디서 났어?"

"친구가 해변에 함께 다니라고 줬어요." 메리의 얼굴이 붉어진 탓에 그 친구가 누군지 알 수 있었다. "얘는 마음에 들면 쓰다듬게 해줘요. 안 그러면 으르렁거려요."

트레이는 루이스 언니의 드레스를, 그리고 내 드레스를 킁킁거렸다. 나는 녀석이 으르렁거릴 줄 알고 긴장했지만, 녀석은 나를 올려다보곤 헥헥거렸다. 반려동물은 주인이 싫어하는 사람을 싫어할 줄 알았는데 의외였다.

그 한 번 이외에는 메리를 피할 수 있었다. 트레이를 끌고 바닷가 나 시내를 돌아다니는 메리를 멀리서 볼 때도 있었다.

메리와 다시 친구 사이가 되고 싶었던 적이 한 번 있었다. 싸우고 서 몇 달 뒤의 일이다. 메리가 흐트러진 뼈들을 발견했으며, 두개골 은 없지만 추측에 따라 조립했다는 소식을 들었다. 나도 보고 싶었지 만 애닝 가족은 그것을 버치 대령에게 팔았고, 내가 코크모일 스퀘어 에 찾아갈 용기를 미처 내기 전에 그에게 보내 버렸다. 헨리 드 라 비 치와 코니비어 사제가 발표한 논문에서 그 내용을 읽을 수 있었고, 그들은 그것을 플레시오사우루스, "파충류에 가까운 것"이라고 명명 했다. 아주 긴 목과 커다란 물갈퀴를 가진 것으로 추정되는 동물이라 고 했다. 윌리엄 버클랜드는 그것을 거북의 등껍질에 들어간 뱀에 비 유했다.

나는 코크모일 스퀘어에 찾아가고 싶어 어쩔 줄을 몰랐다. 메리의 소식이 담긴 짧은 기사를 읽고 나니 그 애에게 묻고 싶은 질문이 머 릿속에 마구 떠올랐다. 가장 먼저 무엇을 찾았는지? 표본은 얼마나 크고 어떤 상태였는지? 얼마나 온전한지? 이번에는 두개골이 있는 지? 어째서 밤새 작업을 했는지? 누구에게 팔 것으로 예상되는지? 영 국 박물관인지, 브리스틀 박물관인지, 아니면 다시 버치 대령인지?

그걸 보고 싶은 마음이 너무 강해 실제로 일어나 외투를 집어 들 기까지 했다. 그러나 그 순간, 베시가 차 한 잔을 더 들고 나타났다.

"뭐 하고 계세요, 엘리자베스 아가씨? 설마 이 추위에 나가시려는 건 아니죠?"

"난…" 베시의 커다란 얼굴을, 붉게 달아올라 비난하는 듯한 뺨을 보니 거기 가고 싶다는 말을 할 수 없었다. 베시는 메리와 내 사이가 멀어진 것을 기뻐했고, 코크모일 스퀘어에 가고 싶다고 하면 온갖 참견을 할 터였다. 더는 싸울 기력이 없었다. 마거릿과 루이스 언니에게도 뭐라 설명하기가 참 애매했다. 그 둘은 내가 메리와 화해하기를 바랐지만 내 고집에 질려 그 사안을 포기한 지 오래였다.

"우편물이 오는지 문 앞에 나가 보려고." 내가 말했다. "그런데 있잖아, 좀 어지러워. 눕는 게 좋겠어."

"그렇게 하세요. 아무 데도 갈 것 없어요."

베시의 말이 일리 있다고 느끼다니, 좀처럼 드문 일이었다.

이틀 뒤 윌리엄 버클랜드가 찾아왔다. 마거릿과 루이스 언니는 이런저런 사람들에게 크리스마스 선물 바구니를 전하러 갔고, 나는 여전히 몸이 좋지 않아 집에 있었다. 루이스 언니는 부러운 표정을 지었다. 마거릿 때문에 어쩔 수 없이 따라나서긴 했어도 그런 방문은 언니에겐—그리고 내게도—지루한 행사였다. 마거릿만이 사교 방문을 즐겼다.

겨우 눈을 감으려는데, 베시가 신사가 찾아왔다고 알렸다. 나는 일어나 얼굴을 문지르고 머리를 정리했다.

윌리엄 버클랜드가 불쑥 들어왔다. "필폿 씨!" 그가 외쳤다. "일어나지 마세요, 난로 옆에서 참 편안해 보이는군요. 방해하러 온 게 아닙니다. 나중에 와도 됩니다." 하지만 그는 계속 있고 싶은 표정으로 주위를 둘러봤고 나는 일어나 손을 내밀었다. "버클랜드 씨, 어서 오세요. 정말 오랜만이네요." 나는 맞은편 의자를 가리켰다. "앉아서 소식을 들려주세요. 베시, 버클랜드 씨에게 차 좀 내줘. 옥스퍼드에서 오시는 길인가요?"

"몇 시간 전에 왔습니다." 윌리엄 버클랜드가 자리에 앉았다. "고맙게도 학기가 방금 끝나서 메리의 편지를 받자마자 출발할 수 있었습니다." 그는 다시 벌떡 일어나—오래 앉아 있는 재능은 없는 사람이었다—서성거렸다. 머리숱이 줄면서 넓어진 이마가 불빛에 반짝였다. "정말 놀랍지 않습니까? 대단한 메리, 정말 굉장한 표본을 발견했습니다! 이제는 전처럼 신체 구조를 짐작할 필요가 없어졌어요. 새로운 생명체와 관련한 확실한 증거가 생겼으니까요. 우리가 앞으로 고대의 동물을 또 몇이나 더 발견할 수 있을까요?" 버클랜드가 벽난로에서 성게를 집어 들었다. "말씀이 없으시군요, 필폿 씨." 그가 성게를 살피며 말했다. "어떻게 생각하세요? 훌륭하지 않습니까?"

"전 표본을 못 봤어요." 이쯤 되자 나 역시 솔직하게 털어놓을 수밖에 없었다. "기사만 읽었어요. 기사 내용만으로도 충분했어요."

그가 날 빤히 봤다. "네? 못 보셨다고요? 대체 왜요? 전 옥스퍼드에서 번개처럼 달려왔는데, 엘리자베스 씨는 언덕만 내려가면 되잖습니까. 지금 가시겠어요? 저는 또 가도 괜찮습니다." 그는 성게를 내려놓고 팔꿈치를 내밀며 내게 잡으라고 권했다.

나는 한숨을 쉬었다. 윌리엄 버클랜드에게 메리와 나는 더 이상 아무 관계가 아니란 걸 이해시키기란 불가능했다. 나는 그를 친구로 치지만, 그는 남의 감정에 예민한 사람이 아니었다. 그는 감정 표현보다는 지식 추구 본위의 삶을 살았다. 마흔이 다 되어서도 결혼할 생각이 없어 보였고, 아무도 이에 놀라지 않았다. 어떤 부인이 살아 있는 사람보다 죽은 것들에 더 관심을 보이는 그 별난 행동을 견딜 수 있을까?

"함께 못 갈 거 같네요, 버클랜드 씨." 내가 말했다. "기침이 심해서 언니와 동생이 난롯가에 있으라고 했어요." 적어도 거기까지는 사실이었다.

"저런!" 그가 다시 자리에 앉았다.

"신문에선 메리가 찾은 것이 익티오사우루스나 플레시오사우루스와는 다르다고 하던데요. 물론, 후자는 추측만 한 것이겠지만요."

"오, 아뇨. 플레시오사우루스가 맞습니다." 그가 말했다. "이번엔 머리가 있는데, 상상한 그대로입니다. 몸체에 비해 아주 작더군요. 그리고 물갈퀴도요! 메리가 그것 먼저 닦아 주겠다고 약속했습니다. 하지만 제가 필폿 씨를 만나러 온 까닭을 아직 말씀드리지 않았군요. 다름이 아니라, 필폿 씨께서 애닝 가족을 설득해 주셨으면 해서요. 이 표본을 지난번에 그랬던 것처럼 버치 대령에게 팔지는 말아 달라고요. 그는 이전 표본을 왕립 의과대학에 팔았는데, 이번 것도 거기로 가지는 않았으면 해서요."

"대령님이 그것도 팔았나요? 어째서 그랬을까요?" 나는 의자 팔걸

이를 움켜쥐었다. 버치 대령 말만 나와도 긴장됐다.

윌리엄 버클랜드가 어깨를 으쓱였다. "아마 돈이 필요했겠죠. 표본을 대중에게 공개하는 건 나쁜 일은 아니지만, 그곳 대학에는 플레시오사우루스 연구보다도 그저 이를 어떻게든 이용하려는 자들이 가득하거든요. 코니비어가 그걸 연구하는 편이 훨씬 믿음직합니다. 그는 전처럼 그 표본을 놓고 강의하기 위해 지질학회에 가져가고 싶어 해요. 그런 학회가 있다면 많은 사람이 참석할 거고요. 필폿 씨, 제가 2월에 그곳 회장이 되는 거 알고 계셨습니까? 그의 강연과 제 취임식을 함께할 수도 있을 겁니다."

《포스트Post》 기사를 보니 애닝 가족은 브리스틀이나 영국 박물관을 고려 중이라던데요." 표본을 직접 보고 온 사람에게 뉴스 기사를 인용해서 말하려니 살짝 부끄러웠다. 런던에 사는 사람에게 런던 안내서를 읽어 주는 기분이었다.

"그건 애닝 가족이 아니라 신문사의 의견입니다." 그가 말했다. "네, 몰리 애닝은 방금 전에도 버치 대령을 언급했어요. 제 제안은 염두에 두지 않을 겁니다."

"버치 대령이 첫 번째 표본을 비싼 값에 팔았다는 말씀도 하셨나요?"

"제 말을 듣지 않아요. 그래서 찾아온 겁니다."

나는 내 손을 살펴봤다. 쭈글쭈글한 손가락, 손톱 밑에 낀 파란 진흙. 마거릿의 연고를 날마다 발라도 손끝 부분을 잘라 낸 장갑을 끼고는 손가락에 상처가 가실 틈이 없었다. "전 애닝 가족에게도, 그들이 팔 상대를 선택하는 데도 관여할 수 없어요. 이제 그 가족은 독자적으로 사업을 하고 있어요. 제 간섭이 달갑지 않을 거예요."

"하지만 시도라도 해 주실 수 없겠습니까, 필폿 씨? 그저 말씀만 해 주세요. 몰리 애닝은 필폿 씨의 의견을 존중할 겁니다. 저희 모두가 그렇듯이요."

나는 한숨을 쉬었다. "저, 버클랜드 씨. 몰리 애닝을 납득시키려면 그녀가 알아듣는 말로 설명하셔야 해요. 박물관이니 논문이니 말고, 돈으로요. 몰리에게 버치 대령보다 큰 액수를 지불할 수집가를 찾아 소개해 주면 기꺼이 그쪽에 팔 겁니다."

그가 깜짝 놀란 듯한 표정을 지었다. 돈 생각은 전혀 못 했다는 듯이.

"그럼." 나는 화제를 바꾸기로 마음먹었다. "전에 못 보신 물고기 화석이 층계참에 있어요. 보면 놀라실 히보두스의 등지느러미도 함께 있어요. 등뼈를 따라 난 선이 정말 이빨과 비슷하거든요. 오세요, 보여 드릴게요."

그가 가고 난 뒤, 나는 다시 난롯가에 앉아 생각했다. 윌리엄 버클랜드가 플레시오사우루스에 열광하는 것을 보고 나니 더욱더 그 표본이 간절히 보고 싶어졌다. 그것이 라임에 있을 때 보지 못하면 다음 기회는 없을 것 같았다. 개인 구매자가 그것을 사들여 자기 집에 보관하면 나 같은 사람이 무슨 수로 볼 수 있겠는가.

메리는 앞으로 3~4주는 내내 그 표본 곁에 붙어 있을 것이다. 표본을 닦아 내고 이것저것 준비하려면 어쩔 수 없을 터였다. 언제 자리를 비울지 알 수 없었으므로 메리를 만나지 않고 그것을 볼 방법은 없었다. 그렇지만 이제 와서 메리를 마주할 수는 없었다. 메리를 안 보는 것에, 그 애가 나보다 잘났다고 생각하며 고통받지 않는 것에 익숙해진 뒤였다. 그 상처를 다시 열고 싶지 않았다.

그러던 어느 일요일, 뜻밖의 기회를 얻었다. 쿰 스트리트를 따라 성미가엘 성당으로 가는 길에 애닝 가족 셋이 함께 조합 교회에 들어가는 모습을 본 것이다. 그 무렵에는 멀찍이서 메리를 보는 것에 익숙해진 뒤라 놀라 피하거나 하지는 않게 됐다. 메리도 최선을 다해 나를 못 본 척했다.

성미가엘 성당에 들어간 뒤, 나는 언니와 동생, 베시와 앉아 있었다. 존스 사제가 기도를 인도할 때, 모퉁이만 돌면 애닝 가족의 빈 집이 있다는 생각을 했다.

나는 기침하기 시작했다. 처음에는 이따금 하다가 나중에는 목이 따끔거려 기침을 참을 수 없는 것처럼 굴었다. 주위 사람들이 불편한 듯 몸을 움직이며 두리번거렸고 마거릿과 루이스 언니가 걱정스러운 표정으로 나를 쳐다봤다.

"감기 기운 때문에 목이 아파." 나는 루이스 언니에게 그렇게 말했다. "집에 가는 게 좋겠어. 하지만 언니는 있어. 나 혼자 가도 괜찮아." 언니가 대꾸하기 전에 나는 통로로 빠져나갔다. 존스 사제가 그 모습을 흘낏 쳐다봤다. 내게 성당보다 화석이 먼저인 것은 그도 분명 알고 있으리라.

밖에 나오니 베시가 뒤따라 나왔다. "오 베시, 따라오지 않아도 돼." 내가 말했다. "다시 들어가." 베시가 고집스레 고개를 저었다. "아뇨, 불을 다시 지펴 드릴게요."

"나도 불은 충분히 지필 수 있어. 가끔은 너보다 먼저 일어나면 내가 불 지피는 걸 알잖아."

베시는 내가 자기보다 앞선다는 사실을 지적받고 눈살을 찌푸렸다. "마거릿 씨가 함께 가랬어요." 베시가 중얼거렸다.

"아냐, 들어가서 마거릿에게 내가 돌려보냈다고 해. 나중에 친구들과 인사도 하고 싶잖아?" 나는 하인들끼리 미사가 끝난 뒤 열심히 수다를 떠는 것을 알고 있었다.

베시는 솔깃해하면서도 아무래도 의심이 드는지 나를 찬찬히 뜯어봤다. "해변에 나가려는 건 아니죠? 감기라도 걸리면 어쩌려고 그래요. 게다가 오늘은 주일이잖아요!"

"당연히 안 가지. 밀물 때인걸." 사실 지금이 밀물 때인지 썰물 때인지 알지도 못 했다.

"아." 라임에 20년째 살면서도 베시는 여전히 조수에 대해 알지 못했다. 몇 마디 더 부추기자 베시는 성당으로 돌아갔다.

사람들이 대부분 성당에 가거나 자고 있어서, 코크모일 스퀘어와 브리지 스트리트는 텅 비어 있었다. 망설일 여유는 없었다. 망설이는 순간, 누군가의 눈에 띄거나 용기를 잃게 될 테니까. 메리의 작업장 계단을 급히 내려가며 몰리 애닝이 돌멩이 밑에 감춰 두던 열쇠를 꺼내 문을 열고 들어갔다. 그래서는 안 된다는 걸, 지금 내가 벌이는 짓은 런던에서 열린 불럭의 경매에 몰래 갔던 것보다 훨씬 더 나쁜 짓이라는 걸 알면서도 어쩔 수 없었다.

껑껑거리는 소리가 들리더니 트레이가 다가와 내 발을 쿵쿵거리면서 꼬리를 흔들었다. 나는 망설이다 손을 뻗어 녀석을 쓰다듬었다. 털이 뻣뻣했고 블루 라이어스의 먼지를 뒤집어쓰고 있었다. 진정한 애닝 집안의 개다웠다.

나는 트레이를 지나 바닥의 판에 펼쳐 놓은 플레시오사우루스를 봤다. 9피트 정도 되는 길이에, 폭은 그 절반만 했고, 커다란 다이아몬드형 물갈퀴가 달려 있었다. 9피트 중 대부분은 백조처럼 기다란 목이 차지하고 있었고, 그 끝에는 5인치는 될까 싶은, 놀랍도록 작은 두개골이 붙어 있었다. 아무리 보고 있어도 도무지 납득이 되지 않았다. 목이 너무 길었다. 나머지 몸체보다 목이 긴 동물이 있을까? 퀴비에의 해부학 책이 있었으면 싶었다. 몸체는 술통 모양의 늑골로 이뤄졌고 목보다 훨씬 짧은 꼬리가 붙어 있었다. 전체적으로 눈이 커다란 익티오사우루스만큼이나 믿기 힘든 모습이었다. 몸이 떨리면서 동시에 웃음이 나왔다. 메리가 너무나 자랑스러웠다. 그 애에 대한 내 감정이 어떻든 간에, 메리가 아무도 찾지 못한 것을 찾아낸 일에 대해서만큼은 나는 순수하게 기뻐할 수 있었다.

플레시오사우루스 주위를 실컷 돌면서 보고 또 봤다. 다시는 못 볼 가능성이 컸으니까. 그리고 예전에는 그렇게 많이 찾아왔지만 몇 년 동안 보지 못했던 메리의 작업장도 둘러봤다. 변한 것은 없었다. 여전히 작은 가구와 먼지, 봐 주기를 기다리는 화석들로 가득한 상자들이 있었다. 그런 더미 하나에 메리가 쓴 서류 묶음이 있었다. 코니비어 사제가 메리가 찾은 동물에 대해 지질학회에 제출한 논문을 필

plesiosaurus

사한 것이었다. 스물아홉 쪽에 달하는 글과 여덟 쪽에 달하는 그림을 메리는 전부 공들여 필사했다. 그걸 하느라 몇 주 내내 밤마다 작업했을 것이다. 나도 못 본 논문이라 빌려 보고 싶어졌다.

하지만 작업장에서 종일 그걸 읽고 있을 수는 없었다. 결론을 읽으려고 종이를 넘기다가 마지막 장에 작은 글씨로 적힌 주석을 발견했다. "내가 논문을 쓰면 서문 하나로 족할 것이다."

메리는 코니비어 사제의 장광설을 비판할 정도로 자신만만한 듯했다. 더욱이 직접 학술 논문을 쓸 계획도 갖고 있었다. 그 과감함에 미소가 지어졌다.

그때 트레이가 짖었고 문이 열리더니 조지프 애닝이 나타났다. 그나마 다행이었다. 몰리 애닝이었다면, 내게 품었던 의심이 되살아났을 테니까. 물론 메리였다면 나는 이런 침입 행위를 절대 변명하지 못했을 것이다.

그렇다고 해도 어처구니없는 상황임에는 변함이 없었다. 도둑이 아니고서야 어느 누가 남의 집에 함부로 들어오겠는가. 무해한 독신녀도 그런 짓은 하지 않는다. "조지프, 저, 정말 미안하구나." 나는 더듬거리며 말했다. "메리가 발견한 걸 보고 싶었어. 차마 메리가 있을 때는 올 수가 없었거든. 우리 모두 어색해질 테니까. 그렇다고 내가 잘했다는 건 아니지만… 용서받을 수 없는 짓이지. 미안하구나." 나는 달려 나가고 싶었지만 그가 입구를 막고 있었다. 빛을 등지고 있어 표정을 볼 수 없었다. 물론 표정이 있었다면 말이다. 조지프는 감정을 쉽게 드러내는 사람이 아니니까.

조지프는 한동안 꼼짝 않고 서 있었다. 한참 뒤 그가 한 걸음 내디뎠고, 예상처럼 내게 찡그리거나 화를 내지는 않았다. 그렇다고 웃지도 않았다. 다만 정중할 뿐이었다. "어머니께 숄을 하나 더 가져다드리려고 왔어요. 교회가 추워서요." 외려 자기가 돌아온 이유를 설명하다니, 참 이상한 일이었다. "어떻게 생각하세요, 필폿 씨?" 그가 플레시오사우루스를 가리키며 덧붙였다.

나는 조지프가 그렇게 침착하게 행동할지 몰랐다. "정말 굉장하구나."

"전 마음에 들지 않아요. 부자연스러워요. 그걸 보내고 나면 한결 마음이 편할 거예요." 몹시 조지프다운 말이었다.

"버클랜드 씨 말로는 버킹엄 공작이 사고 싶어 해서 연락을 주고받고 있다고 하던데…."

"글쎄요. 메리에겐 따로 생각이 있어요."

"설마 버치 대령?" 대답을 듣기가 두려웠다.

그러나 조지프는 의외의 대답을 들려주었다. "아뇨, 그 사람은 아니에요. 메리도 그건 포기했어요. 그 사람은 결혼해 주지 않으리란 걸 아니까요."

"아." 나는 마음이 놓여 웃음이 날 것 같았다. "그럼 누구지?"

"메리가 말을 안 해요. 어머니께도요. 요즘 아주 오만하거든요." 조지프는 못마땅한 표정으로 고개를 저었다. "그 애가 편지를 보냈는데, 답장을 받고 나서 버클랜드 씨에게 말해야 한대요."

"이상하구나."

조지프는 초조한 기색이었다. "이제 그만 교회에 돌아가야 해요, 필폿 씨. 어머니께 숄을 드려야 해서요."

"물론 그래야지." 나는 플레시오사우루스를 한 번 더 보고 메리가 필사한 논문을 상자의 화석 더미 위에 올려놓았다. 그러는 동안 물고기 꼬리가 눈에 띄었다. 뒤이어 지느러미, 그리고 또 하나의 꼬리도. 나는 이내 그 상자 전체가 물고기 화석으로 채워졌음을 깨달았다. 그 사이에 끼워진 쪽지에는 'EP'라고 적혀 있었는데, 메리의 글씨체가 분명했다. 날 위해 모은 것이었다. 메리는 언젠가 우리가 다시 친구 사이가 되고, 날 용서하고 내게 용서받으리라 생각한 것이다. 그렇게 생각하니 눈시울이 뜨거워졌다.

조지프는 내가 나갈 수 있도록 비켜섰다. 나는 지나가다가 걸음을 멈췄다. "조지프, 메리나 어머니께 내가 여기 왔었다는 이야기를 하지 않았으면 해. 두 사람을 속상하게 할 필요가 없잖니?"

조지프는 고개를 끄덕였다. "아무래도 제가 필폿 씨 부탁 하나는 들어드려야 할 것 같네요."

"그게 무슨 말이니?"

"악어를 판 뒤에 견습생이 되라고 하셨잖아요. 그건 제가 한 일 중에 가장 잘한 일이었어요. 물론 견습생을 시작하고 나면 다시는 화석을 찾지 않아도 될 줄 알았지만, 늘 다시 시작하게 됐죠. 이번에야말로 이걸 팔고 나면…" 그는 플레시오사우루스를 향해 고개를 까딱였다. "화석 일은 영영 그만둘 거예요. 가구 장식 일만 할 거예요. 다시는 해변에 내려가고 싶지 않아요. 그러니까 비밀을 지켜 드릴게요, 필폿 씨." 조지프가 희미하게 미소를 지었다. 그의 미소를 본 건 그때뿐이었다. 미소를 짓자 자기 아버지의 잘생긴 얼굴이 살짝 보였다.

"행복하길 바랄게." 나는 그의 동생에게는 하지 못한 말을 건넸다.

식사 중에 현관문을 두드리는 소리가 났다. 너무 갑작스럽고 요란해서 자매 셋 다 깜짝 놀랐고 마거릿은 워터크레스 스프를 쏟았다.

보통은 베시가 느릿느릿 문을 열게 내버려 두지만, 문 두드리는 소리가 너무 다급해 루이스 언니가 벌떡 일어났다. 그길로 복도를 달려가서 문을 열었다. 마거릿과 나는 누가 들어오는지 보지 못했지만 낮은 목소리가 들려왔다. 얼마 안 있자 루이스 언니가 머리만 빼꼼 내밀며 말했다. "몰리 애닝이 만나러 왔어. 우리가 식사를 마칠 때까지 기다리겠대. 일단은 난로 옆에서 몸을 좀 녹이라고 했어. 베시에게 석탄을 더 넣으라고 할게."

마거릿이 벌떡 일어났다. "애닝 부인에게 스프를 좀 가져다줄게."

나는 내 스프만 내려다보고 있었다. 애닝 집안 사람이 옆방에서 기다리는데 나만 앉아서 식사를 할 순 없었다. 나는 일어나 응접실 문 앞에서 우물쭈물거렸다.

루이스 언니는 그때도 날 구해 줬다. "브랜디가 어떨까." 언니가 구시렁거리는 베시를 이끌고 지나가며 말했다.

"그렇지, 응." 나는 술병과 잔을 들고 몰리에게 갔다.

주위에서 바삐 움직였지만 몰리 애닝은 난롯가에 꼼짝 않고 앉아 있었다. 버치 대령에게 쓴 편지를 가지고 왔던 때와 비슷했다. 베시는 난롯불을 지피는 데 방해가 된다는 듯 손님 다리를 노려봤다. 마거릿은 손님상 차릴 작은 테이블을 옆에 놓았고, 루이스 언니는 석탄통을 치웠다. 나는 브랜디 병을 들고 다가갔지만 몰리는 잔을 보더니 고개를 저었다. 스프를 먹는 동안 그녀는 아무 말도 하지 않았다. 워터크레스를 좋아하지 않는데 예의상 먹는 것 같은 모습이었다.

몰리가 빵으로 접시를 닦고 있는데, 언니와 동생이 날 보는 게 느껴졌다. 손님맞이 역할을 마쳤으니 지금부터는 내가 알아서 했으면 좋겠다는 듯한 시선이 느껴졌다. 하지만 입이 떨어지지 않았다. 나 역시 메리나 메리의 어머니와 대화하는 것은 아주 오랜만이었으니까.

나는 목청을 가다듬고는 물었다. "무슨 일이 있나요, 몰리? 조지프와 메리는 잘 있어요?"

몰리 애닝은 마지막 남은 빵을 삼키고 입술을 핥았다. "메리는 누워 있어요." 몰리가 잘라 말했다.

"저런, 어디가 아픈 건가요?" 마거릿이 물었다.

"아뇨, 그냥 바보라서 그래요. 여기요." 몰리는 주머니에서 구겨진 편지를 꺼내 내게 건넸다. 파리에서 온 편지였다. "플레시오사우루스"와 "퀴비에"라는 단어가 눈에 띄었지만 내용을 읽기가 망설여졌다. 하지만 몰리가 읽으라고 줬으니 달리 도리가 없었다.

왕의 정원

국립 자연사박물관

파리

애닝 씨께

라임 레지스에서 발견하신 플레시오사우루스의 거의 완전한 골격 표본을 저희 박물관에 판매하실 수 있다는 내용으로 퀴비에 남작에게 서신을 보내주신 데 감사드립니다. 퀴비에 남작께서는 동봉하신 스케치를 살펴보신 후 이는 두 개체, 아마도 바다뱀의 머리와 익티오사우루스의 몸을 합친 것이라는 의견을 제시하셨습니다. 머리 바로 아래 척추골의 흐트러진 상태로 보아 두 표본이 서로 다른 개체라고 판단하신 듯합니다.

퀴비에 남작께서는 플레시오사우루스의 구조가 그분이 세운 해부학 규칙에서 벗어난다는 견해를 갖고 계십니다. 특히, 경추골의 수가 너무 많다고 말이지요. 대부분의 파충류는 세 개에서 여덟 개의 경추골을 갖습니다. 하지만 애닝 씨의 스케치상에서 이 동물은 적어도 서른 개의 경추골이 있는 것으로 보입니다.

퀴비에 남작께서 우려를 표하고 계시는 바, 저희는 그것을 구매하지 않겠다는 말씀을 드립니다. 이런 이야기를 하게 돼 유감스럽지만,

앞으로도 귀댁에서는 표본을 수집하고 제시할 때 좀 더 주의를 기울이시길 바랍니다.

퀴비에 남작의 비서

조지프 팡랑드 드림

나는 편지를 내던졌다. "말도 안 돼!"

"뭐가?" 마거릿은 극적인 상황에 어울리는 목소리로 외쳤다.

"조르주 퀴비에가 메리의 플레시오사우루스 스케치를 보고 애닝 가족이 사기를 친다는 식으로 말했어. 해부학적으로 불가능하다고, 메리가 두 개의 표본을 이어 붙인 것 같다고 했어."

"저 어리석은 애는 그걸 모욕이라고 받아들였어요." 몰리가 말했다. "퀴비에란 작자가 화석 사냥꾼으로서 자기 평판을 더럽혔다고. 그래서 몸져눕더니 이제 화석을 찾으러 나갈 이유가 없대요. 아무도 사 주지 않을 거라고. 버치 대령이 편지 써 주기를 기다리던 때처럼 상태가 안 좋아요." 몰리 애닝은 내 반응을 살피며 나를 흘끗거렸다. "쟤 좀 달래 주셨으면 해서 찾아왔어요."

"하지만…" 왜 다른 사람한테 안 가고 내게 부탁하는지 묻고 싶었다. 하지만 이내 메리에겐 다른 친구가 없다는 사실이 떠올랐다. 그 애가 라임에 있는 같은 또래, 같은 계급의 사람들과 어울리는 걸 본 적이 없었다. "문제는," 내가 말했다. "메리 생각이 맞을지도 모른다는 거예요. 퀴비에 남작이 플레시오사우루스가 가짜라고 믿고 그 견해를 발표하면, 사람들이 다른 표본에 대해 의문을 제기하는 건 시간 문제겠죠." 몰리가 이 말에 반응이 없기에 나는 더 알기 쉽게 설명했다. "메리가 발견한 화석이 진짜인지 아닌지 사람들이 의심하기 시작하면 화석 판매가 줄어들 수 있어요."

비로소 내 말이 이해됐는지, 몰리는 내가 가짜라고 한 것마냥 노려봤다. "저 프랑스인이 감히 우리 장사를 방해하다니! 엘리자베스 씨가 그 작자를 해결해 주세요."

"제가요?"

"프랑스어를 하시잖아요? 배우셨다고 들었어요. 전 모르니까 편지를 써 주세요."

"하지만 저랑은 상관없는 일인걸요."

몰리 애닝과 언니, 동생이 날 가만히 보기만 했다.

"몰리." 내가 말했다. "메리와 전 지난 몇 년 동안 별 왕래가 없었어요."

"대체 왜 그랬던 거예요? 메리는 아무 말도 안 하려 들던데."

나는 주위를 둘러봤다. 마거릿은 몸을 앞으로 당겨 앉아 있었고, 루이스 언니는 필폿 자매 특유의 눈빛으로 날 지켜보고 있었다. 우리가 절교한 까닭을 충분히 알려 준 적 없으니, 둘 다 설명을 기다리고 있었다. "메리랑 전… 몇 가지 사안에 대한 견해가 달랐어요."

"흠, 그렇다면 이 프랑스인 문제를 해결해서 화해하세요." 몰리가 잘라 말했다.

"제가 뭘 할 수 있을지 모르겠네요. 퀴비에는 권위 있고 존경받는 과학자이지만, 여러분은 그저…" 가난한 노동자 가족일 뿐이라고 말을 맺고 싶었지만 그러지 않았다. 그럴 필요도 없이 이미 몰리 역시 내 말뜻을 알았으니까. "어쨌든, 그 사람은 제 말도 듣지 않을 거예요. 프랑스어로 쓰든, 영어로 쓰든 관계없어요. 제가 누군지도 모르는걸요. 사실, 전 그 사람에게 아무도 아니죠." 그리고 대부분의 사람들에게도, 라고 생각했다.

"그 남자들 중 한 사람이 퀴비에에게 편지를 써 줄 수도 있잖아." 마거릿이 제안했다. "이를테면 버클랜드 씨라든가. 그분은 퀴비에를 만난 적도 있잖아?"

"버치 대령에게 편지를 써 달라고 할까 봐요." 몰리가 말했다. "그 사람은 분명 해 주겠죠."

"버치 대령은 안 돼요." 내 말투가 너무 날카롭고 단호했는지 셋 다 나만 쳐다보고 있었다. "메리가 퀴비에에게 편지를 쓴 걸 아는 사람이 또 있나요?"

몰리가 고개를 저었다.

"그럼 이 일을 아무도 몰라요?"

"조밖에 모르는데, 그 앤 아무 말도 안 해요."

"흠, 그렇군요."

"하지만 사람들은 결국 알게 될 거예요. 버클랜드 씨와 코니비어 사제, 그리고 코니그 씨까지, 우리가 화석을 판 사람들 전부가 이 프랑스인이 애닝 가족을 사기꾼이라고 여긴다는 걸 알게 될 거라고요. 버킹엄 공작도 소식을 듣고 돈을 안 낼지 몰라요!" 몰리의 입술이 떨리기 시작했고 정말로 울 것 같았다. 그런 모습은 견딜 수 없었다.

몰리를 달래려고 내가 말했다. "몰리, 제가 도와드릴게요. 울지 마세요. 어떻게든 해 봐요."

무엇을 해야 할지 알 수 없었다. 하지만 메리의 작업장에 있던, 나를 기다리던 화석 물고기로 가득한 상자를 떠올리고는 뭐라도 해야 한다고 생각했다. 잠시 고민한 뒤 나는 이렇게 말했다. "플레시오사우루스는 지금 어디 있어요?"

"디스패치호에 실려 런던으로 가고 있어요. 벌써 도착했을지도 몰라요. 버클랜드 씨가 보냈어요. 코니비어 사제님은 런던에서 기다리고 있고요. 이달 말, 지질학회 연례 만찬회에서 발표할 거래요."

"아." 그럼 이미 보낸 뒤였다. 이제 남자들이 그것을 맡게 될 것이다. 그들을 찾아가야 했다.

강한 어조로 편지를 쓰는 대신 런던에 직접 가겠다니, 마거릿과 루이스 언니는 나보고 미쳤다고 했다. 게다가 겨울에, 그것도 배로 런던까지 간다니 어리석은 짓이었다. 그러나 어쩔 수 없었다. 날씨가 너무 궂고 길이 질척이는 탓에 런던까지의 교통편은 우편 마차가 유일했는데, 일정은 밀리고 가득 차 있었다. 배를 타면 더 빠르기도 했고, 마침 내가 필요한 때 배편이 있었다.

아무리 조리 있게, 긴박한 말투로 편지를 써도 내가 만나고자 하는 사람들은 플레시오사우루스에 대한 관심에 눈이 멀어, 그 편지를 눈여겨보지 않을 것이다. 그들을 직접 만나 당장 메리를 도와달라고 설득해야 했다.

언니와 동생에게 말하지 않은 게 하나 있다. 그건 바로 내가 이 여행길에 오르게 돼 신이 났다는 사실이다. 물론 나는 배와 바다를 무서워했다. 춥고 거친 여행이 될 터였고, 마거릿이 만들어 준 멀미약에도 불구하고 내내 뱃멀미에 시달릴 것이 분명했다. 배에 여자는 나뿐일 텐데, 선원이나 승객에게서 동정이나 위로를 받을지도 알 수 없었다.

또한 메리의 상황에 내가 무슨 변화를 줄 수 있을지도 알 수 없었다. 조지프 팡랑드의 편지를 읽고 나는 분노에 휩싸였다. 메리는 그토록 오랫동안, 그토록 적은 돈을 벌면서—버치 대령의 갑작스럽고 무모한 경매 이외에는—너그럽게 행동했고, 발견한 화석을 남들에게 주어 자연과학자로 이름을 날리게 해 줬다. 윌리엄 버클랜드는 옥스퍼드에서 그 생물로 강의했고 찰스 코니그는 영국 박물관에 가져가 명성을 얻었으며, 코니비어 사제와 우리 친구 헨리 드 라 비치마저 지질학회에서 논문을 발표했다. 게다가 코니그는 익티오사우루스의 이름을, 코니비어는 플레시오사우루스의 이름을 붙이는 특권을 누렸다. 메리가 없었다면, 그 둘은 이토록 명예로운 명명의 기회를 갖지 못했을 것이다. 나는 메리의 기술에 대한 의혹이 증폭되는 것을 가만히 지켜볼 수 없었다. 남자들도 메리가 모든 면에서 그들보다 뛰어나다는 걸 알고 있을 터였다.

사실, 메리와 화해하고 싶기도 했다. 메리에게 내 질투심과 그 아이를 무시했던 걸 용서해 달라고 말할 기회가 생긴 것이다.

하지만 다른 이유도 있었다. 모험 없는 삶 속에서 모험을 할 기회가 온 것이기도 했다. 나는 혼자 여행한 적 없이 늘 자매들이나 오빠, 다른 친척이나 친구들과 함께 다녔다. 물론 그들 덕분에 안전한 느낌—실제로도 안전했지만—은 들었지만, 가끔은 숨이 막힐 정도로 구속된 느낌이 들기도 했다. 유니티호—버치 대령이 익티오사우루스를 런던까지 실어 간 배였다—의 갑판에 서서 라임과 자매들이 점점 작아지다가 사라지는 광경을 보고 있으니 자부심도 느껴졌다.

까다로운 포틀랜드섬을 피해야 했으므로 해안을 돌지 않고 곧바로 대해로 나갔다. 그래서 나는 골든 캡과 브리드포트, 체실 비치, 웨이머스 등 잘 아는 곳을 가까이서 볼 수 없었다. 포틀랜드를 지나 와이트섬을 돌 때까지 유니티호는 내내 바다에 머무르다가 드디어 해안으로 가까이 갔다.

바다를 가르는 항해는 마차 여행과 모든 면에서 사뭇 달랐다. 마차 여행은 집단의 행사다. 낯선 사람과 답답하고 삐걱거리며 흔들리는 마차 안에 꼼짝없이 갇혀 있어야 했고, 말을 바꿔 줘야 했으므로 가다 서다를 반복했다. 나이가 들면서 마차 여행을 하고 나면 회복하는 데 며칠씩 걸릴 정도로 불편했다.

유니티호를 타고 가는 여행은 혼자 보내는 시간이었다. 나는 갑판에 나가 걸리적거리지 않도록 작은 통 위에 올라앉아서 밧줄과 돛을 가지고 일하는 선원을 구경하곤 했다. 무슨 일을 하는지 알 수 없었지만, 그들이 서로 고함을 치며 자신 있게 일과를 해 나가는 모습을 보며 바다에서 느끼는 두려움을 달랬다. 더욱이 매일의 일과가 없어졌고, 선원들의 일에 방해가 되지 않는 것 말고는 달리 해야 할 일이 없었다. 나는 파도가 거칠 때도 멀미를 하지 않았다. 사실 즐거웠다.

배에서 나만 여자인 것이 불안했는데—다른 세 명의 승객은 모두 런던에 일이 있어 가는 남자였다—모두 나를 못 본 체했다. 매일 밤 함께 저녁 식사를 할 때면 선장은 과묵하지만 친절했다. 아무도 내게 호기심을 보이지 않았지만, 호니튼 출신의 남자 승객 하나는 내가 화석에 관심이 있다고 말하자 한동안 즐겁게 이야기를 나눌 수 있었다. 그러나 그에게 플레시오사우루스에 대해서나 지질학회 방문 계획은 이야기하지 않았다. 그는 암모나이트나 벨렘나이트, 바다나리와 그리파이아 같은 흔한 것만 알고 있었기 때문이다. 다행히 그는 추위를 견디지 못해 갑판 아래서 주로 지냈다.

유니티호에 타기 전까지 나는 늘 바다란 내가 지내야 하는 육지의 경계로 여겼다. 하지만 이 여행 이후로 바다는 출구가 됐다. 갑판에 앉아 있으면 이따금 다른 선박이 보였지만, 대부분은 하늘과 움직이는 바다뿐이었다. 종종 수평선을 보면서 바다의 리듬과 배 위의 생활을 자장가 삼아 말없이 차분해졌다. 내가 라임에서 화석을 찾느라 땅만 보고 살았음을 상기시키는 먼 수평선을 보고 있노라면 이상하게 기분이 좋아졌다. 화석을 찾다 보면 시야가 좁아진다. 유니티호에 타자 더 넓은 세상, 그리고 그 세계 속의 나를 느꼈다. 이따금 해변에서 그 배 위, 연회색 하늘과 진회색 바다 사이에서 세상이 지나가는 광경을 혼자 꿋꿋이 바라보는 연자주색 인물을 내다보는 상상을 했다. 예상하지 못했지만, 그때처럼 행복한 적이 없었다.

바람이 약했지만 배는 느리긴 해도 꾸준히 나아갔다. 바다에 나온 지 이틀째에 처음 육지를 보았다. 브라이턴 동쪽의 하얀 절벽이 조금씩 시야에 들어온 것이다. 거기서 잠시 라임 공장에서 보낸 옷감을 내리느라 멈췄을 때 나도 내려 동생 프랜시스를 만나도 되는지 피어스 선장에게 물어볼까 싶었다. 하지만 놀랍게도 하선하거나 그곳에 왔다는 전갈을 보내고 싶은 마음이 들지 않았고, 다만 배에 머물며 브라이턴 주민들이 산책로를 오가는 광경을 지켜보는 것으로 만족했다. 프랜시스 본인이 나타났다 해도 그 애를 불렀을지 모르겠다. 아무도 날 찾지 않는 갑판에 서서 달콤한 익명성을 즐기고 싶었다.

셋째 날. 새하얀 절벽이 보이는 도버를 지나 램스게이트 옆 곳을 돌다가 좌현 쪽에 배 한 척이 모래톱에 좌초된 것을 봤다. 가까이 다가가자 선원 한 사람이 그 배가 디스패치호라고 말하는 소리가 들렸다. 메리의 플레시오사우루스를 싣고 간 배였다.

나는 선장을 찾았다. "오, 맞습니다. 디스패치호로군요." 그가 확인해 줬다. "구드윈 모래톱에 좌초되었군요. 너무 급하게 방향을 바꾸려 했을 겁니다." 선장은 선원에게 닻을 내리라고 하면서도 동정심이라곤 없이, 불쾌한 말투로 말했다. 곧 선원 둘이 보트를 타고 기울어진 선박으로 갔고, 갑판에 나온 몇 명과 만났다. 선원들은 그들과 잠시 이야기한 뒤 돌아왔다. 나는 몸을 숙이고 그들이 선장에게 외치는 소리를 들었다. "짐은 어제 해변으로 실어 갔답니다!" 한 명이 외쳤다. "육로를 통해 런던에 갈 거랍니다!"

그 말에 선원들은 야유했다. 그들이 육로 여행을 무시한다는 걸

항해 중에 알게 됐다. 그들은 육로 여행이 늦고 험난하고 질척인다고 여겼다. 다른 이들—가령 마부—은 항해가 느리고 거칠고 축축하다고 받아칠 것이다.

누구 말이 옳든, 메리의 플레시오사우루스는 켄트를 지나 런던으로 향하는 길고 느린 화물열차 어딘가에 타고 있었다. 나보다 일주일 앞서 출발한 표본은 나보다도 나중에, 지질학회 모임에서 사용하기에는 너무 늦게 도착하게 됐다.

우리는 넷째 날 일찍 런던에 도착해 툴리 스트리트의 부두에 정박했다. 배에서는 모두가 비교적 조용하게 지냈지만 부두에 정박한 이후로는 횃불을 켜고, 고함을 지르고, 휘파람을 불고, 마차와 수레가 사람들과 짐을 가득 채워 출발하느라 온통 야단법석이었다. 나흘간 대자연이 제공하는 반복적인 리듬에 몸을 맡기고 있었더니 정신적 충격이 컸다. 그러나 사람들과 소음과 불빛 덕에 내가 런던에 온 이유가 따로 있음을 떠올릴 수 있었다. 나는 넓은 수평선을 보며 익명성과 고독을 즐기러 온 것이 아니었다.

나는 부둣가에서 오빠를 찾았지만, 보이지 않았다. 내가 떠나면서 보낸 편지가 오는 길에 진흙에 처박혀 나와의 경주에서 진 것이다. 런던 항구에 온 것은 처음이었지만, 얼마나 복잡하고 지저분하고 위험한지 익히 들어 알고 있었다. 특히 마중 나온 사람 없이 혼자 도착한 여성에게는 더더욱. 어둠 때문에 더 그런지는 모르겠으나 유니티호의 짐을 내리는 사람들, 배에서 알게 된 선원들조차 훨씬 더 거칠고 험상궂게 느껴졌다.

배에서 내리기가 망설여졌다. 하지만 도움을 청할 사람도 없었다. 다른 승객들—호니튼 출신의 자신만만한 남자까지—은 신사답지 못하게 서둘러 가 버렸다. 나는 당황할 수도 있었다. 여행을 나서기 전이었다면 말이다. 하지만 갑판에서 수평선을 바라보며 지낸 동안 나는 어딘가 변했다. 남에게 의지하지 않기로 했다. 나는 엘리자베스 필폿, 화석 물고기를 수집하는 사람이다. 물고기는 늘 아름답지는 않지만 보기 좋은 형태를 갖고 있고 실용적이며 눈이 가장 먼저 눈에 띈다. 물고기에겐 부끄러운 점이 없다.

나는 배에서 내려 가방을 들고 바삐 움직이는 십수 명의 남자들 틈바구니에 들어섰다. 그들 가운데 여럿이 나를 보고 휘파람을 불며 고함을 질렀다. 나는 누군가가 무슨 짓을 하기 전에, 육지에 다시 내려 휘청거리면서도 재빨리 세관으로 걸어갔다. "마차를 타고 싶습니다." 나는 다짜고짜 그렇게만 말해 나방 같은 콧수염을 기른 세관 직원을 놀라게 했다. 그러고는 가방을 내려놓으며 이렇게 덧붙였다. "마차를 불러 주실 때까지 여기서 기다릴게요." 턱을 내밀고 이를 악물지는 않았지만, 필폿 자매 특유의 눈빛으로 그를 가만히 응시했다.

머잖아 그가 마차를 불러 줬다.

코벤트 가든의 지질학회 사무실은 오빠 집에서 멀지 않았지만 거기 가려면 걸인과 도둑이 들끓는 세인트자일스와 세븐 다이얼스를 지나야 했기 때문에 걸어가고 싶지 않았다. 그래서 1824년 2월 20일 저녁, 나는 베드포드 스트리트 20번지 건너편에서 조카 조니를 옆에 세우고 마차를 기다렸다. 거리에는 눈이 쌓여 있었고 우리는 추워서 외투를 꼭 여몄다.

내가 메리 때문에 배를 타고 런던까지 온 것을 알고 오빠는 경악했다. 밤중에 깨어나 나를 본 오빠가 어찌나 놀라 당황하는지, 나는 여기에 온 것을 후회할 뻔했다. 라임에서 조용히 지내는 우리 자매는 오빠를 걱정시킨 적이 없는데, 그제야 그렇게 놀라게 한 것에 미안한 마음이 들었다.

오빠는 내게 대놓고 지질학회에 가지 말라고 설득했다. 오빠가 내 남다른 행동을 허용한 건 단 한 번, 이집트 홀에서 열린 버치 대령의 사전 경매 때뿐이었다. 다행히 오빠는 내가 실제 경매에 간 것은 알지 못했다. 오빠는 그런 식의 상식에 벗어난 행동을 다시 도와줄 생각이 없었다. "넌 여자니까 들어가지도 못 할 거야. 그곳 헌장憲章에 위반되는 행위니까." 오빠는 자기 장기인 법을 들먹이기 시작하며 서재의 문을 닫았다. 탈선한 동생인 내가 오빠의 가족에게 잘못된 생각을 퍼뜨리지 않도록 막는 것 같았다. "혹시 들어간다 해도, 넌 회원이 아니니 그들은 네 말을 듣지 않을 거다. 그럼, 그렇고말고." 내가 말을 막으려고 하자 오빠는 손을 들고 저지했다. "넌 메리 일을 이야기하거나 변호할 수 없어. 그건 네가 할 수 있는 일이 아니야."

"메리는 내 친구야." 내가 대답했다. "내가 안 나서면 아무도 메리 편을 들지 않을 거야."

존 오빠는 푸딩을 한 접시 더 먹으려고 유모를 설득하는 아이 보듯이 나를 봤다. "이건 참 어리석은 행동이야, 엘리자베스. 여기까지

온 것도 그렇고, 그러느라 몸도 상하고….”

“그냥 감기야. 별거 아니야.”

“별거 아니긴. 쓸데없이 모두에게 염려를 끼치다니….” 오빠는 죄책감을 이용했다. “아무 소용도 없는 일에. 그 사람들 중 누구도 네 말을 들어주지 않을 텐데.”

“최소한 시도는 해 볼 수 있어. 여기까지 와서 해 보지도 않는 게 진짜 어리석지.”

“그들에게서 정확히 뭘 원하는 거니?”

“화석을 찾고 보존하는 메리의 세심한 방법을 상기시키고 퀴비에의 공격에 공식적으로 맞서 달라고 설득하고 싶어.”

“그런 일은 없을 거다.” 오빠가 앵무조개 문진의 나선 문양을 쓰다듬으며 말했다. “플레시오사우루스를 변호할지는 몰라도, 메리 일은 논의하지 않을 거야. 메리는 화석 사냥꾼에 불과하니까.”

“화석 사냥꾼에 불과하다고!” 나는 격분하려다가 멈칫했다. 존 오빠는 틀에 박힌 사고방식을 지닌 런던 변호사였다. 나는 내 나름의 생각을 가진 고집 센 라임의 독신녀였다. 우리는 의견이 맞지도, 서로를 설득하지도 못할 것이 분명했다. 어쨌든 오빠는 내가 목표하는 상대도 아니었다. 더 중요한 상대를 위해 힘을 아껴야 했다.

존 오빠는 나와 동행해 주지 않을 게 분명했으므로 아예 대안―조카―을 찾기로 했다. 조니는 키가 크고 호리호리한, 발이 먼저 눈에 띄는 청소년으로 자랐고, 고모는 약간, 말썽은 매우 좋아했다. 조니는 내가 불럭의 경매에 몰래 나갔다고 자기 부모에게 이르지 않았고 그때 나눈 둘만의 비밀은 우리를 하나로 묶어 줬다. 그런 사이였기에 나는 조니에게 도와달라고 했다.

운이 좋았다. 존 오빠와 새언니는 지질학회 모임이 있는 금요일 저녁에 외식하러 나갔다. 나는 그 모임이 언제인지 오빠에게 말하지 않았고, 그다음 주라고 생각하게 됐다. 그날 오후 나는 잠자리에 들며 감기가 심해졌다는 식으로 연기했다. 새언니는 내 어리석은 행동이 못마땅해 입을 꾹 다물었다. 새언니는 뜻밖에 손님맞이를 하게 된 것도, 내가 라임에서 말썽을 일으키는 것—나는 라임에서 늘 조용하게 사는데도 불구하고—도 못마땅해했다. 새언니는 화석과 무질서, 해답 없는 질문을 싫어했다. 내가 지구의 나이 같은 이야기를 꺼낼 때마다 새언니는 무릎에서 손을 만지작거리며 예의에 어긋나지 않는 한도 내에서 재빨리 화제를 바꿨다.

새언니와 오빠가 외출하자 나는 방에서 살그머니 나와 조니를 찾아 도움을 청했다. 조니는 감탄스러울 만큼 잘 대처해 하인들에게 나갈 일이 있다고 설명하고 마차를 불러 아무도 몰래 나를 태웠다. 남다른 행동을 하려면 그런 수고가 필요하다니, 참 불합리한 일이었다.

그렇지만 동행이 있으니 마음이 놓이기도 했다. 베드포드 스트리트에 있는 지질학회 건물 맞은편에 도착하자 조니는 그 안으로 들어가 회원들이 2층에서 식사 중임을 확인했다. 앞쪽 창문을 통해 그곳에 켜진 불과 이따금 오르내리는 머리가 보였다. 정식 회의는 30분 정도 뒤에 시작될 것 같았다.

"어떻게 할까요, 엘리자베스 고모?" 조니가 물었다. "성을 향해 돌

진해요?"

"아니. 기다리자. 식탁을 치울 수 있도록 모두 일어날 거야. 그 순간에 내가 들어가서 버클랜드 씨를 찾을게. 그분이 학회장이 될 건데, 분명 내 말을 들어 줄 거야."

조니는 등을 기대고 앉아 반대편 좌석에 발을 올렸다. 내가 그 애엄마라면 발을 내려놓으라고 했겠지만, 고모 노릇이 좋은 건 조카와 함께하면서도 행동거지에는 신경 쓰지 않아도 되는 점이다. "엘리자베스 고모, 이 플레시오사우루스가 왜 그렇게 중요한지는 안 알려 주셨어요." 조니가 말했다. "그러니까, 애닝 씨 편을 드는 건 이해가 돼요. 그런데 왜 그렇게 모두가 그 동물 때문에 흥분하는 거죠?"

나는 장갑 주름을 펴고 외투 매무새를 고쳤다. "너 아주 어릴 때 이집트 홀에 동물 보러 간 거 기억나니?"

"네. 코끼리랑 하마 기억나요."

"그때 돌 악어를 보고 내가 몹시 화냈던 거 기억하니? 그게 지금 영국 박물관에 전시해 놓은 익티오사우루스라는 것도?"

"영국 박물관에서 저도 봤어요. 고모가 이야기도 해 주셨고." 조니가 대답했다. "하지만 솔직히 코끼리가 더 기억나요. 근데 그게 왜요?"

"음, 메리가 그 익티오사우루스를 발견했을 때, 그때는 몰랐지만 세상에 대해 새로운 방식으로 사고할 수 있는 실마리를 제공해 주었단다. 그 발견 자체가 그랬지. 우리가 전에 본 적 없는 동물, 이제는 존재하지 않는 동물이 나타난 거였지. 멸종한 동물이었거든. 그 종이다 죽어 사라진 거야. 그런 현상을 보고 사람들은 예전처럼 세상이 그대로 유지되는 것이 아니라, 느리게나마 변하고 있다고 생각하게 됐어.

그와 동시에, 지질학자들은 암석 층을 연구하고 세상이 어떻게 형성됐는지 탐구하고 그 나이를 추측했지. 어셔 주교가 계산한 6천년보다 세상이 더 오래된 것이 아닐까 생각한 지는 꽤 됐지. 제임스 허튼이라는 스코틀랜드 학자는 세상이 너무 오래 돼서 '시작도 끝도 없으며' 우리가 측정할 수 없다고 했어." 나는 말을 멈췄다. "지금 내가 하는 말은 네 엄마께는 안 하는 게 좋겠다. 네 엄마는 내가 이런 이야기 하는 걸 좋아하지 않거든."

"안 할 게요. 계속 말씀하세요."

"허튼은 세상이 화산 분출과 함께 생겨났다고 생각했어. 다른 사람들은 물로 인해 형성됐다고 했고. 최근 지질학자들은 두 가지 의견을 다 수렴해서 여러 가지 재앙이 세상을 만들었으며 노아의 홍수가 그 마지막이라고 해."

"그게 플레시오사우루스랑 무슨 상관이에요?"

"플레시오사우루스를 발견한 건 익티오사우루스만 유일하게 멸종한 게 아니라 다른, 아마도 수많은 멸종 생물이 있다는 얘기가 되거든. 그건 세상이 변화한다는 주장을 다시 한번 지지해 주고." 나는 조카를 봤다. 조니는 밖에 흩날리는 눈송이를 심각한 얼굴로 보고 있었다. 어쩌면 내 생각보다 자기 엄마를 많이 닮은 아이였을까. "미안하다. 이런 이야기로 심란하게 만들어서."

조니는 고개를 저었다. "아뇨, 굉장히 재미있어요. 그냥 절 가르치는 선생님은 수업에서 이런 이야기를 왜 안 하는지 궁금했어요."

"많은 사람들에겐 두려운 이야기라서 그래. 전지전능한 신에 대한 도전인 동시에 신의 뜻에 의문을 제기하는 거니까."

"고모는 뭘 믿어요?"

신선한 질문이었다. 내게 무엇을 믿는지 묻는 사람은 거의 없었다. "난… 나는 성경을 문자 그대로 해석하기보다는 비유로 읽는 게 편해. 가령, 창세기의 엿새는 문자 그대로 엿새가 아니라 각기 다른 창조의 기간을 뜻해서 수천 년, 혹은 수십 년의 기간이라고 생각해. 그렇다고 그게 신의 격을 낮추는 건 아니지. 신께서 이 놀라운 세상을 짓는 데 시간이 조금 더 걸린 것뿐이니까."

"익티오사우루스랑 플레시오사우루스는요?"

"아주 오래전에 살던 동물이야. 세상이 변한다는 걸 알려 주는 증거지. 당연하잖니? 라임에서 절벽이 무너져 해안선이 바뀌는 것만 봐도 알 수 있으니까. 지진이 일어나고 화산이 폭발하고 홍수가 날 때마다 세상은 변해. 게다가 변해서 안 될 이유가 없잖아?"

조니가 끄덕였다. 공감해 주는 상대에게, 무지하다거나 신성모독이라는 소릴 듣지 않고 그런 말을 하니 후련했다. 조니는 젊기 때문에 열린 마음을 가진 것 같았다.

"저기." 조니가 지질학회 건물 창문을 가리켰다. 남자들이 식탁에서 일어나며 빛을 가렸다. 내가 눈빛으로 호소할 때가 왔다. 나는 심호흡을 하고 마차 문을 열었다. 드디어 움직이게 되어 신이 난 조니가 뛰어내려 나를 도와주었다. 성큼성큼 걸어가 문을 대담하게 두드린 것이다. 앞서와 같은 사람이 문을 열었지만, 조니는 처음 본 사람처럼 대했다. "여기 필폿 씨가 버클랜드 교수님을 만나러 왔습니다." 그렇게 자신만만하게 굴면 모든 문이 열린다고 생각하는 듯했다.

그러나 수위는 젊은이의 확신에 흔들리지 않았다. "여성은 학회에 출입할 수 없습니다." 그는 나를 한 번 보지도 않고 대답했다. 나는 존재하지 않는 것 같았다.

그가 문을 닫으려 했지만 조니가 발을 밀어 넣어 막았다. "저 그럼, 여기 존 필폿이 버클랜드 교수님을 만나러 왔습니다."

수위가 조니를 훑어봤다. "무슨 일이죠?"

"플레시오사우루스에 관한 일입니다."

수위는 눈살을 찌푸렸다. 알아듣지 못하는 말이지만, 아마 중요하게 들렸을 것이다. "무슨 내용인지 전해 드리죠."

"버클랜드 교수님께 직접 말씀드려야 해요." 조니는 거만하게, 그 순간을 즐기며 대답했다.

수위는 꿈쩍하지 않았다. 내 쪽에서 다가가 그가 나를 보고 내 존재를 인정하게 만들어야 했다. "지금 시작하는 회의 주제와 관련된 일이니, 버클랜드 씨께 우리가 만나러 왔다고 말씀드리는 게 현명할 겁니다." 나는 유니티호를 타고 오며 내게서 발견한 침착성과 결의를 다 끌어내 그의 눈을 똑바로 봤다.

효과가 있었다. 잠시 후 수위는 눈을 내리깔더니 아주 짧게 목례했다. "여기서 기다리십시오." 그는 우리 면전에서 문을 닫았다. 내

성공에는 한계가 있었다. 여성은 출입 금지라는 규칙을 넘지 못해 추운 밖에 서 있어야 했으니까. 기다리는 동안 모자와 외투에 눈이 내려앉았다.

몇 분 뒤 계단을 내려오는 발소리가 들리더니 흥분한 버클랜드 씨와 코니비어 사제가 문을 열고 나왔다. 사제의 등장에 나는 실망했다. 코니비어 사제는 버클랜드 씨만큼 쉽게 문을 열어 줄 사람이 아니었다.

그들도 우릴 보고 조금 실망한 눈치였다. "필폿 씨!" 버클랜드 씨가 외쳤다. "놀랍군요. 런던에 계신지 몰랐습니다."

"이틀 전에 왔어요. 버클랜드 씨, 코니비어 사제님." 나는 두 사람에게 인사했다. "제 조카 존입니다. 들어가도 될까요? 밖이 몹시 춥네요."

"물론이죠, 어서 들어오세요!" 버클랜드 씨가 우릴 맞이하자 코니비어 사제가 입술을 꾹 다물었다. 여자가 지질학회 문턱을 넘는 것이 못마땅한 것이었다. 하지만 그는 회장이 아니었으므로—버클랜드 씨가 곧 그 자리에 오를 예정이었다—아무 말 없이 우리에게 고개만 까딱였다. 그의 길고 가는 코가 와인 탓인지, 난롯가의 좌석 탓인지, 짜증 탓인지 알 수 없었지만 빨갰다.

우아한 흑백 타일을 바닥에 깔고 조지 그리너, 존 맥컬러, 그 밖의 학회장들의 엄숙한 초상화를 벽에 건 입구는 소박했다. 곧 은퇴하는 회장 윌리엄 배빙턴의 초상화도 걸릴 예정이었다. 사실 나는 지질학회의 관심 대상인 화석이나 암석이 전시되어 있을 줄 알았다. 하지만 그런 건 없었다. 흥미로운 것들은 안 보이는 곳에 있었다.

"필폿 씨, 플레시오사우루스에 관한 소식이 있습니까?" 코니비어 사제가 물었다. "수위가 그렇다고 하던데요. 저희 회의에서 그 표본을 선보일 수 있을까요?"

그제야 그들이 흥분한 까닭을 알 수 있었다. 필폿이란 이름이 아니라 사라진 표본 때문에 그들이 계단을 달려 내려온 것이었다.

"사흘 전에 좌초된 디스패치호를 지나왔어요." 나는 마치 잘 안다는 듯 말했다. "그 배의 짐은 육로로 오고 있어요. 사정이 허락하는 한 빠르게 도착할 거예요."

이미 알고 있는 사실을 듣자 두 사람은 실망한 표정을 지었다. "그럼 필폿 씨, 여긴 왜 온 겁니까?" 코니비어 사제가 말했다. 사제치고 그의 말투는 참 날카로웠다.

나는 허리를 펴고 부두에서 만난 직원과 지질학회 수위에게 했듯이 자신만만한 눈빛으로 그들을 마주 보려고 했다. 하지만 그들이— 그리고 조니까지—날 빤히 보고 있으니 그러기가 어려웠다. 게다가 그들은 학식도 있고 자신감 넘치는 사람들이었다. 세관 직원이나 수위에겐 내 권위를 조금이나마 행사할 수 있었지만, 같은 계급 사람들에겐 어려웠다. 장차 지질학회 회장으로서 둘 중 더 높은 사람인 버클랜드 씨를 보는 대신, 나는 바보처럼 조카를 보며 말했다. "애닝 씨 문제를 논의하고 싶었어요."

"메리에게 무슨 일이 있습니까?" 윌리엄 버클랜드가 물었다.

"아뇨, 메리는 잘 있어요."

코니비어 사제가 인상을 썼고 좀처럼 얼굴을 찌푸리는 일이 없는 버클랜드 씨마저 이맛살을 찡그렸다. "필폿 씨." 코니비어 사제가 입을 열었다. "곧 학회 회의에서 버클랜드 씨와 제가 중요한, 아니, 역사적인 연설을 할 겁니다. 당장 급한 일에 집중하도록, 애닝 씨 문제는 다음 날로 미뤄도 될 것 같은데요. 자, 실례가 아니라면 저는 발표문을 다시 봐야겠습니다." 그는 내 대답을 듣지도 않고 돌아서서 카펫을 깐 계단을 올랐다.

버클랜드 씨도 그럴 것처럼 보였지만, 동작도 느리고 친절한 사람이라 대신 이렇게 말했다. "다음에 의논하면 좋겠습니다, 필폿 씨. 다음 주 언제 뵐 수 있을까요?"

"하지만 선생님." 조니가 끼어들었다. "퀴비에 씨가 플레시오사우루스가 가짜라고 한답니다!"

그 말에 코니비어 사제는 후퇴를 중단했다. 그러고는 계단에서 돌아섰다. "뭐라고요?"

영리한 조니가 아주 적절한 때에 절묘한 방법을 썼다. 물론 그들은 메리 이야기에는 관심이 없었다. 그들이 염려하는 것은 플레시오사우루스에 대한 퀴비에의 의견이었다.

"퀴비에 남작이 메리가 발견한 플레시오사우루스가 진짜일 수 없다고 했어요." 내가 설명하는 사이 코니비어 사제가 계단을 내려와 어두운 표정으로 다가왔다. "경추골이 너무 많아 해부학의 기본 규칙에 맞지 않는다고 해요."

코니비어 사제와 버클랜드 씨가 서로 눈짓했다.

"퀴비에 남작은 애닝 가족이 바다뱀의 두개골을 익티오사우루스의 몸통에 붙여 가짜 동물을 만들어 냈다고 했어요. 그들 가족을 사기꾼이라고 하면서 말이죠." 나는 가장 염려스러운 문제를 거론했다.

그러나 곧바로 후회했다. 내 말을 듣고 그들 얼굴에 떠오른 의심의 빛 때문이었다. 코니비어 사제의 경우 아주 대놓고 의심을 내비쳤고 버클랜드 씨의 선한 얼굴에도 의심의 기색이 드러났다.

"물론 메리는 그런 짓을 할 사람이 아니란 걸 두 분도 아시잖아요." 내가 그들에게 상기시켰다. "정직한 사람이고 발견된 표본의 보존이 얼마나 중요한지—두 분으로부터라고 덧붙이고 싶군요—잘 배우기도 했습니다. 그 애는 그걸 조작하면 쓸모없어진다는 걸 잘 알고 있어요."

"물론입니다." 버클랜드 씨는 분별 있는 사람이었으므로 내가 잘 설명하자 이내 표정이 밝아지며 동의했다.

그러나 코니비어 사제는 여전히 찌푸린 표정이었다. 내 말에 의심이 생겨난 것이 분명했다. "퀴비에에게 표본 이야기를 한 게 누구죠?" 그가 따져 물었다.

나는 망설였지만, 진실을 덮어 둘 방법이 없었다. "메리가 직접 편지를 보냈답니다. 그림도 보낸 걸로 알아요."

코니비어 사제가 콧방귀를 뀌었다. "메리가? 무슨 편지였는지 생각하기도 겁나는군요. 그 여자애는 문맹이나 다름없는데! 오늘 강연 후에 퀴비에가 알게 되는 편이 훨씬 나았을 겁니다. 버클랜드, 우리가 직접 스케치와 자세한 설명을 적어 보내야겠네. 자네와 나, 그

밖에 누군가가 편지를 쓰면 퀴비에가 다각도로 정보를 얻을 수 있겠지. 브리스틀의 존슨이라든가. 이달 초 협회에서 플레시오사우루스 이야기를 하니 그 사람은 큰 관심을 가졌네. 과거에 퀴비에와 연락을 취한 적도 있고." 코니비어 사제는 그 소식의 충격에서 벗어나지 못한 채로 마호가니 난간을 붙잡았다. 메리를 의심하는 것만 아니었다면 그가 가여웠을지도 모르겠다.

버클랜드 씨 역시 친구의 긴장한 모습을 알아차렸다. "코니비어, 이제 와서 발표를 취소하진 않겠지? 자네 발표를 들으러 온 사람들도 많네. 배비지, 고든, 드러몬드, 러지, 맥도넬까지. 회의실이 가득 찼네. 그렇게 많은 참석자는 처음이야. 물론 메갈로사우루스에 대해 사색한 내용을 발표할 수는 있지만, 우리 둘 다 과거의 동물에 대해 연설하면 훨씬 더 강한 인상을 남길 수 있어. 우리 함께 회원들이 잊지 못할 밤을 선사하세!"

나는 혀를 찼다. "여긴 극장이 아니에요, 버클랜드 씨."

"아, 하지만 어떤 면에선 극장과 비슷합니다, 필폿 씨. 참 놀라운 여흥 거리를 준비했거든요! 우리는 여기 모인 사람들에게 놀라운 과거 세상이 존재했음을 확실히 보여 주는 증거를, 신께서 창조한 가장 아름다운 동물을—물론 인간을 제외하고 말입니다—보여 줄 참입니다." 버클랜드 씨는 자기 말에 도취돼 있었다.

"선생님 생각은 회의 때 발표하세요." 내가 말했다.

"그럼요, 그럼요. 자, 코니비어, 함께할 건가?"

"하지." 코니비어 사제는 눈에 띄게 자신감을 되찾았다. "내 논문에서 이미 퀴비에가 그랬듯 경추골 수에 대한 우려를 설명했네. 게다가, 자네가 그걸 보지 않았나, 버클랜드. 그 존재를 믿고."

윌리엄 버클랜드가 고개를 끄덕였다.

"그럼 메리의 말도 믿어 주시는 거죠?" 내가 끼어들었다. "그리고 퀴비에 남작의 부당한 비난으로부터 메리를 옹호해 주시는 거죠?"

"그게 이 회의와 무슨 상관인지 모르겠군요." 코니비어 사제가 받아쳤다. "브리스틀 협회에서 플레시오사우루스에 대해 이야기하면서 메리를 언급했습니다. 버클랜드와 함께 퀴비에에게 편지도 보내도록 하지요. 그거면 됐습니까?"

"화석 연구의 관계자뿐 아니라 저명한 지질학자는 모두 지금 저 위에 모여 있어요. 두 분께서 화석 찾기에 있어서만큼은 메리의 능력을 전적으로 믿는다고 한마디만 해 주시면 앞으로 퀴비에 남작이 무슨 말을 하더라도 든든한 방패가 되어 줄 겁니다."

"제가 어째서 애닝 씨의 능력과 제가 발표하려는 표본에 대해 사람들 앞에서 의혹을 던지고 싶겠습니까?"

"한 여자의 평판과 생계가 걸린 일입니다. 여러분의 이론을 입증하고 그 명성을 유지하는 데 필요한 표본을 제공하는 사람의 생계가요. 이 정도면 충분히 중요한 사안이 아닐까요?"

코니비어 사제와 나는 서로 시선을 피하지 않고 노려봤다. 대화만 오고 가는 것에 조급해져 행동하길 원한 조니가 아니었다면, 우리는 저녁 내내 그러고 있었을지 모른다. 조니가 코니비어 사제 뒤로 살그머니 돌아가 계단으로 뛰어 올라갔다. "애닝 씨의 오명을 씻어 주시지 않으면, 제가 위층에 모인 분들에게 퀴비에 남작이 한 말을 전하 겠어요." 조니가 우리를 향해 외쳤다. "그러면 좋겠어요?"

코니비어 사제가 조니를 잡으려고 했지만 조니는 서너 개의 계단 을 먼저 올라 그의 손아귀에서 벗어났다. 나는 조카의 행동을 야단쳐 야 했지만, 웃음을 참느라 콧소리를 냈다. 그러고는 둘 중 더 이성적 인 상태의 버클랜드 씨에게 말했다. "버클랜드 씨, 메리를 얼마나 소 중히 여기시는지 압니다. 우리 모두 화석을 찾는 그 애의 엄청난 기 술에 큰 빚을 지고 있다는 것도 인정하시죠. 저도 오늘 저녁 회의가 버클랜드 씨께 아주 중요하다는 걸 압니다. 그걸 망치고 싶지 않아 요. 하지만 회의 중 한 번은 메리를 지지한다고 말씀해 주실 수 있겠 죠? 퀴비에 남작은 언급 없이, 메리의 노력만 인정해 주시면 안 될까 요? 어차피 퀴비에 남작의 말이 공개되면, 위층에 모인 분들은 버클 랜드 씨가 신뢰한다고 하신 말의 속뜻을 이해할 테니까요. 그렇게 하 면 우리 모두 만족할 겁니다. 어떻게 안 될까요?"

버클랜드 씨는 내 제안을 곰곰이 생각했다. "학회 회의록에 기록 할 수는 없지만, 비공식적으로는 원하시는 이야기를 꼭 하겠습니다."

"그거면 됐습니다, 감사합니다."

그와 코니비어 사제가 조니를 올려다봤다. "이만 됐네, 젊은이." 코니비어 사제가 중얼거렸다. "이제 내려오게."

"다 됐어요, 엘리자베스 고모? 이제 내려갈까요?" 조니는 협박을 실행에 옮기지 못해 실망한 표정이었다.

"한 가지 더 있습니다." 내 말에 코니비어 사제가 앓는 소리를 냈다. "플레시오사우루스에 대해 회의에서 무슨 말씀을 하실지 듣고 싶어요."

"여성은 학회 회의에 참석할 수 없습니다만…." 버클랜드 씨는 정말 유감이라는 듯 말했다.

"복도에 앉아서 들으면 안 될까요? 제가 거기 있는 건 두 분만 아시면 됩니다."

버클랜드 씨는 잠시 생각에 잠겼다. "회의실 뒤쪽에 주방으로 연결되는 계단이 있습니다. 하인들이 요리 등을 나르는 데 사용하죠. 그곳 층계참에 앉아 계시면 되겠습니다. 거기선 눈에 띄지 않고 들으실 수 있을 겁니다."

"정말 친절하시네요, 감사합니다."

버클랜드 씨는 무표정으로 우리의 대화를 듣고 있던 수위에게 손짓했다. "이분과 젊은이를 뒤쪽 층계참에 안내해 주게. 자 코니비어, 너무 늦었네. 우리가 라임에 갔다가 돌아오는지 알겠어!"

두 사람은 서둘러 계단을 올라갔고 조니와 나만 수위 앞에 남았다. 코니비어 사제가 계단을 다 올라 회의실로 들어서며 뒤돌아 내게 던진 악의적인 표정을 잊을 수 없을 것이다.

조니가 웃었다. "친구가 정말 못되셨네요, 엘리자베스 고모!"

"나는 상관없지만, 저 사람 집중력이 흐트러질까 봐 걱정이구나. 뭐 곧 알게 되겠지."

코니비어 사제는 내게 아무런 영향도 받지 않았다. 사제로서 그는 사람들 앞에서 말하는 데에 익숙했고 그 경험을 활용해 평정을 되

찾았다. 윌리엄 버클랜드가 회의 절차—이전 회의록을 확인하고, 새로운 회원을 소개하고, 지난 회의 이후 학회에 기증된 다양한 저널과 표본을 열거하는—를 거치는 동안 코니비어 사제는 발표문을 확인하고 주장할 내용을 점검했다. 발표를 시작할 때 그의 목소리는 차분하고 권위 있었다.

그의 전달력은 음성으로만 판단할 수 있었다. 조니와 나는 회의실 뒤쪽으로 연결되는 층계참 의자에 앉아 숨어 있었다. 소리가 들리도록 문을 조금 열어 두긴 했지만, 회의실 문 앞에 가득한 사람들 말고는 아무것도 보이지 않았다. 나는 나와 진행되는 행사 사이를 막고 선 남자들 뒤에서 답답함을 느꼈다.

다행히 코니비어 사제의 목소리는 우리에게까지 들렸다. "지질학회 회원 여러분, 앞에서 새로운 화석, 플레시오사우루스의 거의 완벽한 골격에 관해 설명드릴 수 있게 된 데에 감사의 말씀을 드립니다. 이 골격의 파편 서너 개만이 해체된 상태에서 발견된 것을 감안해, 1821년 저는 새로운 속의 화석이 등장했다는 주장을 개진할 수 있다고 판단했습니다. 소유주이신 버킹엄 공작님의 친절한 배려로 이 새 표본을 제 친구인 버클랜드 교수가 과학 연구를 위해 살필 수 있었습니다. 최근 라임에서 발견된 이 탁월한 표본은 골격의 구조와 관련해 제가 앞서 내린 결론의 모든 핵심 쟁점이 정당함을 입증해 주었습니다."

두 개의 석탄 난로와 60명분의 체온 덕분에 회의실 사람들은 따뜻했겠지만 조니와 나는 계단에서 몹시 추웠다. 나는 모직 외투를 꼭 여겼지만 그곳에 앉아 있으면 약해진 폐에 해로울 것 같았다. 그래도 그렇게 중요한 순간 자리를 뜰 수는 없었다.

코니비어 사제는 곧바로 플레시오사우루스의 가장 놀라운 특징—매우 긴 목—을 발표했다. "목의 길이는 몸체와 꼬리를 합친 것과 똑같습니다." 그가 설명했다. "가장 긴 목을 가진 조류, 백조의 척추골 수를 넘어서지요. 지금까지 네발 달린 동물에 보편적으로 적용될 수 있는 법칙에서 벗어나는 존재랄까요. 이는 최근 발견된 동물의 특징 중 가장 현저하고 흥미로운 것이며 지질학 분야에서 이루어진 비교 해부학적 측면에서 봤을 때 가장 신기하고 중요한, 새로운 동물이 나타났음을 의미합니다."

코니비어 사제는 이 동물을 아주 자세히 묘사했다. 이 즈음 나는 기침을 참고 있었고, 조니는 와인을 좀 얻으러 주방에 내려갔다. 조니는 계단에서 듣는 발표보다 주방에서 본 것이 좋았던 듯, 내게 포도주 잔을 건넨 뒤 다시 계단으로 내려갔다. 아마 화덕 옆에 앉아 그날 채용한 하녀들에게 말 거는 법을 연습하고 있었을 것이다.

코니비어 사제는 다양한 동물들의 척추골 수를 설명하며 플레시오사우루스의 머리와 척추골에 대해 이야기했다. 퀴비에 남작이 메리를 비난하며 언급한 내용과 같았다. 실제로 그는 서너 차례 퀴비에를 슬쩍 언급했다. 그 위대한 해부학자의 영향력을 내내 강조했다. 코니비어 사제가 메리의 편지에 대한 퀴비에의 반응에 놀란 것도 당연했다. 그러나 아무리 해부학적으로 불가능하다 해도, 플레시오사우루스는 존재했다. 코니비어가 그 동물의 존재를 믿는다면, 메리가 발견한 것도 믿을 수밖에 없었다. 그가 퀴비에를 설득할 수 있는 가장 효과적인 방법은 결국 메리를 지지하는 것이었다. 내겐 당연하게 느껴졌다.

그러나 코니비어 본인은 그렇게 생각하지 않았던 듯싶다. 그는 정반대로 행동했다. 플레시오사우루스의 물갈퀴를 묘사하던 중, 이렇게 덧붙인 것이다. "본래는 물갈퀴 끝이 둥근 뼈로 이루어졌다고 잘못 묘사한 바가 있는데, 실제로는 그렇지 않습니다. 하지만 1821년에 첫 번째 표본이 발견됐을 때, 문제의 뼈는 흩어져 있었고 소유주의 추측에 따라 현재의 상태처럼 접착제로 붙인 것입니다."

그가 메리를 소유주라고 부르고 첫 플레시오사우루스의 뼈를 조립하며 실수를 저질렀다고 넌지시 말한 것을 깨닫는 데 잠시 시간이 걸렸다. 코니비어 사제는 메리를 비판할 때만 그 아이와 그 아이의 작업을 언급했다. 여전히 이름은 밝히지 않은 채로. "신사란 사람이!" 내가 중얼거리는 소리가 생각보다 컸는지 앞에 서 있던 사람들 여럿이 그 소리가 어디서 났는지 확인하려는 듯 고개를 돌렸다.

나는 자리에서 움츠렸고 코니비어 사제가 플레시오사우루스를 등껍질 없는 거북에 비유하며 육지와 바다에서 모두 잘 적응하지 못했으리라고 추측하는 내용을 멍하니 들었다. "그러므로 이 동물은 백조처럼 긴 목을 구부리고 수면이나 그 근처에서 헤엄쳤고 이따금 물고기가 가까이 다가오면 목을 숙여 잡았으리라 결론지어도 되지 않을까요? 어쩌면 해안의 모래톱 웅덩이, 해초 사이에 숨어 있다가 상당히 깊은 곳에서 콧구멍만 수면에 내놓고서 위험한 천적의 공격을 피했을 수도 있습니다."

코니비어 사제는 회의 직전에 생각해 낸 것이 아닐까 싶은 마무리를 전략적으로 내놓았다. "이 동물의 발견이 위대한 퀴비에 남작께서 화석 난생동물(알에서 깨어나 자라는 동물-옮긴이)을 연구하고 발표하는 순간에 이루어진 것에 대해 과학자 모두에게 축하의 말씀을 드리지 않을 수 없습니다. 그는 이 주제를 명쾌하게 정리해 낼 것입니다. 여태껏 그는 가장 애매하고 복잡한 비교해부학의 문제를 항상 그렇게 정리해 왔으니까요. 감사합니다."

그렇게 말함으로써 코니비어 사제는 자신과 퀴비에 남작을 연결시켜 퀴비에로부터 어떤 비판이 나와도 자신을 향하지는 못 하도록 선수를 쳤다. 나는 함께 박수치지 않았다. 가슴이 너무 답답해 숨도 쉬기 힘들었다.

활발한 토론이 시작됐지만, 나는 어지러워 그 내용을 모두 이해하지는 못 했다. 그러나 버클랜드 씨가 마지막에 목청을 가다듬더니 "이 탁월한 표본을 발견하고 보존 작업을 한 애닝 씨에게 감사를 표하고 싶습니다"라고 말하는 것을 들었다. "그 표본이 코니비어 사제의 상세하고 유익한 발표에 맞추어 도착하지 못한 것이 아쉽군요. 하지만 이곳에 설치되고 나면, 회원 여러분은 꼭 와서 살펴보십시오. 이 획기적인 발견에 놀라고 기쁘실 겁니다."

메리가 얻은 건 그게 전부구나 싶었다. 새로운 동물과 남자에게 영광을 돌리는 말 가운데 짧은 감사 인사. 메리의 이름은 과학 논문이나 책에 기록되지 못하고 망각될 터였다. 아무렴 어떠랴. 여자의 일생은 늘 타협의 대상이었다.

더 들을 필요가 없었다. 나는 정신을 잃었다.

9

내 평생 가장 큰 행복을 알리는 번개

그분이 가는 모습을 본 건 오로지 운이었다.

조 오빠가 나를 깨웠다. 어느 날 아침, 엄마가 외출 중일 때 오빠가 내게 다가와 섰다. 트레이는 내 곁에 누워 있었다. "메리."

나는 돌아누웠다. "응?"

오빠는 잠시 아무 말 없이 나만 내려다봤다. 다른 사람이라면 무표정이라고 생각했겠지만, 오빠는 내가 아프지도 않은데 누워 있는 것을 염려하고 있었다. 오빠는 뺨 안쪽을 살짝 깨물고 턱을 당기고 있었다. 자세히 보면 보였다.

"이제 일어나도 돼." 오빠가 말했다. "엘리… 엄마가 해결하고 있어."

"뭘 해결해?"

"그 프랑스 사람 문제."

나는 일어나 앉아 담요를 꽉 잡았다. 트레이의 체온이 느껴지는데도 너무 추웠다. "엄마가 그걸 어떻게 해결해?"

"그건 몰라. 하지만 일어나. 나는 다시 해변에 나가고 싶지 않아."

몹시 가책이 느껴져 몸을 일으키자 트레이가 기뻐서 짖어 댔다. 나도 후련했다. 하루 종일 누워 있다 보니 둔해지긴 했지만, 누군가가 일어나라고 해야 일어날 수 있을 것 같았다.

옷을 입고 망치와 바구니를 들고 트레이를 불렀다. 녀석은 밖에 나가고 싶으면서도 내가 침대에 있으니 나와 함께 있었다. 버치 대령은 라임을 영영 떠나기 전 녀석을 내게 주면서 트레이는 내게 의리를 지킬 거라고 했다. 그 말이 맞았다.

밖으로 나가니 내 입김이 얼굴 앞에서 안개가 됐다. 정말 추웠다. 잿빛 하늘에선 눈이 내릴 것 같았다. 밀물 때라 블랙 벤과 차머스에는 갈 수 없어 반대편, 몬머스해변 절벽에 드러나 있을 좁다란 땅으로 향했다. 그곳 절벽에서 괴물을 찾은 건 드물었지만, 절벽 층에서 떨어져 나온 큰 암모나이트는 종종 실어 왔다. 트레이는 앞장서서 산책로를 따라 달려갔다. 발톱으로 얼음을 긁는 소리가 났다. 가끔 트레이는 돌아와 킁킁거리며 내가 집으로 돌아가지 않고 잘 따라오는지 확인했다. 아무리 추워도 밖에 나오니 기분이 좋았다. 몽롱한 열병을 겪고서 단단하고 쌀쌀한 세상에 나온 기분이었다.

코브 절벽 끝의 반대편. 그곳에서는 유니티호가 승객과 짐을 싣고 있었다. 그건 별다른 일이 아니었지만, 뛰어다니는 사람들 가운데 내 눈길을 끈 것이 있었다. 다름 아닌 세 명의 여자. 둘은 보닛을 썼고 다른 한 명은 깃털로 장식한 터번을 쓰고 있어 놓칠래야 놓칠 수가 없었다.

트레이가 짖으며 달려왔다. "쉬잇 트레이, 조용히 해." 나는 그들이 나를 발견할까 봐 트레이를 붙잡고 나룻배에 숨었다.

거리가 너무 멀어서 필폿 자매의 얼굴은 볼 수 없었지만, 마거릿 씨가 뭔가를 건네자 엘리자베스 씨가 받아서 주머니에 넣는 모습이 보였다. 그렇게 셋은 끌어안고 키스를 했고, 엘리자베스 씨는 자매들로부터 한 걸음 걸어 나갔다. 그러자 배로 연결되는 다릿널(배에 탈 때 다리로 삼는 널빤지-옮긴이)을 뛰어다니던 남자들이 양옆으로 갈라졌고 엘리자베스 씨가 그 사이를 걸어가 갑판 위에 섰다.

엘리자베스 씨가 그 해변에서 화석을 찾는 모습을 그토록 자주 봤지만, 큰 선박이나 작은 배에 타는 건 본 기억이 없었다. 나도 배를 탄건 한두 번뿐이었다. 배로 런던에 갈 수 있지만, 필폿 자매는 늘 마차를 탔다. 바다에 맞는 사람, 육지가 맞는 사람이 따로 있다고 한다면 우린 후자에 속한 사람들이었다.

나는 코브를 따라 달려가 그들을 부르고 싶었지만 그러지 않았다. 나룻배 뒤에서 낑낑거리는 트레이를 데리고 유니티호 선원들이 거대한 돛을 펼치고 출발하는 모습을 지켜봤다. 엘리자베스 씨는 갑판에 서 있었다. 회색 외투에 자주색 보닛을 쓴, 용감하고 꼿꼿한 모습이었다. 라임에서 떠나는 배들을 여러 번 봤지만 그토록 내게 중요한 사람이 탄 건 처음이었다. 불현듯 바다가 위험천만하게 느껴졌다. 오래전 난파된 배에서 잭슨 부인의 시체가 밀려온 일이 생각나 엘리자베스 씨에게 돌아오라고 외치고 싶었지만, 이미 너무 늦었다.

초조해하지 않고 내 일을 하기로 했다. 난파 소식이나 런던에 도착한 플레시오사우루스에 퀴비에 남작이 의혹을 드러냈다는 이야기 등을 신문에서 찾지 않았다. 후자의 경우는 대부분의 사람들에게 중요한 문제가 아니니 신문에 나지 않을 거라고 생각했다. 그러는 한편으론 《웨스턴 플라잉 포스트》가 나와 관련한 중요한 일들을 실어 주길 바라기도 했다. "엘리자베스 필폿, 런던에 안전하게 도착" "지질학회, 라임의 플레시오사우루스를 기념하다" "퀴비에 남작, 애닝 씨의 새로운 동물 발견을 인정" 등의 발표를 보고 싶었다.

어느 날 오후, 카드 게임을 하러 가는 마거릿 씨와 회관 앞에서 마주쳤다. 그들은 겨울에도 일주일에 한 번은 카드 게임을 했다. 추운데도 마거릿 씨는 한물간 깃털 터번을 쓰고 있었고, 그래서 괴상한 모자를 쓴, 유별난 노처녀처럼 보였다. 평생 마거릿 씨를 우러러본 나도 그렇게 생각했다.

내가 인사를 건네자, 마거릿 씨는 꼬리 밟힌 강아지처럼 놀랐다.

"혹시 엘리자베스 씨 소식이 왔나요?"

마거릿 씨가 이상한 표정을 지었다. "언니가 라임에 없다는 걸 어떻게 알았니?"

배에 타는 걸 봤다고는 말하지 않았다. "모두 다 아는걸요. 라임은 비밀을 지키기엔 너무 좁으니까요."

마거릿 씨가 한숨을 쉬었다. "편지를 못 받았는데… 길 상태가 너무 안 좋아서 우편물이 사흘째 안 왔으니까. 하지만 요빌에서 말을 타고 돌아온 이웃이 《포스트》 신간을 가져왔어. 디스패치호가 램스

게이트 근처에서 좌초됐다는 소식이 실렸더라. 엘리자베스 언니보다 먼저 떠난 배야." 마거릿 씨가 몸을 떨자 터번에 꽂힌 타조 깃털도 흔들렸다.

"디스패치호가요?" 내가 외쳤다. "플레시오사우루스가 거기 실려 있는데! 어떻게 됐대요?" 내 화석이 해저로 가라앉아 영영 사라지는 끔찍한 광경이 머릿속에 펼쳐졌다. 버킹엄 공작의 100파운드와 내 고생이 전부 사라지는 광경이.

마거릿 씨가 눈살을 찌푸렸다. "신문에선 승객과 화물 모두 무사하고 육로를 이용해 런던으로 이동한대. 염려할 거 없어. 하지만 짐보다는 승객을 먼저 걱정해야지, 그 짐이 네게 아무리 소중해도."

"물론이죠, 마거릿 씨. 물론 사람들을 생각하고 있었어요. 모두 무사하길. 하지만 제―공작님이 구매하셨으니 이젠 공직님의―플레시가 어디 있는지 궁금하네요."

"난 언니가 어디 있는지 궁금해." 마거릿 씨가 눈물을 글썽이며 말했다. "언니를 그 배에 태우는 게 아니었어. 배가 좌초되는 게 그렇게 쉽다면, 유니티호도 그렇게 되지 않았을까?" 마거릿 씨는 울음을 터뜨렸고 나는 어깨를 두드려 줬다. 하지만 마거릿 씨는 내 위로를 거부하며 몸을 빼더니 나를 노려봤다. "네가 아니었으면 언니는 가지 않았을 거야!" 그녀는 그렇게만 말하고는 홱 돌아서서 회관으로 가버렸다.

"무슨 말이에요?" 내가 따져 물었다. "무슨 말인지 모르겠어요, 마거릿 씨!" 그러나 나는 회관으로 따라갈 수 없었다. 거긴 나 같은 사람이 들어갈 곳이 아니었고, 문 앞에 서 있는 남자들 역시 싸늘한 시선으로 나를 쳐다봤다. 나는 근처에서 머물며 마거릿 씨가 창문으로 보이기를 바랐지만 그런 일은 일어나지 않았다.

엘리자베스 씨가 나 때문에 런던에 간 걸 그때 처음 알게 됐다. 하지만 루이스 씨가 찾아와 설명해 주기 전까지는 이유를 알지 못했다. 루이스 씨는 화석보다 살아 있는 식물을 좋아해 우리 집엔 거의 찾아오지 않았다. 하지만 마거릿 씨를 만나고 이틀 뒤, 루이스 씨가 작업장 문 앞에 나타났고, 큰 키 때문에 고개를 숙여 안쪽을 들여다봤다. 나는 플레시 직전에 발견한 작은 익티오사우루스를 닦고 있었다. 온전한 건 아니었다. 두개골이 조각나 있었고 물갈퀴도 없었다. 하지만 등뼈와 갈비뼈 상태가 좋았다. "일어나지 마." 루이스 씨가 만류했지만 나는 의자에서 돌조각을 치우고 깨끗이 닦아 앉기를 권했다. 그러자 트레이가 와서 루이스 씨 발치에 앉았다. 루이스 씨는 곧바로 말을 꺼내지 않고—원래도 말이 없는 사람이라—바닥 주위에 놓여 있는 암석 더미를 관찰했다. 모두 손질을 기다리는 화석이 든 것이었다. 그런 표본들이야 늘 주위에 있었지만, 플레시를 준비하는 동안 기다리는 화석이 더욱 늘었다. 루이스 씨는 쌓여 있는 돌이나 사방을 뒤덮은 파란 먼지에 대해서 아무 말도 하지 않았다. 아무래도 정원 돌보기와 엘리자베스 씨의 화석 때문에 먼지에 익숙해졌지 싶다.

"마거릿이 널 만났는데 동생 일을 묻더라고 했어. 오늘 동생에게서 편지가 왔는데, 런던 오빠 집에 잘 도착했대."

"아, 정말 다행이네요! 근데 엘리자베스 씨가 저 때문에 런던에 갔다던데요. 무슨 일인가요?"

"지질학회 회의에 가서 그곳 사람들에게 네가 플레시오사우루스를 조작했다는 퀴비에 남작의 주장에 반대해 달라고 부탁할 계획이었어."

나는 눈살을 찌푸렸다. "그 일은 어떻게 아셨어요?"

루이스 씨가 망설였다.

"그분들이 엘리자베스 씨에게 알렸나요? 퀴비에 남작이 버클랜드 씨나 코니비어 사제님에게 편지를 써서 엘리자베스 씨도 연락을 받은 건가요? 그래서 런던에서 모두 그 이야기를 떠들고 있나요? 우리 애닝 집안이 표본을 조작한다고." 입술이 떨려 나는 잠시 말을 멈춰야 했다.

"아니야, 메리. 네 어머니가 우릴 만나러 오셨어."

"엄마가요?" 그들이 알린 게 아니라니 마음이 놓였지만 엄마가 나 몰래 엘리자베스 씨를 만났다니 충격이었다.

"네 어머니는 널 염려하셨어." 루이스 씨가 말했다. "그래서 엘리자베스가 돕기로 했지. 마거릿과 나는 엘리자베스가 편지를 안 쓰고 직접 가겠다는 이유를 이해할 수 없었지만, 그게 낫다고 고집을 부렸어."

나는 고개를 끄덕였다. "엘리자베스 씨 생각이 옳아요. 그 남자들은 편지에는 답을 빨리 안 하거든요. 엄마랑 저도 그렇단 걸 알게 됐어요. 1년 넘게 기다려야 답장이 오기도 해요. 자기들이 원하는 게 있으면 서두르지만, 곧 절 잊어버려요. 제가 원하는 게 있을 때는…"

나는 어깨를 으쓱이고 고개를 저었다. "엘리자베스 씨가 런던까지 배를 타고 가시다니, 믿을 수가 없네요. 저 때문에."

루이스 씨는 아무 말도 하지 않았지만 회색 눈동자로 나를 똑바로 바라봤고 나는 시선을 떨궜다.

며칠 후 몰리 코티지에 찾아가 마거릿 씨에게 언니를 떠나게 해서 미안하다고 사과하기로 했다. 나는 엘리자베스 씨를 위해 모아 둔 화석 물고기 상자를 가져갔다. 엘리자베스 씨가 런던에서 돌아오면 내 선물을 받을 수 있도록. 아마 봄철 방문 때까지 런던에 머물 터라 라임에 돌아오려면 아직 한참 남았겠지만, 물고기가 거기서 그분이 돌아오길 기다린다고 생각하니 위안이 됐다.

나는 쿰 스트리트를 따라, 서본 레인을 올라가 실버 스트리트까지 상자를 운반하며 물고기 화석을 그렇게 많이 챙긴 내 자신을 저주했다. 너무 무거웠으니까. 설상가상으로 겨우 도착한 몰리 코티지는 평소와 어딘가 달랐다. 문은 다 잠겨 있었고 덧창은 내려져 있었으며 굴뚝에서도 연기가 보이지 않았다. 현관문과 뒷문을 한참 두드렸지만 답이 없었다. 다시 현관문으로 돌아가 덧문에 난 틈으로 안쪽을 들여다보려는데 이웃 한 사람이 나왔다. "봐도 소용없어요. 아무도 없으니까. 어제 런던으로 갔어요."

"런던에요! 왜요?"

"갑자기 그렇게 됐어요. 엘리자베스 씨가 병이 났단 소식에 다 내려놓고 떠났어요."

"세상에!" 나는 주먹을 쥐고 문에 몸을 기댔다. 뭔가를 발견할 때마다 잃는 것이 생기는 것 같았다. 익티오사우루스를 찾고 패니를 잃었다. 버치 대령을 찾고 엘리자베스 씨를 잃었다. 명성을 얻고 버치 대령을 잃었다. 겨우 엘리자베스 씨를 다시 찾는 줄 알았는데 잃게 될 모양이었다. 그것도 어쩌면 영원히.

그 상황을 받아들일 수 없었다. 내가 평생 한 일이 사라진 동물의 뼈를 찾는 일이었다. 엘리자베스 씨를 다시 찾을 수 없다니 믿을 수 없었다.

화석 물고기 상자를 코크모일 스퀘어로 도로 가져가지 않고 루이스 씨의 정원 뒤, 엘리자베스 씨를 도와 몬머스해변에서 갖다 놓은 거대한 암모나이트 옆에 뒀다. 언젠가 그분이 그 화석을 하나하나 뒤져 가장 좋은 것을 모아 둘 거라고 확신했다.

다음 마차를 타고 런던으로 가고 싶었지만 엄마가 허락하지 않았다. "바보 같은 짓 하지 마라." 엄마가 말했다. "네가 필폿 가족에게 무슨 도움이 되겠니? 널 돌보느라 시간만 쓰게 하지."

"엘리자베스 씨를 만나 미안하다고 말하고 싶어요."

엄마가 혀를 찼다. "그 사람이 곧 죽기라도 할 것처럼 구는구나. 네가 거기 가서 울상으로 미안하다고 하면 그 사람이 회복하는 데 도움이 되겠니? 무덤에 더 빨리 보내는 짓이야!"

나는 그렇게까지는 생각하지 못했다. 참으로 엄마답게 특이하지만 분별 있는 말이었다.

결국 나는 런던에 가지 않았다. 그러나 언젠가는 가기로 결심했다. 나도 갈 수 있다는 걸 증명하기 위해서라도. 대신 엄마는 필폿 가족에게 안부를 묻는 편지를 썼다. 나보다는 엄마가 쓰는 편이 그 가족을 덜 흥분시킬 테니까. 퀴비에 남작의 비난과 지질학회 회의에 대해서도 물어봐 달라고 했지만, 이런 때 내 문제를 물어보는 건 예의가 아니라면서 엄마는 단호하게 거절했다. 그런 걸 물어보면 필폿 가족은 엘리자베스 씨가 런던에 간 까닭을 떠올리고 내게 다시 화를 낼거라면서 말이다.

2주 뒤, 루이스 씨로부터 엘리자베스 씨가 고비를 넘겼다는 편지를 받았다. 하지만 폐렴 후유증 때문에 의사들은 그분이 습한 바닷바람이 부는 라임에 돌아오면 안 된다는 식으로 말했다고 했다.

"웃기는 소리." 엄마가 코웃음을 쳤다. "바닷바람과 바닷물이 건강에 좋지 않으면 여길 찾아오는 사람이 왜 그렇게 많겠냐? 엘리자베스 씨는 돌아올 거다. 엘리자베스 씨를 라임에서 떼어 놓을 순 없지." 런던에서 온 필폿 자매를 그렇게 오래 의심하더니, 이제 엄마는 그들의 최고 지지자가 됐다.

엄마가 아무리 확신해도 나는 그렇지 못했다. 엘리자베스 씨가 죽지 않아서 마음이 놓이긴 했지만, 영영 만날 수 없게 된 것 같았다. 하지만 내가 할 수 있는 일은 없었고, 엄마가 다행이라는 답장을 보낸 뒤 필폿 자매로부터는 아무런 소식도 오지 않았다. 퀴비에 남작이 어떻게 됐는지도 알지 못했다. 어정쩡한 상태로 살 수밖에 없었다.

엄마는 비가 왔다 하면 '쏟아진다'는 옛말을 쓰곤 했다. 날씨에 대해서라면 나는 그 말에 동의하지 않는다. 오랫동안 해변에 나가 있다

보니, 비가 쏟아질 때보다는 이따금 찔끔거릴 때가 많았고, 하늘이 갈피를 잡지 못하는 것처럼 보일 때도 많았다.

하지만 화석의 경우에는 엄마 말이 옳았다. 몇 달, 몇 년씩 괴물을 찾지 못하고 지내기도 했다. 너무 가난해져서, 춥고 배고프고 절망적인 상태로 무릎을 꿇기도 했다. 하지만 필요 이상, 작업할 수 있는 이상으로 화석이 쏟아지기도 했다. 그 프랑스인이 찾아왔던 때도 그랬다.

6월 말의 어느 화창한 날, 드디어 여름이 왔으니 겨울과 봄 내내 추위와 싸우느라 긴장했던 마음을 놓아도 되겠구나 싶은 그런 날이었다. 처치 절벽 바위에 나가 익티오사우루스 테누이로스트리스Ichthyosaurus tenuirostris —학자들이 네 가지 종을 확인, 명명했고 나는 표본을 보면 바로 알 수 있게 됐다—의 훌륭한 표본을 파내고 있었다. 꼬리나 물갈퀴는 없었지만, 단단히 압축된 척추골과 길고 얇은 뾰족한 턱뼈, 작고 섬세한 이빨이 온전히 보존된 것이었다. 엄마는 이미 버클랜드 씨에게 버킹엄 공작에게 연락해 달라고 부탁했다. 공작은 플레시의 친구로 이키를 갖고 싶어 했다.

일하고 있는데 누군가 다가와 내 곁에 섰다. 이런 일엔 이미 익숙했다. 유명한 메리 애닝이 무슨 일을 하는지 방문객들이 어깨너머로 구경하는 건 늘 있는 일이니까. 멀리서 나에 대해 이야기하는 소리도 들렸다. "저 여자가 저기서 뭘 찾았을까?" 그들은 말하곤 했다. "그 동물인가? 악어라든가, 등껍질 없는 거대한 거북이라든가, 그런 것?"

나는 혼자 웃을 뿐, 그들의 말을 고쳐 주진 않았다. 상상도 할 수 없으며, 더 이상 존재하지도 않는 동물이 과거에 살았다는 사실을 사람들은 이해하기 어려워했다. 명백한 증거를 본 나도 그런 생각을 받아들이는 데 오랜 시간이 걸렸으니까. 두 가지 괴물을 발견한 뒤로 사람들은 나를 더 존중하기는 했지만, 메리 애닝이 말한다고 자기 생각을 바꾸진 않았다. 호기심을 갖고 찾아온 방문객을 인솔하다 보니 그 정도는 알게 됐다. 그들은 해변에서 보물을 찾고 싶고, 괴물을 보고 싶어 했지만, 그 괴물이 어떻게 언제 살았는지 생각하고 싶어 하지는 않았다. 그러면 세상에 관해 갖고 있는 믿음이 너무 흔들릴 테니까.

그 구경꾼이 태양 빛을 가리는 바람에 이키에 그림자가 졌고, 나는 그제서야 고개를 들었다. 덩치 큰 데이 형제 중 하나였다. 데이비인지, 빌리인지는 알 수 없었다. 나는 망치를 내려놓고 손을 닦은 뒤 일어났다.

"성가시게 해서 미안해, 메리." 그가 말했다. "빌리랑 내가 보여 주고 싶은 게 있어. 건 절벽 쪽에." 그는 말하면서 이키를 흘끔거렸다. 내 작업을 확인하는 것이었다. 나 역시 세월이 흐름에 따라 바위에서 표본을 끌로 떼어 내는 실력이 좋아져 암석판을 작업장으로 운반하는 경우 말고는 데이 형제에게 큰 도움을 받을 필요가 없어졌다.

하지만 그들의 의견은 중요했고, 내가 한 작업을 보고 그가 만족한 표정을 짓기에 기뻤다. "뭔가가 나왔어?" 내 질문에 데이비는 머리를 긁적였다. "모르겠어. 그 거북인 것 같아."

"플레시?" 내가 말했다. "정말?"

데이비는 초조한 듯 꿈지럭거렸다. "음, 악어일지도 몰라. 나는 뭐가 뭔지 도통 모르겠거든." 얼마 전부터 데이 형제는 블루 라이어스에서 바다 채석을 시작했고 종종 라임에서 떨어진 곳 암석에서 여러 가지를 발견했다. 그들은 뭘 파냈는지 알고 싶어 하지 않았다. 나와 그들에게 돈벌이가 된다는 것만 알았고, 그것에만 관심이 있었다. 그 말고도 다른 사람들 역시 종종 나를 찾아와 자신이 발견한 것에 대해 이래저래 도움을 청했다. 보통 이키의 작은 조각—턱뼈, 이빨, 척추골 몇 개가 들러붙은—이었다.

나는 망치와 바구니를 들었다. "트레이, 여기 있어." 나는 손가락으로 딱 소리를 내며 가리켰다. 트레이는 파도를 쫓던 물가에서 달려오고 있었다. 녀석은 흰색과 검정색의 몸뚱이를 둥글게 말고 이키 옆 바위에 턱을 괴었다. 대개는 착한 강아지였지만 누가 내 표본에 다가오면 으르렁거렸다.

나는 데이비를 따라 라임을 가리는 굽이를 돌아갔다. 태양이 언덕에 층층이 선 집들을 비췄고 바다는 거울처럼 은빛으로 반짝였다. 항구에 정박한 배들은 썰물에 바다 바닥에 버려져 나뭇가지처럼 흩어져 있었다. 그 광경이 소중해 가슴이 벅찼다. '메리 애닝, 넌 이곳에서 가장 유명한 사람이야.' 속으로 생각했다. 나는 자만심에 가득 차 교회에 가면 죄를 용서해 달라고 기도해야 했다. 하지만 어쩔 수 없었다. 오래전, 내가 어리고 가난하고 무지해 엘리자베스 씨가 데이 형제를 처음 고용해 준 그때로부터 참 많은 것이 변했다. 이제는 사람들이 날 찾아오고 내가 발견한 것에 대해 글을 썼다. 잘난 체하지 않기가 어려웠다. 라임 사람들마저 내게 친절하게 굴었다. 내가 방문객을 끌어온 덕에 그들의 사업 역시 잘되었으므로.

하지만 나는 너무 들뜨지는 못 했고, 가슴 속에 가시가 박혀 있었다. 무엇을 발견해도, 사람들이 내게 뭐라 해도, 엘리자베스 필폿이 라임에 없으니 마음속에 허전함이 남았다.

"여기야." 데이비가 가리킨 곳에는 그의 형이 커다란 손에 돼지고기 파이 한 쪽을 쥐고 앉아 있었다. 그 옆에는 운반용으로 쓰는 나무 판에 쌓아 둔 돌무더기가 있었다. 빌리 데이는 파이를 우물거리며 고개를 들더니 끄덕였다.

나는 패니 밀러와 결혼한 빌리를 보면 늘 어색했다. 그는 아무 말도 안 했지만, 패니가 나에 대해 나쁜 소리를 하지 않는지 자주 궁금했다. 패니가 부러운 건 아니었다. 정말 절망적인 상황이 아니라면 여자들은 채석공을 결혼 상대로 고려하지 않았다. 하지만 그들의 결혼은 내가 정말 바닥에 있고 앞으로도 결코 결혼하지 못하리란 사실을 상기시켰다. 패니는 내가 과수원에서 버치 대령과 단 한 번 경험한 것을 늘 당연하다는 듯이 누리고 있었다. 나는 내 명성과 돈을 위안으로 삼았지만, 그건 거기까지였다. 패니가 다리를 절게 된 건 내 탓이니 미워할 수 없었다. 하지만 패니와 가깝게 지낼 수도 없었고, 곁에서 마음이 편치도 않았다.

그리고 그건 라임의 많은 사람들 역시 마찬가지였다. 나는 실패하고 말았다. 필폿 자매 같은 아가씨는 될 수 없었다. 아무도 나를 메리 씨라고 부르지 않을 것이다. 나는 평범한 메리 애닝으로 살 운명이었다. 하지만 나는 다른 노동계급 사람들과 달랐다. 나는 이도 저도 아닌 상태였고, 언제까지나 그렇게 살게 됐다. 그래서 자유로웠고, 동시에 외롭기도 했다.

다행히 바위는 내 자신 말고도 생각할 거리를 많이 가져다줬다. 데이비는 바위의 솟은 부분을 가리켰고 나는 허리를 숙이고 3피트 정도 길이의 아주 또렷한 척추골 선을 확인했다. 너무 분명해서 웃음이 나왔다. 이 바위를 수백 번은 찾아왔는데 이걸 지금에서야 보다니. 그곳에서 나오는 건 항상 놀라웠다. 주위에 굴러다니는 수백 개의 시체가 눈썰미 있는 사람이 찾아 주기를 기다리고 있었다.

"차머스로 돌을 옮기다가 빌리가 그 바위에 발이 걸렸어." 데이비가 설명했다.

"네가 걸렸지, 내가 아니라." 빌리가 잘라 말했다.

"나 아냐, 너라고."

나는 다투는 형제를 내버려 두고 흥분을 느끼며 척추골을 살폈다. 이키의 것보다 길고 굵었다. 그 선을 따라 물갈퀴가 있을 곳을 더듬어 기다란 지골指骨을 찾았다. "플레시오사우루스야." 내가 말했다. 데이 형제가 말다툼을 멈췄다. "거북." 그들이 그렇게 길고 이상한 말을 배우지는 못 할 테니, 내가 양보했다.

데이비와 빌리는 서로 마주 보더니 내게 말했다. "우리가 처음 발견한 괴물이네." 빌리가 말했다.

"그렇지." 나도 맞장구쳤다. 데이 형제는 거대한 암모나이트는 찾았지만 이키나 플레시를 찾진 못 했다. "화석 사냥꾼이 된 거야."

데이 형제는 내 말을 피하듯 동시에 한 걸음 물러섰다. "오 아냐, 우린 채석공이야." 빌리가 말했다. "우린 돌을 다뤄. 괴물이 아니라." 그는 차머스로 운반할 돌을 턱으로 가리켰다.

나는 행운에 깜짝 놀랐다. 그곳에 온전한 표본이 있을지 모르는데 데이 형제가 원하지 않는다니! "그럼 이걸 파내는 값을 치르고 내가 받을게." 나는 그렇게 제안했다.

"글쎄. 지금은 돌을 날라야 하는데."

"그럼 그다음에. 이건 내가 못 파내. 아까 봤잖아. 이크, 아니 악어를 파내고 있었던 거." 내 착각인가 싶었지만, 그때만큼은 데이 형제가 서로 의견이 다른 것 같았다. 빌리는 플레시와 얽히는 것이 불편해 보였다. 그래서 나는 짚이는 대로 물어봤다. "패니에게 어떻게 할지 물어볼 거야, 빌리 데이? 패니가 거북이나 악어가 돌아서서 널 물거라고 하니?"

빌리가 고개를 숙였고 데이비는 웃어 댔다. "너 아주 잘 아는구나!" 데이비가 빌리에게 말했다. "자, 이제 이걸 파낼 거야, 아니면 네마누라 옆에 앉아 불알을 잡혀 살 거야?"

빌리는 입을 꾹 다물었다. "얼마 줄 건데?"

"1기니." 나는 후한 마음으로, 그 정도 금액이면 패니가 불평하지 않기를 바라며 즉시 대답했다.

"이 짐을 차머스에 먼저 날라야 해." 데이비가 말했다. 하겠다는 말이었다.

특히 그날처럼 맑은 날에는 해변에 화석 찾는 사람이 하도 많아서 나는 엄마를 불러 플레시를 지켜 달라고 부탁해야 했다. 여름이면 그런 일은 종종 일어났고, 여기엔 라임의 해변을 그렇게 널리 알린 내 탓도 있었다. 겨울에만 매서운 바람과 비 때문에 해변에서 사람들이 사라졌다. 그때가 돼야 나는 하루 종일 밖에 나가서도 아무도 만나지 않을 수 있었다.

데이 형제는 빠르게 일했고 이틀 만에 플레시를 파냈다. 내가 이키 작업을 마친 것도 그때쯤이었다. 그 자리에서 모퉁이만 돌면 내 작업 자리였으므로 두 곳을 오가며 데이 형제에게 지시할 수 있었다. 머리는 없어도 괜찮은 표본이었다. 플레시는 머리를 쉽게 잃어버리는 것 같다.

두 표본을 작업장에 가지고 오니, 엄마가 광장의 가판대에서 불렀다. "낯선 양반 둘이 널 찾는다, 메리!"

"아이고, 여기 사람이 너무 많네." 나는 중얼거렸다. 데이 형제에게 고맙다고 인사하고 엄마에게 돈을 받으라고 보낸 뒤 손님을 불렀다. 그들 역시 졸지에 대단한 광경을 보게 됐다. 두 개의 괴물 표본이 바닥에 놓여 있었으니까. 사실 바닥 공간을 너무 많이 차지해서 그들은 안에 들어서지도 못 하고 눈이 휘둥그레진 채 문간에 서 있었다. 나는 온몸이 찌릿해지는 걸 느꼈지만 이유를 알 수 없었고, 다만 그들이 보통 손님이 아니란 것만 알았다.

"지저분해서 죄송해요, 여러분." 내가 말했다. "금방 동물 화석 두 개를 가지고 오느라 정리할 시간이 없었네요. 뭐 도와드릴 게 있나요?" 얼굴에는 블루 라이어스의 진흙을 잔뜩 묻히고, 눈은 이키를 파내느라 힘들어 붉게 충혈된 채로 내가 물었다.

젊은 쪽—나보다 나이가 그렇게 많지는 않고, 쑥 들어간 파란 눈과 긴 코, 섬세한 턱을 가진 잘생긴 남자였다—이 먼저 정신을 차렸다. "애닝 씨, 저는 찰스 라이엘이라고 합니다." 그가 미소를 지으며 말했다. "콩스탕 프레보 씨를 파리에서 모시고 왔습니다."

"파리요?" 내가 외쳤다. 당황한 기색을 감출 수 없었다.

프랑스인은 바닥에 엉망으로 흩어진 돌을 보더니 내게 시선을 돌렸다. "반갑습니다, 아가씨." 그가 고개를 숙이며 말했다. 곱슬머리에 턱수염을 길게 기른 남자로, 눈가엔 주름이 있었고 전체적으로 상냥해 보이긴 했지만 목소리만큼은 진지했다.

"아!" 그는 첩자였다. 퀴비에 남작의 첩자가 내가 무슨 꿍꿍이인지 염탐하러 온 것이었다. 나는 그가 보는 바닥을 내려다봤다. 두 개의 표본이 나란히 놓여 있었다. 꼬리 없는 이키와 머리 없는 플레시가. 플레시의 꼬리는 골반에서 떼어 내어 이키에게 붙일 수 있었다. 혹은 이키의 머리를 떼어 플레시 목의 경추골을 몇 개 없애고 붙일 수 있었다. 두 동물을 잘 아는 사람들은 속지 않을 테지만, 바보들은 그걸 살 수도 있었다. 앞에 놓인 증거를 보고 프레보 씨는 내가 두 개의 불완전한 괴물을 연결해 온전한 괴물을 새로 만들 거라는 결론에 쉽게 도달할 수 있었다.

그 갑작스러운 상황에 주저앉고 싶었지만, 그들 앞에서는 그럴 수 없었다.

"버클랜드 씨와 코니비어 사제님들의 안부를 전합니다." 찰스 라이엘은 그들의 이름을 언급함으로써 불난 데 부채질하는 것도 모르고 말했다. "전 옥스퍼드에서 버클랜드 교수님의 제자였는데…"

"라이엘 씨, 프레보 씨." 내가 말을 막았다. "전 정직한 사람이라고 말씀드리고 싶습니다. 퀴비에 남작님이 어떻게 생각하시든, 전 표본을 조작하지 않아요! 성서에 대고 맹세합니다. 여긴 성서가 없지만… 전에 몇 장 있었는데 팔아야 했어요. 하지만 당장 교회에 가면 글리드 목사님이 제 맹세를 들어 주실 거예요. 그게 도움이 된다면 말이죠. 아니, 성미가엘 성당이 좋으시면 그리로 가도 돼요. 거기 사제님은 절 잘 모르시지만, 성경은 내주시겠죠."

찰스 라이엘이 내 말을 막으려고 했지만, 난 멈출 수 없었다. "여기 표본이 온전하지 않지만 보이는 대로 조립하지 바꿔치기는 안 할 거라고 맹세해요. 플레시오사우루스의 꼬리가 익티오사우루스에 맞을지 몰라도 그런 짓은 절대 안 해요. 그리고 이키의 머리는 플레시의 목에 붙이긴 너무 커요. 맞지 않을 거예요." 나는 횡설수설했고 특히 프랑스인은 어리둥절한 표정이었다.

나는 도저히 견딜 수 없어 신사들이 있건 없건 앉아야 했다. 이제 정말 끝장이구나 싶었다. 그 자리, 낯선 사람들 앞에서 나는 울기 시작했다.

내 울음은 어떤 말보다도 프랑스인을 놀라게 했다. 그는 프랑스어로 뭐라 중얼거리기 시작했고 라이엘 씨는 그의 말을 막고 더듬더듬 프랑스어로 뭐라 말했다. 그 사이 나는 엄마에게 데이 형제에게 1파운드만 주라고, 나는 더 이상 괴물을 찾아 팔지 못하게 됐으니 한 푼이 아쉬울 처지인데 너무 후한 값을 불렀다고 외치고 싶다는 생각뿐이었다. 다시 암모나이트나 벨렘나이트, 그리파이아나 줍던 시절로 돌아가야 할 것 같았다. 그런 것을 파는 사냥꾼들이 늘었으니, 그때처럼 많이 팔지도 못 할 터였다. 우리는 다시 가난해질 것이고 조 오빠는 자기 가게를 차리지 못할 것이며 엄마와 나는 코크모일 스퀘어에서 벗어나 언덕 위 좋은 가게로 옮기지 못하리라. 나는 눈물이 마르고 남자들이 조용해질 때까지 내 미래를 생각하며 평평 울었다.

내가 울음을 그쳤다고 판단하자, 프레보 씨가 주머니에서 손수건을 꺼냈다. 표본을 밟지 않도록 주의하면서 그는 바위 전쟁터에서 백기를 흔들듯 내게 손수건을 내밀었다. 내가 망설이자 그는 손수건을 가리키고는 뺨에 보조개를 드러내며 살짝 웃기도 했다. 나는 그걸 받아 눈물을 닦았다. 내 평생 만져 본 천 중 가장 부드럽고 하얀 천이었다. 손수건에서 담배 냄새가 났고 나는 몸을 떨며 미소 지었다. 내 안에 또다시 아주 작은 번개가 쳤기 때문이다. 나는 블루 라이어스의 진흙이 묻은 손수건을 돌려줬지만 그는 가지라면서 받지 않았다. 그제야 프레보 씨가 첩자가 아닐지도 모른다는 생각이 들었다. 나는 손수건을 접어 모자 밑에 넣었다. 더럽지 않은 곳은 거기뿐이었으니까.

"애닝 씨, 제 말 좀 들어 주세요." 찰스 라이엘이 내가 다시 울까 봐 두려운 듯, 조심스레 말을 꺼냈다. 나는 울지 않았다. 그때 그가 나를 메리가 아니라 애닝 씨라고 부른 것을 알아차렸다.

"저희가 여기 왜 왔는지 설명드려야 할 것 같군요. 프레보 씨께서 제가 작년에 파리에 갔을 때 고맙게도 자연사박물관의 퀴비에 남작을 소개시켜 주셨습니다. 그곳 지질학 탐사에 동행하게도 해 주셨고요. 그래서 이번에 영국에 오신다고 편지를 보내왔을 때, 제가 우리나라 남부의 가장 중요한 지질학 탐사 현장으로 안내하기로 했답니다. 옥스퍼드, 버밍엄, 브리스틀, 콘월까지 갔다가 엑서터와 플리머스를 경유해 돌아왔습니다. 당연히 라임 레지스에 와서 애닝 씨를 만나고 싶었습니다. 애닝 씨가 화석을 모으는 해변도 보고, 작업장도 보고 싶었죠. 사실, 프레보 씨는 방금 이곳 광경에 큰 감명을 받았다고 하셨습니다. 직접 말하고 싶어 하시지만, 아쉽게도 영어를 못 하시네요."

라이엘 씨가 말하는 동안 프랑스인은 익티오사우루스 옆에 쪼그리고 앉아 거의 온전하고 아름다운 간격의 쇠 난간처럼 생긴 갈비뼈를 손끝으로 쓰다듬고 있었다. 그가 내 옆에서 쪼그리고 앉아 있는데, 나만 편히 의자에 앉아 있을 수는 없었으므로 나는 칼을 들고 이키의 턱뼈 옆에 무릎을 꿇고서 거기 붙은 셰일을 긁어내기 시작했다.

"괜찮다면 발견하신 표본을 좀 더 자세히 관찰하고 싶습니다, 애닝 씨." 라이엘 씨가 말했다. "해변 어디서 왔는지도 보고 싶습니다. 그것들과 지난 12월에 발견하신 플레시오사우루스도요. 특이한 목과 머리를 가진 경이로운 표본이더군요."

나는 얼어붙었다. 그가 플레시의 가장 염려스러운 부분을 언급하다니, 수상쩍게 들렸다. "보셨어요?"

"물론입니다. 그 표본이 지난번 지질학회 사무소에 왔을 때 저도 참석했죠. 얼마나 극적인 상황이었는지 못 들으셨습니까?"

"아무 이야기도 못 들었어요. 저는 가끔 달에 사는 기분이 들어요. 과학계에서 일어나는 일을 전혀 듣지 못하니까요. 제게 알려 주는 분이 계시긴 했는데… 라이엘 씨, 엘리자베스 필폿이란 분을 아세요?"

"필폿이요? 아뇨, 죄송하지만 들어 본 적 없는 이름입니다. 제가 알아야 하는 분인가요?"

"아뇨, 아뇨." 그러나 마음속으로는 알아야 한다는 생각이 들었다. 알아야지. "무슨 말씀이세요, 극적인 상황이라니?"

"플레시오사우루스는 뒤늦게 도착했습니다." 라이엘 씨가 설명했다. "코니비어 사제님께서 학회에서 발표하신 지 2주나 지나서 런던에 도착했죠. 참 애닝 씨, 회의 때 버클랜드 사제께서 애닝 씨의 수집 기술을 매우 칭찬하셨습니다."

"그러셨나요?"

"그럼요. 그런데, 플레시오사우루스가 그토록 힘들게 도착했건만 폭이 너무 넓어 계단으로 운반하지 못했습니다."

"그 액자 폭이 6피트였죠. 제가 만들었으니 잘 알아요. 이 문을 나갈 때도 옆으로 돌려야 했어요."

"그러셨겠죠. 그것을 회의실에 올리는 데 거의 하루가 걸렸습니다. 하지만 결국 문 앞에 둬야 했고 학회 회원들이 여럿 보러 왔습니다."

프랑스인이 이키와 플레시 사이를 기어가듯 움직여 플레시의 앞쪽 물갈퀴를 살폈다. 나는 고갯짓했다. "이분도 보셨나요?"

"런던에선 보지 못했지만 옥스퍼드에서 버밍엄에 갔을 때, 버킹엄 공작이 표본을 보관해 둔 스토 하우스Stowe House에 들렀습니다." 라이엘은 신사답게 정중하긴 했지만 살짝 얼굴을 찡그렸다. "탁월한 표본인데, 공작의 찬란한 수집품에 조금 묻히는 느낌이었습니다."

나는 이키의 턱에 얹은 손을 빤히 쳐다봤다. 이 가엾은 표본도 부잣집에 보내져 다른 보물 틈에서 무시당할까. 눈물이 나올 것 같았다. "그럼 이분은…" 나는 프레보 씨를 가리켰다. "퀴비에 남작에게 플레시오사우루스가 가짜가 아니라고 전할 건가요? 정말로 머리는 작고 목은 긴 동물이 존재하고, 제가 두 동물을 이어 붙인 것이 아니라고?"

프레보 씨가 플레시를 보다가 날카로운 표정으로 고개를 들길래, 그가 영어를 못 해도 대화의 맥락을 이해하는 모양이다 싶었다.

라이엘 씨가 미소를 지었다. "그럴 필요도 없습니다, 애닝 씨. 퀴비에 남작은 프레보 씨가 보기 전에도 그 표본을 전적으로 믿었습니다. 애닝 씨의 투사들, 버클랜드 사제, 코니비어 사제, 존슨 씨, 컴버랜드 씨와 플레시오사우루스에 대해 많은 서신을 주고받았거든요."

"절 위해 싸우는 투사라곤 할 수 없죠." 내가 중얼거렸다. "필요한 게 있을 때만 절 반기는 분들이니까요."

"애닝 씨를 매우 존경하는 분들입니다." 찰스 라이엘이 반박했다.

"음." 나에 대한 그들의 의견을 놓고 눈앞의 사내와 말다툼을 할 생각은 없었다. 할 일이 있었으니까. 나는 다시 표본을 긁어내는 작업을 시작했다.

프랑스인이 일어나더니 무릎에서 먼지를 털고 라이엘 씨와 이야기했다. "프레보 씨가 플레시오사우루스를 사려는 사람이 있는지 묻습니다." 라이엘 씨가 설명했다. "없다면 파리의 박물관에 전시하도록 구매하고 싶답니다."

나는 칼을 떨어뜨리고 주저앉았다. "퀴비에 남작을 대신해서요? 퀴비에 씨가 제 플레시를 사신대요?" 내가 어찌나 놀랐는지 두 사람 다 웃기 시작했다.

구름처럼 둥둥 떠다니던 나를 엄마는 곧바로 끌어내렸다. "프랑스인들이 화석에 얼마를 낸다니?" 엄마는 그들이 쓰리 컵스로 식사하러 나가자마자 대뜸 물었다. "지갑을 쉽게 열 것 같니, 아니면 영국인보다 싸게 사려고 하니?"

"모르겠어요, 엄마. 액수 이야기는 안 했어요." 나는 거짓말을 했다. 프랑스인에게 너무 정신이 팔려 겨우 10파운드에 팔기로 한 건 더 적당한 때 말할 생각이었다. "얼마라도 상관없어요." 내가 덧붙였다. "퀴비에 씨가 제 화석을 긍정적으로 평가해서 더 구하고 싶어 하는 거면 됐어요. 그걸로 충분한 보상이 되니까."

엄마는 문간에 기대 나를 노려봤다. "플레시가 네 거라고?"

나는 눈살을 찌푸렸지만 대답하지 않았다.

"데이 형제가 찾은 거 아니야?" 엄마는 늘 그렇듯이 가차 없이 몰아붙였다. "걔들이 찾아서 파냈고, 버클랜드 씨나 헨리 경, 버치 대령이 네게서 사들여 제 것이라고 부르는 것처럼 너도 걔들에게서 샀지. 너도 수집가가 됐구나. 아니, 판매상이라고 해야 하나. 다시 되파니까."

"그렇게 말하면 억울해요, 엄마. 전 평생 화석을 찾았잖아요. 그리고 표본은 대부분 제가 찾고 닦았고요. 데이 형제가 화석을 찾았지만 어쩔 줄 몰라 절 부른 건 내 탓이 아니에요. 그 형제가 파내서 닦고 팔았다면 그들 것이겠죠. 하지만 그게 싫다고 절 찾아온 거예요. 제가 감독하고 수고비를 줬고, 플레시는 제게 남아 있죠. 제가 책임을 지고 있으니 제 것이에요."

엄마는 혀로 쓰읍 소리를 냈다. "넌 남자들이 화석을 사간 뒤엔 자기 거라고 하고 네 공은 인정 안 한다고 했잖아. 그럼 너도 그 프랑스인에게 파리에 전시할 때 네 이름 옆에 데이 형제 이름도 적으라고 할 거야?"

"당연히 그러진 않아요. 제 이름도 안 적을 테니까. 여태 아무도 그렇게 안 했어요." 나는 엄마의 주의를 딴 데로 돌리려고 했다. 엄마 말이 옳았으니까.

"사냥꾼과 수집가의 차이가 네가 그동안 말한 것만큼 크지 않은 모양이지."

"엄마! 이렇게 좋은 일이 생겼는데 왜 계속 그런 얘길 해요? 그냥 넘어가면 안 돼요?"

엄마는 한숨을 쉬더니 모자를 고쳐 쓰며 찾아온 손님들을 상대하러 나갈 준비를 했다. "부모가 자식에게 바라는 건 자식이 그저 자리 잡고 사는 것뿐이야. 그동안 네가 네 일에 인정받지 못해 염려하는 걸 계속 지켜봤다. 하지만 보수 걱정을 하는 편이 나아. 정말 중요한 건 그거 아니니? 화석은 장삿거리니까."

나를 생각해서 한 말인 걸 알지만, 상처가 됐다. 그렇다. 나는 내가 한 일에 보수를 받아야 했다. 하지만 화석은 내게 늘 돈 이상의 의미였다. 내게 화석은 하나의 세상, 나 역시 속해 있는 암석 세계였다. 나는 종종 내가 죽고 나서 수천 년 뒤 내 시신이 돌로 변하는 상상을 했다. 누군가가 나를 파내면 어떤 생각을 할까?

하지만 엄마 말도 옳았다. 나는 화석을 사냥하고 찾는 것뿐 아니라 사고파는 일에도 관여하게 됐고, 이젠 내가 맡은 일이 무엇인지 분명하게 가를 수 없게 됐다. 그것이 내가 명성을 얻고 치른 진정한 대가였을 것이다.

내가 무엇보다 바란 것은 실버 스트리트를 올라 몰리 코티지로 가서 그 집 식탁에 앉아 엘리자베스 씨의 화석 물고기를 펼쳐 놓고 이야기를 나누는 것이었다. 베시가 내 앞에 찻잔을 쾅 내려놓고 가 버리면 우리는 골든 캡 너머로 하늘빛이 바뀌는 광경을 지켜볼 것이다. 나는 엘리자베스 씨가 선물로 준 수채화를 올려다봤다. 우리가 다투기 얼마 전, 그녀가 직접 그 경치를 그려 준 것이었다. 전경에는 나무와 오두막이 보이고 해안을 따라 솟은 언덕은 멀리 사라지며 부드러운 빛을 띠고 있었다. 실제 그림에는 아무도 보이지 않았지만 나는 어딘가 그 장면 바깥 해변에서 화석을 찾고 있을 것만 같았다.

이틀간 나는 라이엘 씨와 프레보 씨를 해변으로 안내해 화석을 찾은 곳을 보여 주고 다른 화석 찾는 법을 가르치느라 바빴다. 둘 다 눈썰미는 없었지만 조각 몇 개는 찾았다. 그때도 운이 좋아서 나는 그들이 보는 앞에서 또 하나의 익티오사우루스를 발견했다. 다른 이키를 찾은 곳 근처 바위 위에 서 있는데, 프랑스인 발밑에서 긴 턱뼈와 이빨이 보였다. 나는 망치로 바위 층을 쪼아 내고 눈과 척추골, 늑골을 드러냈다. 수레바퀴가 지나갔는지, 꼬리가 부서진 걸 빼면 좋은 표본이었다. 그들 눈앞에서 망치를 휘둘러 그 동물을 드러내는 과정이 솔직히 즐거웠다. "애닝 씨, 당신은 진정 마법사로군요!" 라이엘 씨가 외쳤다. 프랑스인 역시 강렬한 인상을 받은 듯했지만 영어로 말할 수는 없었다. 그가 말하지 못하는 것도 좋았다. 그 말이 무슨 뜻인지 걱정할 필요 없이 그저 순수하게 즐길 수 있었으니까.

그들이 더 보고 싶어 했으므로 데이 형제를 불러 이키를 파내게 하고, 몬머스해변의 암모나이트 묘지로 데려갔다. 이어서 핀헤이만으로 가서 바다나리를 찾았다. 그들이 웨이머스와 포틀랜드로 떠난 뒤에야 나는 드디어 플레시 작업을 다시 시작할 수 있었다. 프레보 씨는 열흘 뒤 프랑스로 돌아갈 계획이었으므로 작업을 서둘러야 했다. 나는 밤낮으로 작업했다. 그럴 가치가 있는 일이었으니까. 몇 달 동안 해변에서 화석을 찾다 보면 날씨 말고는 매일이 똑같곤 했다. 그러다가도 세 마리의 괴물과 두 사람이 찾아오자, 갑자기 밤새도록 표본 준비 작업을 해야 했다. 그들이 떠날 때까지 종일 작업장에서 사느라 나는 라임 사람들이 다 아는 일을 혼자만 모르고 있었다. 어느 날 아침 탁자 앞에 앉아 있던 엄마가 소리를 지르는 바람에 나는 밖으로 나갔다. "무슨 일이에요, 엄마?" 나는 머리카락을 넘기다가 이마에 진흙을 묻히며 중얼거렸다.

"베시다." 엄마가 가리켰다. 필폿 자매의 하녀가 쿰 스트리트로 향하고 있었다. 나는 그길로 뛰쳐가 빵집으로 들어가려는 베시를 붙잡았다. "베시!"

베시는 돌아서더니 날 보고 못마땅하다는 듯한 소리를 냈다. 나는 베시가 안으로 들어가지 못하게 팔을 붙잡아야 했다.

베시가 어이없다는 표정을 지었다. "무슨 일이지?"

"돌아왔군요! 그럼 저기… 엘리자베스 씨는 다 나았나요?"

"내 말 잘 들어, 메리 애닝." 베시가 나를 똑바로 보면서 말했다. "그분들을 건드리지 마, 알겠어? 그분들이 가장 보고 싶지 않은 사람이 너야. 실버 스트리트 근처에는 얼씬도 하지 마라."

베시는 나를 좋아한 적 없으니 그런 말도 놀랍진 않았다. 하지만 그 말이 사실인지는 알아야 했다. 그녀가 말하는 동안 그 표정을 빤히 쳐다봤다. 짜증이 나고, 긴장되고, 화난 표정이었다. 나를 똑바로 보지도 않고 누군가가 와서 자신을 구해 주길 바라는 것처럼 고개를 양옆으로 계속 돌렸다.

"저는 베시를 해치지 않을 거예요."

"아니, 해칠 거야!" 베시가 소리쳤다. "찾아오지 마. 몰리 코티지에 너를 반기는 사람은 없으니까. 네가 엘리자베스 아가씨를 죽일 뻔했다고. 폐렴이 얼마나 심했는지, 하룻밤은 그분이 죽는 줄 알았어. 네가 아니었음 엘리자베스 아가씨는 그 병에 걸리지도 않았어. 그 후로 그분은 예전 같지 않아. 그러니 찾아오지 마!" 베시는 나를 밀치고 빵집에 들어갔다.

나는 쿰 스트리트를 거슬러 집으로 돌아왔지만 코크모일 스퀘어에 닿자 엄마에게 가지 않고 대신 브로드 스트리트를 오르기 시작했다. 나를 만나고 싶지 않다는 말은, 베시가 아니라 필폿 자매에게서 직접 들어야 했다.

장날이었으므로 그곳 거리는 사람들로 붐볐다. 밀물 때 바닷물을 헤치는 느낌으로 사람들을 헤치고 지나갔다. 그저 그래야만 했다.

사람들이 많아 재빠른 걸음으로 등을 꼿꼿이 펴고 언덕을 내려오는 그분을 곧바로 알아보지 못했다. 수평선에 나타난 어렴풋한 형체가 또렷한 윤곽선을 가진 선박으로 변하는 광경을 지켜보는 느낌이었다. 그 순간, 나는 온몸에 번개가 관통하는 것을 느끼고 우뚝 멈췄다. 장터 사람들은 나를 밀치고 지나갔다.

엘리자베스 씨는 사람들에게 둘러싸여 있었지만, 다른 자매들은 없이 혼자였다. 살이 빠져 뼈만 남은 것 같았고, 즐겨 입던 연보라색 드레스가 헐렁해져 있었다. 보닛 안의 얼굴도 앙상했다. 광대뼈와 특히 턱뼈가 이키처럼 길고 곧고 단단해진 듯, 더욱 눈에 띄었다. 하지만 그분은 목적지가 확고한 사람마냥 힘차게 걸었고 내게 가까이 다가올수록 회색 눈동자가 햇빛을 받은 것처럼 반짝였다. 나는 숨을 참고 있는지도 몰랐다가 그제야 내쉬었다.

날 보더니 엘리자베스 씨의 얼굴이 햇살을 반사하는 골든 캡처럼 환해졌다. 그래서 나는 달리기 시작했다. 가로막는 사람들을 밀쳤지만, 꿈쩍도 하지 않는 느낌이었다. 다가가서 엘리자베스 씨를 끌어안고 울기 시작했다. 시내 사람들이 다 모인 앞에서. 패니 밀러는 야채

장수 앞에서 그 광경을 쳐다봤고 엄마가 무슨 일인가 보러 왔으며 내 뒤에서 험담을 하던 사람들이 이제 대놓고 떠들 수 있게 됐지만 아무 렴 상관없었다.

우리는 아무 말 없이 얼싸안고 울었다. 엘리자베스 씨는 운 적이 없는 사람인데도. 이키와 플레시를 찾고, 버치 대령을 따라 과수원에 가고, 프레보 씨를 만나는 온갖 일을 겪고도, 이것이 내 평생 가장 큰 행복을 알리는 번개였다.

"언니랑 동생을 따돌리고 널 찾으러 나가던 중이야." 한참을 얼싸 안고 있다가 떨어진 뒤, 엘리자베스 씨가 눈물을 닦고 말했다. "돌아 와서 몹시 기뻐. 라임이 이렇게 그리울지 몰랐어."

"의사가 말하길 선생님은 바닷가에 살면 안 된다고 했다던데요. 폐가 너무 약해지셨다고."

엘리자베스 씨는 대답으로 숨을 깊이 들이쉬고 참은 뒤 내뱉었다. "런던 의사가 바닷바람에 대해 뭘 알겠니? 런던 공기는 불결해. 여기 가 더 나아. 그리고 아무도 나랑 내 물고기를 떼어 놓을 순 없지. 참, 가져다 놓은 물고기 상자 고마워. 정말 기뻤어. 자, 바닷가에 가자. 마 거릿과 루이스 언니, 베시가 집 밖에 못 나가게 해서 바다를 거의 못 봤어. 내 걱정을 너무 한다니까."

엘리자베스 씨가 브로드 스트리트를 다시 걷기 시작했고 나는 우 물쭈물 따라갔다. "이러면 그분들이 제게 화내실 거예요." 내가 말했 다. "이미 저 때문에 선생님께서 병이 드셔서 화를 내고 있는데."

"말도 안 돼. 네가 나더러 외풍 드는 층계참에 앉아 있으라고 했니? 아니면 런던에 배를 타고 가라고 했니. 그런 어리석은 짓은 다 내가 한 거야." 엘리자베스 씨는 그때의 행동을 전혀 후회하지 않는다는 듯이 말했다.

엘리자베스 씨는 지질학회 회의에서 버클랜드 씨와 코니비어 사제가 퀴비에 남작에게 편지를 쓰기로 합의했고, 회의록에 기록되진 않았지만 버클랜드 씨가 그곳에 모인 사람들 앞에서 나를 인정했다고 알려 줬다. 그리고 나는 프레보 씨가 찾아왔고, 파리 박물관 퀴비에 남작의 전시관에 플레시오사우루스도 가게 됐다고 알렸다. 그분과 다시 이야기를 나누니 신났지만 말하면서도 마음이 불안했다. 먼저 어려운 일부터 해야 했으니까. 그렇다. 나는 사과를 해야 했다.

산책로를 따라 걷다가 나는 엘리자베스 씨 앞에 서서 걸음을 멈췄다. "선생님, 제가 한 말 모두 죄송해요." 내가 불쑥 말했다. "그렇게 잘난 척하고 거만하게 군 것도요. 선생님의 물고기와 언니, 동생을 우습게 말한 것도 정말 죄송해요. 제게 그렇게 잘해 주셨는데 저는 못된 짓을 했어요. 잘못했어요. 그동안 내내 선생님이 그리웠어요. 그런데도 저 때문에 런던에 가 주셨고, 돌아가실 뻔…"

"그만해." 엘리자베스 씨가 손을 들었다. "우선, 이제 날 엘리자베스라고 부르렴."

"전… 알겠어요. 에, 엘리자베스." 그녀를 이름만으로 부르려니 아주 어색했다.

엘리자베스 씨가 다시 걷기 시작했다. "그리고 내가 런던에 간 건 사과 안 해도 돼. 스스로 선택한 일인걸. 외려 네게 정말 고마워. 유니티호를 타고 런던에 간 건 내 평생 가장 좋은 경험이었어. 그 후로 나는 변했고, 조금도 후회하지 않아."

정확히 무엇인지는 몰라도, 그 말처럼 엘리자베스 씨는 뭔가가 달라져 있었다. 전보다 확신을 갖게 된 것 같달까. 지금의 엘리자베스 씨를 그리라고 한다면 누구나 또렷하고 강한 선을 쓸 것 같았다. 예전과는 달랐다. 예전이라면 희미한 자국과 그림자를 쓸 것 같았으니까. 지금 그분은 닦아서 모두에게 선보일 준비를 마친 화석 같았다.

"우리의 견해차에 있어서는, 나도 후회스러운 소리를 했어." 엘리자베스 씨가 말했다. "그때 네가 말한 대로, 난 너를 질투했어. 버치 대령뿐 아니라 화석에 대한 지식도, 그걸 찾아 정체를 알아내는 능력도. 난 그런 기술을 절대 갖지 못할 테니까."

"아." 그분의 밝고 정직한 눈을 마주 보기 어려워 나는 시선을 돌렸다. 걸으며 이야기하다 보니 코브 절벽 밑에 도착했다. 파도가 치며 물을 튀기자 갈매기들이 하늘 위로 날아올랐다.

"있잖아, 메리. 암모나이트 묘지를 보고 싶어." 엘리자베스 씨가 말했다. "너무 오랜만이거든."

"거기까지 갈 수 있겠어요, 선생님? 체력이 떨어졌을 텐데."

"괜한 소리 마. 그런 건 마거릿과 베시만으로도 충분하니까. 하지만 다행히 루이스 언니는 안 그래. 그리고 날 엘리자베스라고 부르라니까. 네가 익숙해질 때까지 계속 그렇게 말할 거야."

그래서 우리는 팔짱을 끼고 해변을 따라 계속 걸으며, 다 불고 나면 잦아드는 태풍마냥 더 이상 할 이야기가 없어질 때까지 이야기했

다. 우리는 땅을 내려다보며 걸었다. 화석이 우리가 찾아주기를 기다
리는 곳으로.

함께 말없이

메리 애닝과 나는 바닷가에서 화석을 찾고 있다. 메리는 괴물을, 나는 물고기 화석을. 해변을 따라 서로 다른 속도로 앞에서 그리고 뒤에서 걷는 동안, 우리의 시선은 모래와 바위에 꽂혀 있다. 메리가 걸음을 멈추고 툭 튀어나온 곳을 잘라 안에 뭐가 들었는지 확인한다. 나는 진흙을 파면서 새롭고 놀라운 것이 있는지 찾는다. 우리는 말을 거의 하지 않는다. 그럴 필요가 없으니까. 우리는 함께 말없이 움직인다. 각자의 세상 속에서, 상대가 등 뒤에 있음을 느끼면서.

10

독자의 인내심을 바라며

1825년 조르주 퀴비에가 『지표면의 획기적인 변동에 관한 논의Discours sur les révolutions de la surface du globe』 제3판에서 플레시오사우루스의 삽화 설명에 메리 애닝의 이름을 덧붙였을 때, 그때 비로소 그녀의 이름이 프랑스의 과학 논문에서 처음 소개됐다. 그 이름이 영국에서 처음 언급된 것은 1829년 지질 분석에 관한 윌리엄 버클랜드의 논문을 통해서였다. 그 무렵 메리 애닝과 버클랜드는 위석이 익티오사우루스와 플레시오사우루스의 분변임을 밝혀내기도 했다. 또한 메리는 영국에서 최초로 온전한 프테로사우루스pterosaur*, 상어와 해파리 사이의 동물인 스쿠알로라하squaloraja를 발견하기도 해 기

---

* 오늘날 익룡이라 불리는 날아다니는 척추동물의 한 종류. 중생대 트라이아스기부터 백악기까지 공룡과 함께 존재했다.

준 표본을 확립했다.

메리 애닝은 결혼하지 않고 1842년 어머니 몰리가 돌아가실 때까지 함께 살았다. 1826년 그들은 코크모일 스퀘어의 집에서 브로드 스트리트의 상점 딸린 집으로 이사했다. 메리의 강아지 트레이는 1833년 언덕이 무너지는 사고로 죽었다. 트레이는 메리보다 서너 걸음 뒤에서 걷고 있었다. 메리는 1847년 47세의 나이에 유방암으로 사망했다. 그녀는 훗날 다닌 성미가엘 성당 묘지에 묻혔다. 퀴비에가 구입한 메리의 익티오사우루스와 플레시오사우루스 표본은 파리의 국립 과학사 박물관 고생물학 갤러리에 전시되어 있다.

1834년 스위스 태생의 생물학자이자 지질학자인 루이 아가시Louis Agassiz가 라임에 찾아와 엘리자베스 필폿의 화석 물고기를 연구했다. 그는 저서 『화석 물고기 연구Recherches sur les poissons fossils』에서 엘리자베스와 메리 애닝에게 감사를 표했고, 두 사람의 이름을 따서 물고기 종을 명명했다. 엘리자베스는 메리 애닝과 자매들보다 오래 살아 1857년 78세에 사망했다. 조카 존이 그녀의 집을 물려받았고 1880년 조카며느리가 필폿이 엘리자베스가 수집한 화석을 옥스퍼드 자연사박물관에 기증했으며 그것들은 현재까지도 탁월한 표본으로서 전시되어 있다. 엘리자베스의 조카손자 토머스는 훗날 라임 레지스에 필폿 박물관을 세웠다. 적절하게도, 현재 필폿 박물관은 애닝 가족이 거주하던 코크모일 스퀘어를 바라보기 좋은 건물에 위치해 있으며, 그곳에는 그 도시의 역사와 관련된 여러 보물 중 메리의 아버지가 자기 딸에게 만들어 준 화석 망치도 전시되어 있다.

조지프 애닝은 1825년 가구 장식 일을 전업으로 시작했고 1829년 결혼해 세 자녀를 얻었다. 메리 애닝은 새언니와 잘 지내지 못한 것 같다. 조지프는 꼭 바라던 존경받는 삶을 얻었고, 교회 구호를 감독하며 교회 관리인이 됐다.

토머스 제임스 버치 대령은 1824년 요크셔에서 가문의 직함과 영지를 물려받아 토머스 제임스 보스빌이 됐다. 그는 1829년 사망했다.

윌리엄 버클랜드는 1825년 결혼 상대를 만났다. 마차에서 맞은편에 앉아 퀴비에의 저서를 읽던 사람이었다. 그는 동물의 왕국을 계속 연구하며 지질학과 종교적 믿음을 화해시키고자 했다. 훗날 그는 웨스트민스터 스쿨의 교장이 되었지만 말년에 정신 질환을 앓아 수용소에 들어갔다.

1830년에서 1833년 사이 찰스 라이엘은 현대 지질학의 고전이 된『지질학의 원리Principles of Geology』를 발표했다. 찰스 다윈은 그 유명한 비글호 항해 때 이 책을 가지고 갔다.

제인 오스틴은 1804년 9월 라임을 방문했다. 마거릿 필폿과 회관을 동시에 찾았을 가능성을 아주 배제할 수는 없는데, 실제로 오스틴은 리처드 애닝을 만났다. 리처드 애닝의 가게에 가서 짐 상자의 부서진 뚜껑 수리 견적을 냈기 때문이다. 리처드가 너무 비싼 값을 불러 다른 곳에 맡겼다고 오스틴은 편지에 적었다.

『화석을 사냥하는 여자들』은 허구의 작품이지만 실존 인물이 다수 등장하며, 버치 대령의 경매 사건이나 코니비어 사제가 플레시오사우루스에 대해 강연한 지질학회 회의 등은 실제로 있었던 일이다.

그리고 메리는 필사한 과학 논문 아래에 이렇게 적었다. "내가 논문을 쓰면 서문 하나로 족할 것이다." 아쉽게도 메리는 과학 논문을 쓰지 않았다.

시간의 흐름과 사건의 정확성에 대해 미리 고백하자면, 이 이야기는 실제 메리 애닝의 삶의 모습과 완전히 일치하지는 않는다. 메리는 하루, 며칠, 몇 년씩 해변에서 같은 일을 하며 살았다. 나는 그녀가 살면서 겪은 일을 골라 독자가 인내심을 갖고 읽을 수 있도록, 서사를 압축했다. 따라서 소설 속에 등장한 사건의 순서는 실제와 비슷할 테지만, 정확히 그 일이 일어난 날짜는 차이가 있을 수 있음을 밝혀 두는 바이다. 그리고 물론, 내가 지어낸 것도 많다. 가령, 메리와 버클랜드, 메리와 버치 대령 사이에 관한 소문은 있었지만 증거는 없었다. 소설가만이 개입할 수 있는 부분이리라.

감사를 전하고 싶은 분들이 많다. 지질학회와 런던 자연사박물관 도서관 직원분들께, 라임 레지스 필폿 박물관 직원분들께 감사의 말을 전하고 싶다. 또, 도체스터 도싯 카운티 박물관과 도싯 역사 센터, 메리 애닝에 대해 처음 알게 된 도체스터 공룡 박물관에도 감사한 마음이 크다. 마찬가지로, 파리 국립 자연사박물관의 필립 타키, 옥스퍼드 자연사박물관의 폴 제프리, 필폿가 계보 조사에 도움을 준 모린 스톨리, 그 밖에 알렉산드리아 로렌스, 조니 겔러, 데버라 슈나이더, 수전 와트, 캐럴 드산티, 조나선 드로리에게도 감사를 표한다.

무엇보다도 세 분께 감사드리고 싶다. 누구보다 메리 애닝에 대해 잘 알고 그녀의 이야기 속으로 나를 친절히 안내해 준 휴 토렌스께.

필풋 박물관에서 온갖 파일을 열어 이런저런 정보를 보내 주고 가볍고 재미있게 학식을 나눠 준 조 드레이퍼께. 끝으로 뛰어난 화석 사냥꾼이자 내게 많은 화석을 선물했으며 라임과 차머스 해변으로 안내해 인내심 있게, 지적이고 우아하게 그 모든 것들을 가르쳐 준 패디 하우께 깊은 감사를 전한다.

- Deborah Cadbury, The Dinosaur Hunters: A True Story of Scientific Rivalry and the Discovery of the Prehistoric World, 2000 (UK); as Terrible Lizard: The First Dinosaur Hunters and the Birth of a New Science, 2001 (US)
- William Conybeare and Henry De La Beche, papers on the ichthyosaur and plesiosaur for the Geological Society, 1821, 1822, 1824, reprinted in The Dinosaur Papers, 1676-1906, edited by David B. Weishampel and Nadine M. White, 2004
- Jo Draper, Mary Anning's Town: Lyme Regis, 2004
- John Fowles, A Short History of Lyme Regis, 1991
- Charles C. Gillispie, Genesis and Geology: A Study in the Relations of Scientific Thought, Natural Theology, and Social Opinion in Great Britain, 1790-1850, 1951
- S.R. Howe, T. Sharpe and H.S. Torrens, Ichthyosaurs: A History of Fossil "Sea-Dragons", 1981
- W.D. Lang, various papers on Mary Anning in the Proceedings of the Dorset Natural History and Archaeological Society, 1936-1963
- Christopher McGowan, The Dragon Seekers: The Discovery of Dinosaurs During the Prelude to Darwin, 2001
- Judith Pascoe, chapter on Mary Anning in The Hummingbird Cabinet: A

Rare and Curious History of Romantic Collectors, 2005

- Patricia Pierce, Jurassic Mary: Mary Anning and the Primeval Monsters, 2006
- George Roberts, Roberts' History of Lyme Regis and Charmouth, 1834
- Martin J.S. Rudwick, Bursting the Limits of Time: The Reconstruction of Geohistory in the Age of Revolution, 2005; and Worlds Before Adam: The Reconstruction of Geohistory in the Age of Reform, 2008
- Philippe Taquet, "Quand les Reptiles marins anglais traversaient la Manche: Mary Anning et Georges Cuvier, deux acteurs de la déecouverte et de l'éetude des Ichthyosaures et des Pléesiosaures," in Annales de Paléeontologie 89 (2003): 37-64
- Crispin Tickell, Mary Anning of Lyme Regis, 1996
- Hugh Torrens, "Mary Anning (1799-1847) of Lyme; 'the greatest fossilist the world ever knew'," in British Journal for the History of Science 28 (1995): 257-84

화석을 사냥하는 여자들

1판 1쇄 인쇄	2024년 3월 26일
1판 1쇄 발행	2024년 4월 12일
지은이	트레이시 슈발리에
옮긴이	이나경
발행인	황민호
본부장	박정훈
책임편집	김사라
기획편집	강경양 이예린
마케팅	조안나 이유진 이나경
국제판권	이주은 한진아
제작	최택순
발행처	대원씨아이㈜
주소	서울특별시 용산구 한강대로15길 9-12
전화	(02)2071-2019
팩스	(02)749-2105
등록	제3-563호
등록일자	1992년 5월 11일
ISBN	979-11-7203-772-7 (03840)